Ruth Rendell

Des Finders Lohn

Ruth Rendell

Des Finders Lohn

Kriminalroman

Ins Deutsche übertragen
von Eva L. Wahser

blanvalet

Die Originalausgabe erschien 2008 unter dem Titel
Portobello bei Hutchinson, London.

MIX
Papier aus verantwortungsvollen Quellen
FSC® C014496

Verlagsgruppe Random House FSC® N001967
Das für dieses Buch verwendete
FSC®-zertifizierte Papier *Super Snowbright*
liefert Hellefoss AS, Hokksund, Norwegen.

1. Auflage

Satz: Uhl + Massopust, Aalen
Druck und Bindung: GGP Media GmbH, Pößneck
Printed in Germany
ISBN 978-3-7645-0341-3

www.blanvalet.de

Für Doreen und Les Massey,
in Liebe

1

Die Portobello Road wurde nach einem historischen Ereignis benannt. Vor langer Zeit stand ein Kapitän zur See – er hieß Robert Jenkins – vor einer Kammer des Unterhauses und hielt sein amputiertes Ohr in die Höhe. Laut seiner Aussage hatte eine spanische Küstenwache vor den Karibischen Inseln sein Schiff geentert, ihm ein Ohr abgeschnitten, den Nachen geplündert und die Mannschaft anschließend ihrem Schicksal überlassen. Schon seit längerer Zeit hatten die Spanier mit diversen Schandtaten für Unruhe in der Öffentlichkeit gesorgt. Jetzt brachte der Fall Jenkins bei jenen Strömungen im Parlament, die gegen die Regierung Walpole opponierten, das Fass zum Überlaufen. Man forderte einen britischen Rachefeldzug. Und so begann der Krieg um Jenkins' Ohr.

Im nächsten Jahr – 1739 – eroberte Admiral Vernon die karibische Stadt Puerto Bello. Es war einer jener Siege, die bei englischen Patrioten hoch im Kurs stehen, obwohl viele den wahren Hintergrund kaum kennen. Wie ein Dichter einmal über einen anderen Krieg und eine andere Schlacht schrieb: »Das vermag ich nicht zu sagen, meinte er, auch wenn's ein ganz famoser Sieg gewesen.« Vernons Triumph beförderte Puerto Bello auf die Weltkarte und verewigte es durch zahlreiche Namensgebungen. Zu jener Zeit waren Notting Hill und Kensal offenes Weideland für Schafe und Rinder, und ein Gutsherr nannte seinen Besitz Portobello Farm. Im Laufe der Zeit wurde aus der dorthin führenden Landstraße die Portobello Road. Wäre es nach

Jenkins' Ohr gegangen, hätte sie einen anderen Namen bekommen.

Früher gab es in dieser Gegend sehr, sehr viele Straßenmärkte: in der Kenley Street, in der Sirdar Road, in der Norland Road, in der Crescent Street und in der Golborne Road. Zuletzt blieb nur noch der Portobello Markt übrig, der seit 1927 täglich von acht Uhr früh bis acht Uhr abends abgehalten wurde, am Samstag bis neun Uhr. Heutzutage hat er sogar sonntags geöffnet, wenn auch in deutlich kleinerem Umfang. Die unendlich lange Portobello Road windet sich wie ein Tausendfüßler von Süd nach Nord, von der Pembridge Road nach Kensal Town. Ihre Seitenstraßen gleichen unzähligen Beinchen, die fast bis an die Bahnstrecke der Great Western und an den Grand Union Kanal reichen. Die Portobello und ihre Seitenstraßen sind eine einzige Kette von Läden. Sogar mitten auf der Fahrbahn stehen fast überall Buden und Stände. Trotz vieler Kreuzungen und einiger weniger Autos, die geduldig im Schritttempo zwischen den Menschentrauben vorwärtskriechen, gilt sie kaum als Durchgangsstraße. Die Portobello hat einen ausgeprägten Charakter. Hier pulsiert ein bunt schillerndes Leben. Diese laute, mit fast schon kunstvollen Graffitis verzierte Straße ist bizarr und hinreißend und strahlt unterschwellig eine leichte Härte aus, einen Hauch von Gefahr, der ihr einen gewissen Kick verleiht. Die Portobello wiegt einen nicht in Sicherheit wie viele andere Vorstadtstraßen und unterscheidet sich grundlegend von jeder normalen Einkaufsstraße. Bei ihren Fans und bei allen, die sie nur vom Hörensagen kennen, gilt sie als der schönste Straßenmarkt der Welt.

Hier wird alles gekauft und verkauft: Möbel, Antiquitäten, Klamotten, Bettzeug, Haushaltswaren, Tonträger. Und man kann essen, essen und noch mal essen. Obst und Gemüse, Fisch und Fleisch, Käse und Schokolade. In den Buden werden Schmuck, Hüte und Masken, Drucke, alte und neue Postkarten, Tücher und Schals, echte und künstliche Blumen, echte und falsche Pelze, Lampen und Musikinstrumente feilgeboten. Hier kannst du eine Harfe kaufen oder einen Vogelkäfig, dort einen ausgestopften Bären oder ein Hochzeitskleid oder die neuesten Bestseller. Wer hier mittags etwas essen möchte, hat die Auswahl zwischen Paella und heißen, frisch gebackenen Pfannkuchen. Lebende Tiere oder Vögel sucht man hier allerdings vergebens.

Der Oxfam-Laden verkauft billig bestens erhaltene Bücher. Ein kleines Stück weiter die Straße hinauf offeriert ein Laden mit spanischen Spezialitäten neben seinen Lebensmitteln kurioserweise auch hübsche Tontöpfe, Schalen und Teller. In den meisten Seitenstraßen des Tausendfüßlers gibt es einen kleinen Supermarkt, und das Portobello Green ziert ein Grünmarkt, dessen spitzes Zeltdach an das Opernhaus von Sydney erinnert, dessen Angebot sich aber an Normalverbraucher richtet. Die Häuser in der Tavistock Road sind bunt bemalt, rot, grün, gelb und grau.

Kaum betritt man von der Pembridge Road, dem Westbourne Grove oder von der Chepstow Villas aus den Markt, hält man aufgeregt die Luft an und bekommt leises Herzklopfen. Wer einmal hier war, muss immer wieder hin. Samstags flanieren Tausende Besucher auf und ab. Die Straße hat sie gepackt, wie es sonst nur ein besonders schönes Ausflugsziel vermag, das uns immer wieder anzieht. Sie umgarnt uns buchstäblich und muss nur kurz am Faden ziehen, und – schwupp – sind wir wieder da.

Ziemlich weit oben in der Portobello Road führt heutzutage eine schicke Einkaufspassage den Besucher in den rückwärtigen Bereich der Straße. Hier findet man ein Geschäft für Kindermode – für die reichen Kids, die auf exklusive Privatschulen gehen –, ein anderes verkauft rosa, grüne und braune Seifen, alle handgemacht und intensiv duftend, und in einem dritten Laden kann man Pullis und T-Shirts aus edlem Kaschmir erwerben. Und dann gibt es noch ein sogenanntes Studio, das kleine Aquarelle und noch kleinere Marmorobelisken anbietet. Genau hier befand sich, lange vor dem Bau der Passage, Arnold Wrens Gemäldegalerie, die er selbst nie so nannte. Er bevorzugte die schlichtere Bezeichnung »Bilderhandlung«.

Draußen auf dem Bürgersteig drängen sich die Marktstände, hier oben hauptsächlich für Obst und Gemüse. Als Eugene, Arnolds Sohn, ein kleiner Junge war, hatte es hier nur Sorten gegeben, die man schon seit Generationen auf englischen Märkten feilbot. Seine Großmutter konnte sich noch erinnern, wann die erste Tomate aufgetaucht war, und er, der inzwischen die fünfzig überschritten hatte, erlebte, wie im Stand des alten Mr. Gibson die erste Avocado lag. Diese Frucht war nicht nach dem Geschmack seiner Mutter gewesen. Genauso gut könne sie grüne Seife essen, hatte sie gemeint.

Arnold verkaufte Gemälde, Grafiken und kleine Skulpturen. In den hinteren Räumen seines Ladens belegten ganze Bilderstapel fast jeden freien Platz. Arnold verdiente genug, um mit seiner Frau und dem einzigen Sohn in seinem nicht sonderlich attraktiven, aber ziemlich komfortablen Haus in der Chesterton Road gut leben zu können. Als der Junge ein Teenager war, unternahm sein Vater eines schönen Tages mit der ganzen Familie eine Reise nach Wien, wo er in einer Ausstellung Bilder des Schweizer Symbolisten Arnold Böcklin sah, Leihgaben aus verschiedenen europäischen Gemäldegalerien. Dank der Vornamensgleichheit blieb Arnold nicht nur Böcklins Name im Gedächtnis haften, sondern auch dessen Bilder, die ihn bis in seine Träume verfolgten. Noch nach geraumer Zeit hätte er einige Böcklin-Gemälde auswendig bis ins kleinste Detail beschreiben können: »Die Toteninsel«, das gruselige Selbstporträt mit der Hand des Totenskeletts auf Böcklins Schulter, den »Kentaurenkampf«.

Woher der Großteil der Bilder in den hinteren Ladenräumen stammte, hatte Arnold vergessen. Einige waren Erbstücke aus der Hinterlassenschaft seines Vaters, andere hatten ihm Leute, die ihre Speicher ausräumten, für wenig Geld zum Kauf angeboten. Im alten Notting Hill hatte es Tausende Speicher gegeben. Als er eines Tages in seinen Beständen herumwühlte und sich fragte, ob es das eine oder andere Bild überhaupt wert sei, aufgehoben zu werden, stieß er auf ein Gemälde, das ihn an Wien erinnerte, auch wenn es keine Ähnlichkeit mit der »Toteninsel« oder dem »Kentaur in der Dorfschmiede« hatte. Trotzdem hatte es etwas von Böcklin an sich, das ihn stutzig machte.

Auf dem Gemälde schwamm eine Meerjungfrau mit ängstlicher Miene verzweifelt in einer enghalsigen Glasvase herum. Vielleicht wollte sie dem Wasser und der Vase entfliehen? Bis auf ihren rosigen Körper und die langen Goldhaare war das Ganze in blaugrünen Tönen gehalten. Arnold Wren nannte es »Undine im Goldfischglas« und zeigte es einem Experten, ohne ihm seine Vermutung zu erzählen. Der Experte meinte: »Nun ja, Mr. Wren, ich bin mir zu neunundneunzig Prozent sicher, dass es sich um ein Bild von Arnold Böcklin handelt.«

Als ehrlicher Mensch erklärte Arnold dem potenziellen Käufer des Bildes: »Ich bin mir zu neunundneunzig Prozent sicher, dass es sich um einen Böcklin handelt.« Der reiche und arrogante Morris Stemmer hielt sich dagegen selbst für einen Experten und war zu hundert Prozent davon überzeugt. Er bezahlte Arnold eine Summe, die dieser in seinen kühnsten Träumen nicht erwartet hätte. Damit konnte sich Arnold ein Haus in der Chepstow Villas samt Jaguar kaufen und ausgedehntere Urlaubsreisen unternehmen als nur bis Wien. Seine Geschichte war eine jener typischen Portobello-Karrieren, ganz anders als die des alten Mr. Gibson. Jedenfalls dem Anschein nach.

Eugene Wren verlagerte das Geschäft nach dem Tod seines Vaters in ein Gebäude an der exklusiven Kensington Church Street und sprach immer von »der Galerie«, über deren Eingang in goldenen Lettern auf dunkelgrünem Grund »Kunstgalerie Eugene Wren« prangte. Und Eugene verdiente Geld, viel Geld. Er hatte Glück und ein Gespür sowohl für neue junge Talente als auch für Wiederentdeckungen von Künstlern aus früherer Zeit, die Trends gesetzt hatten.

Der Markthändler Albert Gibson heiratete in eine Familie von Dieben ein, ohne selbst einer zu sein. *Sein* einziger Sohn Gilbert war so oft ins Gefängnis gewandert und wieder entlassen worden, dass Gilberts Frau Ivy das Zählen aufgegeben hatte. Deshalb hätten sie keine Kinder, erklärte sie ihrer Verwandtschaft. Dafür sei Gib einfach nie lange genug daheim gewesen. Sie wohnte in der Blagrove Road, die man durch den Bau der Westautobahn zweigeteilt hatte. Seither war die Nummer zwei in der Blagrove Villas ein frei stehendes Haus, das durch den Minimarkt in der Aclam Road von der Hochautobahn und der Bahntrasse getrennt war. Die Portobello Road lag nur einen Steinwurf weit entfernt, jedenfalls für einen zielsicheren und kräftigen Athleten.

2

Joel Rosemans Spaziergänge kannten weder Zweck noch Ziel. Niemals. Joel wollte nirgendwohin. Meistens drehte er nur eine größere Runde, beginnend mit dem Häuserblock am östlichen Ende von Notting Hill Gate, wo seine Wohnung lag. Bei seinem ersten Versuch hatte er sich bereits am späten Nachmittag ins Freie gewagt, aber im März war es um diese Zeit noch hell. Das nächste Mal ging er nach Einbruch der Dunkelheit hinaus, und das war besser. Manchmal lief er im Uhrzeigersinn nach Bayswater hinein, die Bayswater Road hinunter und wieder nach Hause, manchmal führte ihn eine Schleife genau andersherum, den Campden Hill hinauf und wieder zurück zur High Street. Meistens wanderte er jedoch ziellos herum.

Schon seit langer Zeit empfand er ein Leben im Dunkeln als angenehmer; deshalb hatte er auch große Angst vor dem Sommer, wenn es erst nach zweiundzwanzig Uhr dunkel werden würde. Aber jetzt war es April und obendrein ungewöhnlich warm. Am frühen Abend war es zwar noch hell, aber gegen neunzehn Uhr setzte die Dämmerung ein. Joel trug eine spezielle Sonnenbrille mit extradunklen Gläsern. Daheim lagen mehrere weitere Sonnenbrillen, aber keine hatte so rauchschwarze Gläser wie diese.

Erst gestern war Papas finanzielle Unterstützung, die regelmäßig zum Zehnten jedes Monats auf sein Konto kam, eingegangen. Unentwegt grübelte Joel über Papa nach. Was trieb ihn bloß an? Warum war er so grausam? Wie konnte ein Mensch, dessen Kind ertrunken war, in seinem Haus gerade dieses Bild aufhängen? Joel wurde aus seinen Gedanken gerissen, als er am unteren Ende der Pembridge Road in einer Bankfassade einen Geldautomaten entdeckte. Während er hundertvierzig Pfund abhob, musste er die Sonnenbrille vorübergehend abnehmen. Der Betrag wurde in Banknoten zu zwanzig, zehn und fünf Pfund ausbezahlt. Nach einem vorsichtigen Blick über die Schulter, wie man das nach Empfehlung der Bank tun sollte, steckte er fünfundzwanzig Pfund in seine Jeanstasche und den Rest in einen Umschlag, der in die Brusttasche seiner Regenjacke wanderte. Nichts deutete auf Regen hin, aber Joel besaß nur wenige Kleidungsstücke, und diese Jacke hatte eben zufällig an den Garderobenhaken hinter seiner Wohnungstür gehangen – im Dunkeln.

Joel wollte zum ersten Mal die Portobello Road hinaufgehen, deshalb diese Vorsichtsmaßnahmen mit seinem Geld. Er setzte wieder seine Sonnenbrille auf, und die Welt wurde dunkel und ziemlich verschwommen. Seine Mutter hatte als junge Frau in Notting Hill gewohnt und ihm einen Rat der Polizei weitererzählt – im Gegensatz zu Papa redete sie immer noch mit ihm. Wem bei einem Einbruch das Tafelsilber geklaut würde, der solle in den Ständen der Portobello Road danach suchen. Dort würde man es wahrscheinlich finden und kaufen können. Diese Bemerkung hatte in Joel den Eindruck erweckt, der Straßenmarkt wäre ein gefährliches Pflaster, wo man vorsichtig sein müsse, aber jetzt, abends um halb acht, würden die Marktleute wohl allmählich einpacken. Hatte er gedacht. Zu seiner Überraschung war aber das Gegenteil der Fall. Die von Farben, Stimmen und Musik vibrierende Straße, in der sich die Menschen nur so drängten, war taghell erleuchtet, und es wurde immer noch lebhaft eingekauft. Das erlöschende Tageslicht hatte man durch grelle künstliche Beleuchtung wettgemacht. Keiner dachte je daran, was das für Leute wie ihn bedeutete. Er blinzelte hinter seinen Brillengläsern. Sein Vater pflegte ihn, wie seine Mutter ihm einmal berichtet hatte, als Maulwurf und manchmal als Regenwurm zu bezeichnen.

Niemand nahm auch nur die geringste Notiz von ihm. Joel lief auf der Westseite hinauf, vorbei an Handarbeitsläden, Geschäften für Heimtextilien, Postershops und Porzellanläden. Eigentlich hatte er nur Marktstände erwartet und war umso überraschter, dass es überhaupt Geschäfte gab. Und zwar im Überfluss! Läden auf der linken Seite, rechts Marktstände und dazwischen Menschen, Hunderte von Menschen, die zwischen den Buden und sogar auf der Fahrbahn flanierten. Alle machten einen geschäftig-glücklichen Eindruck. Für Glücksgefühle hatte Joel eine Antenne. Darin war er Experte, was vielleicht daran lag, dass kein Mensch aus seiner persönlichen Umgebung welche hatte. Auf der anderen Straßenseite drängte die Menge heimwärts und steuerte in südlicher Richtung U-Bahn-Stationen und Bushaltestellen an. Auch diese Menschen wirkten glücklich, und jeder, der Tüten und Päckchen trug, strahlte zufrieden oder sogar begeistert. Joel ging weiter, ohne zwischendurch stehen zu bleiben. Ein Einkauf wäre ihm gar nicht in den Sinn gekommen. Bis auf Lebensmittel hatte er keine Bedürfnisse, und nicht einmal davon brauchte er viel. Die Spezialsonnenbrille war sein letzter Kauf gewesen, und selbst die besaß er schon zwei Jahre.

Nachdem er zwanzig Minuten ziemlich flott gelaufen war, kam er zum »Earl of Lonsdale«. Dieses Pub hatte Mama erwähnt. Er ging über die Straße und bog in den Westbourne Grove ein. Niemand hatte ihm auf dem Straßenmarkt scheele Blicke zugeworfen, und allmählich kamen ihm die Berichte über diesen Ort übertrieben vor. Trotzdem fand er sich mit einem gewissen Gefühl der Erleichterung zwischen den vornehmen Boutiquen wieder, die in dieser Ecke von Notting Hill rasch eleganten Häusern Platz machten. Inzwischen fühlte er sich ein wenig müde. Nun ja, angeblich hatte er ein Herzproblem: Trotz seiner jungen Jahre war er mit einem kranken Herzen gestraft.

Es war sehr still. Das Leben der Armen findet zwischen Geplärr, Klappern, Krach, ohrenbetäubender Musik, Hundegebell und Kindergeschrei statt, während es in den Wohngegenden der Reichen immer leise ist. Hohe Bäume mit jungen Blattknospen säumen ihre Straßen, und in ihren Gärten blühen das ganze Jahr die passenden Blumen. Die Stille, aber auch nur diese, erinnerte Joel an den Vorort Hampstead Garden, wo Papa und Mama inmitten gepflegter Grundstücke ein großes Haus mit Walmdach besaßen. Obwohl dieses Viertel damit nicht viel Ähnlichkeit hatte, war es hier genauso friedlich und still und gleichzeitig irgendwie ungemütlich, ja beinahe unheimlich.

Niemand war zu sehen. Nur an der gegenüberliegenden Straßenecke lungerten zwei Männer herum, fast noch Jugendliche. Beide hatten die Kapuzen ihrer Jacken oder Mäntel tief über die Augen gezogen. Kapuzenträger führten nichts Gutes im Schilde, das hatte Joel aus seiner gelegentlichen Zeitungslektüre gelernt. Sie musterten ihn und umgekehrt, und er redete sich ein, sie würden ihm nichts tun, weil sie sehen konnten, dass er jung und groß war, und weil sie nicht wussten, dass er die Taschen voll Geld hatte. Mit seinen alten Klamotten, der zerschlissenen Jeans und einer Jacke, deren einer Ärmel ein Loch und deren anderer Ärmel Flecken hatte, machte er einen armseligen Eindruck.

Irgendwo hatte er einmal die Geschichte über die Ermordung der Kaiserin Elisabeth von Österreich gelesen. Sie hatte damals ein Boot bestiegen, das sie über den Genfer See bringen sollte. Dabei hatte sie jemand angerempelt, was sie lediglich als leichten Schlag gegen die Brust empfunden hatte. Erst einige Minuten später wurde ihr in ihrer Luxuskabine klar, dass man ihr mit einem Messer eine tödliche Wunde zugefügt hatte. Später würde Joel sich entsinnen, dass ihm an der Ecke Pembridge Crescent und Chepstow Road genau das Gleiche passiert war. Er hatte einen Stoß erhalten, nicht in die Brust, sondern gegen die linke Schulter, und zwar von hinten. Er spürte, wie der Schmerz mit Eisenkrallen in seinen linken Oberarm fuhr.

Vielleicht stieß er einen lauten Schrei aus; er sollte es nie erfahren. Er fiel, sackte zusammen oder stürzte zu Boden, doch dabei musste er sich irgendwie nach hinten gelehnt haben, denn er knallte mit dem Kopf gegen einen Klingelknopf in einer der stuckverzierten Ziegelsäulen des Eckhauses. Hatte ihn jemand überfallen? Genau wie bei Kaiserin Elisabeth? Er vergaß, dass er ein krankes Herz hatte, so wie er alles vergaß, als er das Bewusstsein verlor.

Die beiden jugendlichen Kapuzenträger liefen über die Straße und starrten ängstlich den schäbigen Langhaarigen an, der der Länge nach auf dem Pflaster lag. Sie hielten ihn für tot. Hinter den Säulen öffnete sich die Haustür. Sie rannten los.

Wenn Joel nach vorn gefallen wäre, erklärte ihm später seine Mutter, hätte nichts und niemand auf die Glocke gedrückt. Dann wäre er gestorben. Dass sein Vater gemeint hatte, es wäre nicht schade gewesen, sagte sie ihm nicht, beziehungsweise erst viel später, als sie wütend auf Papa war. So aber waren die Hausbewohner herausgekommen, um nachzuschauen, warum es bei ihnen unaufhörlich klingelte. Sie fanden Joel zusammengesunken am Fuß der Säule und riefen einen Krankenwagen.

3

Eugene Wren – gerade mal fünfzig, Single, aber nicht ohne Beziehung – war ein groß gewachsener, gut aussehender Mann, der ohne seine weißen Haare deutlich jünger gewirkt hätte, mochten sie auch noch so dicht und glänzend sein. Und eben das machte ihm zu schaffen, auch wenn er sich größte Mühe gab, sich nichts anmerken zu lassen. Er tat ja auch so, als wäre ihm sein Äußeres unwichtig, obwohl er sich bewusst sorgfältig kleidete. Nur seine Freundin wusste, dass er nicht mehr hundertprozentig sehen konnte und Kontaktlinsen trug.

Eugene war ein Geheimniskrämer. Warum? Wer weiß schon, warum wir so sind, wie wir sind? Nur die Psychiater. In unzähligen Publikationen hat man Kindheitsereignisse als Wurzeln unserer Schwächen und Macken, unserer Fantasien, kriminellen Neigungen und sexuellen Vorlieben, unserer Hemmungen und anderer Eigenarten diagnostiziert. Eugene hatte eine ganze Menge dieser Bücher gelesen und war diesbezüglich doch nicht schlauer geworden. Ja, wenn es so gewesen wäre, dass er als Kind Prügel bezogen hätte, dann hätte er seine Geheimniskrämerei verstanden, aber seine Eltern waren immer nur liebevoll, unkompliziert und nett gewesen und hatten ihn sogar zur Offenheit ermutigt. Ohne Erfolg. Er hielt an seinen Geheimnissen fest. Sein Inneres glich seinem Haus in der Chepstow Villas mit den vielen Geheimfächern und den verschlossenen Schatullen.

Und das war eines seiner Geheimnisse: Eugene war ein

Suchttyp. Früher hatte er heftig getrunken und war vom Alkohol nie ganz losgekommen, auch wenn er durch schier übermenschliche Anstrengung seinen täglichen Konsum auf ein paar Gläser Wein und damit auf ein vernünftiges Maß reduziert hatte. Da dies vor seiner Zeit mit Ella geschehen war, konnte er seinen Alkoholismus vor ihr geheim halten. Die langjährige Beziehung zu seiner ehemaligen Freundin war in die Brüche gegangen, weil sie in einem Schrank, den er vermeintlich abgesperrt hatte, eine versteckte Wodkaflasche entdeckt hatte. Dass er rauchte, ließ sich beim besten Willen nicht verbergen. Aber auch dagegen hatte er, letztlich erfolgreich, angekämpft. Nach mehreren Versuchen hatte er beim letzten Mal mit Hilfe von Nikotinpflastern und Hypnose endlich Erfolg gehabt. Eugene hatte entsetzlich gelitten, als er Ella seine Schwäche eingestand, denn für ihn wog bereits das Beichten schwer.

»Wer mit einer Ärztin zusammen ist, kann nicht einfach weiterrauchen«, hatte er mit einem nonchalanten Lächeln zu ihr gesagt.

Einige Zeit lebte er ohne jede Sucht. Allerdings nicht lange.

Er hatte Angst, dicker zu werden, doch darüber sprach er nicht mit Ella, und als er anfing zuzunehmen, tat er alles, um es vor ihr zu verbergen. Eugenes Problem war: Er liebte Zwischenmahlzeiten. Früher hätte er sich stattdessen eine Zigarette angesteckt. Er sprach von kleinen Snacks, während Ella seine Angewohnheit als Nascherei bezeichnete. Um dagegen anzukämpfen, versuchte er Pfefferminzbonbons zu essen. Dummerweise konnte er Minzegeschmack aber nicht sonderlich leiden, und außerdem enthielten Pfefferminzbonbons Zucker. In Anbetracht seines Kreuzzugs gegen das Kaugummikauen – vor allem gegen jene Typen, die ihre Batzen auf den Gehsteig spuckten – hätte er selbst kaum damit anfangen können. Na ja, gekonnt hätte er schon, aber er hätte es heimlich tun müssen, und das wäre dann noch ein Geheimnis gewesen. Er wollte Ella auf keinen Fall etwas vormachen. Mit Sicherheit würde er ihr bald einen Heiratsantrag machen, und dann würden sie glücklich bis an ihr seliges Ende leben. Und genau das war sein sehnlichster Wunsch, den er durchaus für erfüllbar hielt. Doch dann hatte Eugene einen Traum, den Traum vom fetten Bräutigam, wie er ihn für sich selbst nannte. Er stand im Cut mit Ella vor dem Traualtar, doch als er nach unten schaute, um den Ring aus der Tasche zu ziehen, sah er nur seinen riesigen dicken Bauch. Selbstverständlich erwähnte er Ella gegenüber kein Wort davon und tat so, als wären ihm Gewicht oder Bauchumfang herzlich egal.

Jetzt, am Samstagvormittag, befand er sich auf Einkaufstour. Vor ihm lag ein langer Fußmarsch, der stellenweise vielleicht sogar in eine Taxifahrt ausufern würde. Das von ihm Gesuchte war nicht einmal in jenen Läden ohne Weiteres vorrätig, die seiner Meinung nach so etwas gefälligst zu verkaufen hatten. Gelegentlich artete das Ganze in eine anstrengende Suche aus. Obwohl diese Situation maximal seit sechs Wochen andauerte, hatte er manchmal Mühe, sich zu erinnern, wie er seine Zeit vor jenem Tag zugebracht hatte, an dem er zum ersten Mal die Apotheke oben an der Portobello Road betreten hatte.

Aber schließlich war Frühling, das Wetter war schön, und seine Waage hatte ihm soeben mitgeteilt, dass er zwei Pfund abgenommen hatte. Denk an die positiven Dinge, sagte er sich vor, denk einfach daran, wie harmlos dieses Genussmittel ist. Doch dann fiel sein Blick auf den Gehsteig und – auf jede Menge Abfall. Zermatschte Reste von Fischstäbchen und Pommes, Bruchstücke eines grellblauen Styroporbehälters, eine leere Dose Red Bull und die Überbleibsel einer Fleischpastete. Obwohl es Eugene vor diesem Müll grauste, machte er sich daran, ihn zu beseitigen. Er zog die Plastiktüte, die er auf einer Einkaufstour stets bei sich trug – schließlich ging es um die Rettung des Planeten –, aus der Tasche, wickelte sich ein Papiertaschentuch um die Hand und verfrachtete mit spitzen Fingern die Essensreste eines unbekannten Proleten in die Tüte. Darunter, oder besser gesagt, dahinter lehnte vor einer Gartenmauer samt Säule und Hecke ein dicker offener Briefumschlag. Eugene hob ihn auf und entdeckte darin mehrere Geldscheine, fünf oder sechs Zwanzigpfundnoten, einen Zehner und einen Fünfer.

Ohne die Scheine zu zählen, steckte er den Umschlag ein. Erst danach ließ er die Plastiktüte in den nächstbesten Abfalleimer fallen. Weiter vorn sah er ganze Menschentrauben, hauptsächlich junge Leute, die den Straßenmarkt auf der Portobello ansteuerten. Jeden Samstag dasselbe Lied. Unter lautstarkem Geplapper und Gelächter quollen sie aus den Bussen und dem U-Bahnhof Notting Hill heraus und kannten nur ein Ziel: die allwöchentliche Schnäppchenjagd unter Gleichgesinnten.

Um diesen Massen zu entgehen, bog Eugene bei der erstbesten Gelegenheit nach links ab. Nein, er hatte nichts gegen die Portobello Road, ihm war sie lediglich am Sonntag lieber, wenn sie halb leer war, wenn man die Häuser sehen und ihren Charme genießen konnte. Unter der Woche kam er inzwischen nur noch aus einem einzigen Grund hierher. Letzten Dienstag war er in der Apotheke droben an der Golborne Road gewesen. Heute musste er einem der anderen ausgewählten Läden, in denen er Stammkunde war, einen Besuch abstatten.

Was würden die Käufer, die dem Markt zustrebten und ihn dabei im Weitergehen flüchtig ins Blickfeld bekamen, wohl von ihm denken? Wenn sie sich überhaupt Gedanken machten. Wonach suchte dieser Mann? Was wollte er kaufen? Vermutlich würde man einem Mann mit Neigung zu Suchtmitteln höchstens Alkohol, Tabak, Kokain, Heroin, Amphetamine, Ecstasy, Crack oder wenigstens Marihuana unterstellen. Doch danach suchte er eben nicht. Und so gestattete sich Eugene ein gewisses Gefühl der Erleichterung.

Alles hatte mit seiner Entscheidung für eine Art Appetitzügler angefangen. Irgendwie hatte er an Schlankheitspillen gedacht, doch als er zum ersten Mal aus der Portobello Road abbog und dem erleuchteten grünen Kreuz über der Golborne-Apotheke zustrebte, hatte ihm der Sinn weder nach Schlankheitspillen noch nach Appetitzüglern gestanden. Seine Suche galt einem elektrischen Mückentod für den kommenden Sommer. Obwohl es erst Anfang März war, hatte ihn eine sirrende Mücke im Schlafzimmer um seinen Nachtschlaf gebracht. Frustriert hatte er eine geschlagene Viertelstunde mit einem Handtuch um sich geschlagen, ehe er das Biest zerquetschen konnte. Während er den Mückenschutz bezahlte, fiel sein Blick auf eine Reihe zuckerfreier Bonbonpäckchen neben der Ladenkasse. Sie hatten so absurde Namen wie Lemfresh, Strawpink und Chocorange und schmeckten wahrscheinlich scheußlich. Trotzdem pickte er sich ein Päckchen Chocorange heraus und entzifferte das Etikett. Da stand: »Ohne Zucker, gesund, gut zu den Zähnen.« Und: »Jedes Bonbon nur vier Kalorien.« Vielleicht schmeckten diese Dinger doch nicht so übel. Dann würde er eines zwischen Frühstück und Mittagessen lutschen können und eines zwischen Mittagessen und Abendessen, oder auch zwei. Versuchen konnte er es jedenfalls. Die Dinger enthielten keinen Zucker und nur ganz wenig Kalorien.

Er nahm zwei Päckchen, ein Chocorange und ein Strawpink. Es war sechzehn Uhr, und langsam knurrte sein Magen. Es war wie bei allen neumodischen Behältern: Das Chocorange-Päckchen ließ sich nur mühsam öffnen, aber schließlich hatte er es geschafft. Es enthielt ungefähr ein Dutzend dunkelbraune Pastillen. Vorsichtig steckte sich Eugene eine in den Mund. Das schmeckte überraschend gut. Voller Schokoladengeschmack mit säuerlicher Zitronennote. Wirklich köstlich. Und kein bitterer Nachgeschmack wie sonst bei anderen Zuckerersatzstoffen. Zur Bestätigung seines Urteils nahm er noch ein Bonbon, diesmal ein Strawpink. Ganz ordentlich, schmeckte echt nach Erdbeeren, aber ein bisschen langweilig. Kein Vergleich mit Chocorange.

Und wenn er nun immer ein paar in der Tasche hätte? Wäre nicht schlecht, oder? Dann könnte er ein, zwei Bonbons lutschen, anstatt herumzunaschen. Der Preis machte ihm kein Kopfzerbrechen. Diese Bonbons waren so billig, die konnte sich jeder leisten. Fünfundsiebzig Pence pro Packung. Außerdem wusste er, wo er Nachschub bekam. Bis zur Golborne Road waren es von seinem Haus zu Fuß gerade mal zehn Minuten. Anscheinend hatte er die Lösung gefunden. Keine innere Stimme sagte: »Lass die Finger davon.« Da meldete sich kein leiser warnender Gedanke und erinnerte ihn an die Zigaretten, deren Konsum er von fünf auf vierzig pro Tag gesteigert hatte, oder an den Alkohol. Mit zwei Gläsern Wein hatte alles angefangen, bis er bei einer Flasche Wodka und einer Flasche Wein täglich gelandet war. Inzwischen hatte er das mühsam wieder auf zwei Gläser reduziert. Und jetzt Chocorange: Entweder war keine Warnung ertönt, oder sie war ungehört verhallt.

Auf dem Heimweg von der Apotheke tauchte eine Frage auf: Sollte er Ella seinen Chocorange-Konsum beichten? Selbstverständlich. Das war ein Muss. Sie würde froh sein, dass er eine so einfache Lösung gefunden hatte. Andererseits – vielleicht würde er es ihr auch *nicht* erzählen. Schließlich war sie Ärztin und betonte häufig, wie sehr sie gegen Zusatzstoffe, Substanzen mit E-Nummern und sämtliche nicht ausreichend getesteten chemischen Stoffe war, die sich heutzutage in die Lebensmittel eingeschlichen hatten. Auf dem Chocorange-Päckchen prangte eine erschreckende Liste künstlicher Stoffe. Vielleicht würde sie versuchen, es ihm auszureden, und ihm erklären, ein dickerer Bauch sei gesünder, als den Körper mit Müll vollzustopfen.

»Wir reden hier nicht von Fettleibigkeit«, hatte sie tags zuvor bei anderer Gelegenheit gemeint. »Leichtes Übergewicht wird dir nicht schaden.« Schließlich hatte sie selbst etwas Übergewicht, doch er liebte sie so, wie sie war.

Trotzdem sollte der Chocorange-Verbrauch sein Geheimnis bleiben. Schließlich neigte er nun mal zur Geheimniskrämerei.

Seit jenem Tag waren sechs Wochen vergangen. Damals war fast dasselbe Wetter gewesen, schön und sonnig, nur dass es heute heißer war als normalerweise im April. Aber das lag natürlich an der Erderwärmung. Es fiel schwer, sich nicht über die Nebeneffekte zu freuen, über die Wärme und die vielen Sonnentage. Normalerweise waren die Bäume erst drei Wochen später so dicht belaubt. Die Kirschblüte war schon vorbei, und der Flieder stand in voller Pracht. In diesem westlichen Teil Londons ähnelten die Gärten den übertriebenen Abbildungen in einem Pflanzenkatalog: reihenweise zartrosa und weiße Blumen über lila- und rosafarbenen Blütenkissen, umrahmt von hängenden gelbgrünen oder satt dunkelgrünen Zweigen. Sechs Wochen. In diesen Wochen hatte er ziemlich viele Chocorange-Päckchen vernichtet. Jetzt wollte er seine Vorräte wieder auffüllen. Während dieser Zeit hatte er auch abgenommen.

Inzwischen war er jeden Samstag auf Einkaufstour und kannte dabei nur ein Ziel: Apotheken. Eine kam gerade in Sichtweite, mitten zwischen anderen Geschäften auf der gegenüberliegenden Seite von Notting Hill Gate. Er brachte es nicht über sich, dort vorbeizuschauen. Sein letzter Besuch lag gerade mal eine Woche zurück. Innerhalb dieser kurzen Frist würde sich der Apotheker mit Sicherheit noch an den Einkauf erinnern und, was noch schlimmer wäre, irgendwelche Bemerkungen machen. Zum Beispiel: »Diese Dinger schmecken Ihnen wirklich, stimmt's?« Der schrecklichste und beschämendste Kommentar wäre allerdings: »Sie brauchen unbedingt Ihre Dröhnung, nicht wahr?« Denn das kam der Wahrheit am nächsten.

Eugene spazierte die Kensington Church Street hinunter, wo es keine Apotheken gab, sondern nur Antiquitätenhändler, Galerien und Spezialgeschäfte für Barockmöbel. Als er dabei an der »Kunstgalerie Eugene Wren« vorbeikam, wandte er den Kopf ab und tat so, als gäbe es keinen faszinierenderen Anblick als den jungen Mann auf der anderen Straßenseite, der soeben hinter einem riesigen Blumenstrauß aus dem Blumenladen trat. Dieses Benehmen war genauso typisch für Eugenes Wesen wie der Wunsch, von Seiten der Apotheker keine Kommentare zu seinem

Verhalten hören zu müssen. Nein, er zweifelte nicht daran, dass in seinem Geschäft alles in Ordnung war, er wollte einfach nur unbeobachtet seiner samstäglichen Beschäftigung nachgehen. Auf die in seiner Abwesenheit zuständige Dorinda Clements war voll und ganz Verlass. Manchmal witzelte er gegenüber geschätzten Kunden, sie sei »der Inbegriff einer guten Geschäftsführerin«, der er mehr traue als sich selbst. Trotzdem wollte er nicht, dass sie Einblick in seine Privatangelegenheiten erhielt.

Nur die Drogeriemarktkette Elixir hatte das von ihm Gesuchte ständig auf Lager. Ihre Läden waren sein Rettungsanker, auf den er sich, wie auf Dorinda, blind verlassen konnte. Leider verkauften auch dort Menschen mit Augen und einem Gedächtnis. Auch sie waren imstande, Bemerkungen zu seinen häufigen Besuchen zu machen. Wie schön wäre es gewesen, wenn man seine ganzen Einkäufe ohne die Hilfe anderer hätte erledigen können! Wie schon in einigen Supermärkten würde man einfach seine Kreditkarte in ein Gerät stecken, verschiedene Nummern eintippen und – schwuppdiwupp! – schon hätte man seine Waren bezahlt, ohne seine Geheimnisse preiszugeben. So aber war es wohl besser, heute nicht zu Elixir zu gehen, obwohl er die von ihm am häufigsten besuchte Filiale bereits weiter vorn in der Kensington High Street sehen konnte.

Chocorange hatte seinen Zweck prächtig erfüllt, genau wie er es sich vorgestellt hatte. Es wirkte wie ein kleiner Pausensnack, stillte seinen Hunger und hinderte ihn am Naschen. Das Ergebnis: Die zwei zusätzlichen Pfund waren schon weg, und danach hatte er noch eines abgenommen. Diese Bonbons hatten höchstens einen einzigen, paradoxen Nachteil. Sie schmeckten viel zu gut. Eugene hatte nie kapiert, wie eine harmlose künstliche Süßigkeit so gut schmecken konnte. Und so kam es, dass er vormittags meistens drei bis vier Bonbons verzehrte, anstatt eines oder zwei, wie geplant. Und wenn er am späten Nachmittag damit anfing, konnte er sich kaum noch bremsen. Manchmal hatte er, wenn er um achtzehn Uhr nach Hause kam, seit fünfzehn Uhr bereits ein halbes Päckchen vertilgt. Trotzdem funktionierte sein Plan, und das war die Hauptsache. Leider führten nicht alle Apotheken diese Marke, und wenn doch, dann war sie häufig ausverkauft.

Er würde es weiter weg versuchen, in einem Laden Richtung Knightsbridge. Es handelte sich um das kleine Geschäft eines korpulenten Asiaten mit kühlem Benehmen, was Eugene gerade recht war. Er ging hinein und schnappte sich zwei Päckchen Taschentücher und eine Tube Zahnpasta. Erst danach wanderte sein Blick zu den Regalen rund um die Kasse hinauf, wo Mr. Prasad thronte. Das braunorange Label auf den kleinen Päckchen stach Eugene immer vor allen anderen Farben ins Auge, und auch wenn es fehlte, merkte er es sofort. Alle anderen Farben existierten für ihn in dieser Situation gar nicht. An der Kasse leuchtete es rosarot und grün, also Erdbeergeschmack und Minze, aber kein einziges Päckchen Chocorange. Mr. Prasad war ausverkauft. Eigentlich hätte sich Eugene eingestehen können, dass daran hauptsächlich seine eigenen Hamsterkäufe schuld waren, aber das tat er nicht. Schließlich neigten die Bewohner dieses westlichen Teils von London nicht dazu, ihre Freizeit mit der Jagd nach zuckerfreien Süßigkeiten zu verbringen, auch wenn sie mit den unterschiedlichsten Suchtvarianten durchaus vertraut waren.

Während Eugene seine Taschentücher und seine Zahnpasta bezahlte, meinte Mr. Prasad: »Gegen Ende der Woche gibt es wieder Ihre Lieblingsbonbons.« Es klang sarkastisch.

Diese Verbalattacke kam völlig unerwartet. Eugene lief knallrot an und murmelte: »Äh, ja, danke.«

»Soll ich beim nächsten Mal die doppelte Menge bestellen?«

»Ach nein, vielen Dank. Wirklich, das ist nicht nötig.«

Obwohl er am liebsten geflohen wäre, zwang er sich dazu, aus dem Laden zu schlendern. Dieses Geschäft würde er nie wieder betreten, das verstand sich von selbst. Damit war die Zahl der möglichen Verkaufsstellen für Chocorange auf zehn geschrumpft. Andererseits – warum hatte er dem Mann nicht in die Augen schauen können? Hätte er nicht mit einem kleinen Lachen sagen können, ja, er würde sich freuen, wenn er ein paar Päckchen zusätzlich bestellen könnte? Mr. Prasad wisse ja sicher, dass er nach diesen Dingern mehr oder weniger süchtig sei. Haha. Das Zeug schmecke so lecker. Warum brachte er solche Sätze nicht heraus? Er bezweifelte, dass ihm ein Wort wie »lecker« tatsächlich über die Lippen kam. Genauso wenig brachte er »Toilette« oder »abartig« heraus.

Allmählich dämmerte es ihm, dass er seine Suche ausdehnen musste, vielleicht auf die weiter draußen gelegenen Vororte. Natürlich trat das ein, was in solchen Situationen immer passiert: Eugene verspürte ein unstillbares Verlangen nach Chocorange, nach der glatten ovalen Form dieser Pastillen mit dem vollen Geschmack nach cremiger Milchschokolade und dem bittersüßen Zitronenaroma. Jetzt gab es nur noch ein Ziel – Elixir. Hier war Chocorange immer reichlich vorrätig. Wie beruhigend! Das letzte Mal hatte er eine Filiale in der Marylebone High Street besucht und zuvor eine in der New Oxford Street. Die Filiale im

Bahnhof Paddington hatte er mit Sicherheit schon vierzehn Tage nicht mehr aufgesucht. Für heute war er genug zu Fuß gegangen. Eugene hielt ein Taxi an.

Er ließ sich von dem Taxifahrer nicht zum Bahnhof Paddington bringen, jedenfalls nicht zu der überdachten Auffahrt vor dem Haupteingang, wo Isambard Kingdom Brunel, der Erbauer der Great Western Eisenbahnlinie, auf seinem Marmorsockel sitzt. Das hätte den Fahrer nur zu Fragen gereizt wie zum Beispiel: Wann würde sein Zug abfahren? Wo solle es denn hingehen? Nein, es war besser, den Mann zu bitten, ihn in einer der Straßen abzusetzen, die von Sussex Gardens zur Praed Street führten. Von dort aus würde er selbst den Weg zum Bahnhof finden. Vergeblich versuchte er, sich an Straßennamen zu erinnern, aber es fiel ihm nur die Spring Street ein. Die würde auch gehen.

Wie immer stach ihm zuallererst das beleuchtete grüne Kreuz ins Auge, das typische Zeichen für Apotheken. Tatsächlich lag in der Mitte der kleinen Spring Street, zwischen einer Bank und einem Immobilienmakler, eine kleine Apotheke wie die von Mr. Prasad. Eugene verspürte Regungen, wie sie die meisten Leute mit dem Anblick eines geliebten Menschen verbinden: Atemlosigkeit und Herzklopfen. Früher hatte er so etwas erlebt, sobald er Ella erblickte; jetzt genügte schon ein Lieferant für zuckerfreie Süßigkeiten. In solchen Kategorien solltest du dabei gar nicht denken, schalt er sich. Sei nicht albern. Diesmal handelte es sich um eine Apothekerin, die ebenfalls aus dem Fernen Osten kam und einen Sari trug. Sie war wunderschön und die Ruhe selbst und hielt den Blick gesenkt. Aber Eugene hatte keine Augen für die Frau. Kaum hatte er den Laden betreten, wollten scheinbar ganze Berge von Chocorange seine Aufmerksamkeit erregen. Sie sprangen in ihrer leuchtend orange-braunen Verpackung förmlich auf ihn zu und bettelten um seine Blicke. Diese Schatzhöhle musste er unbedingt als Nummer elf in seine Liste aufnehmen und Prasads Pillenladen ein für alle Mal streichen. Diesmal machte er sich nicht die Mühe, seinen Vorrat an Taschentüchern und Zahnpasta weiter aufzustocken, sondern ging direkt zur Kasse, nahm drei Päckchen Chocorange heraus und legte sie der Ladeninhaberin vor. Mit einem höflichen Lächeln ohne jeden Hintergedanken oder irgendeinen Zynismus tippte sie den Betrag von zwei Pfund fünfundzwanzig in die Kasse ein.

Jetzt war Eugene für seine übrigen Einkäufe frei und fuhr mit einem Bus wieder nach Notting Hill zurück, wo er die Zutaten für das Essen besorgte, das er heute Abend für Ella kochen wollte. Den Umschlag von vorher ließ er in eine der Einkaufstüten fallen. Gedankenverloren spazierte er mit den beiden ziemlich schweren Tüten heim und lutschte dabei sein zweites vormittägliches Chocorange. Wäre heute Abend ein guter Zeitpunkt, um Ella einen Heiratsantrag zu machen? Oder wäre es vielleicht besser, diesen Schritt noch ein bis zwei Wochen hinauszuschieben? Schließlich funktionierte ihr derzeitiges Arrangement aufs Angenehmste. Statt der üblichen Probleme, die sich einstellen, wenn man gemeinsam unter einem Dach wohnt, genossen sie zwei- bis dreimal pro Woche wunderbaren Sex. Während er diesen Gedanken nachhing, redete er sich ein, dass alle Männer so tickten. Er liebte Ella. Sie war zwar nicht die einzige Liebe seines Lebens, aber seine größte. Eine Trennung von ihr konnte er sich kaum vorstellen.

Trotzdem war er ein Geheimniskrämer. Sollte ein Mensch, der seine Privatsphäre so sehr schätzte, überhaupt heiraten? Andererseits lebte er nun schon drei Jahre mit Ella mehr oder weniger zusammen, wenigstens am Wochenende und im Urlaub. Sie hatte nicht in seinem geheimen Leben herumgestochert. Ein anderes Problem war seine neue Angewohnheit. Und hier gab es Schwierigkeiten, sogar jetzt schon. Ein paarmal hatte sie ihn dabei erwischt. Daraufhin musste er behaupten, er hätte einen rauen Hals und wollte »diese Dinger einfach mal ausprobieren«. Das Schlimmste aber war gewesen, dass er ihr pflichtschuldigst ein Bonbon anbieten musste. Sie hatte dankend angenommen, und – es hatte ihr geschmeckt. Nach der Hochzeit würde er diese Angewohnheit aufgeben müssen. Dass er es sowieso tun musste, war ihm klar, und in gewissem Maße sehnte er diesen Zeitpunkt sogar herbei. Allerdings erging es ihm dabei wie dem heiligen Augustinus mit der Fleischeslust: Er bat um Erlösung von seiner Sucht, aber bitte nicht sofort. Mehrmals täglich redete er sich ein, dass die Dinger schließlich harmlos seien. Er genieße sie ungemein, und außerdem hinderten sie ihn am übermäßigen Verzehr kalorienreicher Nahrung. Früher hätte er vor und während des Kochens – so wie er heute Abend kochen wollte – ein bisschen von allen Zutaten gekostet und dann noch mal vor dem Servieren. Jetzt würde er mit zwei Chocorange über die Runden kommen.

Zu Hause packte er erst einmal die Lebensmittel aus. Die Chocorange-Päckchen lagen in seiner Umhängetasche neben dem an der Straßenecke gefundenen Umschlag mit den verschiedenen Geldscheinen. Vielleicht die Beute eines Drogendealers, vielleicht aber auch nicht, schoss es ihm flüchtig durch den Kopf. Eugene stand den Gefühlen seiner Mitmenschen nicht gleichgültig gegenüber, besonders nicht in Geldangelegenheiten. Möglicherweise handelte es sich ja auch um redlich verdientes Geld. Es wäre naheliegend gewesen, das Geld auf die Polizeiwache am Ladbroke Grove zu bringen, aber Eugene kam noch eine andere Idee.

Er setzte sich an seinen Schreibtisch und schrieb: »Gefunden: eine Geldsumme zwischen achtzig und hundertsechzig Pfund in Chepstow Villas. Telefonnummer des ehrlichen Finders…« Dann gab er diesen Text in seinen Computer ein, formatierte ihn in verschiedenen Schriftgrößen und -typen und druckte ihn aus. Den Zettel würde er an eine der Straßenlaternen kleben, so wie es seine Nachbarn bei der Suche nach verschwundenen Katzen machten. Mit Tesafilm und Posterstrips bewaffnet ging er auf die Straße hinaus und suchte eine geeignete Laterne für seinen Zettel. Letzte Woche hatte ein solcher Aufruf an dem Laternenpfahl vor Nummer 62 geklebt. Da hing er immer noch, obwohl das vermisste Tier, eine biestige Perserkatze namens Bathsheba, vor zwei Tagen wieder daheim aufgetaucht war. Eugene pulte den Zettel herunter und hängte stattdessen seinen auf.

Während er das Abendessen für Ella vorbereitete, dachte er nach. Außer einer Telefonnummer hatte er nichts preisgegeben. Und Eugene beabsichtigte sowieso nicht, das Geld einzig und allein aufgrund eines Anrufs auszuhändigen. Er musste den Unbekannten zu sich nach Hause bestellen und dann um die exakte Angabe der verlorenen Summe ersuchen. Weder achtzig Pfund noch hundertsechzig, sondern irgendwo dazwischen. Für die richtige Summe gab es nur zwei Möglichkeiten: Entweder jemand riet zufällig richtig, was höchst unwahrscheinlich war, oder der Betreffende hatte tatsächlich das Geld verloren.

Auf diesen Anruf war er wirklich gespannt. Später würde er Ella alles haarklein erzählen. Geistesabwesend gönnte er sich noch ein Chocorange.

4

Man konnte keine schicke Straße entlangspazieren, ohne auf einen Aushang zu stoßen, mit dem eine vermisste Katze gesucht wurde. Lance, der immer nach Möglichkeiten Ausschau hielt, durch Betrügereien an Geld zu kommen, hielt es für keine schlechte Idee, so ein Tierchen zu finden und es sozusagen in Geiselhaft zu nehmen. Man könnte ein großes Lösegeld fordern. Die verrückten Katzenbesitzer würden jede beliebige Summe zahlen. Natürlich hatte die Sache einen Haken: Man musste eine Katze fangen. In dem Moment kam ein braun-rot gestreiftes Exemplar dieser Stubentiger aus einer mit Grünzeug und Blumen bewachsenen Böschung geschlichen und setzte sich gegenüber einem Laternenpfahl, an dem die Suchanzeige nach einem Mitglied seiner Spezies hing, auf die Mauer. Dann begann die Katzenwäsche.

Schnapp sie dir, dachte Lance. *Nein, vielleicht solltest du vorher noch irgendwo einen Sack oder eine Tüte besorgen.* Um sich zu vergewissern, ob er das Tier eventuell leicht packen konnte, streckte er nacheinander beide Hände aus. Die Katze war viel schneller als er. Blitzschnell schlug sie mit der Pfote zu und verpasste ihm einen Kratzer über alle vier Finger und das Handgelenk. Fluchend steckte Lance seine blutende Hand in den Mund und machte einen Schritt rückwärts. Die Katze war weg.

Offenbar hatte er sich das Kidnappen einer Katze viel zu leicht vorgestellt. Er drehte sich um und las den Zettel am Laternenpfahl. Es wäre typisch für ihn gewesen, das

Pech zu haben, dass ausgerechnet die inzwischen verschwundene, gestreifte Mieze sich als das vermisste Tier entpuppen würde. Wertvoll hatte sie ja ausgesehen. Aber auf dem Zettel an diesem Laternenpfahl ging es ganz und gar nicht um eine Katze. *»Gefunden«*, las Lance. *»Gefunden: eine Geldsumme zwischen achtzig und hundertsechzig Pfund in Chepstow Villas. Telefonnummer des ehrlichen Finders …«* Komische Formulierung. Waren es nun achtzig oder hundertsechzig Pfund, und warum wurden zwei Beträge genannt? Lance brauchte ein paar Momente, bis ihm ein Licht aufging, und als es so weit war, wurde er wütend. Da versuchte jemand, die Leute aufs Glatteis zu führen. Darum ging es also. Die Person, die das hingeklebt hatte, wollte sich einen netten Jux machen, wenn der Anrufer von hundert Pfund sprach, obwohl es in Wirklichkeit hundertzwanzig oder neunzig Pfund waren, oder sonst eine Summe. Am liebsten hätte Lance den Zettel heruntergerissen und zertrampelt. Er ließ es bleiben. So etwas konnte nur eine Frau geschrieben haben. Da war er sich hundertprozentig sicher. Na schön, die Nummer würde er sich merken. Seine Exfreundin hatte die gleiche Vorwahl, und die vierstellige Nummer entsprach seinem Geburtstag – 2787. Ein Anruf konnte nichts schaden. Aber zuerst hieß es nachdenken. Gut nachdenken.

Er könnte sogar Onkel Gib fragen, auch wenn er den samt seinem Religionsfimmel und seinem Horrorhaus hasste. Trotzdem, der Alte war schlau, das musste Lance zugeben. Selbstverständlich nicht schlauer als er, aber eben auf andere Art schlau.

Gilbert Gibson hatte während seiner Zeit als Einbrecher eine Anzahlung auf das Haus geleistet. Ein Gefängnisaufenthalt gehörte bei seinem Job zum Berufsrisiko. Insgesamt hatte er wohl an die zwanzig Jahre im Bau verbracht. Um die Hypothek abzubezahlen, hatte seine Ehefrau Ivy in der Zwischenzeit bei Chevelure gearbeitet, einer Fabrik für Haarkosmetik. Kaum hatte sie die letzte Rate einbezahlt, kippte sie aufgrund einer Gehirnblutung um. Ihr Tod fiel zufällig mit Gilberts Entlassung zusammen, der seine vierte – und letzte – Gefängnisstrafe abgesessen hatte. Während dieser Zeit hatte er mit dem Stellvertretenden Oberhirten der Kirche der Kinder von Zebulun eine Zelle geteilt. Und das Ergebnis ihrer zahlreichen Gespräche und der Bekehrungsversuche von Reuben Perkins war: Gilbert wurde religiös. Das bedeutete, keine weiteren Verstöße gegen das achte Gebot. Ferner hieß es, die Nackten zu bekleiden, und den Obdachlosen Zuflucht zu geben.

Onkel Gib, wie ihn jeder in der Familie nannte, kannte keinen Nackten. Allerdings hatte sein eigener Neffe, der eigentlich der Großneffe seiner verstorbenen Frau war, kein Dach über dem Kopf. Nachdem Lance Pratt von seinen Eltern hinausgeworfen worden war, war er bei seiner Freundin eingezogen. Doch dann hatte er ihr ein blaues Auge verpasst und einen Zahn ausgeschlagen. Daraufhin hatte sie den Fall Lance ihrem Bruder überlassen. Zu guter Letzt hatte Onkel Gib ihn bei sich aufgenommen. Lance hatte keine Lust, bei ihm zu wohnen. Nein, wählerisch oder ehrgeizig war er nicht, das hätte er sich in seiner Position gar nicht erlauben können, aber sogar die elterliche Wohnung mit Zentralheizung und einem ordentlichen Bad war einigermaßen sauber gewesen. Und das Sozialamt hatte die Wohnung der Freundin frisch renovieren lassen, bevor sie mit ihrem Baby eingezogen war. Die Freundin besaß eine Mikrowelle, eine Espressomaschine und einen riesigen Flachbildschirmfernseher, mit dem man gut fünfhundert Kanäle empfangen konnte. Ihre Wohnung in der Talbot Road war immer sauber und blitzblank und hatte einen Balkon, der in der Nachmittagssonne lag. Dagegen sah es in dem direkt an die Westautobahn und die Eisenbahn angrenzenden Haus von Onkel Gib in der Blagrove Road noch immer so aus wie anno 1965, als er die erwähnte Anzahlung geleistet hatte. Verändert hatte sich nur die unmittelbare Nachbarschaft, in der es jetzt nur noch Sozialwohnungen, Wohnblöcke über Wohnblöcke und winzige Reihenhauszeilen gab. Das alles wusste Lance, weil Onkel Gib oft mit seinem Haus prahlte, in dem sich nichts verändert hatte – und mit seinem tugendsamen Eheweib.

»Meine arme liebe Ehefrau, deine Tante Ivy, konnte sich keinen Topf Farbe leisten, geschweige denn sogenannte ›bauliche Veränderungen‹. Ihr ganzer Verdienst ist für die Hypothek draufgegangen. Sie war eine Heilige. Solche Leute gibt's heute nicht mehr.«

Die Heilige hatte die Badezimmertür zugenagelt, als aus dem Kaltwasserhahn nur noch ein rostiges Rinnsal kam und der alte Durchlauferhitzer seinen Geist aufgab. Nach einhelliger Meinung von Onkel Gib und Tante Ivy brauchte man kein Bad, solange man ein Spülbecken und im Garten ein Klohäuschen hatte. Als Lance an einem eiskalten Frühlingsmorgen die Toilettentür öffnete, sah er eine Ratte hinter das mit Lumpen umwickelte Fallrohr huschen, was er umgehend Onkel Gib mitteilte. Der aber hob kaum den Blick von seinem Rührei, das neben einer Scheibe Blutwurst auf seinem Frühstücksteller lag, und meinte nur: »Pass auf, dass dich die lieben Nachbarn nicht hören, sonst möchte jeder eine haben.« Dann lachte er sich über seinen eigenen Witz schief und fügte am Ende noch hinzu: »In der Not frisst der Teufel Fliegen.«

Lance war ein armer Teufel, der nicht wählerisch sein konnte. Er lebte von der Stütze, sein Wohngeld überwies das Westminster City Council an Onkel Gib. Dem Sozialamt hatte man erklärt, Lance hätte das ganze Erdgeschoss für sich, auch wenn das ein Witz war. Onkel Gib belegte das Elternschlafzimmer, die Abstellkammer war unbrauchbar, denn dank eines Lecks im Dach drang durch das Fenster bei jedem Regen Wasser ein, und das Bad war verrammelt. Es gab zwar ein Obergeschoss, aber das wurde nie betreten, geschweige denn benutzt. Quer über der untersten Treppenstufe hing an einem Seil ein Pappschild, auf dem wie bei einer Einbahnstraße »Zutritt verboten« stand. Lance und Onkel Gib wohnten in der ziemlich großen Küche und in einem höhlenähnlichen Raum mit Steinfußboden und Spülbecken, den der Alte als »Spülküche« bezeichnete. Weder das Wohnzimmer noch das sogenannte Esszimmer wurden je benutzt, obwohl beide Räume mit gebrauchten Möbeln ausgestattet waren, die Tante Ivy in den Siebzigerjahren nach dem Tod ihrer Eltern geerbt hatte. Wie Onkel Gib immer sagte: Diese Zimmer mussten unbedingt »hübsch aussehen«, falls er das Haus auf den Markt werfen würde und potenzielle Käufer zur Besichtigung kämen.

Wenn Onkel Gib gerade mal keine Traktate für die Kirche der Kinder von Zebulun verfasste oder als Briefkastenonkel die Leserbriefe der kircheneigenen Zeitschrift *The Zebulun* beantwortete, schlug er seine Zeit mit der Lektüre von Hochglanzbroschüren tot, die ihm Immobilienmakler fast täglich durch seinen Briefkastenschlitz warfen. Das Stadtviertel war »im Kommen«, und die Häuserpreise stiegen in

Schwindel erregende Höhen von vier- bis fünfhunderttausend Pfund und mehr. Selbstverständlich nur nach einer beträchtlichen Renovierung, doch diese Grundvoraussetzung ignorierte Onkel Gib und erging sich stattdessen immer wieder darin, wie enorm vorteilhaft der Bau der Autobahnbrücke für das Haus gewesen sei, denn dadurch sei es ein frei stehendes Haus geworden. Er hockte vor seinem Laptop am Küchentisch, trank eine Tasse tiefschwarzen Tee nach der anderen und zündete sich eine Zigarette mit der nächsten an. Der alles durchdringende Zigarettengestank war noch etwas, das Lance an diesem Haus hasste.

»Da steht's, ein winziges Häuschen, ein paar Straßen weiter in der Elkstone Road«, meinte Onkel Gib, »gerade mal zwei Schlafzimmer, kein Garten, nur ein sogenannter Patio, was nichts anderes ist als ein Hinterhof, keine Spülküche. Was glaubst du, was die dafür wollen?«

»Keine Ahnung«, sagte Lance, »könnten gut und gern beschissene fünf Millionen sein.«

»Solche Ausdrücke unterlässt du hier drinnen. Das ist ein gottesfürchtiges Haus. Natürlich keine fünf Millionen. Gebrauch doch mal dein Hirn. Vierhundertfünfzigtausend kostet es.«

Lance versuchte, sich zu revanchieren, und bastelte sich aus einer der Broschüren einen Fächer, mit dem er heftig herumwedelte, um die schlechte Luft zu vertreiben.

»Du hast es selbst in der Hand, wenn dir meine Kippen nicht passen. Du musst nicht hierbleiben. Ich will dich nicht haben. Sobald ich das Haus verkaufe, musst du sowieso raus.« Onkel Gib zielte mit einem fleckigen Nikotinfinger auf ihn. »Ich will dir mal was sagen. Unser Herr Jesus hätte auch geraucht, wenn es im Lande Galiläa eine Prise Tabak gegeben hätte. Getrunken hat er schließlich auch! Dann hätte er bei der Hochzeit von Kanaan eben nicht nur Wasser in Wein verwandelt, sondern es hätte für alle Gäste auch Marlboro Lites gegeben.«

Lance brauchte dringend frische Luft und ging in den Garten hinaus. Auf diesem winzigen trapezförmigen Fleckchen Erde hatte sich die Natur ungehindert ausgebreitet. Hier durften Gras, Brennnesseln, Disteln, Ampfer und ab und zu auch ein gesprenkelter Riesenpilz nach Lust und Laune wachsen. Im hintersten Winkel diente ein Schuppen mit einem längst eingebrochenen Dach als Winterlager für Onkel Gibs Gartenmöbel: ein eiserner Tisch, den er aus einem Pub gestohlen hatte, und zwei Küchenstühle, von denen einer nur drei Beine hatte. Lance setzte sich auf den intakten Stuhl – den anderen musste man mit Ziegelsteinen abstützen – und begann intensiv nachzudenken. Die Unbekannte würde ihn sehen und sich nicht nur mit einem Telefonat mit ihm begnügen wollen. Vielleicht würde sie ihn sogar nach der richtigen Summe zwischen achtzig und hundertsechzig Pfund fragen. Also musste er zu ihr gehen und sich von ihr ausquetschen lassen. Er ging wieder ins Haus, um sich mit Onkel Gib zu beraten.

Der Alte hatte seinen Laptop aufgeklappt und beantwortete Briefe. Da Onkel Gib auf seine Rolle als Amateurpsychologe und Ratgeber ungeheuer stolz war, hatte er nichts dagegen, wenn andere Leute seine Texte lasen. Nur Kritik war nicht erlaubt. Lance schaute ihm über die Schulter und las: »Dein Verhalten ist moralisch verwerflich und verstößt gegen Gottes Gesetz, und das weißt Du auch, denn Du lebst außerehelich mit einem Mann zusammen. Jetzt sagst Du, Du hättest nach neun Jahren in Sünde einen anderen Mann kennengelernt und möchtest Deinen Herzallerliebsten verlassen. Verlassen musst Du ihn in jedem Fall, wenn er sich weigert, Dich zu heiraten. Doch was den anderen Mann betrifft, so wirst Du Dich nie der strahlenden Liebe Gottes erfreuen können, solange Du Dich weiterhin mit ihm triffst …« Lance war von Onkel Gibs sprachlichen Fähigkeiten hingerissen, ganz zu schweigen von dessen Rechtschreibung. Er wartete, bis der Alte mit dem Brief fertig war.

»Ich möchte dich was fragen.«

»Siehst du denn nicht, dass ich arbeite? Und das ist keine normale Arbeit, sondern Arbeit im Weinberg des Herrn. Es geht darum, dieser Sünderschar zu zeigen, dass sie auf dem Irrweg wandelt.« Onkel Gibs Tonfall schlug um, der eintönig-fromme Predigtton kippte in aggressives Bellen. »Was gibt's denn? Na los, schleich nicht um den heißen Brei herum!«

Lance erzählte es ihm.

»Sie hat dich richtig eingeschätzt, was? Dich und ähnliche Gesellen. Willst du, dass ich gegen das Gebot verstoße? Dass ich dich das Stehlen lehre? Dass ich dir die Tricks der Diebe zeige?«

»Ich will nur wissen, was ich deiner Meinung nach tun soll.«

Onkel Gib war sehr groß und extrem dünn, ein Mann, dem ein Staatsanwalt einmal Ähnlichkeit mit der berühmten Statue von Voltaire nachgesagt hatte. »Diese Ähnlichkeit ist rein physischer Natur, Euer Ehren«, hatte Onkel Gib zu dem Richter gesagt und sich einen Verweis wegen belangloser und unangebrachter Witzelei sowie versuchter Besserwisserei eingehandelt. Eines ließ sich allerdings nicht leugnen: Onkel Gibs stechender Blick, sein hohlwangiges Gesicht und sein ausgemergelter Körper verliehen ihm etwas Intellektuelles. Er hatte ein ausgezeichnetes weißes Gebiss, das auf wundersame Weise die jahrelange Verpflegung mit Gefängnisfraß und eine äußerst mangelhafte Pflege überstanden hatte. Jetzt bleckte er die Zähne in einer Andeutung von Lächeln, auch wenn es vermutlich mehr als drohende Grimasse gedacht war.

»Du hast also eine gewisse Geldsumme in der Chepstow Villas verloren, ja? Du bist dort mit hundert Pfund und mehr in der Tasche entlanggeschlendert. Dann kam ein Windstoß, sämtliche Scheine sind herausgeflogen und in einem kleinen Häufchen aufs Pflaster gesegelt. Und du willst nichts davon gemerkt haben? Nun mach mal halblang.«

»Dann meinst du also, es wären alles Scheine, stimmt's? Das heißt, es müsste eine runde Summe sein und nicht achtzig Pfund und zweiundvierzig Cent oder so was. Außerdem sind es über hundert, sonst hätte sie nicht diese hohe Zahl hingeschrieben – hundertsechzig. Vielleicht liegt sie mittendrin ...« Lance musste scharf nachdenken. »Zum Beispiel hundertvierzig.« Das war falsch. Er versuchte es noch mal. »Hundertzwanzig. Könnten aber auch hundertfünfundzwanzig sein.« Hilflos sah er Onkel Gib an.

Das Voltaire-Double meinte: »Das machst du prima. Mach nur so weiter. Vergiss nur nicht, dass du dich dabei immer tiefer und tiefer in die Sünde verstrickst.«

»Warum tut sie das? Was meinst du? Warum behält sie nicht einfach das Geld?« Lance hatte Mühe, sich vorzustellen, dass jemand auf hundert Pfund nicht unbedingt angewiesen war. »Ich meine, die spielt doch ein Spielchen, oder?«

»Angenommen, sie ist schlicht und einfach eine ehrliche Frau. Auf die Idee bist du noch gar nicht gekommen, stimmt's? Nein, du doch nicht.«

»Ach, leck mich doch am Arsch«, rief Lance und machte

einen raschen Abgang, allerdings nicht so rasch, dass er Onkel Gibs Tirade entgangen wäre, in der er sich bitter über Lance' Ausdrücke beklagte und ihm mit dem Feuer ewiger Verdammnis drohte.

Lance' letztes Handy hatte den Geist aufgegeben, nachdem es sein Besitzer hatte sperren lassen. Allerdings waren da bereits fünf Tage vergangen gewesen, seit Lance das Handy vom Rücksitz eines Autos geklaut hatte. Mit Sicherheit hatte der Besitzer zunächst nicht einmal gemerkt, dass es weg war. Die Leute hatten einfach zu viel Geld, das tat ihnen nicht gut. Jeder, der ein Handy in einem unverschlossenen Auto liegen ließ, verdiente die Höchststrafe. Lance hatte das Handy bereits weggeworfen, als ihm jemand erklärte, er hätte dafür nur eine neue SIM-Karte gebraucht, und jetzt musste er Onkel Gibs Telefon benutzen. Dass der Alte überhaupt eines besaß, war schon ein Wunder. Mit Sicherheit hatte sich Tante Ivy dazu durchgerungen und während eines von Gibs langen Aufenthalten hinter schwedischen Gardinen ein Telefon legen lassen.

Lance wählte die Nummer, die er sich eingeprägt hatte. Beim ersten Versuch bekam er das Besetztsignal, beim zweiten meldete sich nach geraumer Zeit eine Frau. Genau wie er es sich gedacht hatte.

»Es geht um den Zettel, den Sie auf die Straße geklebt haben.«

»Entschuldigung?«

»An den Laternenmast. Der wegen dem Geld, das Sie gefunden haben.«

»Tut mir leid, aber ich verstehe gar nichts. Gene! Das muss für dich sein. Gene!«

Noch eine Frau, dachte Lance. *Wahrscheinlich ein Les-*

benpärchen. Aber es ertönte eine Männerstimme. »Eugene Wren. Was kann ich für Sie tun?«

Wieder sagte Lance sein Sprüchlein auf.

»Ach, Sie haben Geld verloren, oder?«

»Ja, ja, stimmt.«

»Ich frage nicht, wie viel es gewesen ist. Nicht jetzt. Vielleicht wären Sie so freundlich hierherzukommen. Wann würde es Ihnen passen? Morgen Abend gegen achtzehn Uhr dreißig?«

Lance war einverstanden. Vor ihm gähnte der restliche leere Tag. Er wäre liebend gern ausgegangen, zuerst in ein Pub und danach vielleicht in einen Club im Westend. Er war noch nie in einem Club gewesen, das konnte er sich nicht leisten. Er konnte sich gar nichts leisten. Seine Stütze deckte nur die Grundkosten ab. Er galt als »Arbeitsuchender«, hatte aber keine Ahnung, was er bei Vorstellungsgesprächen sagen sollte, und hockte immer nur hoffnungslos stumm da. Niemand wollte ihn einstellen, und inzwischen hatte er sämtliche Versuche aufgegeben, obwohl ihn die Armut ständig zwickte und plagte. Jeder Penny Sozialhilfe ging für Lebensmittel drauf, um die winzigen Rationen aufzubessern, die ihm Onkel Gib zugestand. Wer mit täglich einem Ei, zwei Scheiben Blutwurst oder Frühstücksfleisch, vier Scheiben Brot, einem Brötchen und einem kleinen Eckchen Streichkäse auskommen musste, brauchte noch eine ordentliche Portion extra. Wenn er sich beklagte, meinte Onkel Gib nur, er hätte auch nicht mehr, und außerdem würden die Leute sowieso zu viel essen. Gottes Rache würde über sie kommen, weil sie nicht an die Millionen von Hungernden in Afrika dachten. Lance kaufte Lebensmittel in Dosen: gebackene Bohnen, Pfirsichhälften, Schweinemett und Würstchen. Dazu Chips und Schokoriegel in XXL-Tüten sowie die größten Toastpackungen, die er finden konnte. Außerdem kaufte er ziemlich viel Alkohol: Bacardi Breezer, Apfelwein, den billigsten Gin und Wein aus Kurdistan und Bulgarien. Seine ganze Stütze war weg, und er blieb knochendürr.

Obwohl er nicht glaubte, dass er sich dieses gefundene Geld würde sichern können, wollte er sich das Haus mal näher ansehen, in dem dieser Eugene Wren wohnte. Dabei fielen ihm wieder ein paar Sachen ein, die Onkel Gib vor der Zeit seiner Bekehrung erwähnt hatte. Lance war damals noch ein Kind gewesen. Er dachte an den Ausdruck »sich den Laden mal ansehen« und daran, wie man Ein- und Ausgänge beobachtete, um sich Einstiegs- und Rückzugsmöglichkeiten zu sichern. Und selbstverständlich bestand immer noch eine kleine Chance, dass er obendrein auch noch das Geld bekam.

5

Als Joel im Krankenhaus wieder zu sich kam, erklärte man ihm, er habe einen Herzanfall erlitten, und ersuchte ihn um seine Zustimmung zu einer Operation, die eigentlich schon vor ein bis zwei Jahren notwendig gewesen wäre. Er bat um eine Behandlung als Privatpatient, denn Papa würde bezahlen, das wusste er. Papa würde alles bezahlen, nur um ihn von sich fernzuhalten, am besten auch von der näheren Umgebung von Hampstead Garden, vielleicht sogar aus dem ganzen nördlichen London. Die Operation fand statt. Dabei spaltete man ihm das Brustbein und hob sein Herz heraus. Entsetzlich! Wenn er das vorher gewusst hätte! Und noch etwas Schreckliches blieb zurück.

Später berichtete ihm sein Chirurg: »Beinahe hätten wir Sie verloren. Keine Ahnung, warum. Sie schienen ganz okay zu sein, haben ordentlich funktioniert, doch dann Herzstillstand. Natürlich haben wir Sie wiederbelebt. Vermutlich haben Sie keinerlei Erinnerung daran. Oder?«

Joel verneinte. Er hatte nicht die Absicht, irgendjemandem von dem Vorfall zu erzählen – jedenfalls noch nicht. Vielleicht würde das Problem wieder verschwinden, wenn er sich redlich Mühe gab. Vor allem sollte er versuchen, sich daran zu erinnern, was vor seinem Ohnmachtsanfall und dem Zusammenbruch auf der Straße passiert war. Seine Mutter kam ohne Papas Wissen zu Besuch, und er erzählte ihr, wo er den Herzanfall gehabt hatte.

»Ich glaube, ich hatte mir Geld aus dem Automaten geholt«, sagte er zu ihr. »Ich meine, es waren hundertvierzig

Pfund gewesen, aber in meiner Tasche steckten nur fünfundzwanzig. Die liegen jetzt in der Schrankschublade.«

»Joel, du hast noch nie mit Geld umgehen können«, meinte seine Mutter traurig.

»Vielleicht hat jemand das Geld bei der Polizei abgegeben. Man müsste sich danach erkundigen. Die Summe wäre es wert.«

Mit zweifelnder Miene versprach seine Mutter nachzuforschen. Und dann fragte sie, ob nicht »die ganzen Drogen«, die er früher mal genommen hatte, der Grund für sein »kleines Herzproblem« seien. Er sei doch in der Reha gewesen, erwiderte Joel, und er sei geheilt. Dann legte er sich hin und zog die Bettdecke über den Kopf. In seinem Zimmer war es zu hell. Er hatte um dunkle Rollos und zusätzliche dunkle Vorhänge gebeten. Das wäre am besten gewesen, aber es hieß, man könne ihm lediglich die hellblauen durchsichtigen Vorhänge vor seinem Fenster geben. Im Reiseteil einer Zeitung hatte er von einer Stadt in Nordschweden gelesen. Sie hieß Kiruna und lag jenseits des nördlichen Polarkreises. Wenn es dort zur Sommersonnenwende nachts nie dunkel wurde, verhängte das Hotel Ferrum sämtliche Fenster mit blickdichten schwarzen Rollos, um den Gästen eine dunkle Nacht zu gönnen. Zur Wintersonnenwende wurde es dort Tag und Nacht nicht hell. Der Gedanke an Kiruna gefiel Joel. Das wäre genau der richtige Ort für ihn.

Joel war lange Zeit ein Einzelkind gewesen. Zwischen seinem siebten und zehnten Lebensjahr hatte er einen imaginären Freund gehabt. Bei diesem Freund handelte es sich um einen gleichaltrigen Jungen, mit dem er nicht nur Zwiegespräche führte, den er sich nicht nur in seiner Fantasie vorstellte. Nein, Joel sah den Jungen tatsächlich, nicht so deutlich wie seine Schulkameraden, aber doch so, dass er ihn hätte beschreiben können, falls ihn jemand gefragt hätte. Es fragte aber niemand, und er hatte es auch keinem erzählt. Wenn, dann hätte er gesagt, sein Freund Jasper – so hatte sich Jasper selbst genannt – sei blond, hätte blaue Augen und wirke sehr mitfühlend und verständnisvoll.

Keiner in der Schule war so nett und so ein guter Kamerad wie Jasper. Die meisten Mitschüler ließen Joel links liegen oder drangsalierten ihn ein bisschen, jedenfalls so lange, bis er dermaßen gewachsen war, dass sie es nicht mehr wagten, ihm allzu viel anzutun. Um diese Zeit war Jasper allmählich verschwunden. Seine goldblonden Haare und die blauen Augen verblassten immer mehr, seine Umrisse verschwammen, bis er ein Schatten wurde, der ab und zu auf einen hellen Fleck fiel. Und dann ließ er sich überhaupt nicht mehr sehen. Der Verlust hatte Joel traurig gemacht, was aber nicht hieß, dass er über Jaspers Rückkehr glücklich gewesen wäre. Da lag er nun in seinem Krankenhausbett, kniff die Augen zusammen und bedeckte sie mit den Händen, um die Gestalt auf dem Stuhl nicht sehen zu müssen.

Als das Sonnenlicht am späteren Nachmittag matter geworden war, saß auf dem Stuhl leibhaftig eine Gestalt. Mama. Sie war nicht bei der Polizei gewesen, sondern war zum Pembridge Crescent gefahren, um zu sehen, wo Joel seinen Herzanfall gehabt hatte. Dabei entdeckte sie vor allem die Klingelreihe in der Eingangssäule, gegen die ihr Sohn mit seinem Kopf geschlagen war. Sie überlegte, welche Klingel die richtige sein mochte, und läutete. Die Leute, die dort wohnten, seien »absolut reizend« gewesen, nettere Leute könne man sich nicht vorstellen. Selbstverständlich habe sie sich bei ihnen bedankt, dass sie Joel das Leben gerettet hatten, und sie hätten sich »höchst besorgt« erkundigt, wie es ihm gehe.

»Und was ist mit dem Geld, Mama?«, wollte Joel wissen.

»Also, Schatz, das war wirklich komisch. Da hing an einem Laternenpfahl ein Zettel, auf dem stand, jemand habe es gefunden. Du hattest den Betrag völlig richtig in Erinnerung. Ganz erstaunlich, nach allem, was du durchgemacht hast. Ich habe die Nummer aufgeschrieben, bei der du anrufen sollst. Soll ich das für dich erledigen?«

»Ich mache das schon«, sagte Joel.

»Na schön, wie du meinst.«

»Weißt du, ich wäre fast gestorben. Sie haben mir gesagt, sie hätten mich beinahe verloren.«

»Ich weiß, mein Schatz. Du hast es mir erzählt.« Offensichtlich glaubte sie ihm nicht. »Ich möchte mit dir über die Zeit nach deiner Entlassung reden. Du wirst jemanden brauchen, der sich eine Weile um dich kümmert. Dein Vater möchte dich auf keinen Fall zu Hause haben. Er ist ungemein hart, aber so ist er nun mal. Na ja, du kennst ihn ja, er wird sich niemals ändern. Er meint, er würde eine Krankenschwester bezahlen, die bei dir wohnt. Möchtest du das? Selbstverständlich kann ich jeden Tag vorbeikommen.«

»Dadurch würdest du es dir mit dem alten Mistkerl gründlich verderben«, sagte Joel und zog sich die Bettdecke über den Kopf.

Kaum lag er wieder im miefigen Halbdunkel unter der Decke, hörte er, wie seine Mutter seufzte und sich schließlich leise davonstahl. Joel bezweifelte, dass es seinem Vater leidgetan hätte, wenn er gestorben wäre. Papa würde sich bis zu seinem letzten Atemzug an das erinnern, was Amy zugestoßen war. Er würde es nie vergessen und nie verzeihen. Amy war nicht nur sein Kind gewesen, sondern auch das von Mama, aber *sie* hatte ihm verziehen, wenn sie es auch nicht vergessen hatte. Sie wusste, dass er es nicht mit Absicht getan, oder, besser gesagt, unterlassen hatte. Papa würde das nie verstehen und deshalb jeden Betrag bezahlen, nur damit ihm sein Sohn nie wieder unter die Augen kam.

»Hoffentlich weißt du, was du tust, Gene«, sagte Ella Cotswold. »Ich meine, dass du diesen Menschen zu dir nach Hause bittest. Warum konntest du ihn nicht einfach bitten, dir den Betrag zu nennen? Wenn er einen falschen angegeben hätte, dann wäre die Geschichte damit erledigt gewesen. Oder?«

»Und wenn er die richtige Summe genannt hätte, hätte er sowieso herkommen müssen. Glaubst du etwa, dass ich ihm das Geld telegrafisch anweisen ließe?«

»Aber, Liebling, wenn er danebenrät – und das wird er wahrscheinlich tun –, wäre es doch gut möglich, dass er wütend wird und dann … etwas Hässliches tut.«

»Unsinn, Ella«, widersprach Eugene energisch. »Ich bin neugierig. Ich möchte diesen Typen sehen. Er klang ein bisschen wie ein Waschlappen.«

»Hoffentlich ist er das auch.«

Sie wollten zum Abendessen in ein neu eröffnetes Restaurant in der Kensington Park Road gehen. Während Ella ihre Lippen nachzog und sich in einem der schönen Spiegel mit den vergoldeten Rahmen, die er seine *Specula* nannte, betrachtete, huschte Eugene rasch in die Küche, um sich aus einer Geheimschublade zwei Chocorange zu holen, die er in seine Sakkotasche steckte. Die Geheimschublade hatte keinen Griff und sah wie ein Teil des Zierfrieses unterhalb der Arbeitsplatte aus. Er registrierte, dass noch drei Päckchen übrig waren. Sollte er vielleicht noch ein drittes Bonbon mitnehmen? Nur für alle Fälle. Nein, zwei in der Tasche und eines jetzt zum Lutschen, das sollte genügen.

Dank ihrer ausgezeichneten Nase entdeckte Ella den Schokogeruch an seinem Atem, dachte aber, er hätte sich in der Küche ein Stück Schokolade gegönnt. Sie aß nie Schokolade, das wusste er. Trotzdem hätte er ihr etwas anbieten können. Sie war eine zierliche, leicht rundliche Frau mit einem sehr hübschen Gesicht und dunkelbraunen Locken und war stolz auf ihren vollen Busen, den sie mit ihrer Kleidung gern zu betonen pflegte, ohne dabei allzu offenherzig zu sein. Noch vor Jahresende würde sie ihren vierzigsten Geburtstag feiern, und davor graute es ihr schon jetzt. Dabei wusste sie, die viel beschäftigte Hausärztin mit einem erfüllten Leben, die treue Geliebte, die leidenschaftliche Operngängerin und Leserin, ganz genau, wie töricht diese Einstellung war. Vierzig war heutzutage gar nichts, mit vierzig war man jung. Und doch dehnten sich diese Monate vor ihr wie eine sonnendurchflutete Ebene, an deren Ende steile Klippen in einen Abgrund führten.

Wenn Eugene um ihre Hand anhielt, würde sie diesen Abgrund umgehen und für immer auf der Sonnenseite des Lebens bleiben. Sie stellte sich vor, wie sie das Ärztehaus betrat und ihren drei Kollegen, der Sekretärin und der Krankenschwester ihren Verlobungsring präsentierte. Vielleicht würde sie auch ein Baby bekommen können. Unverheiratet würde sie so etwas nie riskieren. Ach, wenn er sie doch fragen würde. Die ganze Welt würde sich ändern. Sie hatte sogar schon daran gedacht, *ihm* einen Heiratsantrag zu machen. Aber so etwas traute sie sich dann doch nicht – als normale Ärztin in einer gut gehenden Praxis gegenüber einem schwerreichen Mann. Er lächelte sie an und gab ihr einen Schokokuss auf die Lippen, nachdem er ihr in den Mantel geholfen hatte. Es tat ihr weh, keine Schokolade angeboten zu bekommen, auch wenn er wusste, dass sie abgelehnt hätte.

»Übrigens, Gene«, fragte sie, als sie im Restaurant saßen, »wie viel hast du eigentlich gefunden?«

»Wie viel was? Ach, das Geld, das ich auf der Straße gefunden habe? Hundertfünfzehn Pfund.«

»Und nur einer hat sich bei dir gemeldet? Innerhalb welcher Zeit?«

»Ungefähr zwei Wochen, Liebling.«

»Was wirst du tun, wenn dieser Typ eine falsche Summe nennt?«

»Es vermutlich zur Polizei bringen.«

Auch wenn das nach so langer Zeit ein wenig seltsam aussähe. Aber darüber müsste man sich jetzt noch nicht den Kopf zerbrechen. Eugene betrachtete Ella liebevoll. Sie war so hübsch und so reizend. Er würde ihre Gegenwart schrecklich vermissen, wenn sie nicht mehr da wäre, dachte er, auch wenn es dafür gar keine Anzeichen gab. Heute Abend, in diesem charmanten Restaurant mit dem köstlichen Essen, bei Kerzenschein und gelben Gazanien in einer Silbervase, war der richtige Zeitpunkt und der passende Ort, um ihr einen Heiratsantrag zu machen. Vielleicht wenn sie beim Dessertwein und beim doppelten Espresso angelangt waren …

Aber die Zeit verging, und er fragte sie nicht. Ein Restaurant war dafür doch nicht ganz der richtige Ort, trotz Kerzenlicht und Blumen. Es sollte besser zu Hause geschehen, nur unter vier Augen. Vielleicht wäre es auch nicht schlecht, wenn er mit seiner Angewohnheit brechen würde.

Das durfte doch nicht allzu schwierig sein. Schließlich handelte es sich ja wahrlich nicht um Alkohol- oder Nikotinsucht. Trotzdem, mit Chocorange musste Schluss sein. Am einfachsten würde es sein, keine Pastillen mehr zu kaufen. Vermutlich würde er für seine Entwöhnung ein bis zwei Wochen brauchen. Also würde es heute Abend keinen Heiratsantrag geben.

Vielleicht hatte sie aber gerade darauf gehofft. Oder war sie nur müde? Jedenfalls meinte sie, sie würde lieber in ihre eigene Wohnung fahren. Und so setzte er sie in ein Taxi, das sie in das deutlich weniger schicke Viertel am nordwestlichen Rand von Notting Hill brachte, jenseits der Portobello Road. Damit war auch für ihn der Abend früh zu Ende. Schon bald würde er ihr einen Heiratsantrag machen, denn er liebte sie, daran gab es nicht den geringsten Zweifel. Vielleicht beim nächsten Treffen oder in einer Woche. Dann würde seine seltsame Angewohnheit bereits Vergangenheit sein. Mit Sicherheit würde sie Ja sagen, sie würden ein Hochzeitsdatum festlegen, und dann würde Ella einziehen. Genau das war doch sein Wunsch. Oder etwa nicht?

Obwohl es noch nicht einmal zweiundzwanzig Uhr dreißig war, schlief er schnell ein und war deshalb um sechs Uhr schon wach. Als zehn Minuten später das Telefon klingelte, wollte er seinen Ohren kaum trauen. Einer von Eugenes Grundsätzen lautete: Niemals nach neun Uhr abends und mit Sicherheit nicht vor neun Uhr am Vormittag anrufen. Sein »Hallo« fiel entsprechend eisig aus.

Es meldete sich eine Männerstimme, die ganz ähnlich klang wie seine eigene. Kultiviert, aber jünger. »Ich habe eben erst Ihren Aushang gesehen. Das heißt, gesehen habe ich ihn eigentlich nicht. Man hat mir davon berichtet, nämlich meine Mutter.«

»Wissen Sie, wie spät es ist?«

Statt diese Frage als rein rhetorisch zu betrachten, erwiderte der Anrufer: »Nein, weiß ich nicht. Vermutlich ziemlich früh.«

»Was wollen Sie eigentlich?«

»Ich glaube, Sie haben meine hundertfünfzehn Pfund.«

»Aha. Ja...« Eugene versuchte abzuwägen. »Sagten Sie hundertfünfzehn?«

»Ja. Das Geld gehört mir.«

Eugene war noch nicht ganz wach. Trotzdem – es handelte sich offensichtlich um den rechtmäßigen Besitzer des Geldbetrags. *Was soll ich nun mit dem anderen Typen machen, der heute kommen soll?*, dachte er benommen. »Vielleicht möchten Sie herkommen und sich das Geld abholen?«, fragte er.

»Das geht nicht.« Trotz des kultivierten Tonfalls klang die Stimme merkwürdig, irgendwie vage, so als hätte der Anrufer keine Eile. »Ich liege im Krankenhaus, hatte eine Herzoperation.« Vielleicht war das der Grund für das seltsame Verhalten. »Ich werde hier noch einige Zeit bleiben müssen. Könnten Sie es schicken?«

»Ich denke, schon«, seufzte Eugene ungnädig. »Wer sind Sie, und wo wohnen Sie? Ich meine, normalerweise, wenn Sie nicht im Krankenhaus liegen.«

»Aber ich *liege* im Krankenhaus. Schauen Sie, ich heiße Joel Roseman und wohne in den Ludlow Mansions an der Moscow Road. Das liegt im Bezirk West 11. Aber eines verstehe ich nicht: Warum können Sie das Geld nicht ins Krankenhaus schicken? Es ist das Welbeck-Nightingale-Herzzentrum, das aber nicht in der Welbeck Street liegt, sondern in Shepherd's Bush. Im McCluskie-Flügel. Haben Sie das notiert? Ein Scheck wäre sicherer als Bargeld.«

Ein Telefonat um diese Tageszeit! Und dann noch vom Krankenbett aus! Garantiert handelte es sich um eine Privatklinik. Es klang danach. Also konnte dieser Joel Roseman wohl kaum auf das Geld angewiesen sein. Allmählich wurde Eugene immer unbehaglicher zumute. Auch das heiße Eisenkrautbad verbesserte seinen Zustand nicht merklich. Er hätte sich von dem Mann, der heute um achtzehn Uhr dreißig kommen sollte, Namen und Telefonnummer geben lassen sollen. So hätte er die Möglichkeit gehabt, ihm abzusagen. Wie hatte er das nur vergessen können? Nachdenklich saß Eugene in seinem Hausmantel aus blauer Seide in einem pinkfarbenen Samtsessel. Normalerweise beruhigte ihn der Anblick des zauberhaften Gemäldes von John Cotman an der gegenüberliegenden Wand. Heute Morgen allerdings nicht. Eugene ging nach unten in den Salon, was er unangekleidet nur selten tat, zog die fünfte Schublade einer zierlichen hohen Kommode auf, öffnete eine neue Packung Chocorange, steckte sich eine Pastille in den Mund und noch eine in seine Hausmanteltasche. Auf dem Päckchen stand »Gut für die Zähne«, also sprach nichts dagegen. Trotzdem hatte er nun zum ersten Mal vor zehn Uhr vormittags eines dieser Bonbons gelutscht. Er müsste den Termin einfach hinter sich bringen und diesem Menschen erklären, dass er zu spät gekommen sei. Das ließ sich nicht vermeiden, auch wenn es unangenehm sein würde. Und diese Dinger da, die musste er von jetzt ab rationieren: eines nach dem Mittagessen, zwei nachmittags und vielleicht noch eines, bevor Ella eintraf.

Aber Halt – rationieren galt nicht. Finger weg!, hieß die Devise. Er würde kein einziges Päckchen mehr kaufen.

Was wäre, wenn der Namenlose, der zuerst bei ihm angerufen hatte, einen Zufallstreffer landete und die richtige

Summe nannte? So etwas wäre zwar ungewöhnlich, aber nicht unmöglich, malte Eugene sich aus. In diesem Fall bliebe ihm nichts anderes übrig, als Joel Roseman einen Scheck über hundertfünfzehn Pfund in die Welbeck Nightingale Klinik oder an die Adresse in Bayswater zu schicken und dem Mann, der um achtzehn Uhr dreißig kommen sollte, die hundertfünfzehn Pfund auszuhändigen. Das konnte er sich leisten, er würde es kaum spüren, und doch fragte er sich inzwischen, warum er nicht gleich zur Polizei gegangen war. Er überließ es Dorinda, die Galerie abzuschließen, und fuhr mit einem Taxi in die Moscow Road. Die Fahrt dorthin hatte nicht viel Sinn, da Joel Roseman mit Sicherheit noch im Krankenhaus lag. Trotzdem war Eugene auf das Wohnumfeld dieses Mannes neugierig, der unweit seines eigenen Hauses auf der Straße einen Herzanfall erlitten hatte. Die Ludlow Mansions entsprachen genau Eugenes Erwartungen: ein edwardianischer Ziegelbau mit Schieferdach, gekrönt von den üblichen Türmchen und Kuppeln, mit einer Steintreppe, die zu dem Doppelportal hinaufführte, und dahinter eine düstere Halle, in der ein Portier hinter einem Schreibtisch saß. Beinahe hätte sich Eugene bei ihm nach Mr. Roseman erkundigt und dabei vielleicht erfahren, dass dieser gar nicht im Krankenhaus lag, sondern auf Urlaub sei, doch dann überlegte er es sich anders.

Ein anderes Taxi brachte ihn zur Spring Street. Gerade als Eugene ankam, drehte die Frau im Sari das Türschild von »Geöffnet« auf »Geschlossen« um. Das war ein Zeichen. Das Schicksal oder sein Schutzengel half ihm beim Aufhören. Durchs Fenster konnte er die ordentlich aufgereihten Päckchen mit Chocorange und Strawpink sehen, direkt neben Hustenbonbons und in der Nähe von Kondomen, was nicht ganz so taktvoll war. Er drehte sich um. Ein abrupter Entzug war der einzig richtige Weg. Er gratulierte sich zu seiner Willensstärke, obwohl er sich schon jetzt nach einem Chocorange sehnte. Dennoch – »abrupter Entzug« –, was für eine unglückliche Wortwahl! Da dachte man doch sofort an harte Drogen. Diesen Ausdruck hätte er besser nicht benutzt, nicht einmal in Gedanken.

Kaum stand er wieder auf dem Gehweg, kam auch schon ein Taxi mit eingeschaltetem Leuchtschild. Eigentlich sollten ihm die Londoner Taxifahrer Punkte für seine häufigen Fahrten geben, wie bei einem Vielflieger. Dann hätte er jetzt schon eine Fahrt rund um den Globus beisammen. Jetzt aber wollte er nur noch rasch nach Hause, um sich auf die Ankunft des Namenlosen vorzubereiten.

6

Das Wohnzimmer in Onkel Gibs Haus musste immer »hübsch aussehen«. Deshalb wurde auch die Tür nie geöffnet. Mit einer Ausnahme: für seine Gebetskreise. Bei den Vorbereitungen für ausgewählte Gäste der Kirche der Kinder von Zebulun ließ er sich sogar dazu herab, ein zusammengewürfeltes Sortiment von zwölf winzigen Gläsern mit Orangensaft zu füllen. Putzen wäre für Onkel Gib jedoch nicht infrage gekommen. Zum Glück verbrachten die Besucher des Hauses in der Blagrove Road die meiste Zeit auf den Knien, denn sobald sich jemand auf das Rosshaarsofa oder in einen der Sessel setzte, stiegen aus der Polsterung dicke Staubwolken auf.

An solchen Abenden verwandelte sich der normalerweise ruhige und gelassene Onkel Gib in ein nervöses Wrack, das in den letzten zwei bis drei Stunden vor dem Gebetskreis mindestens zehn Zigaretten rauchte. Er war sehr darauf bedacht, Lance loszuwerden, bevor das erste Kind von Zebulun eintraf. Seine eigene Vergangenheit zählte nicht mehr. Er hatte schon vor mehreren Jahren im Angesicht der versammelten Gemeinde seine Sünden bekannt. Man hatte ihn wegen seiner Schande gegeißelt, ihn ein jämmerlich blökendes, verlorenes Schaf genannt, ihm letztlich vergeben und ihn in den Schoß der Kirche aufgenommen. Inzwischen gehörte er, dank der unendlichen Gnade Gottes, zum Ältestenrat. Ganz anders war es bei Lance, dem unverbesserlichen Ladendieb und Räuber, der Handys klaute und die Frau verprügelte, mit der er in Sünde gelebt hatte, der den Namen Gottes in seinen Flüchen missbrauchte und seinen Eltern ein nichtsnutziger Sohn war. Wenn man es richtig bedachte, was Onkel Gib oft tat, gab es kein Gebot, gegen das Lance nicht regelmäßig verstieß. Mit einer Ausnahme: Er machte sich keine Götzenbilder. Und er hatte noch keinen getötet, zumindest nicht, soweit Onkel Gib wusste.

Lance musste unbedingt vor achtzehn Uhr verschwunden sein, dann begann der Gebetskreis. Im Laufe des Tages hatte er verkündet, er wolle »gegen sechs« das Haus verlassen, um sich »mit einem Mann wegen eines Jobs zu treffen«. Onkel Gib nahm Lance weder die Geschichte mit diesem noch mit irgendeinem anderen Job ab. Trotzdem hatte er das Gefühl, dass seine übliche zynische Antwort vielleicht unangemessen gewesen wäre. Lance hätte es sich anders überlegen und daheimbleiben können. Ab zwanzig vor sechs ließ er den Minutenzeiger an der Standuhr, ein Erbstück aus Tante Ivys Familie, nicht mehr aus den Augen und begann nervös herumzutigern. Lance hatte droben in seinem Schlafzimmer auf dem Bett gesessen und ziemlich unsystematisch über das Geld nachgedacht. Dabei war er zu dem Schluss gekommen, dass es sich bei der Summe genauso gut um neunzig wie um hundertfünfundfünfzig Pfund handeln konnte. Er würde schlicht und einfach raten müssen. Allmählich wanderten seine Gedanken, wie schon so oft, zu Gemma, dem Mädchen, das ihm ein blaues Auge und den Verlust eines Zahns zu verdanken hatte. Er vermisste sie, und zwar nicht nur ihren Fernseher und ihre Mikrowelle. Der Weg zur Chepstow Villas würde ihn ganz nahe an ihrer Wohnung in der Talbot Road vorbeiführen. Vielleicht würde sie ganz zufällig auf den Balkon kommen, um ihre Wäsche aufzuhängen, oder sie würde gerade den

Kinderwagen dort abstellen. Vielleicht würde sie auch nur in einem der Stühle gegenüber von dem Sessel sitzen, der immer seiner gewesen war. Schließlich war es ja warm und sonnig. Nachdem Lance einige Augenblicke über seinem Verlust gebrütet hatte, ging er zur Treppe und tappte langsam hinunter.

Von hier oben konnte er Onkel Gib sehen, der direkt hinter der Wohnzimmertür auf und ab lief. Eine Zigarette baumelte von seiner Unterlippe. Dieser Anblick heiterte Lance auf. Selbst wenn er geschlagene fünf Minuten unter Gemmas Fenstern stehen würde, bräuchte er bis zur Chepstow Villas höchstens zwanzig Minuten. Wenn er sich verspäten würde, müsste der Typ einfach warten. Wäre doch schön, wenn er sich einmal bei Onkel Gib für die ganzen Hungermahlzeiten und die Ratte auf der Toilette und sein blödes Schlafzimmer und den Zigarettenqualm revanchieren könnte. Lance ging wieder hinauf und beäugte den Minutenzeiger an der Rolex-Imitation, die er einem Mann samt dessen Handy geklaut hatte. Träge kroch der Zeiger auf sechs Uhr zu.

Die Standuhr schlug. Kaum war der sechste Schlag verklungen, rief Onkel Gib laut: »He, du, höchste Zeit, dass du dich trollst.«

Dieses »He, du« ließ Lance zusammenzucken. Genau diesen Ausdruck hatte Gemma manchmal gebraucht, allerdings hatte es bei ihr liebevoll oder sexy geklungen. »He, du, na, komm schon«, hieß es zum Beispiel, wenn sie im Bett auf ihn wartete. Bei Onkel Gib klang es einfach nur fies. »Bin schon unterwegs«, rief Lance. »Kein Grund zur Aufregung.« Unterdessen klapperte schon der Briefkastendeckel an der Haustür. Eine Klingel gab es nicht.

»Gott schütze dich, Bruder Gilbert«, rief eine tiefe

Stimme, dann waren schwere Schritte auf dem Weg ins Wohnzimmer zu hören.

Lance musste einfach schallend lachen. Ganz langsam erhob er sich vom Bett, ging über den Flur und blieb oben an der Treppe stehen. Wieder klapperte der Briefschlitz. Lance ging zwei Stufen nach unten. Da kam Onkel Gib aus dem Wohnzimmer, um die Haustür zu öffnen, sah nach oben und drohte ihm mit erhobener Faust. Ein weiteres Kind von Zebulun erhielt Einlass, diesmal ein uralter Weißbart. Am liebsten hätte Lance ihm zugerufen: »He, Santa, wie geht's denn so?«, aber das wagte er nicht. Sonst würde ihn vielleicht beim Heimkommen eine verriegelte Haustür erwarten.

Seit Tagen hatte er sich nicht mehr so aufgekratzt gefühlt. Fröhlich marschierte er die Raddington Road entlang, hinein in die Portobello Road. Der Häuserblock mit den Sozialwohnungen des Bezirks Kensington–Chelsea, wo Gemma wohnte, lag etwas südlich von hier. Lance spazierte unter der Westautobahn und der Eisenbahnbrücke hindurch, die Westbourne Park Road und die Powis Mews hinunter. In der Talbot Road ging es um die total mit roten und blauen Graffitis beschmierte gelbe Betonwand herum. Aus reinem Aberglauben gestattete er sich keinen einzigen Blick in die Höhe, bis er direkt unter ihrem Balkon stand. Auf der Leine hing die Wäsche, darunter auch ein T-Shirt mit rosa Rosen, das Lance schmerzlich vertraut war. Der Kinderwagen stand da und auch die Stühle, aber keine Gemma. Beim Anblick dieses T-Shirts brachen Nostalgie und Sehnsucht mit voller Wucht über Lance herein, sodass er sich am betonierten Türpfosten festhalten musste. Tränen stiegen ihm in die Augen. Er rieb sie mit den Fäusten weg und ging weiter, die Leamington Road hinunter. Die

Depression war wieder da und hockte ihm wie ein schwerer schwarzer Rucksack auf den Schultern.

Bei dem Haus in der Chepstow Villas – ein weißes stuckverziertes Gebäude aus der georgianischen Epoche – handelte es sich im Jargon der Immobilienmakler um eine dreistöckige Doppelhaushälfte inklusive Kellergeschoss. Hinter der Mauer und dem von Löwenköpfen gekrönten Eingang erstreckte sich ein großer Vorgarten mit vielen Büschen, von denen einige in voller Blüte standen. Zur Haustür führten sechs Steinstufen hinauf. Lance registrierte, dass sich links von der Garage ein vielleicht anderthalb Meter hohes Gartentürchen befand. Später würde er sich noch mehr derartige Dinge einprägen.

Der alte Herr, der ihm aufmachte, war ziemlich lang und dünn, allerdings bei Weitem nicht so dünn wie Lance. So was wie ihn gäbe es nicht noch mal, hatte Gemma gemeint. Der Typ hatte jede Menge weiße Haare und meinte auf seine Begrüßung hin: »Nett, Sie kennenzulernen. Eugene Wren. Wie geht es Ihnen?« *Wie unfair,* dachte Lance. Wieder ein Beweis für diese widerlichen Klassenunterschiede. Da trug doch dieser alte Kerl eine braune Wildlederjacke, die garantiert aus einem der Läden in der Bond Street stammte, und eine *echte* Rolex. Kaum stand er im Haus in einer Art Wohnzimmer, das allerdings nicht nach vorn hinaus lag, da hätte es ihn beinahe um den Verstand gebracht, wie unfair alles war.

So etwas hatte er noch nirgendwo gesehen. Er hatte keine Ahnung, dass es solche Häuser überhaupt gab, außer im Fernsehen, und die hatte er nie für echt gehalten. Wenn er so etwas neben Gemma auf dem Sofa in ihrem Superfernseher gesehen hatte, hatte sie zu ihm gesagt: »Solche

Wohnungen gibt's in echt gar nicht. So was türken die nur, damit wir in die Glotze schauen.« Und er hatte gemeint: »Glaubst du nicht, dass die Beckhams oder Elton John solche Sachen zu Hause haben?« – »Na ja, das sind Millionäre«, hatte sie gesagt. »Die zählen nicht.«

War dieser Typ ein Millionär? Lance war von dem Raum wie geblendet. Diese Bilder, die Möbel, die Krüge und Vasen und Statuen, die Vorhänge, die ellenlang auf dem Teppich lagen, die Satinkissen in funkelnden Edelsteinfarben, die kleinen Tischchen, die Uhren, die ledergebundenen Bücher mit Goldschnitt, der Kristallleuchter, den ein Sonnenstrahl wie Diamanten aufblitzen ließ. Lance stand mit offenem Mund da und fühlte sich wie ein Idiot und wünschte, er wäre nie hergekommen. Doch dann war er darüber froh und beschloss, das Beste daraus zu machen.

»Nehmen Sie doch Platz«, forderte Eugene Wren ihn auf. »Dürfte ich Ihren Namen erfahren?«

Lance setzte sich. Er lebte in einer Welt, in der niemand Familiennamen gebrauchte. »Lance«, sagte er und fügte nach dem verblüfften Blick des Typen hinzu: »Lance Platt.«

Jetzt war Schluss mit dem starren Blick. Lance sah sich um. Die Sonne drang durch raumhohe Fenstertüren ein, durch ganz normales, unvergittertes Fensterglas. Rings um den Garten draußen lief eine hohe Mauer, die völlig mit Efeu und solchem Zeug überwachsen war. Aber schließlich gab es ja noch das Gartentürchen.

»Also«, begann Eugene Wren, »ich habe hier einen Geldbetrag für Sie. Sie müssen mir lediglich sagen, wie viel Geld Sie verloren haben.«

Die Enttäuschung über Gemma und der Schock über diese Wohnung hatten Lance das Geld völlig vergessen lassen. »Fünfundneunzig«, sagte er.

Der Alte lächelte. »Ach, dann handelte es sich bei der Summe, die ich auf der Straße gefunden habe, nicht um Ihr Geld. Schade.«

Lance wusste nicht, was er sagen sollte. Es war ihm auch ziemlich egal. Im Vergleich zu der fetten Beute, die diese Wohnung abwerfen würde, war das alles sowieso ohne Bedeutung, egal, ob nun fünfundneunzig Pfund oder sonst etwas. Er stand auf. »Tja, ich geh dann mal.«

Dann schwieg er, denn es war alles gesagt. Erst draußen in der Diele meinte er: »Tschüss.« Im Vorbeigehen hatte er die Alarmanlage an der Wand und die Riegel an der Haustür entdeckt. Kaum war er den Gartenweg zur Hälfte gegangen, hatte sich die Tür auch schon wieder geschlossen. Der ganze Besuch hatte höchstens sechs Minuten gedauert.

Er registrierte Gitter vor den Erdgeschossfenstern auf der Straßenseite und auch vor dem Kellerfenster, zu dem eine Eisentreppe hinunterführte. Das seitliche Gartentürchen würde kein Problem sein. Nach hinten hinaus gab es im Erdgeschoss bestimmt noch mehr Fenster, höchstwahrscheinlich ohne Gitter. Wohnte der Typ hier allein? Von einer Frau war keine Spur zu erkennen, aber welche Spuren hätte sie auch hinterlassen sollen? *He, Lance, irgendwie musst du die Wohnung beobachten.* Von einem Auto oder einem Van aus würde das leichter zu bewerkstelligen sein. Also, wer von seinen Bekannten würde ihm einen Van leihen? Gemmas Bruder? Wohl kaum, dachte Lance, während er auf dem Rückweg in die Richtung ihrer Wohnung lief.

Und sie war da! Sie stand mit ihrem Baby auf dem Arm am Balkongeländer: die geliebte Frau, die ihr Kind ans Herz drückte! Gequält stieß er einen leisen Schrei aus. Gemma hörte es und sah hinunter. Sofort zog sie sich in die Wohnung zurück und warf die Glastür hinter sich zu.

Na, ist doch gar nicht so schlecht gelaufen, stellte Eugene im Nachhinein fest. Ein unscheinbarer, nur aus Haut und Knochen bestehender junger Mann mit aschblonden Haaren und teigiger Haut – aber was tat das schon zur Sache? Er setzte sich, um auf Ella zu warten, doch als er auf die Uhr schaute und sah, dass bis zu ihrem voraussichtlichen Eintreffen noch eine halbe Stunde Zeit war, öffnete er die Schublade des geschnitzten schwarzen Eichentischs – dänisch, um 1790. Im geschlossenen Zustand war die schwere Schublade kaum zu erkennen. Er betrachtete versunken die drei Chocorange-Pastillen. Es waren die letzten drei Bonbons aus dem letzten Päckchen, die allerletzten, die er je essen würde. Oder vielleicht nicht einmal diese drei? Genügte seine Willensstärke, auf die er zuvor so stolz gewesen war, um ihm zu helfen, die Dinger in den Abfalleimer zu werfen?

Im Nachdenken über seine Angewohnheit kam er wie schon so oft zu neuen Erkenntnissen über sich selbst und seine Sucht. Es fiel ihm auf, dass er dieser Pastillen nie überdrüssig wurde, egal wie viele er rasch hintereinander verzehrte. Er wollte immer *noch* eine haben. Und das war nicht bei allen Drogen der Fall. Beim Alkohol war die Sache klar: Wer zu viel trank, kippte entweder um, oder ihm wurde schlecht. Ein Übermaß an Zigaretten verursachte Übelkeit oder löste Hustenanfälle aus. Und bei Joints hatte Eugene schon nach zwei Stück gedacht, er würde schweben, während in seinem Gehirn Dinge abliefen, bei denen ihm angst und bang wurde. Bei Chocorange passierte nichts dergleichen. Er wollte einfach nur immer mehr davon. Deshalb musste er unbedingt aufhören. Und so würde er vorgehen: Zwei würde er wegwerfen und das dritte lutschen.

Langsam steckte er das letzte Bonbon – das allerletzte seiner Art – in den Mund, dann trug er die restlichen zwei in die Küche und warf sie weg, allerdings nicht direkt in den Abfalleimer, sondern in eine Plastiktüte, zu den äußeren Blättern eines Salatkopfs, mehreren Teebeuteln und einer abgelaufenen Pastete. Diese Art der Entsorgung zwischen feuchtem ungenießbarem Müll würde garantiert verhindern, dass er sie später wieder herausholte. Er verknotete die Henkel der Plastiktüte und ließ sie in den Eimer fallen.

Keine Chocorange mehr kaufen! Das würde ihm schwerfallen, aber das wusste er längst. Aus heiterem Himmel fiel ihm die Situation wieder ein, als seine Vorräte schon einmal aufgebraucht gewesen waren und er hier allein gesessen hatte, während sämtliche Läden bereits geschlossen waren. Verzweifelt hatte er sich auf die Suche gemacht und sämtliche unwahrscheinlichen Stellen durchforstet, bis er – was für ein wunderbares Erlebnis, besser als der erste Drink am Abend, ja sogar fast besser als Sex – unten in der Plastiktüte, die er stets zum Einkaufen bei sich trug, ein ungeöffnetes Päckchen gefunden hatte. Ein Päckchen, das noch immer in diese lächerliche Zellophanhülle eingeschweißt war, die sich nur mühsam buchstäblich mit Zähnen und Klauen aufreißen ließ.

Er hörte Ellas Schlüssel im Schloss und zwang sich, den letzten Rest Chocorange hinunterzuschlucken. Das allerletzte, das er je genießen würde. In wenigen Wochen würde die Sache nur noch eine Erinnerung sein, und dann würde er sich hoffentlich darüber wundern, dass er jemals nach einer Süßigkeit hatte süchtig werden können. Ella sah ausgesprochen hübsch aus. Sie trug ein rosa Kostüm mit einer Art Rüschenkragen, wie es derzeit anscheinend modern war. Rosa stand ihr. Sie legte ihm die Arme um den Hals und küsste ihn.

»Gene, du hast schon wieder Schokolade gegessen.«

»Meine Schwachstelle«, gestand er.

»Tja nun, ich bin genauso schlimm. Außerdem habe ich mittags viel zu viel gegessen. Wie bist du mit deinem Besucher zurechtgekommen?«

Er berichtete ihr.

»Hast du Mr. Roseman schon den Scheck geschickt? Ich muss morgen im Laufe des Tages sowieso nach Shepherd's Bush ins Welbeck Nightingale. Soll ich den Scheck mitnehmen und ihm aushändigen? Die Post ist so unzuverlässig.«

Lance verlor keine Zeit. Vergeblich hatte er sich am Abend zuvor den Kopf zerbrochen, aber ihm war einfach kein Bekannter eingefallen, der ihm ein Auto oder einen Van leihen würde. Also bequemte er sich an einem strahlend sonnigen Vormittag zu einem erneuten Fußmarsch zur Chepstow Villas. Das gegenüberliegende Haus stand eindeutig leer. An den Fenstern hingen weder Vorhänge noch Jalousien, der Rasen im Vorgarten war nicht gemäht, und direkt hinter dem Tor steckte ein Schild mit der Aufschrift »Zu verkaufen«. Lance vergewisserte sich in alle Richtungen, ob wirklich niemand da war. Dann schlüpfte er durch den Eingang des leeren Hauses und hockte sich hinter eine solide verputzte Mauer von gut einem halben Meter Höhe, auf der unter einer Balustrade eine Reihe kleiner Säulen thronte. Da es in der Hocke nach fünf Minuten äußerst unbequem wurde, setzte sich Lance auf den Boden. Zum Glück war es nach einem April mit der geringsten Niederschlagsmenge seit der Wetteraufzeichnung knochentrocken. Es war kurz nach halb neun.

Schon bald verfluchte er die Leute, die nicht vor neun Uhr dreißig oder zehn Uhr arbeiten gehen mussten. Womit verdiente sich der reiche Knopf seinen Lebensunterhalt? Lance, der selbst nie gearbeitet hatte, wusste von den Jobs anderer Leute herzlich wenig. Vage dachte er an eine Bank. Oder gehörte der Typ zu den sogenannten Stockbrokern? Lance hatte keine Ahnung, was das sein mochte. Vielleicht arbeitete dieser Mensch gar nicht. Vielleicht blieb er den ganzen Tag zu Hause. Gerade kam er zu der Erkenntnis, dass er wohl recht hatte und dass der Typ vermutlich daheimblieb, um auf das ganze Zeug in seinem Haus aufzupassen, da ging die Haustür auf, und der Mann mit den weißen Haaren trat heraus. Heute trug er einen dunklen Anzug mit weißem Hemd und einer grauen Krawatte mit weinrotem Muster. In der Hand hielt er eine Aktentasche. Nun hatte Lance ein Problem: Sollte er dem Mann folgen und herausfinden, wohin er ging, oder sollte er dessen Abwesenheit nutzen, um zur Rückseite des Hauses vorzudringen? Er entschied sich für Letzteres. Der Weißschopf würde doch nicht diese Aktentasche mit sich herumschleppen, wenn er nur zum Einkaufen gehen wollte.

Zuerst versuchte er es allerdings an der Türglocke. Vielleicht war drinnen ja eine Frau, auch wenn Lance am Abend zuvor keine gesehen hatte. Doch das hieß ja nicht, dass der Typ gänzlich unbeweibt war. Er klingelte noch einmal, wartete und lauschte am Briefkastenschlitz, ob sich drinnen etwas rührte. Da war nichts. In der frei stehenden seitlichen Hauswand befand sich ein kleines vergittertes Fenster. Lance stemmte sich hinauf und spähte zwischen den Stäben hindurch. Er konnte die Diele erkennen, durch die er bei seinem extrem kurzen Besuch gekommen war. Keiner da, alles still. Er probierte es am seitlichen Gartentürchen.

Das massive Türblatt aus irgendeinem Hartholz hatte keinen Riegel, aber der Griff ließ sich bewegen. Natürlich war die Tür von der anderen Seite verschlossen und verriegelt. Ohne eine Leiter kam er nicht hinüber.

Lance ging die Chepstow Villas hinunter, hinein in die Pembridge Villas, wo er schon bald an dem Garten nach rechts abbog, hinter dem er das Grundstück dieses Typen vermutete. Vom Fenster einer Erdgeschosswohnung aus starrte ihn eine Frau an. Er ging weiter bis zur nächsten Straßenkreuzung. Ungefähr auf halbem Weg wurde gerade ein Haus renoviert. Die Vorderfront war eingerüstet, und im Vorgarten stand ein Schild mit der Aufschrift »Williams & Dhaliwal, Renovierungen der Extraklasse«. Trotzdem war bei Williams und Dhaliwal heute niemand bei der Arbeit, obwohl noch genug Werkzeug herumlag, darunter auch eine Aluminiumleiter, die an der untersten Gerüstetage lehnte.

Wenn die Leute einen Mann mit einer Leiter sehen, vermuten sie nicht, dass er sie gestohlen hat, sondern denken, er sei auf dem Weg zu einer Baustelle. Ohne mit der Wimper zu zucken, schnappte sich Lance die federleichte Leiter, legte sie sich über die Schulter und machte sich wieder auf den Weg zum Haus von Weißkopf. Dort lehnte er die Leiter an das seitliche Gartentor, kletterte hinauf, zog die Leiter nach und ließ sich auf der anderen Seite fallen. Kein schockiertes Geschrei, niemand brüllte: »Was soll das? Was machen Sie da?«

Er hatte richtig geraten. Die rückwärtigen Fenster waren nicht vergittert. Der Weißkopf dachte sicher, niemand könne von hinten in den Garten gelangen, und im Prinzip hatte er ja recht. Die hohen Mauern ringsherum waren mit Kletterpflanzen bewachsen, die auf Lance einen ziemlich stacheligen Eindruck machten. An so etwas konnte man nicht hochklettern. Da kam nur eine Katze hinauf, zum Beispiel der gestreifte Teufel, der ihm die Krallen über die Finger gezogen hatte. Jetzt starrte das völlig reglos dasitzende Tier ihn heimtückisch aus dem Dornengestrüpp heraus an. Egal, mit Mauerkletterei hatte er sowieso nichts am Hut. Eine Witterung von Gefahr hinderte ihn daran, ungeniert an die Balkontüren zu treten, und das war auch gut so, denn als er sich verstohlen an ein kleines Schiebefenster heranschlich, um einen Blick ins Innere zu werfen, ließ ihn ein dröhnendes Geräusch, das immer lauter wurde, auf dem Pflaster erstarren. Ein Staubsauger. Jemand schaltete gerade einen Klopfsauger ein. Ohne näher heranzugehen, konnte er einer Frau zusehen, wie sie die Maschine wie beim Rasenmähen in regelmäßigen Reihen über einen Teppich schob.

Mit Sicherheit war diese Frau gekommen, während er auf der Suche nach einem Zugang um den Block spaziert war. Momentan kehrte sie ihm noch den Rücken zu, wollte sich aber gerade umdrehen. Lance ging in Deckung und kroch auf allen vieren auf demselben Weg zurück. Wie lange würde sie dort drinnen bleiben? Stunden? An dieser Hausseite gab es keine raumhohen Fenster, also würde sie ihn nur entdecken können, wenn sie in den Garten kam. Er schob den Riegel am seitlichen Tor zurück und drehte den an dieser Seite steckenden Schlüssel um. Dabei lauschte er ständig auf das an- und abschwellende Gedröhn des Klopfsaugers. Was sollte er mit der Leiter machen? Wo konnte er sie entsorgen, wenn er sie mitnahm? Inzwischen hatte er die Leiter in den Vorgarten verfrachtet und das Türchen hinter sich zugemacht. Er hatte Bedenken, die Leiter an ihren ursprünglichen Platz zurückzubringen. Schließlich schob er den Schlüssel in seine Tasche und ließ die Leiter an die Hauswand gelehnt stehen.

Morgen würde er wiederkommen. Nach acht Uhr fünfundvierzig, dann ging der alte Knacker weg, und vor neun Uhr dreißig, wenn die Frau kam. Mit etwas Glück würde bis dahin niemand merken, dass das Türchen nicht verriegelt war, beziehungsweise dass der Schlüssel fehlte.

7

Die Privatpatienten lagen in einem neu gebauten Flügel, während sich der Krankenhausteil, aus dem Ella gekommen war, kaum von dem alten Armenhaus unterschied, das hier früher einmal untergebracht gewesen war. Ihr Patient hatte auf einer gemischten geriatrischen Station gelegen, die den alten Männern und den alten Frauen gleichermaßen verhasst war. Letzteres wäre im viktorianischen England, als man dieses Gebäude erbaut hatte, unter allen Umständen verboten gewesen. Während Ella innerlich vor Wut über die Regierung, vielleicht auch über das Gesundheitssystem, schäumte, trat sie an den stromlinienförmigen gläsernen Empfang, um sich nach Joel Roseman zu erkundigen. Er liege auf Zimmer fünf, hieß es. Sie traf ihn nicht im Bett an, sondern in einem Sessel, wo ein ziemlich gut aussehender, dunkelhaariger Mann um die dreißig in Jeans und T-Shirt und mit einer Decke über den Knien schlief. Im Zimmer war es sehr warm, die Fenster waren geschlossen.

Ella setzte sich in den zweiten Sessel auf der anderen Bettseite. Wie vorauszusehen war, wachte er auf, hielt sie aber nicht für eine Therapeutin, die zum Massieren gekommen war, sondern zuckte zusammen und starrte sie nur an.

Ella stand auf und hielt ihm ihre Hand hin. »Wie geht es Ihnen? Ich bin Dr. Ella Cotswold. Allerdings bin ich nicht als Ärztin hier. Ich bringe Ihnen einen Scheck für Ihr verlorenes Geld.«

Er blinzelte. Es sah aus, als wollte er vor der Helligkeit

hinter dem Fenster zurückweichen. Er streckte die Hand aus und nahm den Umschlag. »Das ist sehr freundlich von Ihnen. Einen Augenblick dachte ich, Sie wären – nun ja, jemand anders.«

»Wie geht es Ihnen?«

»Eigentlich ganz gut«, sagte Joel Roseman. »Leider ist es mir hier drinnen zu hell. Einen Moment mal.« Er griff in die Schublade eines Nachtschränkchens neben dem Bett und holte eine große schwarze Sonnenbrille heraus, die sein Gesicht zum Großteil bedeckte. »Vermutlich werde ich bald entlassen.«

»Darauf werden Sie sich sicher freuen.«

Schweigend öffnete er den Umschlag und betrachtete den Scheck. »Diese Unterschrift – stammt sie von dem Mann, mit dem ich telefoniert habe? Ist er ein Freund von Ihnen?«

Ella nickte. Nur allzu gern hätte sie von Eugene als ihrem Verlobten gesprochen, aber das konnte sie nicht. Noch nicht. »Haben Sie jemanden, der sich um Sie kümmert, wenn Sie heimkommen?«, erkundigte sie sich ganz wie eine gute Ärztin.

»Meine Mutter wird manchmal vorbeikommen.« Joel befeuchtete seine Lippen und beugte sich über das Bett zu ihr. Die schwarzen Gläser verwandelten sein Gesicht in eine Maske. »Mein Vater will nichts mit mir zu tun haben. Wir reden nicht miteinander, das heißt, er redet nicht mit mir.« Die Stimme veränderte sich und wurde zur Kinderstimme, vertrauensvoll, unschuldig, naiv. »Trotzdem bezahlt er. Er bezahlt alles. Man könnte mich als Emigranten bezeichnen, den sein Vaterland unterstützt.«

»Möglich«, entgegnete Ella. »Das kann ich nicht beurteilen.«

»Sind Sie praktische Ärztin?« Auf ihr Nicken hin fuhr er fort: »Ich habe keinen Arzt. Ich meine, selbstverständlich habe ich hier drinnen Ärzte, sogar jede Menge. Aber ich habe keinen richtigen Hausarzt.«

Ella versuchte, sich ihr Erstaunen nicht anmerken zu lassen.

»Könnte ich nach meiner Entlassung Privatpatient bei Ihnen werden? Mein Papa wird bezahlen. Diesbezüglich wird es keine Schwierigkeiten geben.«

Verblüfft entgegnete sie: »Mr. Roseman, Sie kennen mich doch noch gar nicht. Vielleicht sollten Sie mit einer derartigen Entscheidung warten, bis Sie zu Hause sind. Ich gebe Ihnen meine Visitenkarte. Wenn Sie möchten, können Sie mich anrufen.«

Joel ließ sich zum Lesen der Karte lange Zeit. Er setzte seine Sonnebrille ab und wieder auf, drehte die Karte um, las sie noch einmal und steckte sie in seine Jeanstasche. Er ging damit vorsichtiger um als zuvor mit dem Scheck. »Wenn Sie damit einverstanden sind, möchte ich Ihnen jetzt noch nicht erzählen, was mit mir nicht in Ordnung ist. Das kann warten, bis ich Ihr Patient bin. Es wird Ihnen mit Sicherheit seltsam erscheinen, aber alles ist *wirklich wahr.*«

Sie stand auf. Mit Sicherheit würde sie ihn nie wiedersehen. »Ich wünsche Ihnen alles Gute.«

»Ich erzähle Ihnen dann alles bei unserem nächsten Treffen«, sagte er.

Er war wegen eines halben Liters Halbfettmilch in einen Tesco Express in der Kensington High Street gegangen. Vor der Theke hatte er ein bis oben hin mit Chocorange und Strawpink vollgestopftes Metallregal entdeckt. Da stand er nun und betrachtete traurig die Bonbons. Es war zu spät. Musste es gerade Tesco sein, jene Ladenkette, die er stets verachtet hatte? Wie glücklich hätte ihn diese Entdeckung vor einer Woche gemacht, denn es bedeutete, dass es diesen Artikel nicht nur in dieser Express-Filiale gab, sondern mit Sicherheit auch in allen anderen sowie in sämtlichen großen Tesco-Märkten und in den Metro-Läden, einschließlich dem in der Portobello Road, also nur einen Steinwurf weit weg. Und obendrein in einem derart unpersönlichen Geschäft, wo hinter der Kassenreihe fünf junge Leute mit gelangweilter Miene wie die Roboter herumsaßen. Denen war es egal, was die Kunden kauften und was nicht. Er nahm ein Päckchen aus dem Regal und legte es in seinen Korb, dann legte er es wieder zurück, drehte sich schnell um und trug seine Milch zur Kasse.

Kaum war er aus dem Laden, bedauerte er es schon, dass er kein Chocorange gekauft hatte. Ein Päckchen hätte er getrost mitnehmen können, als Vorrat für zwei oder drei Tage. Schließlich handelte es sich um ein harmloses Produkt. Hier war ja nicht von Kokain die Rede, Gott bewahre. Trotzdem ging er nicht in den Tesco Express zurück. Er tröstete sich mit Eigenlob. Immerhin hatte er schon drei Tage ohne Chocorange gelebt, und es war durchaus erträglich gewesen. Vieles sprach dafür, diese Dinger nicht im Haus zu haben, denn eines wusste er: Selbst wenn er ein Päckchen hoch oben auf einem Schrank deponiert hätte, sodass er es nur mit der Leiter erreichen konnte, hätte er eben diese Leiter geholt und wäre hinaufgeklettert. Am besten ging man der Versuchung ganz aus dem Weg. Dieser Gedanke versetzte ihn in einen euphorischen Zustand, der bis weit in den Nachmittag hinein und sogar dann noch anhielt, als ein Galeriebesucher, der regelmäßig eingehend den Rothko betrachtete und den Rahmen befingerte, ohne sich je zu einer endgültigen Entscheidung durchzuringen, zum letzten Mal auftauchte und verkündete, er habe sich definitiv dagegen entschieden.

Dorinda war stocksauer. »Diese Leute haben wirklich Nerven wie Drahtseile. Und man kann absolut nichts dagegen machen.«

»Rein gar nichts«, bekräftigte Eugene. »Höchste Zeit, dass wir das Schaufenster umdekorieren. Wir könnten es mit einem der unbedeutenderen Präraffaeliten versuchen. Vielleicht auch mit zwei Bildern. Ich denke da an das Mädchen, das mit ihrem Kind durch den Wald spaziert, und an die Frau, die auf die Rückkehr des Rettungsboots wartet. Ach, und dazu die Famille-noire-Vase. Jackie soll das machen.«

Betrachte deinen Verzicht doch mal positiv, redete er sich ein. Von nun an musst du nicht mehr so tun, als hättest du einen rauen Hals oder ein Stück Schokolade gegessen. Jetzt musst du kein Bonbon mehr im Taschentuch verschwinden lassen, sobald ein potenzieller Kunde hereinkommt. Die Tage, an denen du an keiner Apotheke vorbeigehen konntest, ohne dich zu fragen, ob sie wohl dieses Zeug auf Lager hat, sind vorbei. Die Heimlichtuerei gehört der Vergangenheit an. »Aber du liebst doch Geheimniskrämerei. Und wie«, flüsterte ihm eine innere Stimme leise zu.

Während er zwischen zwei präraffaelitischen Gemälden auswählte und lange Zeit darüber brütete, ob ihm »Das Mädchen mit dem Kind« oder »Der verwundete Soldat und seine Frau« lieber war, redete er sich ein, dass er sich jetzt wenigstens nicht mehr vor Jackies prüfendem Blick würde fürchten müssen, sobald sie die verräterische Ausbuchtung in seiner Backe entdeckte. Er stellte das Bild ins Fenster, verschob die chinesische Vase ein wenig aus der Mitte und schickte Jackie auf die Suche nach einem Stück gelbem Damast, um eine Staffelei zu verhüllen.

Plötzlich hatte das Verlangen unerträgliche Ausmaße angenommen. Er holte tief Luft. Daraufhin drehte sich Jackie um und musterte ihn. »Alles in Ordnung, Eugene?«

»Ja, danke, mir geht's gut«, sagte er.

Er überließ ihr die letzten Handgriffe, ging in die kleine Küche im hinteren Teil der Galerie und goss sich aus dem Hahn ein Glas Wasser ein. Wasser half manchmal, aber diesmal leider nicht. Es blieb ihm nichts anderes übrig, als es auszuhalten. Auf dem Heimweg redete er sich gut zu. Er sei ein Gefangener gewesen, aber seine Zelle habe eine Tür gehabt, die er sich mit schierer Willenskraft selbst hatte öffnen können. Er solle doch stolz auf sich sein. Er habe Nein gesagt und sei an diesen Läden vorbeispaziert. Er sei mit den Händen in der Tasche vorbeigegangen und habe den Kopf weggedreht. Vielleicht sollte er es Ella erzählen. Jetzt konnte er ihr doch sagen, dass er mit der Nascherei Schluss gemacht hatte. Aber wäre es nicht besser und klüger, seine Sucht und deren Überwindung geheim zu halten?

Zu Hause musste er sofort daran denken, wie er noch vor wenigen Tagen sechs Päckchen in der Geheimschublade in der Küche, vier in der geschnitzten Schublade des schwarzen Eichentischs und den Rest in unterschiedlichen Mantel- und Jackentaschen verstaut hätte. Nur ein Päckchen hätte er draußen gelassen, um sich im Laufe des Abends daran zu bedienen. Aus und vorbei. Er hatte den Eindruck, als litte er unter einer schrecklichen Entbehrung, und sein ganzes Handeln sei absolut wertlos. Er empfand eine ungeheuere Leere. Vor ihm dehnte sich ein endloser, unausgefüllter Abend ohne die kleinste Fluchtmöglichkeit. Vorbei war das heimliche Naschen, während Ella in der Küche war oder ein Bad nahm.

Es klingelte.

Er erwartete niemanden. Für einen Moment musste er an den namenlosen jungen Mann denken, der versucht hatte, sich die hundertfünfzehn Pfund zu holen. Aber warum sollte er noch einmal kommen? Eugene ging zur Haustür.

Auf der Treppe stand mit wutverzerrtem Gesicht ein Mann in einem knallorangen Anorak und schmutzigen Jeans. In der linken Hand hielt er eine leichte Aluminiumleiter. »Ich könnte Sie anzeigen«, brüllte er, als Eugene die Tür öffnete. »Sie haben Glück, dass ich nicht schon zur Polizei gegangen bin.«

»Ich habe keine Ahnung, wovon Sie sprechen«, entgegnete Eugene.

»Sie haben sich also nicht meine Leiter von *meiner* Baustelle in der Pembridge Crescent ausgeliehen? O nein. Und Sie hatten auch nicht noch den Nerv, sie an *Ihr* Haus angelehnt zu lassen? Sie haben von der ganzen Sache keinen blassen Schimmer?«

»Nein, habe ich nicht. Diese … diese Trittleiter habe ich noch nie gesehen.«

Der Bauarbeiter wedelte wegwerfend mit der rechten Hand, stieß ein »blöder eingebildeter Lackaffe« hervor und lief mit seiner Leiter in der Hand wieder die Treppe hinunter. Als er außer Sichtweite war, ging Eugene zum seitlichen Gartentor, wo die Leiter offensichtlich gestanden hatte. Wenn es tatsächlich so gewesen war, hätte er sich nicht gewundert, dass ihm nichts aufgefallen war. Auf häusliche Details achtete er nicht sonderlich. Er rüttelte am Tor und stellte fest, dass es verschlossen war. Dass der Riegel nicht vorgeschoben war, fiel ihm nicht auf. Hatte sich vielleicht seine Putzfrau Carli der Leiter bedient und sie hier stehen gelassen? Er hielt es für unwahrscheinlich, und es wäre auch unklug gewesen, sie danach zu fragen. Vielleicht würde sie es krummnehmen und kündigen, und wo bliebe er dann?

In Ermangelung eines Chocorange beschloss er, seine aufgewühlten Nerven mit einem Drink zu beruhigen. Dies war erneut ein sicherer Beweis dafür, dass seine Sucht weniger stark war, als er befürchtet hatte. Ein echter Süchtiger würde seine Droge nie und nimmer gegen einen beliebigen Ersatz eintauschen. Ein großes Glas Gin mit einem Spritzer Tonic wirkte Wunder. Er lehnte sich in seine himbeerfarbene Chaiselongue und bewunderte seine Einrichtung. Stets ließen ihn seine schönen Möbel, das ausgesuchte Porzellan, die exquisiten Gläser und seine sorgfältig ausgewählten und extravagant drapierten Vorhänge zur Ruhe kommen und brachten ihn in gute Stimmung.

Seufzend dachte er an Ella. In zehn Minuten wäre ihre Abendsprechstunde beendet, dann würde sie kommen. Heute würde er sie zum Abendessen in ein besonders hübsches Lokal ausführen, aber vorher, bei einem zweiten Gin für ihn und einem trockenen Sherry für sie… Aber nein, es sollte schon Champagner sein. Er ging in die Küche, um eine Flasche Moët auf Eis zu legen. Vorher würde er ihr, während sich die weiche Spätfrühlingsdämmerung herabsenkte, einen Antrag machen. Ihre dauerhafte Anwesenheit in seinem Haus war für ihn der denkbar beste Schutz vor der Abhängigkeit. Er habe seine Sucht aufgegeben, redete er sich ein. Das war erledigt, und damit war es an der Zeit für die entscheidende Veränderung in seinem Leben. Der tägliche Anblick ihres hübschen Gesichts am Frühstückstisch und abends zur blauen Stunde würde ihn geradewegs auf dem schmalen Pfad der Tugend halten… Halten? Ein Fehltritt kam für ihn nicht infrage. Nicht jetzt. Er hatte den ersten Tag überstanden, den zweiten und den dritten. Und nur diese ersten Schritte zählten.

Wider Erwarten traf sie ein wenig früher ein und sah fast noch hübscher aus als in seiner Erinnerung. Sie sollte immer Kleider tragen, dachte er, mit Blumen bedruckte Wickelkleider aus Seide, deren gekreuzter Ausschnitt einer Frau mit großem Busen besonders schmeichelte und sie sexy wirken ließ. Verlobungsringe hatte er nicht, aber die würden sie morgen gemeinsam kaufen können, egal, was sie kosteten.

»Mein Liebling, heute Abend Champagner für uns? Wäre das nett?«

»Reizend«, sagte Ella, »aber vorher muss ich dir noch von Mr. Roseman und dem Scheck berichten.«

»Ach nein, bitte, verschone mich. Du machst immer alles perfekt.«

Ella lachte. »Wie du willst. Warum Champagner?«

Aber Eugene war bereits hinausgegangen, um das edle Getränk zu holen. Sie hätte ihm sowieso nicht sonderlich viel erzählt, überlegte sie. Nichts über Rosemans merkwürdige Andeutungen. Sollte dieser Mann sein Versprechen – oder war es eine Drohung? – wahr machen und als Privatpatient zu ihr kommen, würde sie sowieso keinem Dritten etwas von den Gesprächen mit ihm mitteilen dürfen. Eugene kam mit dem Champagner und zwei geschliffenen Kristallflöten auf einem schwarzen japanischen Lacktablett zurück. Er schenkte ein, hob sein Glas, und die Flöten stießen mit einem zarten Klang aneinander.

»Ein Kniefall wäre doch ein wenig absurd, findest du nicht auch, Ella?«

Ergriffen flüsterte sie dieselben Worte, die sie bei Joel Roseman gemurmelt hatte: »Das kann ich nicht beurteilen.«

»Trotzdem werde ich es versuchen.« Eugene kniete sich hin und war dabei selbst überrascht, wie leicht es ihm fiel, ohne dass seine Gelenke knackten. »Ich wünsche mir nichts sehnlicher auf der Welt, als dich zur Frau zu haben. Ella, willst du mich heiraten? Sag, dass du mich heiraten willst.«

Sie nickte. »Ja, o ja.«

Mitten in der Nacht stand Eugene auf, um sich ein Glas Wasser zu holen. Ella schlief tief und fest. Ein leises Lächeln spielte um ihre Lippen, einer ihrer weißen Arme lag auf der Decke, die nur unmerklich weißer war. Obwohl er abends ziemlich viel getrunken hatte, weigerte er sich, sein Zahnputzglas aus dem Kaltwasserhahn im angebauten Badezimmer zu füllen. Sein ganzes Leben lang hatten ihm seine Mutter und danach verschiedene Frauen, einschließlich Ella, beigebracht, man dürfe nur aus den Hauptwasserhähnen in der Küche trinken. Alles andere sei nicht ratsam. Im oberen Stockwerk würde das Wasser viel zu lange in den Leitungsrohren stehen, wo es von Bakterien nur so wimmele. Also ging er hinunter, trank hintereinander zwei Gläser auf einen Zug aus, füllte noch ein drittes und ging dann, um Ella durch die Spülung nicht zu wecken, im zweiten Badezimmer oben an der Treppe auf die Toilette.

Kaum war er aufgewacht, war sie da gewesen, die Gier nach einem Chocorange, zuerst nur in milder, kontrollierbarer Form, aber jetzt, nachdem sein Durst gestillt war, tobte sie los. Er rief sich ins Gedächtnis, dass er keine Bonbons zu Hause hatte. Es sollte eine Art Pendant zu einem Nikotinpflaster für alle geben, die auf zuckerfreie Süßigkeiten verzichten wollten. Vielleicht in Form einer Halstablette? Die Ironie entging ihm nicht. Um Zucker und die damit verbundene Gewichtsproblematik zu vermeiden, fing man mit zuckerfreien Süßigkeiten an und war später wieder gezwungen, auf Zucker zurückzugreifen, um einen süchtig machenden Zuckerersatz zu meiden. Angenommen, irgendwo im Haus lag noch ein einziges Bonbon herum … Er öffnete die Tür zu dem kleinen Wandschrank, fand aber nur eine einsame Dose Fisherman's Friend. Die taugten nichts, er konnte Lakritzgeschmack nicht ausstehen. Die vier darunterliegenden Schubladen enthielten offensichtlich nur den üblichen Badezimmerkrempel: zerrupfte Wattestäbchen, Haarspangen und eine Dose Lipgloss – die Hinterlassenschaft einer ehemaligen Freundin, gebrauchte und frische Kleenex, Kämme, an denen einige Zähne fehlten, halb leere Tuben mit Haargel und mehrere abgenutzte Zahnbürsten, an deren Borsten noch Zahnpasta klebte. Doch da war noch die unterste Schublade. Wenn Ella nicht im Haus gewesen wäre, hätte er beim Öffnen vor Überraschung garantiert einen Freudenschrei ausgestoßen. So aber unterdrückte er ihn.

In der untersten Schublade lag ein Päckchen Chocorange. *Rühr es nicht an,* sagte er sich vor, *lass es liegen.* Er hob es auf, aber schon vor dem Öffnen wusste er, dass es leer war. Vielleicht lag in der Diele drunten im Mantelschrank noch eines, in einer der Mantel- oder Jackentaschen. Das war schon einmal passiert, als er auf dem Trockenen gesessen hatte. Voll tiefer Selbstverachtung ging er hinunter, um nachzusehen. Nachdem das Durchwühlen der Taschen nichts gebracht hatte, fand er in der hintersten Ecke des Schrankbodens, hinter einem Schirm, ein einsames verstaubtes Chocorange.

Aber anstatt es zu verspeisen, hob er es auf. Dieses Bonbon musste bis morgen früh überleben, dann würde er es sich gönnen, nachdem Ella zu ihrem Ärztehaus aufgebrochen war. Darauf konnte er sich freuen. Er steckte es in die Tasche seines Morgenmantels und ging wieder nach oben. Wie ein erschöpfter Krieger kroch er in der frühen Morgendämmerung leise ins Bett zurück, rückte nahe an Ella heran, legte einen Arm um ihre Taille und schlief sofort ein.

Vielleicht ist es nur gut, dass das Bonbon verschwunden ist, redete er sich am Morgen ein. Er hätte schwören können, dass er es in die Tasche seines Morgenmantels gesteckt hatte, aber entweder war es herausgefallen, oder er hatte vergessen, dass er es an einen anderen Platz gelegt hatte. Es wäre ein schrecklicher Fehler gewesen, es zu lutschen. Das hätte ihn um vier Tage zurückgeworfen und seine neu gewonnene Stärke und alle seine siegreichen Kämpfe gegen eine dumme Angewohnheit untergraben. So war es besser. Und tatsächlich spürte er endlich Fortschritte. Die Versuchung wurde leichter, die Gier weniger. Das erfüllte ihn mit Triumph.

Später verkündete er in der Galerie Dorinda und Jackie seine Verlobung, gab beiden einen Kuss und versprach, demnächst Champagner auszugeben. Nein, einen Hochzeitstermin hätten sie noch nicht festgelegt, aber höchstwahrscheinlich würde es Oktober werden. Zum Lunch führte er Ella ins Ivy aus. Danach gab er bei einem Juwelier in der Bond Street eine – wie sie sagte – erschreckende Summe für einen Verlobungsring mit einem großen, in Platin gefassten, lupenreinen Diamantsolitär aus.

Jon Henley, der Kolumnist des *Guardian,* hatte in seiner täglichen Kolumne einen Artikel über Onkel Gib geschrieben, den ihm eines der *Kinder von Zebulun* zur Ansicht vorbeibrachte. Darin wurde aus seinen Antworten als Kummerkastenonkel für das Kirchenblatt zitiert. Die Kolumne war voll des Lobes für Onkel Gibs rigoroses Urteil über vor- und außerehelichen Sex. Onkel Gib war ganz aus dem Häuschen, obwohl er die Anmerkungen mehr auf Gottes Wirken zurückführte als auf Henleys Bemühungen. Immer wieder betonte er, dass man endlich seine strikte Moraleinstellung anerkannt hatte. Lance war davon weniger überzeugt, auch wenn er keinen Grund dafür hätte anführen können. Er hatte den Eindruck, der Kommentator mache sich mit einer Parodie über Onkel Gib lustig und vertrete in Wahrheit nicht die Meinung, dass dieser die richtigen Antworten auf die Leserbriefe von jungen Leuten gab, sondern behaupte indirekt, dass der fromme Mann eigentlich eine Witzfigur sei.

Leider wurde Onkel Gib danach noch strikter und setzte Lance ziemlich zu. Immer öfter brachte er die Rede auf Gemma, die Lance in seinen unkontrollierbaren Wutausbrüchen verprügelt hatte, und behauptete, das wäre nie passiert, wenn sie beide nicht in Sünde gelebt hätten. Als ob Ehepaare nie Streit hätten! Er meinte, vielleicht würde er Jon Henley schreiben und ihm diesen Fall als lebenden Beweis für die Abgründe zitieren, in die die Unmoral führte. Und als Lance ihn versuchsweise nach Hehlern aushorchte – er wollte ja nur einen Namen oder eine Hausnummer wissen oder wenigstens einen kleinen Tipp bekommen –, da tönte Onkel Gib, Lance solle sich nicht wundern, wenn er eines Abends heimkäme und die Türschlösser ausgewechselt wären.

Das Ergebnis war, dass sich Lance mehrere Tage nicht mehr am Haus des Weißhaarigen blicken ließ. Nur bei

Gemma schaute er vorbei. Das Wetter hatte umgeschlagen, und es war kalt geworden, was genauso wenig zur Jahreszeit passte wie die ungewöhnliche Hitze der letzten Wochen. Gemma ließ sich nicht mit ihrem Baby auf dem Balkon blicken und saß mit Sicherheit auch nicht in einem der Rattansessel. Bei seinem dritten Besuch stand droben ein junger, sehr gut aussehender Mann mit einem Schnurrbart. Er machte sich mit einem Schraubenzieher am Balkongeländer zu schaffen. *Ist doch nur ein Handwerker, ein Typ von der Hausverwaltung, den sie für ein paar Reparaturarbeiten vorbeigeschickt haben,* dachte Lance. Trotzdem entfernte er sich mit einem unguten Gefühl. Man hätte einen von der Verwaltung bestellten Handwerker nicht von einem neuen Freund unterscheiden können, und auch ein neuer Freund könnte ein Geländer reparieren. Warum auch nicht? Während er dort gewohnt hatte, hatte er für Gemma öfter Kleinigkeiten erledigt. Solche Gedanken machten ihn wieder depressiv, und er musste Geld für ein paar Bacardi Breezers ausgeben, die er sich nicht leisten konnte. Am nächsten Vormittag begab er sich zur Chepstow Villas, ohne Gemmas Wohnung anzusteuern.

Als er vor dem Haus eintraf, kam der Weißkopf gerade mit der Aktentasche in der Hand die Treppe herunter. Lance blieb keine Zeit mehr, sich zu verstecken, aber der Typ erkannte ihn nicht wieder, weil er ihn gar nicht bemerkte. Solche Typen nahmen Leute wie Lance höchstens nach Einbruch der Dunkelheit wahr, wenn sie sich einbildeten, man wolle sie überfallen. Er sah dem Weißkopf nach, wie er die Straße zum Bus oder zur U-Bahn hinauflief oder sonst einer ihm unbekannten Tätigkeit nachging. Als er sich schließlich umdrehte, sah er, dass die Leiter weg war. Warum das so war, oder wohin die Leiter gewandert war, interessierte ihn nicht. Er hatte ja den Schlüssel zum Nebeneingang in der Tasche. Trotzdem befürchtete Lance, der Typ könnte inzwischen gemerkt haben, dass das Tor nicht verriegelt war. Aber dem war nicht so, und wenn doch, dann hatte der Typ nichts dagegen unternommen. Lance sperrte das Gartentor auf und schlüpfte hinein.

Seine Überlegungen konzentrierten sich auf das rechts neben den Terrassentüren befindliche Fenster. Es war in sechzehn rechteckige Scheiben unterteilt. Er konnte eine dieser Scheiben einschlagen, was aber nicht viel helfen würde, denn es handelte sich um ein griffloses Schiebefenster, das vermutlich links und rechts mit Haken gesichert war. Wegen dieser Sperrhaken würde man es höchstens fünfzehn Zentimeter nach oben schieben können. Dünner als Lance konnte man kaum sein, aber nicht einmal er hätte sich durch einen fünfzehn Zentimeter breiten Spalt zwängen können. Und was war mit den insgesamt vier Terrassentüren? Alle ließen sich auch von außen öffnen, das konnte er an den Türgriffen erkennen. In Gedanken spielte er wieder seinen einzigen Aufenthalt im Haus durch. Soweit er sich erinnerte, hatten diese Fenstertüren keine Riegel. Sie ließen sich zwar abschließen, aber nicht verriegeln. Wenn ein Schlüssel von innen steckte, konnte er ihn mit einem Stöckchen oder – noch besser – einem Schraubenzieher aus dem Schlüsselloch stoßen. Der Schlüssel würde zu Boden fallen. Anschließend konnte er ihn vielleicht mit einem dünnen flachen Gegenstand – vielleicht mit einer Nagelfeile, wie sie Gemma benutzt hatte – langsam unter die Tür bugsieren und ganz vorsichtig herausbefördern …

Eine Tür fiel ins Schloss. Sicher die Haustür. Auf das Geräusch hin suchte Lance schleunigst in einem dunkelgrünen Busch mit flachen weißen Blütentellern Deckung. Im Schutz der Blätter hatte er den Blick durch die Fenster frei, ohne selbst gesehen zu werden. Die Frau, die er schon Anfang der Woche beim Staubsaugen beobachtet hatte, war hereingekommen. Jetzt ließ sie mit einem tiefen Seufzer die beiden Einkaufstüten fallen und sackte in einen Sessel. Lance trollte sich, ohne die nächsten Ereignisse abzuwarten. Er spazierte zum Gartentürchen hinaus, sperrte hinter sich zu und steckte den Schlüssel in seine Jeanstasche.

Obwohl er wusste, dass es töricht war und reine Selbstquälerei, ging er nicht auf demselben Weg zurück, sondern machte einen kleinen Umweg, der ihn durch die Talbot Road führte. Gemmas Balkon war verwaist. Es hing keine Wäsche draußen, und die Sessel hatte man ins Innere verfrachtet. Aber als sich Lance gegen die schmutzig gelbe Mauer mit den roten und blauen Hieroglyphen lehnte und hinaufstarrte, bildete er sich ein, hinter der Glastür eine Bewegung wahrzunehmen. Er vermeinte, zwei Köpfe zu erkennen, von denen einer vermutlich Gemma und der andere mit ziemlicher Sicherheit nicht dem Baby gehörte, auch wenn er nur verschwommene Umrisse sehen konnte. Ein paarmal hatte er von Onkel Gib den Ausdruck »ein schweres Herz« gehört. Jetzt wusste er zum ersten Mal, was das bedeutete. Sein Herz war schwer. Es hing ihm wie ein Stein in der Brust, und er hatte das Gefühl, seine Muskeln und sein Schlüsselbein waren zu schwach, um es zu halten. Am liebsten hätte er sich davon in die Tiefe ziehen lassen, bis er sich auf dem Gehsteig liegend seinem Kummer hätte hingeben können.

Trotzdem tappte er weiter. Ein Häufchen Elend unter der Kapuzenjacke. Warum hatte er Gemma eine geknallt? Das war der Knackpunkt gewesen, der Anfang vom Ende. Er gehörte nicht zu den Typen, die ein Mädchen verdreschen, jedenfalls hatte er sich das eingebildet. Aber damals … Sie hatte ihm erklärt, er müsse sich unbedingt einen Job suchen, egal welchen. Es könnten ihn doch nicht alle Arbeitgeber abgelehnt haben, bei denen er vorgesprochen hatte. Garantiert habe er mit Absicht darauf hingearbeitet, dass er nicht zu vermitteln sei. Sie dagegen würde sofort wieder arbeiten, sobald das Kind in die Schule käme. Gleich am ersten Schultag würde sie beim Arbeitsamt vorbeischauen, nachdem sie ihren Sohn in der Grundschule abgeliefert hätte. Aber bis es so weit sein würde, hätte sie keine Lust, Lance den ganzen lieben langen Tag um sich zu haben. Schließlich würde er auch nicht an ihrer Stelle auf das Baby aufpassen, während sie ins Fitnessstudio oder mit einer ihrer Freundinnen einen Kaffee trinken ging. Er würde nur wie ein fauler Taugenichts vor dem Fernseher herumlungern. Und genau das sei er nun mal, meinte sie. Bei diesen Worten sah er rot und schlug zu.

Zuerst dachte er, er hätte ihr den Kiefer gebrochen, aber so schlimm war es dann doch nicht. Ihr Auge lief dunkelrot an. Fluchend legte sie die Hand vor den Mund und hielt ihm dann den blutigen Zahn hin, den er ihr ausgeschlagen hatte. Es tat ihm sofort leid, und er sagte, er wisse gar nicht, was über ihn gekommen sei, und er würde es nie wieder tun.

»Darauf kannst du Gift nehmen«, rief sie. »Dazu wirst du keine Gelegenheit mehr bekommen. Wenn du dich nicht innerhalb der nächsten Viertelstunde aus meinem Haus verpisst, hole ich Dwayne rüber. Der setzt dich dann vor die Tür.«

Dwayne war ihr Bruder, ein Amateurboxer im Schwergewicht, der angeblich auch ohne Boxhandschuhe in den

Ring stieg. Lance hatte sich verdrückt und war schließlich bei Onkel Gib gelandet. Vorher hatte ihn Dwayne allerdings noch ein wenig vermöbelt. Komischerweise hatte er seitdem nicht einmal die Beherrschung verloren, kein einziges Mal. Er war wie ausgewechselt.

Abends saßen sie vor Tante Ivys Schwarz-Weiß-Fernseher. Fernsehen wirkte auf Lance beruhigend, wobei es ihm ziemlich egal war, was gerade lief. Allerdings zog er bei Dokumentarfilmen die Reißleine, wenn ihm das einmal gestattet war. Dokumentarfilme erinnerten ihn an die Schule. Der große Nervbolzen beim Fernsehen war Onkel Gib, der Kettenraucher, der zu jedem Programm ständig Kommentare abgab, besonders wenn es um Sex ging. Und meistens ging es in den Filmen um Sex oder Gewalt oder um beides. Während Onkel Gib munter vor sich hin paffte, nannte er alles eine gottlose Schande und verkündete, mit solchen Sendungen würde sich Kanal Vier höchstwahrscheinlich glühende Kohlen aufs Haupt laden. Besonders regte er sich über das auf, was Lance am besten gefiel: spärlich bekleidete Mädchen.

So hockten sie nebeneinander auf Tante Ivys durchgesessenem Sofa, dessen zerknautschte, faltige Sitzkissen an Onkel Gibs Gesicht erinnerten. Während Lance stumm auf den Bildschirm starrte, rutschte Onkel Gib unruhig herum, drohte dem Fernseher immer wieder mit der Faust und brüllte »Dirne!« oder »Wartet nur bis zum Tag des Jüngsten Gerichts!«.

Gerade hatte Lance' Lieblingsserie angefangen, da klapperte der Briefschlitz. Onkel Gib ging nachschauen. Stets pflegte er zu verkünden, es sei schließlich sein Haus, und er dulde nicht, dass Lance an *seine* Haustür ging. Lance war in die Betrachtung der weiblichen Hauptdarstellerin versunken, die mysteriöserweise mitten im tiefsten Winter einen Bikini im Wohnzimmer trug und versuchte, ihren Papa zu überreden, ihren Freund bei ihr übernachten zu lassen. In dem Moment kam Onkel Gib mit zwei Männern zurück. Den einen erkannte Lance sofort wieder. Es handelte sich um den Schnurrbart-Typen, den er auf Gemmas Balkon gesehen hatte. Der andere hatte einen roten Kopf und trotz seiner Jugend – er war höchstens Anfang zwanzig – einen ziemlich dicken Bauch. »Ian«, sagte er. »Ian Pollitt. Das da ist Feisal Smith, aber ihr könnt Fize zu ihm sagen.«

Lance stand auf. »Was wollt ihr?«

»Mein Kumpel und ich, wir wollen dir was verklickern«, meinte Ian Pollitt, wobei er Lance wie ein Polizist anstarrte.

Diesen Satz nahm Onkel Gib anscheinend als Signal, um den Fernseher auszuschalten. Er drehte sich wieder um und rief Lance zu: »Ich weiß zwar nicht, worum es hier geht, aber bilde dir ja nicht ein, dass ich gehe. Das ist *mein* Haus, und ich bleibe da und höre mir an, was er zu sagen hat.«

»Kein Problem«, warf Fize ein. »Mir ist das egal.« Das waren seine ersten Sätze gewesen. Er hatte einen komischen Akzent, klang weder wie ein Inder noch wie ein Engländer.

»Setzt euch«, sagte Onkel Gib so gnädig, wie es ihm möglich war. »Fühlt euch wie zu Hause.« Seine trüben alten Augen glitzerten boshaft. »Die Freunde meines Neffen sind auch meine Freunde.« Er pulte zwei Zigaretten aus der Schachtel. »Kippe gefällig?«

Ian Pollitt beachtete ihn gar nicht. Fize schüttelte den Kopf und zog aus seiner Jeanstasche eine kleine Plastiktüte samt Inhalt. »Weißt du, was das ist?«

Lance wusste es. Dieses Ding hatte er schon mal gesehen, allerdings voll Blut. Es handelte sich um Gemmas Zahn. Er nickte mit trockenem Mund. Onkel Gib musterte den Zahn, schaute noch einmal hin und sprang dann auf und warf die Hände in die Luft. Fize beobachtete ihn mitfühlend, dann klopfte er mit einem leidlich netten Lächeln neben sich aufs Sofa.

»Es ist so«, sagte er, als Onkel Gib wieder neben ihm saß, und sah zu Lance hoch. »Wie du weißt, sieht Gemma sehr gut aus. Jetzt hat dieses Mädel eine schreckliche Zahnlücke im Mund. Und das hat sie dir zu verdanken. In dem Punkt sind wir uns doch einig, oder?«

»Ist doch egal, ob er es zugibt oder nicht«, warf Pollitt ein.

Wieder nickte Lance. Onkel Gib ergriff das Wort. »Er wird es garantiert zugeben. Er weiß um seine Tat.«

»Also, Gemma war beim Zahnarzt, und der meint, sie braucht ein Implantat. So hat er es genannt, ein Implantat, und das ist nicht gerade billig. Jetzt ist Gemma ja eine alleinerziehende Mutter, und so viel Geld hat sie nicht.«

»Welches Geld?« Onkel Gib war in seinem Element. Lance konnte erkennen, dass er sich nur mühsam das Lachen verkniff.

Jetzt war Pollitt an der Reihe. »Der Zahnarzt hat gemeint, er würde es so preiswert machen, wie es geht, aber einen Riesen würde es immer kosten. Mille, wenn du verstehst, was ich meine.«

Lance brachte nur mühsam einen Ton heraus. »Tausend Pfund?«

»Richtig. Du hast's geschnallt.«

»Aber die hab ich nicht«, protestierte Lance. »Woher soll ich tausend Pfund nehmen? Ich lebe von der Stütze.«

»Daran hättest du denken sollen, bevor du einer jungen Dame aufs Maul gehauen hast.«

»Gemma und ich, wir sind keine Unmenschen«, fuhr Fize fort. »Wir geben dir bis Samstag.«

Wieder schaltete sich Pollitt ein. »Bis nächsten Samstag. Das ist der sechsundzwanzigste Mai. Bis Mitternacht, denk dran. Dann heißt's Ende Gelände. Du kannst es bei ihr vorbeibringen. Weißt ja, wo sie wohnt.«

Lance nickte mit trockener Kehle.

»Glaub ja nicht, dass sie und Fize nicht gesehen haben, wie du ihr nachgeschlichen bist und dich ständig draußen rumgetrieben hast.«

»Ich habe kein Geld«, wandte Lance ein.

»Dann hol es dir von diesem Herrn da«, erklärte Fize höflich. »Er besitzt doch ein Haus, oder? Da muss er doch gut gesäumt sein.«

»Der Herr hat was Besseres zu tun«, tönte Onkel Gib. »Ich soll einem Kerl, der nur der Großneffe meiner lieben verstorbenen Frau ist, tausend Piepen leihen? Ich müsste ja gaga sein.«

Dieses ganze Gerede über Geld nistete sich in Onkel Gibs Gehirn ein. Er besaß tatsächlich ein Haus, aber er tat nicht das Geringste dafür, seinen Besitz klug zu verwerten. Als gläubiger Mensch, der sich Gottes Werk verschrieben hatte, führte er dies auf seine Unschuld und seinen Mangel an Weltläufigkeit zurück. Aber kaum war Lance am nächsten Tag fort, ging er die Treppe hinauf und löste das Seil, das den Zugang zum Dachgeschoss versperrte. Im Gegensatz zu den meisten Leuten fehlte Onkel Gib ein Gespür dafür, Schmutz und Unordnung wahrzunehmen. Dass es in den drei Speicherräumen von Spinnweben und Staubflocken nur so wimmelte und keine sanitären Einrichtungen, geschweige denn ein Wasseranschluss vorhanden waren, entging ihm völlig. Möbel fehlten selbstverständlich auch. Von seinen kurzen Lebensphasen außerhalb der Gefängnismauern in seinen mittleren Jahren war bei ihm aber die vage Vorstellung zurückgeblieben, dass es gesetzlich verboten war, dem Mieter einer unmöblierten Wohnung fristlos zu kündigen. Aber dieses Problem ließ sich leicht lösen. Man brauchte nur den guten Tisch aus Lance' Zimmer sowie zwei Stühle aus dem Esszimmer zu nehmen, und irgendwo war sicher auch noch eine Matratze übrig. Ein Bett brauchte man nicht. Eine Matratze auf dem Boden würde voll und ganz genügen.

Darüber musste Onkel Gib nicht zweimal nachdenken. Er setzte sich an den Küchentisch, um seine Anzeige zu entwerfen. Vor kurzem hatte er im Fernsehen einen Beitrag über junge Leute gesehen, denen jeder Weg zu Wohneigentum verwehrt war. In Anbetracht der Immobilienpreise, die er in den Maklerprospekten eingehend studierte, wunderte ihn das nicht. Mit seinem Mietangebot würde er der Menschheit einen Gefallen und seinem Nächsten einen Liebesdienst erweisen. Also, wie viel sollte er verlangen? Einige Makler boten Mietwohnungen an, die wöchentlich vier- bis fünfhundert Pfund einbrachten. Onkel Gib war Realist. Trotz seiner überzogenen Vorstellung vom Wert und der Attraktivität seines Eigenheims war ihm klar, dass die drei Zimmer in diesem Haus nicht zu dieser Kategorie gehörten.

Auf die Rückseite des Kartons mit der Aufschrift »Zutritt verboten« – Verschwendung gab es bei ihm nicht – schrieb er: »Zu vermieten: Separate möblierte Wohnung in dem aus Film & Fernsehen bekannten In-Viertel Notting

Hill. 150 £ wöchentlich.« Dann fügte er noch Adresse und Telefonnummer hinzu. Als er mit dem Ergebnis zufrieden war, brachte er den Aushang zu dem Zeitungshändler in der Powis Terrace und bezahlte einen seiner Ansicht nach Wucherpreis für einen Aushang im Schaufenster.

Heutzutage war in jedem zweiten Laden eine Immobilienfirma eingezogen. Allein auf seinem Weg zur Portobello Road kam er an fünf davon vorbei. Allerdings ging er nicht einfach an ihnen vorüber, sondern blieb vor jeder stehen und registrierte mit Befriedigung, dass für Häuser, die weder größer noch besser waren als sein eigenes, sieben- oder achthunderttausend Pfund verlangt wurden. Und sogar noch mehr, wenn es sich wie bei ihm um frei stehende Häuser handelte. Der Verkaufswert seines Hauses würde schon bald die Millionenmarke überspringen.

Im Fenster des »Earl of Lonsdale« sah er einen Aushang mit dem Angebot, einen Standplatz vor dem Pub zu mieten. Solche Aushänge waren nichts Ungewöhnliches. Jedes Mal, wenn Onkel Gib einen sah, dachte er an den Stand, den sein Vater gehabt hatte. Hier hatte er Obst und Gemüse verkauft und im Winter gebratene Maroni. Konnte er nicht vielleicht selbst diesen Standplatz übernehmen und einen Stand eröffnen? Aber dafür war es vielleicht zu spät. Den Gedanken sollte er sich besser aus dem Kopf schlagen. Nein, er würde stattdessen Vermieter werden und vielleicht sogar Millionär, wenn auch ohne Haus.

Er ging in sein liebstes Lebensmittelgeschäft und kaufte Blutwurst, Salami, ein Stück Cheddar sowie ein halbes Dutzend große Eier für sich und noch einmal genauso viel kleine für Lance. Dazu noch eine Flasche Orangensaft. Am Essen sollte man nicht sparen.

8

Ella präsentierte Dr. Carter, Dr. Endymion, Dr. Mukerjee und der Krankenschwester Martha Wilcox stolz ihren Verlobungsring. Das wertvolle Schmuckstück ließ Malina Mukerjee vermuten, Ellas Verlobter müsse ein reicher Mann sein, und sie sprach die Befürchtung aus, Ella würde nun vielleicht zu arbeiten aufhören. Ella aber versicherte allen das Gegenteil. Sie setzte sich hinter den Schreibtisch in ihrem Zimmer, das man in amerikanischer Manier als »Arztzimmer« bezeichnete, und bereitete sich auf ihre erste Patientin vor, eine Mutter, die ihre sämtlichen vier Kinder mitgebracht hatte. In dem Moment klingelte das Telefon.

Es war Joel Roseman. »Ich möchte unbedingt bei Ihnen Privatpatient werden«, sagte er ohne Umschweife, »und zwar noch heute. Was muss ich dafür tun?«

»Mr. Roseman, ich habe Patienten im Wartezimmer. Darf ich Sie zurückrufen?«

Er klang wie ein enttäuschtes Kind, dessen Mutter beschäftigt ist. Ella öffnete die Tür und ließ Mrs. Khan mit ihren beiden Töchtern und den Zwillingssöhnen herein. Weil die Mutter kein Wort Englisch sprach, versuchten alle vier Kinder, sich beim Übersetzen zu übertreffen. Es war fast Mittag, als Ellas letzte Patientin gegangen war, eine Frau, der eigentlich nichts fehlte. Sie hatte sich nur lautstark über das Gerücht beklagt, man müsse in Zukunft für jedes Rezept ein Pfund bezahlen.

Joel Roseman hob bereits beim ersten Läuten ab. Es

klang, als hätte er die letzten drei Stunden direkt neben dem Telefon gesessen. »Ich bin noch nicht weggegangen«, betonte er. »Könnten Sie zu mir kommen? Geht das?«

Alle Ärzte in der Praxis machten gelegentlich Hausbesuche. Außerdem konnte es ihm Ella als zukünftigem Privatpatienten schlecht abschlagen. Die Moscow Road lag am anderen Ende von Notting Hill. Am liebsten hätte sie gesagt, dass es ihr an diesem Tag nicht mehr möglich sei, aber dann merkte sie, dass sie es doch ohne Probleme schaffen konnte. Ihre Verlobung hatte in ihr eine euphorische Stimmung ausgelöst, die immer noch anhielt. Sie spürte Energie und den Wunsch nach Bewegung. Sie wollte an der frischen Luft sein und das Leben genießen. Inzwischen schien wieder die Sonne, wenn auch nur sporadisch, also würde sie zu Fuß gehen. Ein Spaziergang würde ihr helfen, ihre Maße auf die ersehnte Größe achtunddreißig für ihr Hochzeitskleid zu reduzieren.

»Heute Nachmittag, um vierzehn Uhr, Mr. Roseman?«

»Das wäre lieb.« *Lieb* – der Ausdruck eines kleinen Jungen. »Bitte, nennen Sie mich Joel.«

Ein herrschaftlicher Häuserblock aus roten Ziegeln, mit Giebeln, Türmchen und Gauben. Zehn Steintreppen nach oben, zu Glastüren mit Art-déco-Scheiben und schmiedeeisernen Verzierungen. Hinter einer Glaswand saß ein Portier an einem Tisch und zeigte ihr den Weg zum Lift durch einen schmalen, grün gestrichenen Gang. Bei dem Lift selbst handelte es sich um eine ziemlich luxuriöse, mit Teppichboden ausgekleidete Kabine, in der links und rechts goldgerahmte Spiegel hingen. Joel Roseman öffnete bereits, ehe sie an der Tür war. Sie hatte ihn weniger dünn und zerbrechlich in Erinnerung. Trotz Jeans und Pulli trug er einen Morgenmantel, heute allerdings keine Sonnenbrille.

Letzteres hing sicher mit der dunklen Riesenwohnung zusammen. So eine Wohnung hätte Ella bei einer alten Dame erwartet, aber nicht bei einem jungen, alleinstehenden Mann. Und genauso sei es auch gewesen, erklärte er ihr, während sie versuchte, sich ihre Verwunderung über das stickige Dunkel, die sperrigen Gründerzeit-Möbel und die düsteren abgeschabten Polster und Vorhänge nicht anmerken zu lassen. Die alte Mrs. Compton-Webb sei mit sechsundneunzig hier gestorben. Erst eine Woche später habe ihr Urenkel die Leiche entdeckt.

»Papa hat die Wohnung so gekauft, wie sie war, mit allen Möbeln und Teppichen. Den ganzen Kram. Alles in Dunkelrot, Dunkelbraun und Schlammfarben. Vermutlich wollte er mich damit bestrafen. Doch darin hat er sich getäuscht, denn mir gefällt es so. Ich liebe die Dunkelheit.«

Durch die offenen Türen konnte sie in düstere Höhlen blicken, wo ein Sammelsurium aus geschnitzten Schränken, Tischen mit Marmorplatten und dick gepolsterten Sesseln drohend im Halbdämmer aufragte. Dicke Samtportieren in Schlamm- oder Ochsenbluttönen hielten jedes Tageslicht fern. Nicht einmal an den Rändern blitzten helle Streifen auf. Es herrschte eine stickig-dumpfe Atmosphäre. Ella empfand diese absolute Stille im lebhaften Herzen von Notting Hill als unnatürlich. Zu ihrer Erleichterung bat Roseman sie in ein Wohnzimmer, in dem es etwas heller war. Hier bändigten braune Kordeln die braun-rot gemusterten Samtvorhänge, hinter denen man die Rollos ungefähr fünfzehn Zentimeter hochgezogen hatte. Ihretwegen? Das Zimmer war mit braunen Samtsesseln und einem purpurroten Teppich möbliert, der ein Muster aus braunen und schwarzen Quadraten und Rechtecken hatte. Ein türkischer Teppich? Nein, ein Turkmene. Auf einer Spiegelkonsole stand die Bronzebüste eines römischen Kaisers, die sich in einem Spiegel an der gegenüberliegenden Wand ins Unendliche brach. Ella merkte, wie sie mit einer Mischung aus Gruseln und Faszination die endlose Reihe hagerer Profile und kahler Schädel anstarrte.

»Eigentlich wollte ich schon lange einiges verändern«, meinte Joel mit jenem hoffnungslosen Ausdruck in der Stimme, den die Menschen immer dann haben, wenn sie garantiert nichts unternehmen werden. »Leisten könnte ich es mir. Papa gibt mir jede Menge Geld. Trotzdem kann ich mich nie aufraffen. Möchten Sie etwas trinken?«

Sie hatte an Tee oder Kaffee gedacht. Er kam mit zwei Wassergläsern zurück. Ihr fiel auf, dass er langsam ging und ihr Glas mit zittriger Hand absetzte. »Was muss ich jetzt machen?«, wollte er wissen.

»Um mein Privatpatient zu werden? Nichts, oder besser gesagt, Sie sind es schon. Da bin ich also.«

»Wollen Sie jetzt von mir wissen, worin das Problem besteht?«

Sie lächelte. »So ist es.«

»Also«, fuhr er fort, »Sie werden mir doch glauben, ja? Sie werden nicht sagen, dass sich alles nur in meinem Kopf abspielt oder dass ich es erfinde, oder?«

»Warum erzählen Sie mir nicht, was nicht in Ordnung ist?«

Er schwieg. Zum ersten Mal nahm sie ihn richtig wahr. Sie sah ein blasses, fein konturiertes Gesicht, trübe Augen und dunkle Haare, die ihm in die Stirn fielen. Er trank einen Schluck Wasser und sagte dann so leise, dass sie es kaum verstand: »Während meines Krankenhausaufenthalts hatte ich eine Nahtoderfahrung. So nennt man das doch, oder?«

Wie oft hatte sie das schon gehört? Manchmal schien es

ihr, als hätten fast alle ihre Patienten unter Narkose von diesem langen Tunnel geträumt, der letztlich in den Paradiesgarten mündete. Offensichtlich erwartete er eine Antwort. »Vielleicht«, sagte sie. »Fahren Sie fort.«

»Der Chirurg hat es mir später berichtet. Es geschah während der Operation. Ich kann es Ihnen wortwörtlich wiedergeben. Er hat gesagt: ›Beinahe hätten wir Sie verloren. Natürlich konnten wir Sie zurückholen, aber es war ein kritischer Moment.‹«

Spontan reagierte Ella ungläubig. Wenn es tatsächlich so gewesen sein sollte, dann wäre Joels Chirurg mit Sicherheit nicht so indiskret gewesen, darüber zu sprechen. Eine unnötige Enthüllung konnte einem furchtsamen Patienten ernsthaft Angst einjagen. Trotzdem gab sie keinen Kommentar ab, sondern bat ihn nur freundlich weiterzusprechen. Sie wusste, was er ihr erzählen würde. Wieder einmal würden der lange Tunnel, der goldene Fluss und die weiße Stadt jenseits der Blumenwiesen auftauchen. Alle Leute sahen ungefähr die gleichen Bilder. Und genau das berichtete er ihr – und mehr.

»Wie gesagt, ich bin durch den Tunnel gegangen. Vermutlich geschah es, als ich tot war. Am Ende kam ich in einer von einem Fluss durchströmten Wiesenlandschaft heraus. Hier wuchsen hohes Gras und große Blumen, die Sonne schien, und dahinter lag diese weiße Marmorstadt, aber sie wirkte ganz leicht, als wäre sie aus hauchdünnem Glas oder sogar aus Wolken. Zu den mit hohen Säulen verzierten Gebäuden führten Treppen hinauf. Können Sie mir folgen?«

»Aber natürlich«, erwiderte Ella.

Er trank einen Schluck Wasser. »Rings um die Stadt liefen zinnenbewehrte Mauern, auf denen Engel saßen. Es war warm, aber nicht heiß. Durch die Stadttore konnte ich weiß gekleidete Menschen sehen, die unter Bäumen auf grünen Auen spazierten und sangen. Einer von ihnen trat durch einen Torbogen und kam zu mir. Er ergriff meine Hand und sagte etwas zu mir. Meine Zeit sei noch nicht gekommen. Ich solle mir nur die Stadt ansehen, damit ich wüsste, was mich erwarte, sobald meine Zeit käme. Also betrachtete ich die Stadt und die Engel oben auf den Zinnen. Sie hatten Flügel wie große weiße Vögel. Ich sah sie an, aber sie beachteten mich nicht. Dann führte mich der Mann wieder am Flussufer entlang über das Gefilde, bis wir zu dem Tunnel kamen. Während ich erneut hindurchging, haben mich der Chirurg und der Narkosearzt vermutlich wiederbelebt.«

»Dann war das also ein ziemlich schöner Traum, stimmt's?«, fragte Ella.

»Eigentlich schon.« Joel schwieg einen Augenblick und umklammerte dabei sein Glas so fest, dass sie dachte, er würde es zerbrechen. Dann schüttelte er sich, lockerte seine Finger, stellte das Glas auf den Tisch und fuhr fort: »Eigentlich schon. Aber ich habe ihn leider mitgebracht, den Mann.«

Trotz des stickigen Halbdunkels lief ihr ein Schauer über den Rücken. Früher sagte man in solchen Situationen, man sei über sein künftiges Grab gelaufen. »Tut mir leid, das verstehe ich nicht.«

»Ich hatte Sie doch schon zuvor gebeten, Sie sollten mir glauben und meine Geschichte nicht als Fantasie abtun. Fantasieren könnte ich nur mit Absicht, aber das tue ich nicht. Ich hasse es.«

»Ich behaupte ja gar nicht, dass Sie fantasieren. Trotzdem müssen Sie es mir erklären.«

»Der Mann, der durch den Torbogen aus der Stadt zu mir heraus kam – vermutlich war das der Himmel, vielleicht auch die Hölle, falls die Hölle schön und friedlich sein kann –, dieser Mann ist mit mir zurückgekommen, durch den Tunnel, in dieses Leben. Verstehen Sie jetzt, Dr. Cotswold? Als ich wieder bei Bewusstsein war – nicht sofort, sondern später –, saß er neben meinem Bett. Einen wie ihn habe ich noch nie auf dieser Welt gesehen.« Joel wirkte nachdenklich. »Vielleicht handelt es sich bei ihm aber doch um eine Art Freund, wie ich ihn als Kind hatte, aber jetzt ist er selbstverständlich erwachsen.«

Ella riet. »Meinen Sie mit ›eine Art‹ einen imaginären Freund?«

Er nickte. »Ganz genau. Allerdings weiß ich nicht, ob es sich bei diesem Mann um meinen erwachsenen Freund handelt. Die Sache ist Jahre her, und er sieht ganz anders aus. Wenn er es ist, dann hat er seinen Namen geändert. Mein – imaginärer – Freund hieß Jasper. Der hier nennt sich Mithras.«

Mit jedem Schritt in diesen Traum oder Albtraum hatte Ella mehr und mehr die Orientierung verloren. Bis der konkrete Name von Joels Fantasiewesen fiel. Der offensichtliche Wandel von dem, was sich ein Kind unter dem Namen eines Jungen vorstellte, zu dem, wie ein reiferer Mann einen Bewohner des Himmels oder der Hölle beschrieb, brachte sie wieder auf den Boden der Realität zurück.

»Joel, Sie brauchen mich gar nicht. Sicher« – sie musste unbedingt taktvoll sein – »brauchen Sie einen verständnisvollen Menschen, dem Sie das alles erzählen können. Damit will ich nicht sagen, dass ich das nicht bin, aber ich bin praktische Ärztin und besitze nicht die Qualifikation, Ihnen dabei zu helfen.«

»Meinen Sie einen Psychiater?«

»Ich meine einen Therapeuten.«

»Halten Sie mich für verrückt?«

»Nein, natürlich nicht. Ich halte Sie doch nicht für verrückt, nur weil Sie eine – nun ja, sehr rege Fantasie haben.« Sie zog ihr Telefonbuch aus der Handtasche. »Lassen Sie mich doch diese Frau anrufen und bei ihr einen Termin für Sie ausmachen. Sie ist eine ausgezeichnete Psychotherapeutin.«

»Sie wird mich für verrückt halten.«

»Nein, das wird sie nicht. Sie ist der letzte Mensch, der so etwas denkt. Geht es Ihnen inzwischen wieder so gut, dass Sie Taxi fahren können?«

»Ja, ja«, meinte er teilnahmslos, »ich war schon draußen. Ich soll mich ja ein bisschen bewegen. Weit laufen kann ich allerdings nicht. Mithras begleitet mich nicht.«

»Dann kann ich also Dr. Peacock anrufen?«

»Sicher. Nur zu.«

Während des Telefonats ließ er sie nicht aus den Augen. Irgendwie kam ihr der Raum jetzt dunkler vor als beim Betreten. In diese Wohnung konnte nicht viel Sonne eindringen, aber selbst das wenige vorhandene Licht war verschwunden, der Himmel hatte sich zugezogen.

Sie beendete ihr Gespräch mit Dr. Peacock und teilte Joel mit, er solle sich am übernächsten Nachmittag bei der Therapeutin einfinden. »Ich möchte Ihnen gern von Jasper erzählen«, sagte er.

»Vielleicht sollten Sie sich das besser für Dr. Peacock aufheben.«

»Und von meinem Papa. Ich würde mich gern mit Ihnen über ihn unterhalten und darüber, warum er mich hasst. Sie werden doch wiederkommen, ja? Nur weil ich zu dieser

Dr. Peacock gehe, heißt es doch nicht, dass Sie nicht mehr meine Ärztin sind, oder?«

»Selbstverständlich nicht, Joel. Trotzdem fände ich es gut, wenn Sie zu mir kämen, da es Ihnen jetzt besser geht.« Jeder Zuhörer hätte geglaubt, sie unterhielte sich mit einem Zehnjährigen. »Wir werden für Sie einen Termin außerhalb der normalen Sprechstunden vereinbaren.«

Sie stand auf, er auch. Draußen in der düsteren Diele meinte er: »Da ist Mithras. Während Sie bei mir waren, ist er nicht hereingekommen. Er hat hier draußen gewartet, dort drüben in der Ecke, neben dem Ding, das wie ein Baum aussieht, aber für die Mäntel da ist.«

Ella sagte ruhig: »Würden Sie bitte das Licht anmachen?«

In der plötzlichen Helligkeit musste sie blinzeln. Joel legte eine Hand über die Augen. »Dr. Peacock wird mir über Ihre Fortschritte berichten«, meinte sie. »Und Sie müssen es auch tun.« Sie hielt ihm ihre Hand hin. »Und jetzt auf Wiedersehen, Joel.«

»Auf Wiedersehen.« Seine Augen waren nicht auf sie gerichtet, sondern auf die Ecke mit dem Kleiderständer.

Als er ihr die Wohnungstür aufhielt, schaute er immer noch weg. Die Luft, der matte Sonnenschein, das Verkehrsgewühl und die Menschen vertrieben das äußerst mulmige Gefühl, das sie beschlichen hatte. Erleichtert spazierte sie in die Chepstow Villas. Heute Abend hatte sie keine Patienten mehr, und Eugene hatte gesagt, er werde früh zu Hause sein. Wirklich schade, dass sie ihm ihr nachmittägliches Erlebnis in dieser schauderhaften Wohnung nicht erzählen konnte, wo sie diese ebenso schauderhaften Dinge gehört hatte. Aber das konnte sie genauso wenig wie ein Priester. Auch der durfte das Beichtgeheimnis nicht lüften.

Auf Onkel Gibs Anzeige meldeten sich mehrere Bewerber. Die niedrige Miete war attraktiv, aber fast alle stießen sich an dem Zustand des Hauses, an den nackten verdreckten Räumen, vor allem aber daran, dass es kein Badezimmer gab. Nur einer nicht, und der gehörte zu jener Kategorie, die Onkel Gib als Bettler bezeichnete. Und Bettler konnten nun mal nicht wählerisch sein. Es handelte sich um einen jungen Osteuropäer, der in einem winzigen Café in der Portobello Road als Tellerwäscher arbeitete, ein Café, das fast so scheußlich war wie das Haus in der Blagrove Road. Momentan würde er im möblierten Zimmer seines Freundes auf dem Boden schlafen, erklärte er Onkel Gib.

Für ihn war die Speicherwohnung ein Palast.

»Ich auf Klo in Garten«, meinte er, »und waschen in Küche.«

»In der Spülküche«, korrigierte Onkel Gib. »Und auch nur dann, wenn ich nicht da bin. Kapiert?«

9

Die Ware in dem Bioladen machte auf Eugene einen unappetitlichen Eindruck. Das Obst hatte Flecken, und das Gemüse sah aus, als könnte jeden Moment eine Schnecke zwischen den Blättern herauskriechen. Und was waren Quinoa und Kasha? Etwas zu essen? Für normale Menschen? Aber Ella, die ihre Wohnung zum Verkauf angeboten hatte und mehr oder weniger zu ihm gezogen war, benötigte für den Abend zum Kochen unbedingt Ingwer und Knoblauch und eine Zutat namens Bockshornklee, und er wusste mit Sicherheit nur bei diesem Laden, dass es hier so etwas gab. Während er darauf wartete, seine Einkäufe bezahlen zu können, entdeckte er zu seiner Überraschung auf der Ladentheke zwischen anderen zuckerfreien Süßigkeiten ganze Stapel von Chocorange-Päckchen. Wunderbar, wie gelassen er sie betrachten konnte, so ganz nebenbei, fast wie Pfefferminzpastillen oder Kaugummi. Trotzdem war es interessant, dass hier in einem Bioladen so etwas verkauft wurde, während er sich in der Zeit, in der er danach süchtig gewesen war, wegen der eventuellen Schäden durch die chemischen Bestandteile ein wenig Sorgen gemacht hatte.

Seine Gedanken wanderten zu jenen Tagen zurück, als ihm die Einkaufsmöglichkeiten für Chocorange ausgegangen waren. Wie glücklich, ja geradezu überglücklich wäre er damals gewesen, wenn er wider Erwarten in einem solchen Laden auf so eine Trouvaille gestoßen wäre. Aber noch während er diesen Gedanken nachhing, wurde ihm klar, dass seine Lieblingssüßigkeit mit Sicherheit auch von

Diabetikern geschätzt wurde, denn hier gab es auch Schokolade und Kekse für Zuckerkranke. Garantiert hatten ihn die Verkäufer früher für einen Diabetiker gehalten. Doch das hätte ihm gar nichts ausgemacht. Seltsam. Mochte es daran gelegen haben, dass man einem Süchtigen eine gewisse Willensschwäche unterstellte, während man mit Diabetes lediglich eine nicht funktionierende Bauchspeicheldrüse verband, über die man keine Kontrolle hatte? Eine wirklich interessante Frage.

Er war fast geneigt, sich selbst auf die Probe zu stellen, indem er ein Päckchen Chocorange gekauft und auf dem Heimweg nonchalant eine Pastille in dem Bewusstsein gelutscht hätte, es sei die letzte für den ganzen Abend. Aber – nein, besser nicht. Noch nicht. Stattdessen griff er zu einem Riegel Diabetiker-Schokolade und meinte, den würde er nehmen.

»Die Süßigkeiten und die Schokolade haben sich im Vergleich zu früher wirklich toll verbessert«, konstatierte das Mädchen hinter der Ladentheke freundlich.

Eugene pflichtete ihr bei und fügte sogar hinzu, diese Chocorange würden köstlich schmecken, so gut »wie echt«. Dabei wunderte er sich, wie offen er seine ehemalige Sucht ansprechen konnte. Natürlich ging es in Wahrheit um seine erfundene Zuckerkrankheit. Irgendwann einmal könnte er vielleicht tatsächlich wie ehemalige Alkoholiker oder Drogenabhängige offen über seine Gewohnheit sprechen und reumütig darüber *lachen*.

Am Ende eines wunderbaren Tages deutete alles auf einen schönen warmen Abend hin. War es für ein Abendessen im Freien warm genug? Mit einem Stück Diabetikerschokolade im Mund spazierte er durch die Terrassentüren in den Garten, um die Temperatur zu testen. Aber

Ella würde entscheiden müssen. Eugene war aufgefallen, dass Frauen trotz der stärkeren subkutanen Fetteinlagerungen offensichtlich schneller froren als Männer. Während er noch über diese Anomalie grübelte, fiel sein Blick zufällig auf das kleine Gartentor. Es war nicht verriegelt. Vermutlich hatte Carli den Riegel zurückgeschoben, um den Gärtner hereinzulassen, und danach vergessen, ihn wieder vorzuschieben. Andererseits war es doch ziemlich absurd, ein bereits versperrtes Tor zusätzlich zu verriegeln, oder? Seine Nachbarn litten bezüglich der Sicherheit ihrer Häuser unter wahren Zwangsvorstellungen. Das Pärchen mit dem Katzenbiest namens Bathsheba hatte Gitter an sämtlichen Erdgeschoss- und Kellerfenstern und sage und schreibe drei verschiedene Haustürschlösser. Solche Maßnahmen steigerten nur noch die Angst der Leute vor einem Verbrechen, während Einbrecher dadurch nicht abgeschreckt wurden. Für sie war eine solche Festungsmentalität eine wahre Herausforderung.

Die Diabetikerschokolade war gar nicht gut. Sie schmeckte trocken und staubig. Davon würde er kein Stück mehr essen.

Ein schönes verlängertes Wochenende sollte es werden. Am Samstag wollte er Ella für zwei Tage nach Schloss Amberley in Sussex entführen, auf einen luxuriösen Kurzurlaub. Er hatte ein mit allen Schikanen renoviertes Zimmer im mittelalterlichen Stil samt Himmelbett gebucht. Er hatte beschlossen, Ella während seiner Ehe ständig zu verwöhnen, und wollte damit schon einmal üben. Da er selbst kein Auto besaß, hatte er einen Wagen gemietet, obwohl damit eine entsetzliche Fahrt quer durch den Süden Londons verbunden war. Aber wenigstens konnte Ella gemütlich neben ihm sitzen und zumindest während des zweiten Teils der Fahrt die Aussicht genießen.

Während sie das Gepäck im Kofferraum verstauten, berichtete er ihr, er habe kürzlich beschlossen, nicht mehr so ein Sicherheitsfanatiker sein zu wollen. »Umsicht ja, aber nicht hysterisch«, sagte er. »Beispielsweise werde ich das kleine Gartentor nicht verriegeln. Letztlich würde ich doch nur vergessen, den Riegel wieder zu öffnen, und dann käme der Gärtner nicht herein. Den Haupteingang werde ich selbstverständlich zusperren und verriegeln und auch darauf achten, dass alle Fenster geschlossen sind und die Alarmanlage eingeschaltet ist.«

»Lässt du ein paar Lichter brennen?«

»Wirklich, Schatz, meiner Ansicht nach erregt das nur Aufmerksamkeit. Angenommen, du wärst ein Einbrecher – das ist unmöglich, ich weiß, aber versetz dich trotzdem mal in dessen Lage. Was würdest du denken, wenn du an einem schönen sonnigen Tag wie heute an einem Haus vorbeikämst, in dem *Lichter* brennen? Entweder sind die Hausbesitzer verrückt, oder sie sind nicht da. Vermutlich eher Letzteres.«

Irgendwo in Sussex – die South Downs waren schon zu sehen – fragte er sie, ob sie Joel Roseman noch einmal getroffen habe.

»Er ist mein Patient geworden, ein Privatpatient.«

»Stimmt denn etwas nicht mit ihm?«

»Nun ja, er hatte eine Herzoperation«, erwiderte Ella. »Liebling, ist die Sonne nicht herrlich? Ich finde, das ist die schönste Jahreszeit. Meinst du nicht auch?«

»Du meinst, du darfst mit mir nicht über die Krankheiten deiner Patienten sprechen«, lachte Eugene. »Schatz, dafür habe ich doch vollstes Verständnis.«

Onkel Gib blieb standhaft; er würde Lance keine tausend Pfund borgen. »Leihen kommt nicht infrage«, meinte er am Tisch in der rauchgeschwängerten Küche. »Wer einem arbeitslosen Typen Geld gibt, verleiht nichts, sondern verschenkt etwas. Und ich habe nicht vor, dir etwas zu schenken.«

Lance widersprach nicht. Obwohl diese Unterhaltung nicht zum ersten Mal stattfand, bezweifelte er, dass Onkel Gib überhaupt tausend Pfund besaß. Dennoch: Jedes Mal, wenn Lance von anderen Leuten eine Abfuhr erhielt, schnitt er dieses Thema erneut an. Er hatte es bei seinen Eltern probiert. Auch sie hatten ihm nichts gegeben; sie hatten nur gelacht. Er mache wohl Witze. Seine Mutter habe bereits ihre Visa-Karte mit achttausend Pfund überzogen. Er versuchte es bei seiner Großmutter mütterlicherseits, die noch nicht einmal sechzig war. In seiner Familie bekamen die Frauen schon im Teenageralter Kinder. Sie hatte einen Job als Geschäftsführerin eines Waschsalons und galt bei ihren Freunden und Verwandten fast schon als Intellektuelle. Sie zeigte sich nicht bereit, Lance etwas zu leihen, selbst wenn sie tausend Pfund besessen hätte – genauso wenig wie ihre beiden anderen Töchter, Lance' Tanten. Und auch sein Onkel gab ihm nichts. Letzterer war einmal mit einer der Tanten verheiratet gewesen und hatte in der Lotterie zehntausend Pfund gewonnen. Er hätte gewiss etwas übrig gehabt, aber auch wenn er keinen Penny herausrückte, erwies sich Onkel Roy als nützlich: Nachdem er Lance' Bitte abgeschlagen hatte, nannte er ihm die Adresse eines Hehlers in einer Seitenstraße der Holloway Road.

Inzwischen blieb Lance nur noch eine durchaus realistische Hoffnung: ein Einbruch bei dem Kerl mit den weißen Haaren. In Ermangelung einer Adresse, wo er das Zeug versilbern konnte, hatte er sich trotz seiner Vorarbeit in der Chepstow Villas von der Idee eines Einbruchs fast schon verabschiedet gehabt. Jetzt hatte er Mr. Crown in der Poltimore Road 35, N7.

Es war schon Samstag. Heute sollte er Fize das Geld bringen. Er hatte es nicht fertiggebracht, Gemmas Wohnung zu meiden, und war schon wieder zweimal dort gewesen. Heute wäre dann das dritte Mal. Er wollte ihr und Fize seine gesamte Sozialhilfe von dieser Woche als Anzahlung anbieten, begleitet von dem Versprechen, dass sie den Rest hundertprozentig bis – grob geschätzt Dienstag – bekämen. Jedenfalls würde er Gemma sehen und mit etwas Glück sogar mit ihr im selben Zimmer sein. Aber als er sich ihrem Wohnblock näherte, entdeckte er Fize auf dem Balkon. Er hatte das Baby auf dem Schoß und fütterte es aus einer Schüssel. Fize hatte ihn nicht gesehen. Trotzdem verlor Lance die Nerven, überquerte die Straße, zog seine Kapuze über und lief schnell mit hochgezogenen Schultern die Leamington Road hinunter und dann in die Denbigh Road hinein.

Im Schutz seiner Tarnkapuze sah er aus der Ferne, wie der Weißkopf Sachen in einem Kofferraum verstaute. Lance erkannte ihn mühelos wieder. Die Frau an seiner Seite hatte er noch nie gesehen. Sie trug einen Hosenanzug und hatte dunkle Locken. Anscheinend wollten sie wegfahren. Sogar sehr wahrscheinlich, denn schließlich war am Montag Feiertag. Solche reichen Knöpfe führten ein bequemes, sorgloses Leben. Die hätten nie ein Problem gehabt, tausend Pfund aufzutreiben. Solche Leute fuhren an verlängerten Wochenenden immer weg, während er für ewig in einem verräucherten Rattenloch festsaß.

Er trieb sich an der Kreuzung herum und tat so, als würde

er einen der vielen Zettelaushänge lesen, mit denen Leute versuchten, ihre entlaufenen Katzen wiederzufinden. Diesmal war die Gestreifte ausgebüxt. Offensichtlich hieß sie William. Wenn die Leute einen Finderlohn geboten hätten, hätte er die vermisste Katze vielleicht gesucht, aber das war nicht der Fall. Aber vielleicht hätte er es auch bleiben lassen; seine zerkratzte Hand fiel ihm wieder ein. Die beiden, der Weißkopf und seine Frau, waren in der Zwischenzeit im Haus verschwunden. Lance tigerte ein wenig herum, hockte sich auf eine Mauer und glitt wieder herunter, als der Hausbesitzer herauskam. Anschließend begab er sich wieder zu der Straßenecke, wo der Zettel mit den Angaben zu der verlorenen Katze hing. Jetzt kam auch die Frau wieder heraus. Der Weißkopf hielt ihr die Beifahrertür auf, dann stieg er ein und fuhr weg. Erst als sie außer Sicht waren, ging Lance langsam auf das nun verwaiste Haus zu. Schade, dass er nicht schon jetzt einsteigen konnte, aber damit sollte er besser bis nach Einbruch der Dunkelheit warten. In die Blagrove Road, zu Onkel Gib, wollte er nicht zurück. Er würde zu seiner Omi fahren, nach Kensal. Sie hatte sich zwar geweigert, ihm etwas zu leihen, sich aber andererseits beschwert, er ließe sich gar nicht mehr bei ihr blicken. Wie wäre es, wenn er zu ihr in die Wohnung ginge? Wegen des verlängerten Wochenendes würde der Waschsalon früh schließen. Dann würde sie ihm ein Abendessen kochen oder ihn auf ein Bier und einen Bauernschmaus ins Good King Billy einladen. Eher Letzteres. Vielleicht würde er sogar in ihrem hübschen sauberen Bad duschen können.

Mist. Es wurde erst so spät dunkel. Lance merkte genau, dass ihn seine Omi gegen achtzehn Uhr loshaben wollte, aber es war noch taghell, und die Sonne strahlte nicht weniger als mittags. Schon zweimal hatte sie ihm erzählt, ihr Freund käme gleich vorbei. Sie würden zum Windhundrennen nach Walthamstow fahren, und Lance solle sich auf die Socken machen. Ihm war nicht recht wohl in seiner Haut. Im Pub hatte sie ihm Fish & Chips und zwei Glas Bier spendiert, und als sie wieder daheim waren, gab es noch Tee und Kartoffelchips. Er strapazierte ihre Gastfreundschaft über Gebühr, das war ihm klar. Aber wohin sollte er bis zum Einbruch der Dunkelheit gehen? Es war wieder einmal seine klassische Lebensgeschichte: die meiste Zeit nichts zu tun und keine richtige Bleibe. Nachdem sich seine Omi mit Minirock, weißer Lederjacke und türkisblauem Lidschatten aufgetakelt hatte und Dave eingetrudelt war, stand Lance endlich auf und meinte, er würde sich jetzt trollen. Überglücklich begleiteten sie ihn zur Haustür; endlich waren sie ihn los.

Obwohl er mit dem Bus gekommen war, ging er den ganzen Weg zur Chepstow Villas zu Fuß zurück, um das Fahrgeld zu sparen. Wie üblich machte er dabei einen Umweg an Gemmas Wohnung vorbei. Drinnen brannte Licht, die Tür öffnete sich einen Spalt, und Gemma steckte den Kopf heraus. Hätte Lance eine lyrische Ader gehabt, hätte er bei ihrem Anblick vielleicht wie einst Romeo in leicht abgewandelter Form geflüstert: »Doch still, was schimmert durch das Fenster dort? Es ist der Ost und Gemma die Sonne!« Sie hatte ihn anscheinend nicht gesehen, denn sie lehnte sich ans Balkongeländer und blickte unverwandt in die entgegengesetzte Richtung, die Straße hinauf. Er ging weiter und versuchte dabei, über das vor ihm liegende Unternehmen nachzudenken. Was wäre, wenn der Weißkopf und seine Freundin nur einen Tagesausflug gemacht hätten? Nein, wer nur nach Richmond oder Maidenhead fährt, nimmt keine Koffer mit. Es war immer noch hell. Selbst er, der kaum auf die Vorgänge am Himmel achtete, konnte aufgrund des glühend roten Himmels beim Zurückschauen erkennen, dass die Sonne untergegangen war. Der lange Fußmarsch hatte ihn erschöpft, und obendrein bekam er inzwischen auch schon wieder Hunger. Zum Zeitvertreib kaufte er sich eine Pastete, ein in Folie eingeschweißtes Stück Teekuchen und einen Riegel Mars. Das alles verspeiste er, während er durch die Westbourne Grove trödelte. Bei einem Blick nach hinten sah er einmal in der Entfernung einen Mann, der ihn an Fize erinnerte. Allerdings sahen für ihn alle Orientalen gleich aus.

Endlich war es dunkel. Direkt vor Weißkopfs Haus stand keine Straßenlaterne. Die dicht belaubten Bäume auf den Gehwegen und in den Vorgärten der Chepstow Villas machten alles noch dunkler. Lance war absolut sicher, dass der Weißkopf nach so langer Zeit sein kleines Gartentor wieder verriegelt hatte. Umso erstaunter war er, als es schon beim Aufsperren nachgab. Nebenan brannten Lichter im Garten, jene typischen mattgrünen Lampen, die halb zwischen den Büschen versteckt lagen. Hier gab es so etwas nicht. Lance ging zur Terrassentür und beäugte das Schlüsselloch. Wie erhofft, hatte weder der Weißkopf noch seine Freundin nach dem Abschließen den Schlüssel abgezogen. Er konnte im Loch die Spitze des Rohrs erkennen. Nur mit viel Fingerspitzengefühl würde sich der Schlüssel hinausbefördern lassen. Sobald er ihn mithilfe des mitgebrachten Schraubenziehers hinausstieß, konnte er ganz leicht von der Tür abprallen und ein ganzes Stück weiter drinnen auf dem Teppich landen. Und dann wäre Schluss.

Seine Augen hatten sich an die schlechten Lichtverhältnisse gewöhnt. Er konnte das Schlüsselloch deutlich erkennen und bedauerte es nicht mehr, dass er keine Taschenlampe mitgebracht hatte. Ganz vorsichtig stocherte er gegen den Schlüssel, bis er spürte, wie er sich wackelig in Bewegung setzte und schließlich am Rand des Schlüssellochs herumkippelte. Nach einem zarten Stups mit der Schraubenzieherspitze fiel er hinunter, aber höchstens zwei Zentimeter hinter die untere Türkante. Lance hatte in seinem Rucksack einen schmalen Pappstreifen mitgebracht, den er unter die Tür schob. Dabei entdeckte er, dass sie mindestens einen Zentimeter oberhalb der Teppichkante endete. Ab jetzt wurde es richtig schwierig. Er müsse Geduld haben, redete er sich ein. Sobald er nervös wurde, würde er alles vermasseln und den Schlüssel eventuell nur noch weiter ins Zimmer hineinbefördern. Beim vierten Versuch spürte er, wie der Streifen unter den Schlüssel glitt. Er bog die Pappe ein wenig nach oben und zog sie allmählich auf die untere Türkante zu. Dabei verlor er den Schlüssel und musste noch einmal anfangen. Ganz langsam zog er die Pappe nach hinten und betete, dass sie sich nicht unten am Türrahmen verhakte oder stecken blieb. Seit ihn Gemma hinausgeworfen hatte, war er noch nie so glücklich gewesen wie in dem Moment, als er den Messingschlüssel, den er insgeheim einen goldenen Schlüssel nannte, herausrutschen sah, mitten hinein in seine erwartungsvolle Hand.

Ganz leise schloss er auf und öffnete die Tür. Trotzdem ging der Alarm los. Handelte es sich um eine mit der Polizei verbundene Anlage? Oder sollte sie nur Eindringlinge erschrecken? Es stand fifty-fifty, aber Lance ließ sich in seinem Vorhaben nicht beirren. Bei einem schnellen Streifzug durchs Zimmer raffte er alle möglichen Sachen zusammen und stopfte sie in seinen Rucksack: Zierobjekte, Figürchen, hübsche Gegenstände, die er nicht identifizieren konnte, Glas und Silber und ein goldenes Collier mit grünen Steinen, das die Freundin offensichtlich oben auf einem Schränkchen abgelegt hatte. Zwei Minuten später stand er bereits wieder im Garten, hatte die Terrassentür zugesperrt und den Schlüssel eingesteckt. Schließlich sollte man sich keine Chance entgehen lassen, auch wenn der Weißkopf selbstverständlich das Schloss auswechseln würde.

Den Rückweg durchs Gartentor wagte er nicht. Alles deutete darauf hin, dass die Nachbarn durch die schrille Alarmanlage unruhig geworden waren, die im Freien genauso stark zu hören war wie drinnen. Stimmen wurden laut. Irgendwo vorn draußen verkündete eine Frau lautstark, sie würde die Polizei verständigen, und ein anderer meinte, es handele sich vermutlich um einen Fehlalarm. Allmählich beschlich Lance das Gefühl, dass er in der Falle saß. Er tappte den Weg zur Mauer am Ende des Gartens hinunter. Dort entdeckte er ein Spalier, das dichten Kletterpflanzenbewuchs stützte. Es sah stabil aus und war so gut wie eine Leiter. Im Garten nebenan brannte immer noch Licht, aber herausgekommen war niemand. Aus der Ferne hörte er eine lautstarke Diskussion, ob man Maßnahmen ergreifen solle oder nicht. Er fasste auf der untersten Spaliersprosse Tritt und begann hinaufzuklettern. Die Kletterpflanze war wesentlich stacheliger als Efeu und hatte ihm bereits die Hände zerkratzt. Als er zuerst das rechte Bein über die Mauerkrone schwang und danach das linke, öffnete sich das kleine Gartentor. Ein Mann und eine Frau betraten Weißkopfs Garten. Lance fluchte. Hätte er nur abgeschlossen! Aber die Leute hatten ihn nicht gesehen. Er klammerte sich von der Pembridge Villas aus an die Mauerkrone und beobachtete durch die Blätter das Paar. Beinahe hätte er schallend losgelacht, als er sah, wie die beiden verstohlen die versperrte Terrassentür mit den heilen Scheiben musterten. Dann flüsterten sie miteinander, drehten sich um und gingen wieder zurück, wie sie gekommen waren.

Mit aufgeschürften blutigen Händen ließ er sich auf den weichen Boden hinunterfallen. Das Haus, in dessen Garten er sich befand, wirkte unbewohnt. Keine Lichter brannten. Vielleicht waren die Bewohner über das verlängerte Wochenende verreist, oder sie schliefen schon. Noch immer konnte er die Alarmsirene von Weißkopf jaulen hören, doch dann verstummte sie ziemlich plötzlich. In der darauf folgenden Stille ließ sich nur noch der sonore Motor eines großen teuren Wagens hören, der Richtung Westbourne Grove schnurrte. Lance entdeckte, dass er sich auf der Rückseite einer dicht bepflanzten Rabatte in Richtung Straße schleichen konnte. Zuerst hinter hohen Sträuchern vorbei, die kurz vor dem Haus in ein Bambuswäldchen übergingen, dessen Stämme ihn ums Doppelte überragten. In ihrem Schutz erreichte er das kleine schmiedeeiserne Gartentor dieses Grundstücks, über das er trotz seiner aufgeschürften Hände mühelos klettern konnte. Binnen dreißig Sekunden stand er draußen auf der Straße. Alle Mühsal lag hinter ihm, und in seinem Rucksack steckte garantiert ein kleines Vermögen. Ganz besonders freute er sich über das Goldcollier. Inzwischen war er ziemlich sicher, dass es sich um ein mit Smaragden besetztes Schmuckstück handelte.

Es war schon fast Mitternacht. Still und leer lagen die Straßen in dieser Gegend da. Er schien allein zu sein, ein Einzelgänger mit Kapuze und einem schweren Rucksack. Allerdings entdeckte er bei einem Blick über die Schulter weit hinter sich eine Gestalt. Kein bekanntes Gesicht. Mit Sicherheit wusste er nur, dass es sich um ein männliches Wesen handelte. In den hell erleuchteten Cafés und Weinstuben und Pubs an der Westbourne Grove war Hochbetrieb. Wegen des schönen sonnigen Tags hatte man Tische auf die Gehsteige gestellt, und noch immer saßen Leute bei einem Glas im Freien. Einige aßen sogar noch so spät etwas. Dann entdeckte Lance einen Mann, den er für Fize hielt. Er lehnte an der Wand eines Pubs und unterhielt sich mit einem anderen Orientalen, ohne sich für Lance zu interessieren. Anscheinend nahm er ihn nicht wahr, obwohl in zehn Minuten die Zeit für die Übergabe der tausend Pfund ablief.

Er ging am Anfang von Gemmas Straße vorbei. Dahinter wurde es ruhiger, vielleicht weil es hier keine Pubs und Cafés gab. Nur ein asiatischer Lebensmittelladen, der rund um die Uhr geöffnet hatte, war noch auf. Auf dem gegenüberliegenden Gehsteig kam eine Gruppe gleichaltriger junger Männer angelaufen, die allerdings in eine Seitenstraße einbog. Vor ihm lagen die Portobello Road und ein paar hundert Meter weiter nördlich davon die Raddington Road und Onkel Gibs Haus. Sonst war nichts und niemand zu sehen. Bis auf die wenigen Straßenlampen war alles dunkel. Mattes gelbes Licht fiel aus dem einsamen kleinen Laden auf den Gehsteig. Von ihm aus hätte es ruhig ein bisschen lauter sein können, und wenn es nur etwas Radiomusik oder eine menschliche Stimme gewesen wäre. Lance war an Lärm gewöhnt. Aber das einzige Geräusch war weit weg und kaum hörbar, das Gemurmel der Stadt London, ein halbes Dutzend Straßen entfernt.

Urplötzlich tauchten aus dem Nichts zwei Männer auf, die Seite an Seite langsam auf ihn zukamen. Sie schauten in seine Richtung, suchten Blickkontakt, ein Schwarzer und ein Weißer. Irgendwo schlug eine Uhr Mitternacht. Zwölf volle Schläge, vielleicht aus einem Laden an der Portobello. Lance suchte eine Seitenstraße, aber da war keine, nur ein schmaler Durchgang, der wie eine Falle aussah. Inzwischen überlegte er, ob er umdrehen und wegrennen sollte, und schaute dabei verstohlen zurück. Da sah er, wie Ian Pollitt auf leisen Sohlen gemessen auf ihn zukam, als hätte er alle Zeit der Welt.

Lance blieb wie angewurzelt stehen. Er wusste nicht, was er sonst hätte machen sollen. Der Schwarze hatte ihn als Erster erreicht. Er ging so nah an ihn heran, wie es nur einer tut, der nichts Gutes vorhat, und versetzte ihm einen Kniestoß in den Unterleib. Als Lance vor Schmerz zusammenknickte und auf die Knie sackte, zerrte ihn Ian Pollitt hoch und gab ihm einen Kinnhaken. Lance versuchte, mit dem linken Arm sein Gesicht zu schützen, während er mit der Rechten um sich hieb. Jetzt prügelten sie zu zweit auf ihn ein, unterstützt von Fize, der aus dem Nichts aufgetaucht war. Sie zerrten seinen Rucksack herunter, schleuderten ihn mitten auf die Straße und droschen auf seinen Kopf und auf die Schulterpartie ein. Als er zu Boden ging und keine Anstalten machte, wieder aufzustehen, trat ihn einer der Weißen mit aller Kraft ins Kreuz. Die anderen taten es ihm nach. Einer traf ihn mit voller Wucht in den Magen, während der andere mit schweren Stiefeln seine Nierengegend attackierte. Als sie von ihm abließen, nahm Lance nur noch verschwommen wahr, dass sie sich gemeinsam um seinen Rucksack knieten und ihn aufrissen. Einige Gegenstände flogen heraus, andere stopften sie sich in die Taschen.

Kaum war Lance' Überfallkommando verschwunden,

kam der Asiate aus dem 24-Stunden-Lädchen. Er rief die Polizei und einen Krankenwagen herbei, setzte sich neben Lance auf den Gehsteig, wartete, bis sie kamen, und starrte verwundert die Glasscherben, das zerbeulte Silber und die zerbrochenen Figürchen an, die auf der ganzen Straße herumlagen.

10

Ella hatte gebeichtet. Sie hatte das Collier – ein Geschenk von Eugene zu ihrem neununddreißigsten Geburtstag – im Salon oben auf dem Schränkchen liegen gelassen. Sie hatte es zu Hosenanzug und Pullover getragen und es abgelegt, weil es ihr für eine Fahrt nach Sussex zu elegant vorgekommen war. Eigentlich hatte sie es einpacken wollen. Eugene war nie sauer. Er hatte lediglich gemeint: »Liebling, mach dir nichts draus. So etwas kommt vor. Zu deinem Vierzigsten werde ich dir ein noch schöneres kaufen.«

Mehr Kummer bereiteten ihm seine Netsuke-Tiere, die der Dieb ebenfalls mitgenommen hatte, und auch das Nymphenburger Porzellan, das die Polizei an der Ecke zur Portobello Road in Scherben vorgefunden hatte. Offensichtlich war eine Schlägerbande eingestiegen, die zur Krönung ihrer Diebestour einen unschuldigen jungen Mann zusammengeschlagen hatte, der sich nach einer harmlosen Kneipentour auf dem Heimweg befunden hatte. Die Polizei war zu Eugene ziemlich streng gewesen und hatte ihm Vorwürfe gemacht, weil er an seiner Terrassentür den Schlüssel hatte stecken lassen und das kleine Gartentor nicht verriegelt hatte. Ella verkniff sich die Bemerkung, dass sie ihm genau das gesagt hatte. Er war doch so reizend zu ihr gewesen.

Als sie am Dienstagmorgen das Ärztezentrum betrat, hallte das schöne Wochenende immer noch in ihr nach. Die Nachricht, dass Joel Roseman im Anschluss an ihre Vormittagssprechstunde für zwölf Uhr mittags einen Termin vereinbart hatte, beförderte sie allerdings unsanft auf die

Erde zurück. *Rein physisch* gesehen gehe es ihm deutlich besser. Das habe er besonders betont, meinte die Sprechstundenhilfe.

Joels Mutter kam täglich zu Besuch. Joel wollte von ihr wissen, ob sein Vater etwas dagegen hätte, ob sie gegen dessen Willen so viel Zeit bei ihm in seiner Wohnung verbringe. Aber sie verneinte und fügte ehrlich hinzu, Morris sei es egal, wie oft sie ihren Sohn sähe, solange er es nicht tun müsse. Manchmal schlug sie einen Spaziergang im Park vor, unter der parallel zur Bayswater Road verlaufenden Allee, aber dazu war Joel erst nach Einbruch der Dunkelheit bereit. Deshalb saß sie meistens mit ihm in einem der düsteren Zimmer und unterhielt sich mit ihm. Sie machte sich Sorgen über sein Eigenbrötlerleben, in dem es weder eine Freundin gab noch sonst irgendeinen guten Bekannten. Eines Tages erzählte er ihr von seinem Nahtoderlebnis. Ein Stück unterschlug er allerdings dabei: die gemeinsame Rückkehr mit Mithras. Als er sagte, er habe am Ende des Tunnels nicht den Himmel gefunden, sondern die Hölle, fing sie zu weinen an.

Er versuchte, sie aufzumuntern. »Mama, die Hölle ist schön. Sie sieht ein bisschen wie der Park aus, allerdings ohne die vielen Leute.«

Nachdem sie mit dem Bentley wieder zurück in die Vorstadt, nach Hampstead Garden, gefahren war, saß er da und betrachtete unverwandt die unendliche Spiegelreihe der Bronzeköpfe. Julius Caesar, Augustus, Tiberius und die übrigen Kaiser ließen die Wohnung riesig erscheinen. Alle stellten in identischen Kopien denselben Mann dar, einen antiken Herrscher, der seit zweitausend Jahren tot war. Während er die verkniffenen Lippen, die Adlernasen und die blinden Augen anstarrte, tauchte Mithras wieder auf. Joel hätte nicht erklären können, warum ihm Mithras' Gegenwart bewusst war, denn meistens war dieser unsichtbar. Und doch war Joel von seiner Anwesenheit genauso überzeugt wie von der seiner Mutter. Offensichtlich besaß er einen zusätzlichen namenlosen Sinn.

Mithras' Anwesenheit wirkte auf Joel mehr wie eine andauernde Berührung, als hätte ihm sein Besucher sacht eine Hand aufgelegt und sie liegen gelassen. Gleichzeitig hatte er den Eindruck, Mithras würde wie jedes andere Menschenwesen tatsächlich deutlich sichtbar werden, sobald Licht in die Wohnung kam und die Räume hell und weiß durchflutete. Schließlich stammte Mithras ursprünglich von einem strahlend gleißenden Ort. Aber einen derart radikalen Schritt wagte Joel nicht, dazu fürchtete er sich viel zu sehr vor der Helligkeit. Er hatte das Gefühl, sie hätte ihn blenden und buchstäblich sein Augenlicht zerstören können. Außerdem wusste er nicht recht, ob er Mithras' Anwesenheit hasste oder liebte. Schläfrig setzte er sich ins Wohnzimmer, oder er legte sich endlose Stunden auf das braune Samtsofa. Doch er las nichts, er hörte sich nichts an und sah auch nicht fern. Manchmal nickte er dabei ein. Eines Nachmittags hatte er sich für einen einsamen Kinobesuch entschieden, wie schon früher ab und zu einmal. Mit seiner dunkelsten Sonnenbrille auf der Nase wagte er sich nach draußen. Er wollte sich *Das Leben der anderen* anschauen, aber bereits auf halbem Weg überkam ihn ein Schwindelgefühl. Er deutete es als möglichen Beginn einer Panikattacke und drehte wieder um. Allein die Tatsache, dass er wieder sein Zuhause ansteuerte, sein dunkles Heiligtum, wirkte beruhigend auf ihn.

An dem Vormittag, an dem er zu der Psychotherapeutin Dr. Peacock gehen sollte, sprach Mithras ihn an. Joel konnte ihn, wie schon in den letzten Tagen, nicht sehen, auch wenn er die Berührung seiner Hand gespürt hatte. Nur seine Stimme hörte er. Zuerst war er nicht sicher, wer da sprach oder woher diese Stimme kam. Manchmal drangen von seinen Nachbarn trotz der dicken Wände und der guten Isolierung Laute in seine dunkle Schattenwelt. Diese Leute hatten durchdringende Stimmen und verrückten oft ihre Möbel. Ein paarmal hatten sie schon laute Partys gegeben. Aber diese Stimme klang leise und überzeugend, ja beinahe verführerisch.

Obwohl er wusste, dass es sich um eine menschliche Stimme handelte, konnte er eine Weile keine Wörter unterscheiden. Nur dem Rhythmus nach erkannte er, dass es sich um Englisch handelte. Dann hörte er ganz deutlich den Satz: »Sie wird dich fragen, ob du Stimmen hörst.«

Joel sagte nichts. Er lehnte sich zurück und schloss nachdenklich die Augen. Die Menschen konnten ihre Augen verschließen, besaßen aber keinen Mechanismus, dasselbe mit ihrem Gehör zu machen. Auf dem Weg zu Dr. Peacock betrat er eine Apotheke, um sich Ohrstöpsel aus Wachs zu kaufen, obwohl er sie vermutlich nicht brauchen würde.

Dr. Peacock kam aber gar nicht auf Stimmen zu sprechen. Sie sagte überhaupt sehr wenig. Sie hatte eine lange weiße Mähne, das Gesicht einer russischen Balletttänzerin und den tonnenförmigen Körper eines Pflasterers. Zu einem anthrazitfarbenen Leinenanzug mit Karottenhosen trug sie eine Jacke wie ein chinesischer Mandarin. Joel hatte eine Couch erwartet. Es gab auch tatsächlich eine, allerdings nicht für ihn. Dr. Peacock legte sich darauf, während er in einem Sessel saß.

Die Psychotherapeutin hatte die etwas lispelnde, schrille

Stimme eines theatralisch redenden Pfarrers in einer Comedy-Serie. Joel konnte kaum glauben, dass sie eine Frau war. Sie bat ihn, ihr den Grund für sein Kommen zu erzählen. Und Joel erzählte von seiner Herzoperation, seiner Nahtoderfahrung und von Mithras. Sobald er abbrach oder zögerte, tönte es von Dr. Peacock: »Fahren Sie fort.« Und als er ihr alles ausführlich geschildert hatte, meinte sie: »Erzählen Sie es mir noch einmal.« Joel fühlte sich an Polizeiverhöre im Fernsehen erinnert, wo der ermittelnde Kommissar den Verdächtigen auffordert, seine Geschichte zu wiederholen, um ihn bei einer Lüge zu ertappen.

Nach der Wiederholung wollte die Psychotherapeutin von ihm wissen, für wen er Mithras halte, aber schon nach wenigen Sätzen meinte sie, die Zeit sei um, nächste Woche würde sie ihn wiedersehen. Vielleicht hatte Joel naiverweise angenommen, er würde sich schon nach einer einzigen Sitzung etwas besser fühlen, aber dem war nicht so. Er setzte seine dunkle Sonnenbrille auf und ging langsam zu einer Bushaltestelle, ohne zu wissen, welche Busse dort hielten. Es war ihm auch ziemlich egal. Es kam ein Bus, allerdings einer von der Sorte, bei der man sich bereits vor dem Einsteigen einen Fahrschein oder eine Monatskarte an irgendeiner Verkaufsstelle besorgt haben musste. Der Busfahrer schickte ihn weg.

»Sie müssen aussteigen«, sagte der Fahrer. »Tut mir leid. Ich mache die Regeln nicht.«

Nervös hielt Joel ein Taxi an. Wie er so allein auf der Rückbank saß, schienen ihn alle Leute auf der Straße anzustarren. Er bildete sich ein, sie würden ihn abfällig mustern, ja sogar böse anfunkeln, und die Kinder würden Grimassen schneiden. Ein kleiner Junge streckte ihm die Zunge heraus. Joel verbarg sein Gesicht in den Händen. Da er nicht genug Geld dabeihatte, überredete er den Fahrer, unterwegs an einem Geldautomaten zu halten. Vor ihm standen drei Männer, die sich offensichtlich kannten. Sie fingen an zu flüstern. Einer drehte sich sogar um und musterte ihn, bevor er sich weiter unterhielt. Solche Dinge passierten Joel, sobald er sich dem Tageslicht aussetzte. Er fühlte sich unbehaglich und fragte sich insgeheim, ob sie vielleicht einen Überfall auf ihn planten. Aber es geschah nichts. Er bekam sein Geld und war bald zu Hause.

Bisher hatte er sein Wohnzimmer als ziemlich dunklen Raum empfunden, fast so dunkel wie die restliche Wohnung, aber jetzt war es zu hell für ihn. Das änderte er, indem er die dunkelgrünen Jalousien ganz herunterzog. Jetzt herrschte graues Dämmerlicht wie an einem regnerischen Nachmittag. Er legte sich aufs Sofa, wie er es bei Dr. Peacock gesehen hatte, und rief Dr. Cotswold an. Besser gesagt, er versuchte es. Es meldete sich nur die Sprechstundenhilfe und teilte ihm mit, die Ärztin habe Patienten, aber sie würde die Nachricht weitergeben und Dr. Cotswold um einen Rückruf bei ihm bitten. Der Anruf kam fast eine ganze Stunde später. Für Joel war es die längste Stunde seit Jahren. Joel hatte angenommen, Dr. Peacock hätte ihr inzwischen ausführlich Bericht erstattet, aber als Dr. Cotswold anrief, hatte sie keine Ahnung vom Verlauf seines Gesprächs.

Ob sie ihn besuchen könne? Er habe ihr viel zu erzählen.

»Heute geht es nicht«, sagte sie.

»Dann morgen.« Als sie nicht sofort antwortete, fügte er *»Bitte«* hinzu.

»Joel, ich finde, Sie sollten zu mir kommen. Sagen wir um zwölf Uhr dreißig, nachdem mein letzter Patient weg ist?«

»*Ich* bin doch Ihr letzter Patient, oder?«

Dank der geschlossenen Fenster konnte er in der Wohnung kaum noch Geräusche von außen hören. Der Verkehr war nur noch ein schwaches Summen. Er holte die gekauften Ohrstöpsel, knetete das Wachs zwischen den Fingern, formte zwei Kegel daraus und steckte sie sich in die Ohren. Daraufhin trat eine ganz besondere Stille ein, eine, die mit normaler Stille nichts gemein hatte. Er glaubte, ersticken zu müssen, und musste sich bewusst zum Atmen zwingen. Aber allmählich verschwand dieses Gefühl, und er begann die neue Taubheit zu schätzen. Jetzt war er eingeschlossen, konnte nichts sehen und nichts hören. Er schlief ein. Als er zwei Stunden später wieder aufwachte, verharrte er in seinem dunklen Kokon und ertappte sich dabei, wie er sich überlegte, was er morgen zu Dr. Cotswold sagen würde. Er würde ihr die Geschichte mit Amy und seinem Vater erzählen und auch von dem entsetzlichen Vorfall, der sie für immer entzweit hatte.

Der Netsuke-Löwe und der Affe waren aufgetaucht. Ein Ladenbesitzer aus der Westbourne Grove hatte sie im Rinnstein gefunden und auf der Polizeiwache abgeliefert. Ein hochzufriedener und äußerst dankbarer Eugene wollte Mr. Siddiqui eine Belohnung aushändigen, aber der Ladenbesitzer schlug sein Angebot mit den Worten aus, er fühle sich reichlich belohnt, weil er diese wertvollen Objekte ihrem Besitzer zurückgeben konnte. Aus der Abteilung für Verbrechensverhütung hatte sich ein Polizeibeamter für einen Termin in der Chepstow Villas angemeldet, um Eugene über vernünftige Maßnahmen zur besseren Absicherung seines Hauses zu beraten.

»Vermutlich wird es heißen, man soll im Garten Licht

brennen lassen«, meinte Ella, »die Terrassentür vergittern und dafür sorgen, dass das kleine Gartentor von innen verriegelt ist. Übrigens, wo ist eigentlich der Schlüssel zu dem kleinen Tor? Ich kann ihn nicht finden.«

»Ach Gottchen, keine Ahnung. Das werden sie mir garantiert auch noch unter die Nase reiben.«

»Liebling, man wird dir gar nichts unter die Nase reiben. Die Leute wollen doch nur helfen.«

»Wenn du meinst, Ella. Mir geht der Gedanke, dass sie hier überall ihre Nase hineinstecken werden, jetzt schon gegen den Strich. Sollen wir nicht das Thema wechseln? Wir haben doch noch einiges wegen unserer Hochzeit zu besprechen.«

Sie hatten sie vorläufig für Oktober festgesetzt. Beide waren bisher noch nicht verheiratet gewesen. Und wie wäre es mit einer kirchlichen Trauung?

»Mir ist eine ruhige Feier lieber«, wandte Ella ein. »Eine kirchliche Trauung wäre doch eine Riesenzeremonie.«

»Aber ich liebe große Zeremonien. Ich im Cut und du, ganz wunderschön, in einem weißen Spitzenkleid wie ein Baiser, dazu überall Blumengebinde und unsere ganzen Freunde und Verwandten. Und irgendwo ein gigantisches Mittagsmahl. Wohin sollen wir in den Flitterwochen reisen?«

»Nach Italien?«

»Also, ich hatte an Sri Lanka gedacht«, entgegnete Eugene.

Der Einbruch hatte einen Rückschlag bedeutet. Wenn sein Leben in ruhigen, angenehmen Bahnen verlaufen wäre und sich die Sorgen auf ein Minimum beschränkt hätten, dann hätte er weiter enthaltsam bleiben können. Davon war er überzeugt. Schließlich war es ihm das ganze Wochenende über gelungen. Und sollte er einiges mehr getrunken haben als sonst, dann hatte Ella es auch getan. Ein Satz wie »Liebling, jetzt muss ich aber wirklich aufhören«, nur um sich dann doch noch ein Glas zu gönnen, hatte etwas Liebenswürdiges und Kameradschaftliches an sich. Noch dazu, wenn sie darauf lachend geantwortet hatte, sie müssten aufpassen, sonst würden sie noch beide bei den Anonymen Alkoholikern landen.

Dann hatten sie beim Nachhausekommen den Diebstahl entdeckt. Kaum war ihm der Verlust seiner Netsuke bewusst geworden, hatte er nach Luft geschnappt und sich dabei gleichzeitig wie verrückt nach einem Chocorange gesehnt. Als er sah, was fehlte, und ihm wieder der erkleckliche Preis einfiel, den er für das mit Peridot verzierte Goldcollier bezahlt hatte – auch wenn er es Ella gegenüber heruntergespielt hatte –, brauchte er zum Trost dringend eine Pastille. Es war Sonntag, und alle Geschäfte hatten geschlossen, jedenfalls diejenigen in der Nachbarschaft, die diese Dinger verkauften. Wenn Ella nicht da gewesen wäre, hätte er sich sofort auf den Weg zu einer Tesco- oder Superdrug-Filiale gemacht, so groß wäre die Versuchung, die Gier gewesen. Stattdessen musste er unter schlimmeren Entbehrungen leiden als früher, wenn ihm die Chocoranges ausgegangen waren. Er gierte danach, er sehnte sie herbei. Insgeheim – aber wie geheim war es wirklich? – nippte er den ganzen Abend immer wieder am Whisky, bis er nicht mehr wagte weiterzutrinken.

Am anderen Morgen kam er mit pochenden Schläfen, sprich: mit einem heftigen Kater, zu der Erkenntnis, dass es nur eine einzige Möglichkeit gab, damit fertigzuwerden: *Nicht denken*. Nicht denken, nur handeln, und handeln hieß, rasch zu Elixir hinunter, sobald der Laden öffnete, und sich mit fünf Päckchen Chocorange einzudecken. Seine Erleichterung war so groß, dass er aufhörte zu denken. Keine Selbstvorwürfe, keine Schuldgefühle, sondern sich einfach mit Haut und Haaren diesem wunderbaren Trost zu überlassen. Am nächsten Tag füllte er durch einen Besuch in dem Geschäft in der Spring Street seine Vorräte in der Küchenschublade auf, und wieder einen Tag später durch einen Besuch in dem Laden an der Golborne Road. Plastiktüten voller Päckchen wanderten in die unterste Schublade des Schränkchens im Gästebad und eine weitere Ladung in den Wohnzimmerbücherschrank, hinter die Romane von E.M. Forster. Anstatt sich den Kopf zu zermartern, lachte Eugene entzückt, als er zweiundzwanzig Päckchen abzählte, die er vorsorglich für die Zukunft versteckt hatte.

Vier Tage hielt diese Euphorie an. Am fünften fasste er einen Entschluss: So konnte es nicht weitergehen. Während Ella schlief, hatte er sich gefragt, ob er allmählich verrückt wurde.

Noch gestern hatte er sich eingeredet, er würde nie mehr ohne diese Pastillen leben müssen. Das war sinnlos. Er musste ohne sie leben können. In Anbetracht des Hochzeitstermins im Oktober blieben ihm noch etwas mehr als vier Monate für den schrittweisen Ausstieg. Denn Schritt für Schritt war die einzige Möglichkeit. Mit dem abrupten Ausstieg hatte er einen grundlegenden Fehler gemacht. Wenn er es nach dem besagten Wochenende langsam aufgegeben hätte, wäre vermutlich noch ein halbes Päckchen im Haus gewesen, und er hätte zum Stressabbau noch am Abend eine Pastille lutschen können und vielleicht nachts noch eine. Das war der richtige Weg. Im schlimmsten Fall würde er zur Überbrückung mit einem Päckchen Chocorange im Gepäck in die Flitterwochen fahren. Na, vielleicht hatte er bis dahin sogar seine Sucht besiegt. Nichts leichter als das, redete er sich ein, während er sein zwölftes Bonbon an diesem Tag lutschte.

»Wie sind Sie mit Dr. Peacock zurechtgekommen?«

»Keine Ahnung«, sagte Joel. »Sie hat sich von mir nur erzählen lassen, wie Mithras mit mir aus der Hölle zurückgekommen ist, und als ich fertig war, ließ sie mich die Geschichte noch mal erzählen. Ich hatte erwartet, dass sie mich über meinen Vater ausfragen würde. Ich dachte, so läuft das immer.«

Sie befanden sich in Ellas Praxis. Ella hatte gehofft, mittags mit Eugene essen gehen zu können, aber das musste sie wohl absagen. Joel war dank seines vagen Zeitgefühls eine Viertelstunde zu spät gekommen und rechnete offensichtlich mit einem langen Termin bei ihr.

»Vielleicht sollten Sie Dr. Peacock fragen, ob Sie über Ihre Beziehung mit Ihrem Vater sprechen können.«

»Ihnen würde ich es lieber erzählen.«

»Lassen Sie mich noch rasch telefonieren.«

Eigentlich hätte Joel wirklich merken müssen, dass Ella ihren Verlobten nur anrief, um ihm mitzuteilen, dass aus ihrem gemeinsamen Mittagessen nichts würde, und aus Ellas Antworten hätte er eindeutig schließen müssen, wie enttäuscht der Verlobte war. Aber Joel machte keinerlei Anstalten, seine Geschichte abzukürzen oder vielleicht sogar bei einem späteren Termin zu erzählen. Kaum hatte sie aufgelegt, sprudelte es schon aus ihm heraus. »Ich möchte es Ihnen erzählen, weil Sie mitfühlend sind. Sie haben Verständnis. Es ist einfach so passiert, ja, schon vor vielen Jahren. Damals war ich sechzehn ...«

»Moment mal, Joel. Ich muss mich wiederholen: Ich bin

keine Psychiaterin. Ich bin praktische Ärztin. Ich bin nicht berechtigt, als Psychiaterin zu praktizieren. Das wissen Sie doch, oder?«

»Ja, aber irgendjemand hat mir erzählt, in England könne jeder als Psychotherapeut arbeiten, jeder. Dafür brauche man keine Ausbildung. Und im Gegensatz zu allen anderen sind Sie doch *Ärztin*. Also, wie gesagt, das alles ist passiert, als ich sechzehn war ... Hören Sie mir zu?«

»Ja«, erwiderte Ella und seufzte insgeheim.

Er legte los wie ein Maschinengewehr. Offensichtlich hatte er seine Geschichte bereits viele Male gründlichst geprobt, wenn er sie nicht doch schon früher mal jemandem erzählt hatte, was ebenfalls durchaus möglich war. Sie hatte einen riesigen Schatten auf sein Leben geworfen, ja, sie *war* sein Leben. Als sich Ella später noch einmal damit beschäftigte, wünschte sie sich sehnlichst, es Eugene erzählen zu können. Leider war das unmöglich. Joel hatte sich ihr als seiner Ärztin anvertraut, und damit war alles gesagt.

Er habe eine Schwester gehabt, erzählte er ihr. Amy sei zehn Jahre jünger gewesen. Sie waren gerade frisch eingezogen, seine Eltern, Amy und er, von Southampton in ein Haus auf dem Land, in Hampshire, mit zwölf Hektar Grund und einem See. Sein bisher schon reicher Vater war Millionär geworden. Während des Umzugs war Joel im Internat gewesen. Als er in den Sommerferien heimkam, sah er Mossbourne House und das Grundstück zum ersten Mal.

»Es war wunderschön«, sagte er. »Ich habe es geliebt. Etwas Ähnliches hatte ich nirgendwo gesehen. Aber jetzt muss ich Ihnen etwas sagen.« Joel blickte nach links und rechts und warf schließlich einen schüchternen Blick nach hinten. »Ich muss Ihnen etwas sagen. Dieser Ort am Ende des Tunnels, wo ich nach meinem Tod hingegangen bin, das war die Hölle und gleichzeitig auch Mossbourne. Die weißen Säulen und die Türmchen, das war Mossbourne, und der Fluss – aber nicht der See. Wo ich nach meinem Tod hinging, gab es keinen See.« Reumütig schüttelte er den Kopf. »Wissen Sie, die Hölle ist wunderschön. Sie ist gar nicht hässlich und brennend, wie die alten Dichter behauptet haben.«

Ellas helles, freundliches und praktisch eingerichtetes Büro wirkte plötzlich dunkel. Es kostete sie äußerste Beherrschung, nicht zu zittern.

»Fahren Sie fort.«

»Sie klingen wie Dr. Peacock«, sagte er. »Meine Schwester wollte mir das ganze Gelände zeigen. Sie wohnte inzwischen schon drei Wochen dort. Sie glaubte, alles darüber zu wissen.«

Amy hatte ihn über das Grundstück geführt und ihn dabei manchmal an der Hand genommen. Das Wetter war schön und heiß, jeden Tag schien die Sonne. Sie führte ihn in den Wald, an einem kleinen Bach entlang. Eines Abends sahen sie einen Otter. Damals gab es noch nicht so viele Otter wie heute.

Am liebsten machten sie am See ein Picknick.

»Ich darf nur ins Wasser, wenn Mami oder Papi dabei sind. Oder du. Mami sagt, bei dir wär's in Ordnung, weil du schwimmen kannst. Und außerdem sagt sie, bist du jetzt erwachsen. Bist du erwachsen?«

»Natürlich«, antwortete ich.

»Aber du darfst mich nicht warten lassen. Ich will *unbedingt* hinein.«

Sie zogen ihre Badesachen an, streiften Jeans und T-Shirts darüber und nahmen neben dem Picknickkorb Handtücher mit. Im See gab es Fische und lange grüne Pflanzen, die wie Haare durchs Wasser schwebten, trotzdem war das Wasser sauber und klar. Man konnte unten am Grund die runden, hellen und goldfarbenen Kieselsteine sehen. Joel brachte Amy das Schwimmen bei. Leider war es nicht der beste Ort dafür. Ein Schwimmbecken mit einer Treppe, einem flachen und einem tiefen Ende und einer Haltestange ringsum am Rand wäre besser gewesen. Er meinte, wenn ihre Mutter das nächste Mal nach Salisbury fahren würde, würde er mit ihr ins Schwimmbad gehen. In der Zwischenzeit badeten sie im See. Das heiße Wetter mit einem perfekten Tag nach dem anderen konnte sich nicht ewig halten und würde garantiert bald umschlagen, aber es ging so weiter. Es wurde sogar noch heißer.

Eines Tages gingen beide schon am Vormittag ins Wasser. Um die Mittagszeit, oder kurz danach, verspeisten sie bei einem Picknick, das ziemlich üppig ausfiel, ihren mitgebrachten Proviant: ein halbes kaltes Huhn, dazu Semmeln, Butter und Tomaten, ein großes Stück Brie, einen Schokoladenkuchen und eine Schachtel Shortbread.

»An das alles können Sie sich erinnern?«, warf Ella ein.

»Bei diesem Tag erinnere ich mich noch an jedes Detail, nur nicht an die kurze Zeit, in der ich eingeschlafen war.«

»Sie sind eingeschlafen? Ein Sechzehnjähriger?« Das fragte sie nur, um irgendetwas zu sagen, denn inzwischen konnte sie den weiteren Verlauf genau vorhersagen. Und den wollte sie am liebsten gar nicht hören. »Ich habe schon immer viel geschlafen«, fuhr er fort. »Meine Mutter behauptet, ich sei ein ganz braves Baby gewesen. Ich hätte von der ersten Nacht an durchgeschlafen. Ich kann auch jetzt schlafen. Ich muss mich nur hinlegen und die Augen schließen, und schon bin ich eingeschlafen.«

Diesmal sagte sie nicht »Fahren Sie fort.«

Er hatte einen vollen Bauch, und es war sehr warm. Er legte sich auf eine Decke. Eigentlich wollte er nur dort liegen und in den blauen Himmel starren. Außerdem wies er Amy an, jetzt noch nicht ins Wasser zu gehen, sondern mindestens eine halbe Stunde abzuwarten. Es sei nicht gut, sofort nach dem Essen schwimmen zu gehen. Sie solle auf ihn warten, sich hinlegen und sich ausruhen. Als er aufwachte, war sie verschwunden. Ihre Kleidung lag immer noch auf einem Haufen, aber sie war weg.

»Verstehen Sie, Ella, ich hatte zu lange geschlafen.« Zum ersten Mal hatte er sie beim Vornamen genannt. »Sie hatte wohl das Warten satt. Ich hatte solche Angst, Ella. Ich war in Panik. Ich bin hin und her gerannt und habe nach ihr gerufen. Ich habe ihre Kleidung hochgehoben und darunter nachgesehen – verrückt, nicht wahr? Als ob sie sich unter ihrer Kleidung hätte verstecken können. Ich fürchtete mich, ins Wasser zu gehen, ich fürchtete mich vor dem, was ich finden würde. Ich bin ins Wasser, habe sie gesucht – und sie auch gefunden. Ich habe ihre Leiche gefunden. Sie war so ausgebleicht, als wäre sie aus Knochen gewesen, aus weichen Knochen. Und sie hatte sich völlig in den Wasserpflanzen und im Schilf verfangen. Ich konnte sie nicht herausziehen, nicht allein, das konnte ich nicht. Ich bin zurück ins Haus und habe es meinen Eltern gesagt. Das musste ich, obwohl es schrecklich war. Zuerst wollte mein Vater nicht glauben, dass sie tot war. Er meinte, ich hätte mich geirrt, sie könne unmöglich tot sein. Wir sind gemeinsam zum See hinunter, und er hat sie mit Hilfe meiner Mutter endlich herausziehen können. Als Papa wusste, dass sie tot war, dachte ich, er würde mich umbringen. Meine Mutter musste ihn zurückhalten.

Sie legte ihm die Arme um die Taille und klammerte sich an ihn und rief mir zu, ich solle weglaufen und ins Haus gehen.«

»Wie schrecklich, wie schrecklich«, murmelte Ella kopfschüttelnd.

»Den Rest werde ich Ihnen beim nächsten Mal erzählen. Er hat nie wieder mit mir gesprochen. Alles Weitere werde ich Ihnen beim nächsten Mal erzählen, wenn ich herkomme oder Sie zu mir. Sie werden doch zu mir kommen, oder? Ich bin so müde. Kein anderes Gespräch könnte mich so müde machen.«

11

Während seines Krankenhausaufenthalts bekam er Onkel Gib kein einziges Mal zu Gesicht. Lance erwartete das auch nicht. Onkel Gibs Anblick hätte ihn so überrascht, dass er an einen Albtraum geglaubt hätte. Der Besuch seiner Mom war schon erstaunlich genug. Lance hatte am ganzen Körper blaue Flecken, ein Ellbogen war kaputt, zwei Rippen gebrochen. Beinahe hätten sie ihm die Milz entfernt. Es stand auf Messers Schneide. Jedenfalls bildete er sich ein, er hätte diesbezüglich ein Gespräch mitbekommen, aber vielleicht handelte es sich auch nur um eine Szene aus *Emergency Room*, an die er sich erinnerte. Er wusste weder, wo seine Milz lag, noch, wofür sie gut war. Trotzdem war er erleichtert, dass man sie nicht herausoperieren würde.

Am Tag vor seiner Entlassung geschah ein Wunder, mit dem er ganz und gar nicht gerechnet hatte, obwohl es sein sehnlichster Wunsch gewesen war. Auf der ganzen Station wimmelte es von Besuchern, nur nicht an seinem Bett. Zu ihm kam wie immer niemand. Als Gemma hereinkam, meinte er zu träumen, und daran seien nur die ganzen Hiebe und Tritte schuld, die man seinem Kopf verpasst hatte. In einem ärmellosen gelben Kleid und silbernen Korksandalen mit zehn Zentimeter hohen Keilabsätzen sah sie schöner aus denn je, fast so wie Paris Hilton. Er brachte keinen Ton heraus und starrte sie nur an.

»Abelard habe ich bei meiner Mom gelassen«, sagte sie. Abelard war das Baby. »Wie geht's dir?«

»Gut. Morgen geht's heim. Mit dir hatte ich als Letztes gerechnet. Trotzdem, super, dich zu sehen.« Und dann sagte er noch einmal: »Wirklich super.«

»Tja, also, dass sie dich zusammenschlagen sollen, das hat ihnen keiner gesagt. Ich meine, der Ian kann vor Kraft kaum laufen. Der knallt einfach durch. Weißt du, ich dachte, gehst mal rüber, Lance besuchen. Ist das Mindeste, was ich tun kann, meine ich. Wollte dir sagen, dass es mir leidtut und dass es nicht auf meinem Mist gewachsen ist.«

»Und der Fize, der weiß nicht, dass du hier bist?«

»Natürlich nicht! Du warst ja schon eifersüchtig, aber Fize ist ein Untier. Der glaubt, ich bin bei Michelle, und meine Mom sagt keinen Ton.«

»Gemma?«

»Was?«

»Haben sie – die Bande, meine ich, genug Knete für das Zeug bekommen, das sie mir abgeknöpft haben? Für das Halsband und das Zeug? Hat das für deinen Zahn gereicht?«

Zur Antwort hob sie einen langen weißen Finger mit dem zitronengelben Nagellack an den Mund, zog eine schimmernde pfirsichfarbene Lippe zurück und präsentierte ihm ihre makellosen Schneide- und Backenzähne. »Ist jetzt nur ein Provisorium, so nennen die das, aber sobald der endgültige Zahn fertig ist, setzt Mr. Ahmed ihn ein.«

»Prima«, sagte Lance. »Bin richtig froh. Dafür habe ich doch das ganze Zeug geklaut. War nicht für mich gedacht.«

Gemma strahlte ihn herzerweichend an. »Ach du, du warst meine Zahnfee, Lance. Wenn du nur mit deinen Fäusten weniger freigebig wärst. Besonders bei Frauen. Jetzt muss ich aber wieder schnell zu meiner Mom rüber und Abelard holen. Soll ich dich besuchen kommen, wenn du wieder in diesem Rattenloch bist, bei dem alten – wie heißt er doch gleich?«

Jene Ecke von Kensal, wo sich die Portobello Road unter der Bahnlinie und der Westautobahn hindurch und im weiteren Verlauf am spanischen Kloster vorbeizwängt, bevor sie dicht vor den Gleisen der Vorortbahn eine scharfe Rechtskurve macht und zur Wornington Road wird, ist ein seltsames Fleckchen Erde. Eine Straße voller Verkaufsstände und Läden, vor denen noch mehr Buden stehen, wo es von Menschen nur so wimmelt, besonders am Samstag. Amerikanische Besucher, Touristen aus Indien und Japan, blasse weißhaarige Hausfrauen, die seit ihrer Jugendzeit in den alten Sozialwohnungen leben und immer auf der Portobello eingekauft haben, alt gewordene Hippies aus den Sechzigern, die nach wie vor lange Ketten zu wallenden Gewändern tragen und die langen grauen Haare zum Pferdeschwanz gebunden haben, sowie Hunderte und Aberhunderte junger Leute, die eine ganz andere Uniform tragen als ihre Flower-Power-Großeltern, aber eben doch auch eine Uniform, nämlich Jeans, T-Shirts und Stiefel, Kleidung für Männlein und Weiblein gleichermaßen. Nur am Busen und am Adamsapfel kann man sie voneinander unterscheiden.

In den Läden werden Fleisch, Fisch, Käse, Brot und Blumen verkauft und jeder erdenkliche Krempel aus aller Herren Länder. Auch in den Buden gibt es Krimskrams und weit mehr: Drucke und Aquarelle, schönen und scheußlichen Schmuck, Schirme, Handtaschen, Hüte, Lederjacken, Lampenschirme, Masken, Netzstrümpfe und Miniröcke, Schirme, Kamingitter, Zigarettenetuis und lange weiße Handschuhe. Die jungen Leute können Sachen kaufen, die ihre Beatnik-Großeltern nicht gekannt hatten: Sternfrucht, Ochsenherzäpfel, Amaranthflocken, wilden Reis, Auberginen, die wie Dahlien gestreift sind, Meerfenchel, Chorizo und Chinakohl. Die Rauschpilze hatte man vor ein paar Jahren verboten, aber gewisse Kräuter in unschuldigen Zellophantüten tun es auch.

Einige Budenbesitzer preisen stundenlang ohne Pause ihre Waren an. Sie sind die nie heiser werdenden Straßenverkäufer des 21. Jahrhunderts. Einer hebt lautstark die Vorzüge eines Zigarettenersatzes mit Nelkengeschmack hervor, der mittels einer Batterie im Inneren ein rotes Licht aufleuchten lässt und in allen geschlossenen Räumen, ob Pub oder Restaurant, benutzt werden darf, denn von »rauchen« kann man dabei schlecht sprechen. Während die Portobello nach Norden in leichten Wellen mal ansteigt und wieder abfällt und dabei an dem alten Kino mit dem schönen Namen »Electric Cinema« vorbeiführt, wird die Dekoration von Läden und Buden immer bunter und bizarrer. Als hätte man eine Armee von Graffitimalern oder Studenten von Banksy aufgeboten, um die Portobello zum schrillsten Markt von ganz London zu stylen. Einige haben ganze Häuserfassaden mit karibischen Festen oder Szenen aus dem Mittelalter verziert, Damen mit Einhörnern und edle Ritter auf goldbetressten weißen Rössern. Hellgrün ist ebenso vorhanden wie Scharlachrot, Neongelb, Orange und Türkis, vor allem aber Tiefviolett.

Als man die Häuser am oberen Ende der Portobello baute, hatte der Begriff »Road« einen besseren Klang als nur »Street«. Und allmählich wurden auch die Häuser wieder schick. Große Gebäude wurden in Wohnungen aufgeteilt, und die kleineren, die so groß waren wie das von Onkel Gib, dermaßen herausgeputzt, dass ihre früheren Besitzer sie nicht wiedererkannt hätten. Neue Haustüren, neue Fenster, diskrete Fassadenverkleidung, Blumenkästen, Kübel mit Lorbeerbäumchen, allerdings gut verschraubt, da diese

Gegend reich an kriminellen Gestalten war, eigene Stellplätze für die Autos. Vorhänge gehörten der Vergangenheit an. Diese Fenster hatten Jalousien, und wenn sie hochgezogen waren, konnte man durchs ganze Haus schauen, bis in den dahinterliegenden Garten hinein. Sämtliche Wohn- und Esszimmer wurden zu einem großen Raum verbunden, und die einsehbaren Gärten präsentierten Gummibäume, Spiraea und Fremontodendron – im England des 21. Jahrhunderts schwelgten alle im Luxus, und niemand hatte Geld. Das gab man ungeniert so aus, wie es hereinkam, für Häuser und Reisen. Alle taten das, nur Onkel Gib nicht. Sein Haus befand sich fast im Urzustand, ein einzigartiges echtes viktorianisches Gebäude von circa 1880. Wenn die Verwaltung des Bezirks Kensington–Chelsea, an dessen nördlicher Grenze dieses Anwesen lag, einen Funken Verstand besäße, hätte sie es ihm abgekauft, es ein wenig verschönert und darin ein Museum für das Wohnen im neunzehnten Jahrhundert eröffnet.

Gerade hatte man aufgrund einer Beschwerde von Nachbarn, die entgegen Onkel Gibs Behauptung ganz und gar keine Lust auf eigene Ratten verspürten, einen städtischen Kammerjäger zur Ungezieferbekämpfung vorbeigeschickt. Der Kammerjäger stocherte naserümpfend in der Freilufttoilette herum und schüttelte über den Zustand der Küche den Kopf. »Dieses Anwesen könnte ein paar Instandsetzungsarbeiten vertragen«, meinte er und fügte dann ungeschickterweise hinzu: »Wenn Sie mich fragen.«

Onkel Gibs Antwort entsprach seinem üblichen Kommentar auf kritische Besucherstimmen: »Ich warte nur darauf, dass nächste Woche die Bauleute anfangen.« Und weil er seine persönliche Organisation von keinem dahergelaufenen Rattenfänger infrage stellen ließ, hieß es dann noch: »Außerdem habe ich Sie nicht gefragt. Machen Sie einfach Ihre Arbeit, also Ungezieferklatschen.«

Diese Abfuhr begeisterte ihn ungemein. Kaum war der Mann wieder fort, lief Onkel Gib durchs Haus und sang lauthals »Jesus meine Zuversicht«. Auch jetzt noch summte er dieses Lied, während er sich zwischen herumtrödelnden Touristen und schlurfenden Youngsters seinen Weg bahnte, vorbei an dem Geschäft für Wildbret und Perlhühner und an dem Stand mit persischem Parfum. »Seid getrost und hocherfreut, Jesus trägt euch, seine Glieder.« Niemand beachtete ihn, den großen klapperdürren Alten mit dem Voltaire-Gesicht und dem wirren weißen Schopf, der unter dem Absingen von Kirchenliedern daherhüpfte. Auf der Portobello Road sind Exzentriker ganz normal.

An einer der letzten Buden blieb Onkel Gib stehen, um Eier zu kaufen, und im vorletzten Laden kaufte er Mortadellaaufschnitt, Chorizo und ein Stück Double Gloucester. Im Geschäft daneben hatte er letzte Woche für seinen neuen Untermieter eine gebrauchte Matratze gekauft. Onkel Gib aß Fleisch nur in Wurstform, dazu Käse, und auch davon nicht viel. Nach einem verächtlichen Blick auf den Verkaufsstand mit dem Zigarettenersatz steckte er seine Einkäufe in die alte rosa Plastiktüte, die er überallhin mitschleppte, seit er sie vor langer Zeit in einer Superdrug-Filiale erstanden hatte. Umweltschutz war ganz nach Onkel Gibs Geschmack. Er hatte schon frugal gelebt, lange bevor die Erderwärmung ein Thema wurde.

Jetzt also scharf nach rechts und wieder rechts, bis ans Ende der Blagrove Road. Eigentlich hatte der Kammerjäger nichts anderes getan, als die Ratten mit Warfarin zu vergiften, jedenfalls vermutete Onkel Gib das. Trotzdem hatte er beim Näherkommen den Eindruck, als hätte diese Anti-

Ungeziefer-Prozedur sein Haus irgendwie verschönert und herausgeputzt. Der Hygiene war damit Genüge getan, und zwar absolut kostenlos für ihn, was ihn am meisten freute. Und so sperrte er heiter und fröhlich die Tür zu seinem Haus direkt unter der Westautobahn und der U-Bahn-Linie »Hammersmith & City« auf. Doch mit seiner Freude war es rasch vorbei. Wie ein Tier, das sofort weiß, wenn jemand sein Revier betreten hat, auch wenn es den Eindringling weder sieht noch hört, ja nicht einmal riecht, spürte Onkel Gib, dass er nicht allein war. Er zündete sich eine Zigarette an, und dann ging es nach oben.

Die Tür zu Lance' Schlafzimmer war zu. Höfliches Anklopfen war für Onkel Gib ein Fremdwort. Er riss die Tür sperrangelweit auf und stellte sich auf die Schwelle.

»Bin wieder da«, sagte Lance.

»Das sehe ich. Bin ja nicht blind.«

Lance' linker Arm war eingegipst und hing in einer Schlinge. Seitlich am Kopf, wo man ihm die Haare abrasiert hatte, prangte ein breiter, von Pflaster fixierter Gazestreifen. Ohne einen Kommentar zu den Verletzungen abzugeben, starrte Onkel Gib suchend den Gipsverband samt Pflaster an und richtete dann den Blick nach oben, als erwarte er eine himmlische Erscheinung oder ein Urteil.

»Gibt's was zu essen?«, wollte Lance wissen und bekam wegen des Rauchs einen Hustenanfall.

»Ein Ei und ein Stück Wurst kannst du haben. Wenn du mehr willst, musst du's dir selbst holen. Hast wohl deinen Haussklaven vermisst, was?«

Onkel Gib ging nach unten. Unter Rippenschmerzen suchte sich Lance eine andere Lage im Bett. Er war nicht allzu sehr gekränkt. In Gedanken war er immer noch bei Gemma. Außerdem hätte er alles in allem doch einen sehr erfolgreichen Bruch gelandet, wenn sich Fize und Konsorten nicht eingemischt hätten. Sobald es ihm besser ginge, würde er es vielleicht noch einmal versuchen.

Über seinem Kopf konnte er Dorian Lupescu herumlaufen hören. Er war ihm noch nicht begegnet und legte auch keinen Wert darauf. Eigentlich hätte die Speicherwohnung ihm zugestanden und nicht einem dahergelaufenen Immigranten oder so. Der Mann war während seines Krankenhausaufenthalts eingezogen. Das war garantiert mit Absicht so eingefädelt worden, denn so hatte er Dorian nichts über die Unzulänglichkeiten seiner Wohnung erzählen und sich nicht über den fehlenden Tisch beklagen oder ihm gar detailliert die Begegnung mit der Ratte schildern können. Nach einem erfolgreichen Einbruch würde er endlich ausziehen und Onkel Gib und den Rumänen – das war er offensichtlich – sich selbst überlassen. Dann konnte er für immer den Staub dieses Hauses von seinen Füßen schütteln.

Von oben hörte man immer noch Schritte, gefolgt von einem schleifenden Geräusch, als würde man eine Matratze über einen staubigen Holzfußboden zerren. Lance drehte sich an die Außenkante und schlief wieder ein.

12

Eugene hatte das Bild eines Malers verkauft, der im Stil von Max Ernst arbeitete. Er hatte dafür einen großen Betrag erhalten, obwohl es sich lediglich um eine kleine Zeichnung mit dem Titel »Dagons Frau« handelte. Ella fand das Bild beängstigend: eine Frau im silbernen Kleid mit einem Katzenkopf und einem Fächer aus Knochen in der Hand. Eugenes Erlös aus diesem Bild würde die Kosten für die Hochzeit decken, meinte er. Sein Entschluss stand fest. Es musste unbedingt ein üppiges Fest werden, und Ellas Hochzeitskleid sollte mitnichten an das Kleid aus dem Bild erinnern. Es musste vom selben Designerteam sein, das das Hochzeitskleid für die Herzogin von Cornwall entworfen hatte. Ella hatte sich lediglich in der Ortswahl durchgesetzt: keine Kirche und kein Standesamt, sondern ein wunderschönes altes Haus in Chiswick, in dem Trauungen stattfinden durften. Der Empfang, den Eugene in seiner altmodischen Art als »Hochzeitsmahl« bezeichnete, würde im Connaught stattfinden.

Man hatte sich gestritten, wenn auch nicht allzu heftig, weil Ella unbedingt auf einem Hausbesuch bei ihrem Privatpatienten bestand, bei diesem Joel Roseman.

»Liebling, du kannst mir glauben, dass ich dort wirklich nicht hinwill. Schon zweimal habe ich ihn vertröstet, aber ich kann den Besuch nicht ständig verschieben. Er möchte mir unbedingt etwas erzählen.«

»Ja, ich weiß. Du sagtest es bereits. Du willst mir ja nicht erzählen, worum es dabei geht, aber du behauptest, er sei nicht physisch krank. Wäre das dann nicht ein Fall für einen Psychiater?«

»Gene, er geht ja schon zu einer Psychiaterin, aber er mag sie nicht. Ich glaube, er wird die Therapie abbrechen. Du weißt doch, dass ich dir nichts erzählen darf, was er mir anvertraut. Andererseits – wenn es nicht um eine Krankheit geht … Wie auch immer: So ist es einfach besser.«

Damit musste sich Eugene zufriedengeben. Nein, er war kein bisschen eifersüchtig auf Joel Roseman und zweifelte auch nicht im Geringsten an Ellas Liebe. Allerdings musste er zurzeit jeden Moment außerhalb seiner und ihrer Arbeitszeit mit ihr gemeinsam verbringen. Er hatte wohl bemerkt, dass sie auf seine neue Fürsorglichkeit offensichtlich dankbar, wenn auch ziemlich überrascht reagiert hatte und sie gern über sich ergehen ließ. Wenn da nicht der Eiertanz um diesen Joel Roseman gewesen wäre, auf dem sie hartnäckig bestand. Selbstverständlich liebte er Ella, daran bestand kein Zweifel, aber vor allem schränkte ihre gemeinsame Zeit seinen Chocorange-Konsum drastisch ein. Dann musste er gezwungenermaßen stundenlang ohne ein einziges Bonbon ausharren. Er hoffte, dass ihm dieser Entzug, diese abstinenten Abende, ja sogar ganze Wochenenden – einmal Samstag und Sonntag in Rye und ein Wochenende in Gloucestershire – den schrittweisen Ausstieg erleichtern würden. Leider geschah, was immer geschieht: Kaum war er von Ella getrennt, konnte er dem verdammten Zeug nicht mehr widerstehen und verschlang eines nach dem anderen, bis ein halbes Päckchen leer war. Dieses verdammte Zeug – so empfand er es mittlerweile. Es war die klassische Reaktion eines Süchtigen, der das, was er haben muss, hasst, und sich danach sehnt, obwohl er sich dafür verachtet. Dieses verdammte Zeug!

Auf den Kauf des Pseudo-Ernst hatte er, wie es sich gehörte, mit dem Käufer und Dorinda in der Galerie mit mehreren Gläsern Champagner angestoßen. Doch seine ganz persönliche Feier war anders verlaufen. Er war zu Elixir gerannt und hatte ein Päckchen Chocorange noch im Laden aufgerissen. Während er auf einer Parkbank in den Kensington Gardens saß, hatte er bereits das halbe Päckchen geleert. Als er es verschloss und in die Tasche steckte, fühlte er sich zum ersten Mal verzweifelt. Jeder Aspekt seiner Gewohnheit widerte ihn an. Er war ein auf Würde bedachter Mensch, und keine Abhängigkeit war so würdelos wie die Gier nach Süßigkeiten, wie sie Kinder und alte Damen lutschten. Außerdem konnten sie ihm ernsthaft schaden. Wer kann schon täglich Unmengen Süßstoff verzehren, ohne sich bleibenden Schaden zuzufügen? Auch die Geheimniskrämerei fand er zunehmend widerlich. Dass er von Natur aus verschlossen war, wusste er, allerdings lehnte er lediglich Zufallsbekanntschaften ab und wollte nicht, dass Angestellte sein Privatleben kannten. Aber für diese verflixten Kamellen, für diese blöden grausigen Bonbons hatte er insgeheim eine ganze demütigende Welt aus Lügen und Schein konstruiert, schlich auf der Suche nach seiner Droge um Apotheken und Läden herum und erfand eine schwere Krankheit als Deckmantel für eine Sucht, deren Übermacht er genauso wenig entgegenzusetzen hatte wie einer, der zum Heroinsklaven geworden war. Sein schrittweiser Ausstieg war kein Erfolg, oder besser gesagt, er war es nur, solange sein Leben in ruhigen, stressfreien Bahnen verlief. Eine einzige Stunde mit einem Kunden, der sich nicht zum Kauf entschließen konnte, eine Querele mit der Zollbehörde, eine Auseinandersetzung mit seiner Buchhaltung – und schon war er unterwegs zur nächsten Apotheke …

Da saß er nun, auf einer Bank unter einer ausladenden Blutbuche, beugte sich vornüber und verbarg seinen Kopf in den Händen. Und zum ersten Mal war es Eugene egal, wer ihn sah und was die Leute dachten.

Sie läutete und betätigte den Türklopfer aus Messing. Trotzdem dauerte es eine Weile, bis sie sich bei Joel bemerkbar machen konnte.

Endlich kam er schlaftrunken angeschlurft. »Ich hatte mich hingelegt.« Er blinzelte sie an, als hätte er sie noch nie gesehen. »Ich schlafe viel. Ich habe nicht viel zu tun, also schlafe ich.«

Obwohl es im Freien heller war als bei Ellas letztem Besuch, war es drinnen in der Wohnung dunkler. »Die düsteren Hallen, wo Schlaf und Tod verweilen« – an diesen Satz musste sie denken. Handelte es sich um ein Zitat, oder hatte sie ihn sich selbst ausgedacht? Sie wusste es nicht. Mit der Dunkelheit schien eine eigene Stille einherzugehen. Sie folgte ihm ins Wohnzimmer mit den heruntergezogenen Jalousien. Diesmal brannte keine Lampe. Auf dem braunen Samtsofa waren die Kissen zerknautscht, wo er gelegen hatte.

»Ich war im Krankenhaus, um mich durchchecken zu lassen«, sagte er. »Der Arzt hat gemeint, ich sollte allmählich wieder vorsichtig Sport treiben. Ich wollte wissen, was mit vorsichtigem Sport gemeint sei, und er sagte Spazierengehen. Aber vom Spazierengehen werde ich sehr müde. Mithras rät mir, mich auszuruhen, anstatt spazieren zu gehen.«

»Haben Sie mit Dr. Peacock über Mithras gesprochen?« Obwohl ihr bereits der laut ausgesprochene Name einen Schauder verursachte, ließ sie nicht locker. »Falls Sie seine

Stimme gehört haben, sollten Sie Dr. Peacock verständigen.«

»Ich gehe nicht mehr zu Dr. Peacock.« Er setzte sich und deutete auf einen Sessel, wohin sie sich setzen sollte. »Leute wie sie mag ich nicht. Sie sagt mir nicht, was ich tun soll. Sie sagt mir gar nichts. Es gefällt mir nicht, wie sie auf die Uhr sieht und mir erklärt, dass es für heute genug sei. Das regt mich auf.«

»Joel«, wandte sie ein, »Sie müssen in Behandlung. Ihr Zustand muss abgeklärt werden, und danach brauchen Sie die richtige – also, die für Sie passende Medikation. Meiner Ansicht nach«, fügte sie hinzu, »kann ich das nicht. Ich bin keine solche Ärztin.«

»Aber Sie sind die Ärztin, die ich haben will. Sie hören zu und geben Antwort. Sie sind ganz anders als Dr. Peacock.«

»Joel, ich werde Sie an jemand anderen überweisen. Ich werde jemanden finden, bei dem Sie sich wohler fühlen. Jetzt wollten Sie mir von Ihrem Vater erzählen. Könnten wir vielleicht die Jalousien hochziehen?«

Er schüttelte den Kopf. »Ich mag es lieber, wenn es dunkel ist.« Er gab ein leises Geräusch von sich. Einen Seufzer? Oder hatte er nur ziemlich heftig ausgeatmet? »Ich glaube nicht, dass ich bei Licht darüber sprechen kann.« Er sah sie an und wandte sich dann abrupt ab. Erst nach einigen Sekunden fiel das erste Wort. »Papa hat nie wieder mit mir gesprochen, das habe ich Ihnen erzählt«, sagte er. »Meine Mutter hat versucht, ihn zu überreden, aber er wollte nicht. Er hat mir seine Botschaften durch sie ausrichten lassen. Wenn es um Geld, die Schule und ein Studium an der Universität ging, solche Sachen. Sie wissen, wer er ist, oder nicht? Er ist Morris Stemmer. Sie werden schon von ihm gehört haben.«

Den Namen hatte sie bereits gehört, konnte sich aber nicht mehr erinnern, wo. »Aber Sie heißen doch Roseman.«

»Das war der Mädchenname meiner Mutter. Er hat mich gezwungen, ihn anzunehmen. Mama hat er erklärt, er wünsche nicht mehr, dass ich Stemmer heiße. Sie wissen, wer er ist, ja? Man nennt ihn den König der Industriellen.«

Der Kopf einer Versicherung oder der Vorstand eines Großkonzerns? In solchen Dingen kannte sie sich nicht aus. Sie würde Eugene danach fragen. Er würde es wissen.

»Um mich zu bestrafen, hat er behauptet, ich hätte Amy umgebracht. Offensichtlich hat er nie erkannt, dass es für mich genauso schlimm war wie für ihn. Auch ich habe Amy geliebt und hatte Schuldgefühle. Das habe ich Mama immer wieder erzählt, und sie hat es ihm gesagt, aber es hat nichts geändert. Ich habe die Schule abgeschlossen, aber mein Prüfungszeugnis war nicht sehr gut. Eine von diesen völlig unbekannten Universitäten hat mich angenommen. Fast zwei Jahre bin ich dort geblieben, dann habe ich das Studium abgebrochen. Keine Ahnung, was er davon gehalten hat. Mama hat nie etwas gesagt, und ich habe nicht gefragt.«

»Haben Sie zu Hause gewohnt?«

»Das durfte ich nicht. Er hat für mich eine Wohnung in der Nähe meiner Schule gekauft und mir einen monatlichen Geldbetrag zur Verfügung gestellt, einen großen, viel mehr, als ich gewollt hatte. Das habe ich Mama gesagt, aber er hat die Summe einfach weiter auf mein Bankkonto überwiesen. Ich habe ein bisschen gejobbt, Hilfsarbeiten, wie sie heutzutage illegale Einwanderer annehmen. Putzen und in Cafés arbeiten, solche Sachen. Sonst waren dort nur Italiener. Wir haben nie miteinander gesprochen. Ich konnte es nicht ertragen, also bin ich wieder gegangen.«

»Warum mussten Sie überhaupt solche Arbeiten annehmen? Ihr Vater hatte Ihnen doch Geld gegeben. Hätten Sie nicht eine Ausbildung machen können? Oder irgendwelche Kurse belegen?«

Er sagte nur: »Dazu hat mir der Mut gefehlt.« Und fuhr dann fort: »Ich habe mich nie ganz wohl gefühlt, war immer müde. Mama hat gemeint, das würde ich mir einbilden, aber so war es nicht. Es war mein Herz. Wissen Sie, Ella, mir hat buchstäblich das Herz gefehlt. Papa hat mir diese Wohnung gekauft, wie gesagt, mit allen Möbeln, den Vorhängen und dem Rest. Ich hatte dabei nichts zu sagen. Inzwischen konnte ich nicht mehr arbeiten, selbst wenn ich gewollt hätte. Ich wurde so müde, besonders abends. Außer einem gelegentlichen Einkauf hatte ich den ganzen Tag nichts getan, und trotzdem war ich um neunzehn Uhr fix und fertig. Ich bin auf diesem Sofa eingeschlafen. Mama wollte unbedingt, dass ich zum Arzt ging, aber ich habe es nicht getan. Dann bekam ich diesen Herzanfall, und dabei habe ich Sie kennengelernt.«

Und er hatte ein Nahtoderlebnis, dachte sie, *beziehungsweise etwas, was er dafür hielt.* Gerne hätte sie ihn etwas gefragt, aber solche Fragen stellten nur Therapeuten und keine praktischen Ärzte. Trotzdem fragte sie: »Haben Sie den schönen Ort gekannt, wo Sie waren, den Sie für die Hölle gehalten haben? War er Ihnen vertraut?«

Einige Augenblicke sagte er gar nichts und dann: »Ich weiß es nicht. Ein bisschen sah es wie Mossbourne aus. Es gab weiße Säulen und ein Türmchen. Trotzdem war die Ähnlichkeit nicht sehr groß. Ich habe versucht, diese Ähnlichkeit in meinem Kopf zu *erzwingen,* aber es gelang mir nicht. Der Ort, an den ich kam, hatte einen Fluss, an dessen Ufern Gras wuchs, und am Ende des Flusses stand eine

Stadt. Sie hatte die Silhouette einer Stadt, mit Kirchen, Palästen und Türmen. Das war nicht das Haus in Mossbourne. Das wäre ja auch zu einfach gewesen, oder? Der See von Mossbourne, wo sozusagen alles begann oder vielleicht auch sein Ende fand, als Hölle.«

Sie empfahl ihm eine andere Therapeutin und meinte, sie würde diese Frau anrufen und mit ihr über ihn sprechen. Allmählich bedrückte sie die Düsternis, diese unnatürliche Dunkelheit. Vermutlich hätte fast jeder diesen Zustand geändert, hätte die Jalousie hochgezogen oder ein Licht angeknipst. In der künstlichen Dämmerung hatte Ella mittlerweile Mühe mit dem Atmen. Sie merkte, wie sie in diesem Augenblick am helllichten Tag heftig nach Luft schnappte. Während sie ihm ein paar Zeilen für Miss Crane schrieb, musste sie den Kopf ganz nahe ans Papier halten und die Augen zusammenkneifen. Sogar die Telefonnummer der Therapeutin, die sie sonst immer auswendig wusste, musste sie in ihrem Adressbuch nachschlagen.

Joel schien zu horchen. »Können Sie die Leute nebenan hören?«, wollte er von ihr wissen. »Ich kann sie reden hören, aber nicht verstehen, was sie sagen.«

Sie konnte nichts hören, hielt es aber für das Beste, das Gegenteil zu behaupten. »Vielleicht, aber nur so ein Gemurmel.«

»Ich habe Ohrstöpsel gekauft, um es nicht zu hören«, sagte er, »aber es hat sich nichts geändert.« Er starrte sie durchs Halbdunkel an und beugte sich vor, um den Abstand zwischen ihnen zu verringern. »Wissen Sie, Ella, ich bin nicht verrückt. Ich weiß, dass ich nicht die Nachbarn höre; es ist Mithras. Wenn er versucht, Kontakt aufzunehmen, klingt es, als würden sich zwei Leute unterhalten.

Aber es gelingt ihm nicht immer. In einer Minute wird es so weit sein.«

Zum ersten Mal seit ihrer Kindheit – ihr Vater hatte damals einen Auffahrunfall verursacht, bei dem niemand verletzt worden war – hätte sie am liebsten laut geschrien. Damals hatte sie gebrüllt und geschluchzt, während ihre Mutter versucht hatte, sie zu trösten. Jetzt, fünfunddreißig Jahre später, beherrschte sie sich. Immerhin war sie eine verantwortungsbewusste Frau und Ärztin. Kein Laut drang über ihre Lippen. Endlich stieß sie heiser hervor: »Sie müssen unbedingt zu Miss Crane gehen, und zwar möglichst bald. Das tun Sie doch, Joel, oder?«

Er nickte. »Ich will doch gesund werden«, sagte er wie das Kind, das er anscheinend immer noch war.

Joel merkte, dass er unmöglich schlafen konnte, solange sich Mithras mit ihm unterhielt. Diese sehr tiefe, überirdische Stimme wirkte in ihrer leisen Monotonie fast wie ein Roboter. Manchmal gab eine andere Stimme darauf Antwort oder stellte Fragen. Er bildete sich ein, Letztere sei seine eigene Kinderstimme. Dieser gelegentliche Dialog war schuld daran, dass er sich einreden konnte, er würde die Nachbarn hören. In seinem Kopf lief ein Streit ab, eine Diskussion, ohne dass er danach den Inhalt des Gesprächs hätte wiedergeben können. Joel hatte sich genug Laienpsychologie angeeignet und erwartete, dass ihm Mithras und sein Gefährte, Joels zweites Ich, erklärten, gewisse Leute aus seinem Bekanntenkreis seien seine Feinde, die ihn vielleicht töten würden, wenn er ihnen nicht zuvorkam. Doch so weit war es nicht gekommen, jedenfalls noch nicht.

Das Allerseltsamste an dieser Sache war aber Folgendes: Er konnte die Unterhaltung zwischen Mithras und diesem anderen Joel hören und wusste, dass beide Englisch sprachen. Genauso wie er auch wusste, dass keiner mit einem ausländischen Akzent sprach, der die Unterhaltung nur mühsam verständlich machen würde. Und genau das machte dieses Nichtwissen noch schlimmer. Früher hatte er versucht, Mithras' verhasste Stimme mit logischen Erklärungen abzutun, und hatte alles getan, um sein Gehör zu blockieren. Jetzt wollte er unbedingt wissen, was da gesprochen wurde. Er fühlte sich ausgeschlossen, isoliert und einsam. Wie konnte er lernen, ihr Gespräch zu entschlüsseln? Oder einfach nur Mithras zu interpretieren, wenn er sich allein äußerte? Und woher wusste er, dass sein Gast Mithras hieß?

Die Diskussion ging zu Ende. Es herrschte völlige Stille. Wer auf dem Lande lebt, nur selten nach London kommt und das dortige Treiben misstrauisch beäugt, glaubt, es sei überall laut, Tag und Nacht. Es gäbe keinen Frieden und keine Ruhe, sondern nur Stress. Solche Leute haben keine Ahnung von der totalen Stille, die nachmittags in manchen großen Londoner Wohnungen herrscht. Joel wusste ganz genau, dass seine Nachbarn keinen Ton von sich gaben, und wenn doch, hätten die dicken Mauern jeden Lärm abgehalten. Ohne Mithras und den anderen – er selbst? – wäre kein Laut ins Innere dieser Wohnung gedrungen. Joel konnte höchstens den Lift leise zischen hören, wenn einer seiner Nachbarn von der Arbeit heimkam und nach oben fuhr, und dann einen Schlüssel, der sich im Schloss drehte. Und auch das nur, wenn seine Wohnungstür offen stand. Der Kauf der Ohrstöpsel war völlig sinnlos gewesen. Er warf sie weg.

Zum Schlafen legte er sich wieder auf das braune Sofa. Die Streifen der dunkelgrünen Jalousie waren nicht ganz geschlossen, durch die schmalen Zwischenräume funkelte die Sonne. Er stand auf und schaffte Abhilfe, indem er die Schnüre so kräftig festzurrte, wie es nur ging. Danach herrschte noch tiefere Dunkelheit. Er legte sich wieder hin und genoss die Stille und die Düsternis. Beim Sterben müsste es eigentlich genauso sein, schoss es ihm durch den Kopf. Und die Bewusstlosigkeit bekam man noch gratis dazu.

13

Die Paellabude brachte Lance fast um den Verstand. Er konnte sich hier nichts leisten, genauso wenig wie einen der mit Puderzucker bestreuten Crêpes, die vor dem Spielsalon Magic City feilgeboten wurden. Aber beim Anblick der runden Pfannen, in denen Krabben mit Erbsen, Zwiebeln und Hühnerstücken in einer goldenen Soße vor sich hin dampften, während es aus einer zweiten Pfanne nach glänzendem safranfarbenem Reis duftete, der genauso schön aussah wie eines von Gemmas mit Perlen bestickten Quiltkissen, wurde ihm vor Sehnsucht ganz schlecht. Er musste sich zwingen, sich umzudrehen und sich auf den eigentlichen Zweck seines Besuchs zu konzentrieren.

Die Frau mit der roten Jacke und dem Blumenrock war lange Zeit in die Betrachtung eines Schaufensters versunken. Ihr männlicher Begleiter, der so dürr und schmächtig war wie sie fett, lud sie offensichtlich mit Nachdruck zu einem Besuch des Ladens ein, weil er ihr Schmuck kaufen wollte. Sie hatten laute Stimmen. Lance konnte jedes Wort hören, obwohl er mitten auf der Straße stand. Er ging näher heran. Auf der Portobello Road fahren trotz der vielen Kreuzungen nur wenige Autos oder Lastwagen. Hier können Fußgänger sorglos herumspazieren, plaudern, gestikulieren und verwundert lachen. Das Pärchen, das Lance im Visier hatte, ging an ihm vorbei über die Straße und steuerte einen Verkaufsstand an, an dem Ringe, Broschen und lange Perlenketten halb so teuer wie in dem Schmuckgeschäft angeboten wurden. Die Frau trug eine rote Schultertasche. Die Klappe, die man mit einem Magnetstift befestigen konnte, hatte sie offen gelassen. Mit solchen Sachen kannte sich Lance recht gut aus. Handtaschen wie diese taugten gar nichts, genauso wenig wie die Modelle mit Reißverschluss. Die einzigen einigermaßen sicheren Modelle waren altmodische Taschen, wie sie seine Omi besaß. Sie besaßen einen Klipp, über den eine Art Gürtel gelegt wurde, der mit einer Schnalle versehen war. In die kam kein Taschendieb hinein.

Vor seinem Rendezvous mit Fize und dessen Freunden hatte er versucht, mit einem Küchenmesser Handtaschen aufzuschlitzen. Das Messer hatte einmal Tante Ivy gehört und lag in einer Küchenschublade zwischen Gabeln, Wetzsteinen und einem Ding, das Onkel Gib als Pfannenwender bezeichnete. Mit einem Messer konnte man nur dort arbeiten, wo viele Leute waren. Lance hatte sich für die U-Bahn entschieden; die Züge von der Edgware Road über Paddington nach Hammersmith fuhren auf der ältesten Londoner Linie, die ungemütlich dicht an Onkel Gibs Haus vorbeilief. Die nächste Station von der Portobello Road aus war Ladbroke Grove, aber Lance stieg in Westbourne Park zu, und zwar zur Stoßzeit. Um siebzehn Uhr dreißig war der Zug gestopft voll mit Pendlern, die zu Hunderten wie in einer Sardinenbüchse standen. Er suchte sich Mädchen aus, die große Schultertaschen mit kurzen Riemen trugen. An die kam man am leichtesten heran. Während der Zug den Bahnhof verließ, zielte Lance seitlich von hinten auf die Tasche. Er schaffte es, einen gut fünfzehn Zentimeter langen Schlitz hineinzuschneiden. Das Mädchen spürte nicht das Geringste. Niemand nahm Notiz davon. Nach einem harten Arbeitstag waren die Fahrgäste samt und sonders viel zu müde und erschöpft.

Lance war nicht müde. Er hatte den ganzen Tag nichts gemacht, hatte nur Junkfood gekauft und vertilgt und ferngesehen. Verstohlen schob er seine Hand in die Tasche und zog zwei lederne Gegenstände heraus. Der eine fühlte sich wie eine Geldbörse an, der andere wie ein Etui für Kreditkarten. Man brauchte Nerven, um danach noch im Waggon zu bleiben, aber Lance musste ja nur bis zur Einfahrt Latimer Road aushalten. Das Mädchen stieg mit ihm aus, ohne bemerkt zu haben, dass mit ihrer Tasche etwas nicht stimmte. Während Lance zur Portobello Road zurückschlurfte und dabei seine Beute inspizierte, erwartete ihn eine herbe Enttäuschung. Die vermeintliche Geldbörse entpuppte sich als Beutel mit einer Sonnenbrille und das Kreditkartenetui als Kosmetikbeutel mit einem Schwämmchen. Angewidert warf er beides weg. Seither hatte er es mit dem Messertrick nicht mehr probiert. In Wahrheit hatte er auch ein bisschen Angst, mit einem Messer herumzulaufen. Es wäre ziemlich doof gewesen, sich mit einem Messer erwischen zu lassen, obwohl man damit nur eine Handtasche aufgeschlitzt und sonst nichts damit vorgehabt hatte. Auch ohne Gips fühlte sich sein verletzter Arm schwer und wund an, und er hatte Rippenschmerzen.

Inzwischen waren die fette Frau in Rot und ihr Ehemann am Schmuckstand ernsthaft in die Betrachtung der ausgestellten Waren versunken. Lance war sicher, dass der dürre Typ mit ihr verheiratet war. Mit so einer würde sich jeder Mann nur ungern sehen lassen, es sei denn, er war mit ewigen Banden an sie gefesselt. Lance kannte die junge Frau, der der Stand gehörte, auch wenn er nicht wusste, wie sie hieß. Trotzdem war er nicht sonderlich erfreut, als sie ihn lautstark mit »Hi, Lance« begrüßte und damit die Aufmerksamkeit der Passanten auf ihn lenkte.

Offensichtlich hatte aber niemand davon Notiz genommen. Er nuschelte nur ein »Hallo« und schob sich näher an die Frau in Rot heran, die gerade eine lange schwarzweiße Perlenkette hochhob. Plötzlich legte sie sie weg und begann in ihrer Handtasche zu kramen. Lance dachte, sie würde nach einem Geldbeutel oder einer Brieftasche greifen, aber nein, das Bezahlen überließ sie wohl lieber ihrem Mann. Stattdessen beförderte sie eine Schachtel Benson & Hedges und ein Feuerzeug heraus. Der Einkaufsstress war ihr ohne den anregenden oder beruhigenden Effekt einer Zigarette offenbar zu viel.

Nun aber steckte die Frau die Zigaretten samt Feuerzeug wieder in die Tasche und ließ die Klappe offen hängen. Blöde Kuh. Sie hielt der jungen Frau, die Lance angesprochen hatte, die schwarz-weiße Perlenkette hin und meinte, die würde sie nehmen. Verstohlen schob Lance seine Hand in die Handtasche, zog eine große schwere Brieftasche heraus und steckte sie in seine Jeanstasche. Es kam genau so, wie er es sich gedacht hatte: Der Mann bezahlte die Kette und fragte sie, ob sie noch die passenden Ohrringe dazu haben wolle. Lance trat einen großen Schritt zurück, drehte sich um und starrte wie verzückt die Sonderangebote im Schaufenster des Käseladens an, Jarlsberg und Roquefort. Die fette Brieftasche beulte seine Jeans grotesk aus; es sah aus, als hätte er einen Bruch. Einer von Onkel Gibs Betbrüdern hatte einen Bruch und damit einen zweiten kleinen Bauch oberhalb seines natürlichen Dickwansts. Langsam spazierte Lance die Portobello hinauf, wobei er immer wieder stehen blieb, um Buden zu bewundern, die er schon hundert Mal gesehen hatte. Endlich konnte er sicher in die Golborne Road einbiegen, weg von allzu neugierigen Blicken.

Hier, in einer mittlerweile harmlosen Straße, die lange vor Lance' Zeit für ihre Verbrechensrate berüchtigt gewesen war, hockte er sich auf eine Mauer und öffnete die Brieftasche. Keine Kreditkarten. Solche Sachen überließ die Lady ihrem Göttergatten. Drei Zwanziger, ein Fünfer und jede Menge Münzen im Nebenfach, dessen Reißverschluss kurz vor dem Platzen war, weil sie immer viel zu viel Kleingeld hineingestopft hatte. Die Dame hatte zu viel Knete, um sich mit Kleingeld abzugeben. Lance zählte. Mit den Scheinen kam er insgesamt auf achtundachtzig Pfund. Nicht schlecht; hätte schlimmer sein können.

Er schlenderte die Bevington Road hinunter, mit kleinen Pausen. Zuerst steckte er die Brieftasche in einen Abfalleimer, dann kaufte er sich einen Riegel Mars und eine Tüte Kartoffelchips. Seit seinem Taschendiebstahl hatte er sich scheinbar ziellos immer weiter von Onkel Gibs Wohnsitz entfernt. In Wirklichkeit aber hatte er doch ein Ziel. Wie eine Motte der Kerzenflamme strebte er Gemmas Wohnung zu, jenem Wohnblock mit den Balkonen, den schwarzen Geländern und den Gärten, in denen jetzt im Schutz der gelben Graffiti-Wände jede Menge roter und lilafarbener Blumen prangten. Nach Gemmas Krankenbesuch hatte er die leise Hoffnung geschöpft, dass sie ihn doch nicht ganz zurückweisen würde. Ob sie ihn vielleicht wieder aufnehmen würde? Würde sie diesem Fize den Laufpass geben und wieder ihn nehmen? Er musste es schaffen, sie davon zu überzeugen, dass er ihr nie wieder eine scheuern würde. Und es war ihm ernst damit. Er würde nie wieder die Hand gegen sie erheben. Lieber würde er sich die Hände auf den Rücken binden oder sich darauf setzen.

Inzwischen war er vor der Wohnung angelangt und schaute zu Gemmas Balkon hinauf. Mit Sicherheit hatte sie ihn gesehen, denn sie kam heraus. Jetzt kannte seine Liebe keine Grenzen mehr, und er warf ihr heiße Blicke zu. Sie legte einen Finger auf die Lippen und sagte lautlos: »Ich komme zu dir.« Und genauso schnell, wie sie gekommen war, war sie wieder weg und zog die Tür vorsichtig hinter sich zu.

Reuben Perkins und seine Frau Maybelle statteten Onkel Gib einen ihrer seltenen Besuche ab und wurden im Wohnzimmer mit Tee bewirtet. Sie waren die einzigen Menschen, für die Onkel Gib überhaupt Tee kochte. Selbst die Kinder von Zebulun bekamen während eines Gebetskreises nur verdünnten Orangensaft serviert. Mr. und Mrs. Perkins bekamen nur deshalb Tee und Garibaldi-Kekse vorgesetzt – Zigaretten mussten sie selbst mitbringen –, weil Reuben Onkel Gibs bester Freund war und inzwischen nicht mehr nur das Amt des stellvertretenden Hirten bekleidete, sondern der Oberhirte höchstpersönlich war. Er und Onkel Gib sahen einander ungemein ähnlich, man hätte sie für Brüder halten können. Beide waren groß und dürr, auch wenn Onkel Gib noch ein Stück größer und dürrer war, hatten Schädel wie Totenköpfe, den gierigen Gesichtsausdruck der ewig Zukurzgekommenen, schmale Lippen, misstrauische Augen und empfindliche Nasen. Vielleicht hatten sie anfangs grundverschieden ausgesehen, aber die karge Gefängniskost und ihre regelmäßige Zellengemeinschaft hatten für eine gewisse Angleichung gesorgt. Maybelle Perkins besaß keinerlei Ähnlichkeit mit Tante Ivy. Während diese gut ausgesehen hatte, glich die gedrungene Maybelle mit ihrem breiten Gesicht einer Tonne mit krausen orangeroten Haaren.

Nachdem man sich ausführlich über das Wetter, die Immobilienpreise und den generellen Verfall der Moral in der Gesellschaft ausgetauscht hatte, konzentrierte sich das Gespräch jetzt auf Onkel Gibs jüngstes Traktat über alleinerziehende Mütter im Teenageralter und seine letzte Moralpredigt in der Leserbriefecke des Kirchenblättchens. Maybelle, die sich bereits den vierten Glimmstängel angezündet hatte, lobte ihn, weil er einer Sechzehnjährigen klargemacht hatte, dass sie eine Mörderin sei und direkt in die Hölle käme, wenn sie die Pille danach nehmen würde. In dem Moment drehte sich ein Schlüssel im Schloss, und Lance kam ins Haus. Die Wohnzimmertür stand offen, der Mief zog durch den Flur. Lance fühlte sich so glücklich und im Einklang mit der Welt, dass er sie unbedingt nerven wollte, und blieb demonstrativ hustend in der Tür stehen. Für das Ehepaar Perkins war er ein Unbekannter.

»Ist das dein Neffe, Gilbert?«, wollte Maybelle wissen.

»Der Großneffe meiner verstorbenen Frau«, korrigierte Onkel Gib. »Ich gebe ihm kostenlos ein Dach über dem Kopf und zu essen.«

Maybelle verkniff sich die Bemerkung »aus reiner Herzensgüte«, aber allein ihr Lächeln sprach Bände.

»Ein mieses Zimmer und eine Toilette im Freien«, tönte Lance und verzog sich nach oben, gefolgt von Onkel Gibs Drohungen.

Er lag auf dem Bett und überließ sich ganz seinen Gedanken an Gemma. Sie würde zu ihm kommen, hatte sie gesagt, aber warum ging es nicht umgekehrt? Wegen Fize, und der würde auch noch eine Weile dort bleiben. Diese Vorstellung passte Lance gar nicht. Langsam zog eine Wolke über seinen strahlend blauen Himmel. Auch der Gedanke, die makellos saubere und schöne Gemma, die bisweilen sogar zweimal täglich duschte, in dieser vergammelten Bude zu empfangen, behagte ihm nicht. Nüchtern sah er sich um und nahm alle Einzelheiten wahr: den schmuddeligen Anstrich mit den Fingerabdrücken, das vor Dreck starrende Fenster, dem man seine ursprüngliche Bestimmung zum Hinausschauen kaum mehr glauben mochte, die grauen Stores mit den zerfransten Säumen vor den schmutzigen Scheiben. Der Boden war mit braunem Linoleum ausgelegt, dessen Kanten sich an der Fußbodenleiste aufbogen. An den Wänden klebten die Reste einer grau-rosa Tapete mit Blumen und Vögeln, die derart verblasst war, dass man das ursprüngliche Muster kaum mehr erkennen konnte.

Lance brauchte unbedingt Geld. Mit Geld war alles möglich. Vage Überlegungen gingen ihm durch den Kopf: Wie ließe sich jemand auftreiben, der den Raum weißelte und das Fenster putzte? Wo könnte man eine Frau finden, die richtige Vorhänge anbrachte? Nicht seinetwegen, nein, nur für Gemma. Sollte er sein Glück noch mal in der Chepstow Villas versuchen? In seiner Jackentasche steckte immer noch der Schlüssel zum seitlichen Gartentor. Andererseits hatte der Weißkopf das Tor inzwischen garantiert verriegelt und obendrein seine Terrassentür verrammelt. Alles andere wäre ja völlig verrückt gewesen. Aber was war mit dem anderen Haus, über das er getürmt war, das in der Pembrigde Villas? Wo dieses ganze Bambuszeug im Garten wucherte. Vielleicht sollte er dem mal einen Besuch abstatten und ein paar Nachforschungen anstellen, zum Beispiel, wer dort wohnte, wann die Leute außer Haus waren und wiederkamen, ob es einen Hund gab oder eine Alarmanlage. Er konnte jetzt losmarschieren und unterwegs einen kleinen Abstecher zu ihrer Wohnung machen. Und vielleicht würde er sie noch einmal sehen …

Elizabeth Cherry plauderte mit ihren Nachbarn durch eine Lücke in dem Dickicht aus Efeu, Geißblatt und Clematis armandii, das die Terrasse am gemeinsamen Ende ihrer Gärten überwucherte. Eugene Wren war für sie mittlerweile ein guter Bekannter, und Ella Cotswold ihre Ärztin. Die zwei hatten sich durch sie kennengelernt. Und jetzt hatte Elizabeth die Einladung zu ihrer Hochzeit erhalten. Dabei fiel ihr wieder ein, wie es gewesen war, was sie den beiden prompt erzählte: Wie Ella ihr beim Verdacht auf Lungenentzündung einen Hausbesuch abgestattet hatte und Eugene mit geräuchertem Wildlachs und einer Flasche Bristol Cream Sherry zur Appetitanregung aufgetaucht war.

»Wie reizend, Gene«, rief sie. »Ich komme überaus gerne. Wohin geht es denn in den Flitterwochen? Oder ist das ein Geheimnis?«

»Kein Geheimnis«, warf Ella ein. »Nach Italien.«

»Sri Lanka«, tönte Eugene.

»Verstehe. Na ja, das eine liegt ja auf dem Weg zum anderen. Ich muss wieder hinein. Später besuche ich noch meine Schwester auf einen Drink. Sie sehen ja, mein ganzes Leben besteht nur noch aus reinem Vergnügen. Wie ein Karussell.«

Sie lachten höflich und verständnisvoll, und Elizabeth begab sich wieder ins Haus. Sie kam gerade recht, um einem jungen Mann mit blonden Haaren und einem nichtssagenden Gesicht zu öffnen, der geklingelt hatte und wissen wollte, ob sie einen Gärtner brauche. Nur zum Aufräumen und Rasenmähen. Trotz ihrer einundachtzig Jahre erledigte Elizabeth diese Dinge noch ganz passabel selbst und war nicht sonderlich erbaut darüber, dass man ihr unterstellte, sie bräuchte Hilfe.

»Nein, vielen Dank. Noch einen schönen Nachmittag«, sagte sie. Noch mehr irritierte sie die Art, wie der junge Mann unverhohlen in ihre Diele starrte und dabei vielleicht mehr Dinge zu sehen bekam, als ihr recht war.

Aber kaum war er weg, dachte sie, wie vormals auch Eugene, es sei albern und fast schon paranoid, jedem Fremden schäbige Absichten zu unterstellen. Schließlich sei er nur ein armer Junge, der vermutlich sein karges Einkommen aufbessern musste.

Am Samstagabend tauchte Gemma auf. Zu diesem Zeitpunkt hatte Lance wahrlich nicht mit ihr gerechnet. Aber da stand sie nun in der Tür und sah schöner aus denn je: in einem tief ausgeschnittenen, durchsichtigen, bodenlangen Kleid mit Puffärmeln, mit aufgesteckten blonden Haaren und einer Rose zwischen den Locken.

Lance hatte es vor Freude und Sehnsucht die Sprache verschlagen. Er konnte sie nur noch anstarren.

»Möchtest du mich denn nicht hereinbitten?« Ohne seine Antwort abzuwarten, trat sie energisch über die Schwelle. »Meine Güte, wie das mieft! Hast du vielleicht angefangen zu rauchen?«

Lance fand die Sprache wieder. »Das ist Onkel Gib. Der pafft, als wäre heute sein letzter Tag.«

»Der könnte wohl auch bald für ihn anbrechen«, meinte Gemma. »Wo steckt er denn?«

»Bei einem Altennachmittag. Sind hauptsächlich Leute aus seiner Gemeinde.«

Dafür interessierte sich Gemma nicht. »Und wo ist dein Zimmer?«

Eine Stunde später hockten sie in Lance' Bett und brachen die von Gemma mitgebrachte Flasche Cava an. Erst zu diesem Zeitpunkt war Lance so weit aus seinem Freudentaumel erwacht, dass er fragen konnte, wer denn auf das Baby aufpasse.

»Das macht Fize. Der ist ganz vernarrt in Abelard. Meint, er sei für ihn wie sein eigener Sohn.«

Dieser Satz wirkte auf Lance wie ein Schlag ins Gesicht. Damit war seine Euphorie endgültig dahin. Gemma schenkte ihm mitfühlend Wein nach. »Du wirst ihm doch den Laufpass geben, oder?«, wollte Lance wissen. »Lässt du ihn sausen und nimmst wieder mich?«

»Oooch, Schatzilein, keine Ahnung. Vielleicht. Irgendwann einmal. Momentan wär's ziemlich komisch.«

»Aber du hast doch gesagt …«

»Ich habe eine viel bessere Idee. Wir zwei haben jetzt *ein Verhältnis*, du und ich. Ich werde *ganz geheim* herüberkommen. Wäre das nicht toll?« Sie sah sich im Zimmer um und zog eine Schnute. »Zuerst werde ich hier mal ein bisschen sauber machen. Das ist ja widerlich.«

»Es geht aber nur am Sonntagvormittag, wenn Onkel Gib in der Kirche ist.«

»Und was macht das? Mami nimmt Abelard. Am Sonntag arbeitet sie nicht.« Gemma küsste ihn lang und intensiv. »Ich hatte noch nie ein Verhältnis«, flüsterte sie. »Immer nur Beziehungen, die alle kannten. Echt langweilig. Das wird richtig *romantisch*.«

Eine Stunde später hörte Lance Onkel Gib heimkommen. Jetzt mussten sie ganz leise sein, um Gemma die Treppe hinunterzubringen. Leise hörte er Onkel Gib »Jesus meine Zuversicht« singen, und dann ging der Fernseher an. Gemma stand auf und zog sich auffallend rasch Kleid und Schuhe an. Ihre Frisur hatte sich aufgelöst. Sie ließ ihre Haare offen über die Schultern fallen. Lance war immer wieder erstaunt, wie ein Mädchen das treiben konnte, was sie gerade – und obendrein dreimal – getrieben hatten, und danach wie ein Fotomodell aussah.

Auf der Treppe ertönten Schritte. Sie streckten die Köpfe zur Tür hinaus, aber es war nur Dorian Lupescu auf dem Weg zum Speicher. Stumm nickte er Lance zu und umgekehrt.

»Wer ist das?«

»Der Typ wohnt droben.«

»Cool«, sagte Gemma und schubste Lance wieder rücklings in die Kissen.

14

Ella suchte den Schlüssel zum seitlichen Gartentor. Die Haken in der Garage, an denen verschiedene Schlüssel hingen, hatte sie bereits geprüft und auch flüchtig im Schuppen am Ende des Gartens nachgesehen. Normalerweise dienten auch Küchenschubladen zur Schlüsselaufbewahrung, aber hier lag er ebenfalls nicht. Sie fragte Eugene danach.

»Am Tor, im Schloss.«

»Nein, da steckt er nicht. Und auch nicht in der Garage, im Schuppen oder bei den anderen Schlüsseln in der Küche.«

»Ist das nicht unwichtig? Das Tor ist von innen immer verriegelt.«

»Ja. Trotzdem habe ich bei dem Gedanken, dass der Einbrecher den Schlüssel haben könnte, ein ungutes Gefühl. Und genau davon bin ich überzeugt.«

So überzeugt war sie aber nun auch wieder nicht. Für einen Mann, der so viele wertvolle Dinge besaß, verhielt sich Eugene in Sachen Sicherheit sehr sorglos. Vor ihrer Verlobung war ihr das nicht bewusst gewesen. Dieser Charakterzug beeinträchtigte nicht ihre Beziehung. Damit käme sie klar, denn in Zukunft würde sie sich um den Sicherheitsaspekt in ihrem gemeinsamen Leben kümmern. Doch bis dahin – wo war dieser Schlüssel? Bei näherem Nachdenken musste sie zugeben, dass es wenig sinnvoll war, wenn der Einbrecher den Schlüssel behielt. Er musste doch wissen, dass das Tor in Zukunft verriegelt sein würde, und musste mit verbarrikadierten Fenstern auf der Rückseite des Hauses rechnen. Wahrscheinlich hatte Eugene entgegen seiner Behauptung den Schlüssel an irgendeinem völlig unpassenden Ort im Haus verlegt.

Wenn sie den Schlüssel nicht finden konnte, musste sie das Schloss auswechseln lassen. Das wäre nur klug. Da sie an diesem Vormittag keine Sprechstunde hatte, wartete sie, bis sich Eugene in die Galerie begab, und begann dann mit der Durchsuchung der Küche. Denn genau hier hatte höchstwahrscheinlich ein geistesabwesender Mann den Schlüssel, ohne viel nachzudenken, in einer der vielen Schubladen deponiert, mitten zwischen dem Besteck und der Anleitung für die Mikrowelle oder den Geschirrtüchern. Aber er lag weder zwischen den Messern und Gabeln noch auf einem Topfhandschuh. Während ihrer Suche räumte Ella noch gründlich auf, wobei sie beglückt daran dachte, dass dies in wenigen Wochen genauso ihr Zuhause sein würde wie Eugenes. Sie faltete die Geschirrtücher noch ordentlicher zusammen, legte das Kochbesteck, getrennt von Gabeln und Löffeln, in ein eigenes Fach und steckte die Messer in den leeren Messerblock. Dann ging sie in die Hocke und durchsuchte auch noch die unwahrscheinlichsten Stellen: die Schublade unter dem Herd, in der Backformen und Bräter aufbewahrt wurden. Um sich wieder hochzuziehen – wirklich, sie müsste in einen Fitnessclub eintreten; steife Gelenke in ihrem Alter waren eine Schande –, wollte sie sich an einer Art Flansch festhalten und merkte, dass sie stattdessen eine Schublade aufzog. Eine Geheimschublade – wer hätte das gedacht?

Bis auf zwei orange-braune Päckchen mit zuckerfreien Bonbons war die Schublade leer. »Chocorange«, stand darauf. Ella nahm ein Bonbon aus dem bereits geöffneten Päckchen und steckte es in den Mund. Ganz fein. Wahrscheinlich hatte Carli, die Putzfrau, sie liegen gelassen. Carli suchte immer nach Essbarem, mit dem sie ihren Hunger stillen konnte, während sie gleichzeitig abzunehmen versuchte. Ella beendete ihre Durchsuchung der Küche. Leider war der Schlüssel immer noch nicht aufgetaucht. Offensichtlich ließ sich das Austauschen des Schlosses nicht vermeiden.

Eugene hatte zwei Bronzen von John Hugon verkauft, hübsche Statuen, von denen er sich am liebsten gar nicht getrennt hätte. Sie hätten sehr gut in seinen Salon gepasst und sicherlich auch Ella gefallen. Er überließ Dorinda die Galerie und ging mit einer Künstlerin zum Mittagessen, deren Werke – Miniaturgemälde mit üppigen Lackverzierungen in Gold, Silber und Kupfer – er im Rahmen einer Ausstellung in seiner Galerie präsentieren wollte. Man hatte sich in einem Restaurant in Knightsbridge verabredet. Unterwegs machte er noch einen Abstecher zu Elixir und kaufte drei Päckchen Chocorange.

In letzter Zeit hatte er sich ernsthaft eingeschränkt, was hauptsächlich daran lag, dass er meistens Ella um sich hatte. Der Samstag und der Sonntag waren ohne ein einziges zuckerfreies Bonbon verstrichen, aber montags hatte er auf dem Weg zur Galerie gleich mehrere vertilgt und noch einmal drei während Dorindas Mittagspause. Damit war er fast wieder bei seinem üblichen Verhaltensmuster angelangt. In der Geheimschublade lag nur noch ein Päckchen, vier in dem leeren Schränkchen im Badezimmer und zwei im Salon. Der Geheimvorrat hinter den E.-M.-Forster-Bänden durfte unter keinen Umständen angetastet werden. Er malte sich eine Zeit aus, in der das alles hinter ihm lag und er in einem vergnüglichen Ritual den ganzen Packen nehmen und an der Ecke Pembridge Road im Abfalleimer versenken konnte.

Aber so weit war es noch nicht. Heute Morgen hatte ihn eine heftige Gier befallen. Außerdem hatte er Hunger. Sein Frühstück war nicht reichhaltig genug gewesen, aber würde er die doppelte Portion essen, was er am liebsten getan hätte, um bis zum Mittagessen durchhalten zu können, würde er wieder zunehmen. Chocorange war ein Ersatz für richtiges Essen. Er hatte ein volles Päckchen mitgenommen. Unterwegs hatte er zwei Bonbons gegessen, daraufhin noch einmal zwei, wobei er Dorinda etwas von einem rauen Hals erzählt hatte, und jetzt wieder drei auf dem Weg zu Elixir. Eines war ihm klar: Wenn er seine inzwischen mageren Vorräte in der Küche, im Bad und im Salon nicht aufstockte, würde er nicht mehr an sich halten können und über das Notlager in der Plastiktüte hinter den Büchern herfallen. Irgendwie hätte eine solche Tat für ihn eine Signalwirkung, wäre wie der Anfang vom Ende. Was er mit diesem »Anfang« meinte, hätte er nicht erklären können, aber er verband damit Begriffe wie »Absturz«, »Zusammenbruch« und die totale Hingabe an eine ebenso geliebte wie verhasste Gewohnheit. Die Chocorange-Bonbons in dieser Tüte waren sakrosankt und durften nie berührt werden. Nur so konnte er sich erfolgreich einreden, dass der Kauf von weiteren drei Päckchen bei Elixir eine kluge Vorsichtsmaßnahme sei, mit der sich die endgültige Niederlage hinauszögern oder sogar ganz vermeiden ließe. Jetzt lagen diese drei Päckchen in seiner Aktentasche, jetzt musste er sich nicht mehr zügeln und konnte die Bonbons aus dem von zu Hause mitgebrachten Päckchen sorglos genießen. Bereits vor dem Betreten der Elixir-Filiale hatte er sich ein Bonbon in den Mund gesteckt, von dem immer noch ein schmaler Splitter zwischen Zunge und Backenzahn klebte. Trotzdem gönnte er sich gleich noch eines. Wie so oft geriet Eugene ins Philosophieren über das Wesen und die einzelnen Komponenten seiner Sucht und überlegte, was der Unterschied zwischen Gewohnheit und Sucht sei. Dabei kam er zu dem Schluss, dass sich in seinem Fall letztendlich die Sucht aus der Gewohnheit entwickelt hatte. Mit diesen Überlegungen betrat er das Restaurant, wo er einen Sherry bestellte, um den Geschmack und den Geruch der Schokolade zu beseitigen. Dies war das genaue Gegenteil der allgemein akzeptierten Reihenfolge. Anstatt mit etwas Süßem den Alkoholgeruch zu überdecken, trank er Alkohol, um seinen süßlichen Atem zu verstecken.

Gegenüber dem Haus mit dem Bambus stand ein Anwesen zum Verkauf. Die Besitzer waren ausgezogen und hatten sämtliche Vorhänge und Rollos von den Fenstern entfernt. Verstohlen schlich Lance zur Rückseite, wo er versuchsweise an der Klinke der hinteren Eingangstür und an einer Glastür rüttelte, die von einem Wohnraum ins Freie führte. Beide waren abgeschlossen, aber damit hatte er schon gerechnet. Dann redete er sich ein, dass sich niemand sonderlich darum scherte, wenn in einem leeren Haus, das verkauft werden sollte, ein Fenster zu Bruch ging, und hob einen großen Stein auf, der mit hundert anderen den Rand eines runden Blumenbeets bildete. Er zog seine Jacke aus, wickelte sie um den Stein und schleuderte den gut verpackten Stein gegen ein Glaspaneel in der hinteren Tür. Anschließend steckte er seine Hand durch das entstandene Loch, sperrte die Tür auf und trat ein. Er hatte nur ganz wenig Lärm gemacht, und offensichtlich hatten die Nachbarn nicht einmal das gehört.

Drinnen war alles leer und verlassen; lediglich neben dem Fenster des vorderen Wohnraums stand eine große Holzkiste, die ihm als Hocker diente. Von hier aus konnte er das gegenüberliegende Haus beobachten. Erst jetzt stellte er sich die konkrete Frage, wonach er eigentlich Ausschau hielt. Dass die alte Frau wegging? Was wäre, wenn sie schon fort war? Das Haus hatte keine Garage, und in der kurzen Einfahrt stand kein Auto. Andererseits war sie schon an die hundert, und Leute in diesem Alter haben oft kein Auto. Keine fünf Minuten, nachdem Lance seinen Ausguck bezogen hatte, fing es an zu regnen. Zuerst nieselte es nur, doch daraus wurde ein Sturzbach, der eine Art Nebel hervorrief, sodass von der anderen Straßenseite nichts mehr zu sehen war.

Es war wie meistens bei Regen im Sommer, den es in der letzten Zeit ziemlich häufig gegeben hatte: Der Regenschauer dauerte keine zehn Minuten, dann klarte es auf, die Sonne kam heraus und ließ das nasse Pflaster aufblitzen. Dabei musste Lance an Gemma denken. Sie hatte sich beklagt, bei solchem Wetter würde ihre Wäsche nicht trocken. Fize hätte ihr zwar versprochen, einen Wäschetrockner zu kaufen, aber bisher nichts unternommen, und inzwischen hätten sie immer dieses Scheißwetter. Noch zweimal hatte sie Lance in der Blagrove Road besucht. Beim ersten Mal war nur sehr wenig Zeit für ihre Liebesaffäre geblieben. Gemma hatte zwei Stunden lang sein Zimmer geputzt, hatte die Vorhänge zum Waschen abgenommen und das Bett frisch bezogen. Aber beim zweiten Mal… Der einzige Wermutstropfen in Lance' Glück war eine weitere Begegnung mit Dorian Lupescu auf der Treppe gewesen. Gemma hatte zwar kein Wort darüber verloren, aber Lance hatte der Gesichtsausdruck des Rumänen, der die Augen verdreht und die Lippen wie zu einem stummen Pfiff gespitzt hatte, ganz und gar nicht gepasst.

Ohne das gegenüberliegende Haus aus den Augen zu lassen, grübelte er darüber nach, wie er den Mieter aus dem Speicher loswerden oder, besser gesagt, wie er Onkel Gib dazu bringen konnte. Da trat die Alte mit Schirm und Einkaufswagen bewaffnet aus der Haustür. *Wahrscheinlich will sie zur Portobello,* dachte Lance. Bis zur Westbourne Grove ging man nur, wenn man Klamotten, CDs oder Make-up kaufen wollte, und für solche Sachen war diese Frau wahrlich zu alt. Er schaute ihr nach, wie sie genau in der von ihm prophezeiten Richtung verschwand. Für eine Frau ihres Alters legte sie ein forsches Tempo vor.

Demnach würde sie nicht lange fort sein. Egal, für heute hatte er sowieso keine größere Aktion geplant. Er wollte sich lediglich auf dem Grundstück gründlich umsehen, auf der Rückseite, bei Tageslicht. Die nächsten Tage würde sich niemand um das von ihm zerbrochene Fenster kümmern, vielleicht sogar wochenlang nicht. Lance schloss die Hintertür von innen ab, spazierte zur Vordertür hinaus und zog sie hinter sich zu. Das seitliche Türchen der Alten war nicht versperrt, was auch gar nicht möglich gewesen wäre, aber das sah er erst, als er drinnen stand. Kein Schlüsselloch, keine Riegel. Leider war die Hintertür verschlossen, aber ein Fenster stand offen. Bildete sie sich etwa ein, es würde helfen, wenn sie diese Tür zusperrte und gleichzeitig andere Einstiegsmöglichkeiten übersah? Sie musste ganz schön gaga sein. Schon bald merkte er, dass die Alte alles andere als blöd war. Sie hatte genau berechnet, dass kaum ein Mensch dünn genug war, um sich zwischen dem Fensterflügel und dem Rahmen hindurchzuquetschen.

Lance war unglaublich dünn. Er hatte eine schmale Hühnerbrust und kaum nennenswerte Hüften. Er zog seine Jacke aus und dann sein T-Shirt. Trotzdem blieb er mit den Schultern stecken. Einen Augenblick bekam er Panik, sie könnte zurückkommen und ihn hier eingeklemmt finden. Vielleicht würde sie die Sanitäter rufen – oder die Polizei, was noch schlimmer wäre. Doch dann ruckelte er mit den Oberarmen, presste sie eng an sich, faltete sie über seine immer noch schmerzenden Rippen und quetschte sich hindurch. Seine verschrammten Schultern brannten. Auch seine Hand war noch nicht wieder ganz in Ordnung und tat jetzt allmählich weh. Er fand sich in einer Art Waschküche wieder, von der eine Tür in die Küche führte, einen großen Raum, der mit jeder Menge modernster Geräte ausgestattet war. Bei einer so alten Frau war das wirklich überraschend.

Weniger überraschend war die Glasdose voller Geld, die er in einem Küchenschrank entdeckte. Solche Sachen waren typisch für diese Tattergreise; sie bewahrten das Haushaltsgeld in einer Dose oder einem anderen Gefäß auf. Das Wissen, dass sie sich zumindest in einem Aspekt ihrem Alter entsprechend verhielt, tröstete ihn ein bisschen. In der Dose befand sich nicht nur Kleingeld, sondern zwischen den Münzen auch Fünf- und Zehnpfundscheine. Lance stopfte sich die Jeanstaschen voll und ließ nur Münzen zu zwei und fünf Pence zurück. Zusammen mit dem Rest, der noch von seinem Streifzug durch die Handtasche der Dicken übrig war, konnte es vielleicht reichen. Damit würde er vielleicht höchstpersönlich Gemma einen Wäschetrockner kaufen können. Und Fize so richtig eine reinwürgen … Fast eine Viertelstunde war es her, seit er die Alte weggehen gesehen hatte. Vor zehn Minuten hatte er sich durch das Fenster gequetscht. Eigentlich sollte er nach einer halben Stunde wieder verschwunden sein. Alte Leute aßen nicht viel. Vielleicht besorgte sie sich fürs Abendessen nur ein Kotelett und ein Päckchen Kekse. Beim Gedanken ans Essen merkte er erst, was für einen Hunger er hatte. Weil er auf das Geschenk für Gemma sparte, hatte er gezwungenermaßen seine Essensrationen einschränken und sich mit dem mageren Angebot von Onkel Gib zufriedengeben müssen. Er öffnete den Kühlschrank. Ganz vorn auf dem mittleren Rost prangte ein großer glasierter Schokoladenkuchen. Lance lief das Wasser im Mund zusammen. Er säbelte sich mit einem Küchenmesser eine Scheibe herunter, stopfte sie sich mit beiden Händen in den Mund und schnitt sich sofort ein zweites Stück ab. Onkel Gib hatte ihm einmal erzählt, Einbrecher würden regelmäßig nach dem Bruch über das vorgefundene Essen herfallen. Er merkte, dass er unbedingt wie die anderen Einbrecher sein wollte, ein echter Profi, der alles richtig machte.

Lance schnitt ein drittes Stück ab und nahm es als Wegzehrung in ein riesiges, luxuriös eingerichtetes Wohnzimmer mit. Dabei hinterließ er eine klebrige braune Krümelspur. Er steuerte einen Sekretär an, schob das Rollfach hoch und betrachtete eingehend den Inhalt. Geld war nicht zu sehen, dafür ganz vorn neben einem Scheckbuch zwei Kreditkarten. Die sollte er momentan besser in Ruhe lassen. Inzwischen waren zwanzig Minuten vergangen. Vielleicht würde die Alte gar nicht merken, dass er hier gewesen war, wenn er den Kuchen so herumdrehte, dass die Seite nach hinten zeigte, wo er seine Stücke abgeschnitten hatte. Schließlich hatte er nicht eingebrochen, sondern war einfach hereingekommen. Nach seiner Hungerkur von letzter Woche war ihm jetzt leicht übel. *Steck das Kleingeld wieder in die Dose und behalte nur die Scheine.* Auch bezüglich des Kuchens wäre Plan B angebracht. Er sollte besser den Rest mitnehmen. Lance fand eine Plastiktüte und legte den Kuchen hinein. Sie würde es schon nicht sofort merken. Alte Leute hatten ein schlechtes Gedächtnis, und viele von ihnen waren sowieso schon halb dement. Sie würde glauben, sie hätte den Kuchen selbst gegessen, oder, eher noch, sie hätte ihn nie gebacken.

Er lugte zwischen den kunstvoll drapierten Spitzen- und Samtvorhängen des Wohnzimmers hinaus und inspizierte nach beiden Seiten die leere Straße. Es gab keinen Grund, warum er nicht durch die Vordertür verschwinden sollte. Bei genauerem Nachdenken blieb ihm eigentlich auch gar keine andere Wahl: Wenn er durch die Hintertür ginge, könnte er sie nicht verschließen und gleichzeitig den Schlüssel innen stecken lassen. Vorsichtig betrat er mit seiner vollen Kuchentüte in der Hand den Vorgarten. Allmählich ließ seine Übelkeit nach. Zuerst hatte er den Kuchen in den nächstbesten Abfalleimer werfen wollen, aber dann suggerierte ihm ein Minimum an Weitsicht, dass er morgen wieder Hunger haben würde und ein Stück Kuchen nach einer von Onkel Gibs Mahlzeiten aus Blutwurst und Spiegelei ein höchst willkommenes Dessert wäre.

Er setzte sich auf eine Mauer und zählte das Geld, genau wie nach seinem Streifzug durch die Handtasche der Amerikanerin. Heute war es nicht ganz so viel, nur fünfundvierzig Pfund. Nächstes Mal würde er die Kreditkarten mitgehen lassen.

Die Sharpes von nebenan und Elizabeth Cherry waren bei Eugene auf einen Drink eingeladen. Man hatte lang und breit über das Wetter geplaudert. Es sei doch wirklich unglaublich. Tag für Tag würde es in Strömen regnen, und es sei so kalt, dass Marilyn Sharpe zwei Tage lang ihre Zentralheizung angestellt hatte. Im Juli!

Ella hielt den Regen für das langweiligste Gesprächsthema überhaupt und war erleichtert, als Elizabeth ihr ungewöhnliches Erlebnis vom Vortag zum Besten gab. Eugene machte mit der zweiten Flasche Veuve Cliquot die Runde und schenkte nach. In dieser schicken Ecke von Notting Hill wurde bei solchen Gelegenheiten immer Champagner serviert. Wein wurde als Ausdruck von Geiz betrachtet, und harte Getränke galten als ungesund.

»Ich hatte gewartet, bis der Regen aufgehört hat«, erzählte Elizabeth gerade, »und dann bin ich einkaufen gegangen. Bis auf diesen Riesengeburtstagskuchen, den ich für meine Enkelinnen gebacken hatte, hatte ich absolut nichts mehr im Haus. Besser gesagt, ich *glaube*, dass ich ihn gebacken habe. Wirklich, ich erzähle diese Geschichte, obwohl sie gegen mich spricht. Meine Güte, man könnte glauben, ich sei senil. Vielleicht bin ich's ja auch.

Sie hielt inne, bis die Zwischenrufe wie »Aber Sie sind doch wunderbar« und »Absurd, Sie wirken doch zwanzig Jahre jünger« verebbt waren. »Na ja, sei's drum. Ungefähr eine Dreiviertelstunde später war ich wieder zurück. Dass es schon wieder geregnet hatte, muss ich ja nicht extra erwähnen. Alles war genauso, wie ich es verlassen hatte. Und trotzdem hatte das Haus eine seltsame Ausstrahlung. Ich kann es nicht anders beschreiben. Ich glaube, ein Kind war drinnen gewesen.«

Warum gerade ein Kind, wollte Ella wissen.

»Ich hatte das Fenster in der Waschküche offen gelassen, um den Dampf hinauszulassen. Aber nur einen winzigen Spalt. Meiner Ansicht nach hätte sich kein Erwachsener hindurchquetschen können. Ein Kind schon. Dann habe ich Krümel entdeckt, die in mein Wohnzimmer führten, eine ziemlich dicke Spur, *braune* Krümel, wie von meinem Schokokuchen. Natürlich bin ich sofort an den Kühlschrank. Der Kuchen war weg. Ehrlich, Sie werden denken, ich sei senil, aber ohne diese Krümel hätte ich mich gefragt, ob ich den Kuchen tatsächlich gebacken oder ob ich mir das nur eingebildet habe.«

»Hat denn irgendetwas gefehlt?«, erkundigte sich Eugene.

»Soweit ich weiß, nur der Kuchen. Das Haus habe ich nicht abgesucht. So etwas macht doch nur ein Kind, oder? Isst etwas von dem Kuchen und klaut den Rest.«

Eugene wollte gerade eine witzige Bemerkung über Kuchendiebstähle machen, da klingelte das Telefon. »Lass ruhig«, sagte er zu Ella. »Dafür haben wir doch den Anrufbeantworter.«

»Vielleicht ist es für mich. Besser, ich gehe ran.«

Es war Joel Roseman. »Es geht mir nicht gut«, sagte er. »Können Sie kommen?«

Auch wenn es sich um einen Privatpatienten handelte, fand Ella, dass auch sie gewisse Rechte hatte. Sie durfte hart bleiben. Es war sieben Uhr abends und kalt und nass. »Joel, was fehlt Ihnen denn?« Sie schlug einen liebenswürdigen und ruhigen Tonfall an, denn sie war sich nur allzu gut bewusst, dass sie Zuhörer hatte, die wie alle Leute ganz fasziniert »Arztgesprächen« lauschten. Sie hörte, wie Eugene den anderen etwas von »einem Privatpatienten« zumurmelte. »Haben Sie Schmerzen? Bekommen Sie keine Luft?« Schließlich hatte der Mann Herzprobleme.

»Weder Schmerzen noch Atemnot«, erwiderte er. »Ich leide nur unter dem Wetter.«

Klingt verständlich, dachte sie, während sie den Regen gegen die Terrassentüren prasseln sah. »Möchten Sie morgen Vormittag zu mir in die Sprechstunde kommen? Sagen wir um zwölf Uhr? Nehmen Sie sich ein Taxi.«

»Ich dachte, Sie würden hierherkommen.«

»Ich mache Ihnen einen Vorschlag.« Verstohlen sah sie auf die Uhr. »Um neun Uhr rufe ich Sie an, um zu hören, wie es Ihnen geht. Sie können aber auch mich anrufen.« Sie gab ihm Eugenes Nummer.

Wortlos legte er auf.

Die nächsten zwei Stunden war Ella unruhig. Die Sharpes verabschiedeten sich. Elizabeth Cherry ging nach Hause und grübelte den restlichen Abend über das Geheimnis des Schokoladenkuchens nach. Während Ella und Eugene die Pasta mit den schwarzen Oliven verspeisten, die Eugene schon früher vorbereitet hatte, hörte es auf zu regnen.

»Wenn ich es einfach dabei belasse, werde ich nicht schlafen können«, stellte Ella fest.

Eugene war klar, was das bedeutete: einen Besuch bei Joel Roseman. »Schade, dass du ihn angenommen hast, aber für diese Feststellung ist es nun zu spät.«

Sie versuchte, Joel anzurufen, aber er nahm nicht ab, und es lief auch kein Anrufbeantworter. »Ich muss wohl hinüberfahren.«

»Liebling, du musst das tun, was du für richtig hältst«, sagte Eugene.

Kaum war sie weg – er hatte noch nicht einmal den Tisch abgeräumt –, begab er sich zu seinen Chocorange-Vorräten und brach ein neues Päckchen an. Ach, welche Wonne nach drei Stunden Entsagung! Der köstlichste Geschmack auf der ganzen Welt …

In der Wohnung war es stockdunkel. Nicht einmal ein trüber Schein stahl sich durch die matten Buntglasscheiben oberhalb der Tür. Zuerst dachte Ella, er wäre nicht da. Nein, schlimmer noch, er wäre *außerstande*, zur Tür zu kommen, nachdem sie geläutet hatte. Schließlich war er wirklich krank. Sie bekam Herzklopfen. Wieder läutete sie, hob den Briefkastendeckel und rief laut hindurch: »Joel, Joel, sind Sie da? Ich bin's, Ella.«

Einige Augenblicke vergingen. Sie hörte Schritte; es klang, als ob ein alter Mann in Pantoffeln angeschlurft kam. Er öffnete die Tür. Da stand er nun und blinzelte ins Licht. Sein Morgenmantel war nur lose verknotet. Über den Kopf hatte er eine Decke wie eine Kapuze gezogen.

»Ich habe nicht mehr mit Ihnen gerechnet«, sagte er anklagend.

Sie betrat die Diele. »Ich habe mir Sorgen gemacht, nachdem ich Sie telefonisch nicht erreicht habe.«

Er schloss die Wohnungstür. Von draußen zeichnete sich das Flurlicht als zwei matte Flecken in Grün, Rot und Braun auf der Holzvertäfelung ab. Ansonsten war es in der Wohnung stockdunkel. In ihr stieg ein Gefühl auf, das sie in seiner Gegenwart schon ein oder zwei Mal empfunden hatte: leise Angst. »Bitte, Joel, lassen Sie uns Licht machen.«

Widerwillig knipste er eine Lampe an. Nie hätte sie geglaubt, dass es derart schwache Glühbirnen überhaupt gab. Vielleicht montierte man so etwas in den Schlafräumen von Kindern, die sich vor der Dunkelheit fürchten. Als er sie ins Wohnzimmer führte, ließen sie den matten Schein hinter sich und stolperten erneut ins Dunkel. Hinter dem Jalousienkerker knallte der Regen gegen das Fenster. Ohne seine Erlaubnis abzuwarten, schaltete sie erst eine Tischlampe ein und dann noch eine.

Wütend funkelte er sie an, als hätte sie einen gravierenden gesellschaftlichen Fauxpas begangen, und zog eine

Sonnenbrille aus der Tischschublade. Sie stellte ihre Tasche auf das braune Sofa und setzte sich daneben. Im Licht schien die lange Prozession identischer Imperatoren zum Leben zu erwachen. Sie zwang sich dazu, nicht hinzusehen. »Nun, was fehlt Ihnen denn? Wie fühlen Sie sich?«

Er stand mit gesenktem Kopf vor ihr. »Ich weiß es nicht.«

»Gut, gut. Warum wollten Sie, dass ich komme?«

Er zuckte mit den Achseln und hob dabei auch die Decke, in die er sich gewickelt hatte.

Sie blieb hartnäckig. »Leiden Sie unter Atemnot? Tut Ihnen etwas weh?«

»Nein. Keines von beidem.«

Die Bitte, die Decke abzulegen und seine Schlafanzugjacke auszuziehen, befolgte er quälend langsam. Sie drückte ihm ihr Stethoskop an die Brust und dann an den Rücken und horchte Herz und Lunge ab. »Joel, meiner Ansicht nach fehlt Ihnen nicht recht viel.«

»Es geht nicht um meinen Körper, sondern um meinen Kopf.«

»Dafür ist Miss Crane zuständig und nicht ich«, sagte sie. »Gehen Sie denn zu Miss Crane?«

»Einmal bin ich dort gewesen. Ich habe ihr von Mithras erzählt. Ich habe ihr erklärt, dass ich möchte, dass er weggeht. Es ist wirklich seltsam: Zuerst habe ich ihn gemocht, aber jetzt hasse ich ihn.« Anscheinend las er den Zweifel in ihrem Blick und die Angst. »Er ist nicht real, sage ich mir vor, er ist nur in meinem Kopf. Das habe ich auch ihm erklärt, aber wenn ich mit ihm allein bin, weiß ich es nicht mehr so genau. Wie kann er nur in meinem Kopf existieren, wenn er sich mit mir in einer Sprache unterhält, die ich nicht verstehen kann? So etwas kann ich mir doch nicht ausgedacht haben.«

»Ist er jetzt da?«, fragte sie matt.

»Ja, aber er sagt nichts. Erst wenn Sie weg sind, wird er wieder sprechen.«

»Und wenn es so weit ist, redet er dann – englisch oder in seiner eigenen Sprache?«

»Das kann man schwer sagen.«

Sie musste unbedingt aufhören, ihn nach dieser Fantasiekreatur auszufragen. Das war nicht ihr Fachgebiet, das betraf die Therapeutin. »Wann sind Sie denn wieder zum Check-up im Krankenhaus?«

»Am Freitag«, sagte er.

Über diese Auskunft war sie erleichtert. Sie wollte unbedingt erreichen, dass er in andere Hände kam. »Joel, ich finde, Sie sollten hier nicht allein sein. Könnte denn Ihre Mutter herkommen und bei Ihnen bleiben?«

»Papa wird sie nicht lassen.«

»Gibt es sonst niemanden? Keinen Freund oder Verwandten, den Sie bitten könnten, ein paar Tage zu bleiben?« Ein paar Tage genügten zwar nicht, aber es wäre immerhin besser als nichts. »Irgendeinen Menschen muss es doch geben.«

»Niemand würde kommen, es sei denn, ich würde dafür bezahlen. Das heißt, Papa würde bezahlen.«

Rasch fasste sie einen Entschluss. »Ich werde jemanden für Sie finden.«

»Eine Krankenschwester will ich nicht.«

»Keine Krankenschwester, eine Betreuerin. Jemand, der einfach nur nachts in der Wohnung ist.«

Er legte den Kopf in die Hände, widersprach aber nicht. Als er wieder aufsah, meinte er: »Sie können jetzt gehen. Sobald ich mit Ihnen rede, wird es besser. Ich fühle mich ein bisschen besser.«

Als sie draußen auf der Straße stand, schüttete es wie aus Kübeln aus einem bleiernen Himmel, und es war so dunkel wie im Winter um Mitternacht. Gelblicher Regennebel dämpfte das Licht der Straßenlampen. Auf der Rückfahrt zu Eugene dachte sie an den Mann, den sie in diesem Wohnungsgrab zurückgelassen hatte. Hatte die Kopfgeburt namens Mithras nach ihrem Weggang wieder mit ihren Einflüsterungen angefangen? Eigentlich hatte sie Joel fragen wollen, wie er seine langen einsamen Tage in dieser dunklen Wohnung verbrachte. Bei ihrer nächsten Begegnung würde sie es tun, vielleicht nach seinem Check-up am Freitag. Vielleicht hatte sie aber auch nur deshalb nicht gefragt, weil sie die Antwort kannte: Nichts, gar nichts. Kein Sport, keine Lektüre, kein Fernseher. Er hörte weder Musik, noch unterhielt er sich mit Freunden. Er hockte nur im Dunkeln da und döste vor sich hin. Sonst nichts.

Das halbe Land stand unter Wasser. Onkel Gib entdeckte die Bilder von Tewkesbury und Gloucester auf seinem Computer und in einer Zeitung, die er in der Raddington Road auf einer Mauer gefunden hatte, und meinte: »Hier oben wird uns nichts passieren. Liegt hoch genug. Heißt schließlich nicht umsonst Notting *Hill,* oder?

Dorian Lupescu nickte zustimmend, auch wenn er kein Wort verstanden hatte. Onkel Gib hatte seine Internetsitzung beendet und beantwortete nun einige ausgewählte Briefe. Einer kam von einem Mann aus Marlow, ein Mitglied der Cockhamer Kirchengemeinde der Kinder von Zebulun. Er sah die Themse anschwellen und hatte sein Haus nicht versichert. Der Briefkastenonkel hatte nicht die geringste Absicht, darauf zu antworten, weder privat noch in der Kirchenzeitung. Er setzte sich einzig und allein mit moralischen Fragen auseinander, hauptsächlich mit Fragen der Sexualmoral. Er konzentrierte sich auf den Brief einer Frau aus Kenton, deren Partner eine Erektionsschwäche hatte. Widerlich, dachte Onkel Gib. Mit diesem Wort würde er die Seiten des »*Zebulun*« nicht besudeln. Die Antwort allein würde genügen.

An die Verzweifelte in Kenton, schrieb er. *Dein Brief ist unpassend für ein Familienblatt. Der Mann, den Du als Deinen Partner bezeichnest, muss Gott um Vergebung für sein sündiges Leben anflehen. Eine Heirat mit Dir wird seine Probleme kurieren. Die Tatsache ist wohlbekannt, dass Schuldgefühle, die in seinem Fall nur allzu berechtigt sind, einen Mann ermatten lassen.* Bei dem letzten Ausdruck war sich Onkel Gib unsicher. Die Schreibweise wirkte falsch. Er schlug im Lexikon nach und korrigierte das Wort. Danach griff er noch einmal zu dem Brief aus Marlow, obwohl er ihn nicht beantworten würde. Das Schreiben hatte in ihm ein ziemlich ungutes Gefühl ausgelöst, auch wenn er zu Dorian Lupescu etwas ganz anderes gesagt hatte.

Der Brent-Stausee war ihm wieder eingefallen, die sogenannte Walisische Harfe. Der lag zwar ziemlich weit entfernt, aber Wasser bewegte sich schnell. Man musste sich nur mal ansehen, wie es sich aus den Flüssen an der Grenze zu Wales über ganz Gloucestershire ausgebreitet hatte. Nur um zu überprüfen, wo das Wasser inzwischen stand, schaltete er die Dreizehnuhrnachrichten im Fernsehen ein. Der Nachrichtensprecher erzählte ihm etwas von fünfzehn Hochwasserwarnungen. Tewkesbury von der Außenwelt abgeschnitten, Oxford in Gefahr, Bedford bedroht. Bei der Walisischen Harfe handelte es sich um einen großen, hochgelegenen See. Erdkunde war nicht Onkel Gibs Stärke. Er hatte eine vage Vorstellung, dass dieser See viel höher lag als Notting Hill, und malte sich aus, wie dort oben die Dämme brachen, so wie es beim Severn und bei der Great Ouse geschehen war. Wahre Sturzfluten würden herunterschießen, quer durch Willesden und Kensal, mitten hinein nach North Kensington …

Onkel Gib suchte in den Gelben Seiten nach Versicherungsagenturen, aber die Vielzahl des Angebots verwirrte ihn. Er drehte den Fernseher leiser, griff zum Telefon und wählte die Nummer von Reuben Perkins. Es meldete sich Maybelle. Auch gut, schließlich kümmerte sie sich im Perkins'schen Haushalt um sämtliche »geschäftlichen Dinge«, wie sie es nannte. Binnen Minuten hatte sie ihm die Telefonnummer ihrer Versicherung gegeben.

Man ließ ihn warten, bevor ein Gesprächspartner seinen Anruf entgegennehmen konnte. Diese Methode machte Onkel Gib übellaunig. Es erklang Musik – falls man dieses Gedröhne und Gewummer als Musik bezeichnen konnte. Alle paar Sekunden unterbrach eine weibliche Stimme, bedankte sich für seine Geduld und erzählte ihm unerklärlicherweise, wie wichtig sein Anruf für sie sei. Zuerst brüllte er die Ansagerin unter Androhung drakonischer Strafen an, dann wurde ihm klar, dass er eine Stimme vom Band beschimpfte. So vergingen zehn Minuten. Da trat Lance ins Zimmer und blieb mit besorgter Miene in der Tür stehen. »Raus!«, schrie Onkel Gib und warf die Gelben Seiten nach ihm.

Aber endlich bekam er doch noch seine Antwort. Noch ehe der Wettermensch auf dem Bildschirm erschien und weitere heftige Regenfälle ankündigte, hatte Onkel Gib die Versicherung seines Hauses unter Dach und Fach. Gegen Wasserschaden, Feuer, Tornados und andere Fälle himmlischer Unbill, von denen er selbstverständlich annahm, dass sie weniger ihm und mehr der restlichen Menschheit galten. In Kürze bekäme er Formulare zugeschickt, ein Scheck müsste ausgestellt werden, aber im Wesentlichen war der Vertrag perfekt.

Wenn er wollte, könnte er sich den ganzen Tag im Haus der Alten aufhalten, ja sogar die ganze Nacht. Er könnte dort richtig wohnen. Allein beim Gedanken daran wurde Lance ganz schwummerig. Bevor Onkel Gib religiös geworden war, hatte er Lance erzählt, wie er einmal mit einem Kumpel eine Wohnung ausgeräumt hatte, während die Besitzer im Urlaub gewesen waren. Er war einfach mit dem Lieferwagen seines Kumpels hingefahren, war mit einem Schlüssel, den er von irgendwoher bekommen hatte, hineinspaziert und hatte alles eingesackt: zwei Fernseher, einen neuen Computer, einen CD-Player, eine Mikrowelle und den Großteil der Möbel. Sein Kumpel war ein guter Papa gewesen und hatte seine frischverheiratete Tochter abgöttisch geliebt. Er hatte die Tische und Stühle und die sonstigen Sachen für deren Wohnung haben wollen. Einen Computer würde die Alte wahrscheinlich nicht haben, dafür hatte sie einen supermodernen Fernseher mit Flachbildschirm samt eingebautem DVD-Player. Lance brauchte unbedingt einen Lieferwagen, aber seit Gemma mit ihm diese Affäre hatte, waren er und ihr Bruder wieder beste Freunde.

»Man muss ihn nur fragen«, meinte Gemma, als sie mit Lance nach dem Liebesspiel bei einem Glas Soave auf seinem Bett lag. Onkel Gib war bei der Taufe von zwei neuen Mitgliedern. Dabei wurde man komplett in einem nicht mehr benutzten Vorratstank untergetaucht. »Für wann planst du denn das Ding?«

»Die Alte fährt am achten August weg und kommt frühestens am einundzwanzigsten wieder. Trotzdem will ich es nicht zu lange hinausschieben. Wie wär's mit dem Vierzehnten? Das ist ein Dienstag.«

»Und was ist am Dienstag?«

»Ein Werktag«, antwortete Lance begriffsstutzig.

»Ich werde ihn fragen, ja? Vielleicht muss er seinen gemeinnützigen Dienst ableisten, also Graffiti von den U-Bahnen waschen. Aber fragen werde ich ihn. Mal sehen, was er sagt.«

»Weißt du, was du bist? Du bist ein Engel. Ehrlich.« Dieser Gefühlsausbruch führte erneut zu einer stürmischen Liebesrunde. Erst eine geschlagene Stunde später verabschiedete sich Gemma. Gerade als sie die Portobello hinunterging, bog Onkel Gib von dort in die Raddington Road ein.

15

Ella machte sich zum Aufbruch fertig. Sie hatte angenommen, durch ihren Besuch bei Joel Roseman wäre der Zwölfuhrtermin mit ihm gestrichen, den sie ihm ursprünglich am Telefon vorgeschlagen hatte. Um dreizehn Uhr dreißig sollte sie eine Anprobe für ihr Hochzeitskleid und vorher hoffentlich noch Zeit für ein Mittagessen mit Eugene haben.

Clare, die Sprechstundenhilfe, steckte den Kopf durch die Tür. »Ella, Mr. Roseman ist da.«

Ella seufzte. Rein instinktiv wollte sie sagen, sie könne ihn nicht empfangen, aber natürlich war sie dazu verpflichtet. Sie setzte sich wieder hinter ihren Schreibtisch.

Wieder trug er eine Sonnenbrille. »Ich bin zu Fuß gegangen«, verkündete er, »den ganzen Weg. Zu Fuß. Und das am helllichten Tag. Sind Sie nicht stolz auf mich?«

Über solche Sätze würde sich vielleicht die Mutter eines kleinen Sohnes freuen. Ella lächelte. »Das ist ein weiter Weg, Joel. Sie dürfen nicht übertreiben, das wissen Sie.«

»Heute ist es sehr hell. Das Licht tut meinen Augen weh.«

Was erwartete er denn, wenn er den ganzen Tag im Dunkeln saß oder lag? Aber sie unterdrückte diese naheliegende Bemerkung. »Trotzdem scheint es Ihnen besser zu gehen. Ich habe mich mit der Agentur für Betreuerinnen in Verbindung gesetzt. Man kann jemanden für Sie finden. Sie wird am frühen Abend kommen und über Nacht bleiben. Wenn Sie möchten, kann sie Ihnen auch das Frühstück machen.«

»Möchte ich nicht«, sagte er.

Sie hob den Kopf. Zum ersten Mal betrachtete sie ihn lange und gründlich und sah, wie lang seine Haare geworden waren, seit er wieder zu Hause war. Ungewaschen und unfrisiert hingen sie ihm bis auf den Jackenkragen. Anscheinend wusch er sich gar nicht mehr und wechselte auch seine Kleidung nicht mehr. »Joel, Sie sollten nicht allein sein. Sie brauchen unbedingt jemanden, der sich um Sie kümmert. Keine Betreuerin, sondern mehr. Darf ich mit Ihrer Mutter sprechen? Darf ich ihr erklären, dass sich dringend jemand um Sie kümmern muss?«

»Sie hasst es, wenn sie kommen muss. Sie fürchtet sich vor Mithras.«

»Was meinen Sie damit?«

»Die Leute fürchten sich vor Irren, und sie hält mich für wahnsinnig. Vielleicht bin ich das auch. Wenn Mithras verschwinden würde, ginge es mir besser. Ich kann nicht mehr schlafen. Jedenfalls nicht nachts. Werden Sie mir Schlaftabletten geben?«

Ich werde dir nur solche geben, bei denen eine Überdosis ausgeschlossen ist, dachte sie. Laut sagte sie aber nichts und holte ihren Rezeptblock heraus. »Trotzdem würde ich gern mit Ihrer Mutter sprechen.«

»Vielleicht ist Papa am Telefon.«

»Das macht nichts. Ich werde mit ihm reden.«

Joel schüttelte den Kopf, aber nicht, um ihr zu widersprechen. Offensichtlich bezweifelte er, dass sie wusste, wovon sie sprach. »Möchten Sie die Telefonnummer?«

»Bitte.«

Sie notierte sie sich und gab ihm das Rezept. »Das reicht für eine Woche. Ich werde mit Ihren Eltern sprechen. Inzwischen müssen Sie Miss Crane alles erzählen, was Sie mir gesagt haben. Erzählen Sie es ihr am Freitag, und auch, dass ich eine Betreuerin empfohlen habe.«

Er starrte sie an und strich mit der Hand durch seine fettigen Haare. »Ich will keine Betreuerin. Ich will Sie, habe ich gesagt.«

»Nun, Sie haben mich ja. Ich bin Ihre Ärztin.«

»Ich will, dass Sie zu mir ziehen, in meine Wohnung.«

Sie zuckte zusammen und schrak in ihrem Stuhl zurück. Wie irritierend, dass man seine Augen nicht sehen konnte.

Vielleicht konnte er Gedanken lesen, denn er nahm seine Brille ab. Da saß er nun und blinzelte sie an. »Ich spreche nicht von Sex. Ich pflege keinen Sex.« Er drehte die Brille zwischen den Fingern und senkte den Blick. »Falls Ihnen meine Wohnung nicht gefällt, kauft uns Papa ein Haus. Geld ist genug da. Wir könnten überall wohnen, wo es Ihnen gefällt.«

Sie schwieg. Ihre Gefühle schwankten zwischen Verzweiflung und dem entsetzlichen Wunsch zu lachen, ein Wunsch, den sie unterdrückte. Mit kühler ruhiger Stimme sagte sie: »Joel, das ist unmöglich.« Sie streckte ihre linke Hand aus und zeigte ihm den Diamanten am Ringfinger. »Ich bin verlobt, das wissen Sie. Im Oktober werde ich heiraten.«

»Verlobungen kann man lösen.«

»Meine nicht.« Aus Belustigung wurde Ärger. Sie beherrschte sich und meinte kurz angebunden: »Nun, Sie sollten jetzt besser mit dem Taxi heimfahren. Zu Fuß gehen Sie am besten nicht. Ich werde mit Ihrer Mutter oder mit Ihrem Vater sprechen und mich auch mit Miss Crane unterhalten.«

Sie telefonierte mit der Taxifirma, die Eugene manchmal benutzte, auch wenn das nicht ihre Aufgabe war. Das Taxi sei in zehn Minuten da. Ella wollte nur noch weg. Leider blieb ihr gerade noch so viel Zeit, um sich mit Eugene zu treffen und ihm zu sagen – na, was schon? –, dass sie nicht mit ihm essen könne. Joel hätte genauso gut am Empfang auf sein Taxi warten können, aber sie brachte es nicht fertig, ihm das zu sagen. Es war zu viel für sie. Schweigend saßen beide da. Ella blätterte einen Stapel Unterlagen auf ihrem Schreibtisch durch, Unterlagen, die sie schon längst bearbeitet hatte. Ich muss etwas zu ihm sagen, schoss es ihr durch den Kopf. In dem Moment sagte er: »Heute Morgen habe ich Zeitung gelesen. Ich lese nicht oft Zeitung. Darin stand ein Artikel, wie man eine Methode gefunden hat, um schizophrene Mäuse zu züchten.«

»Tatsächlich?«

»Was hören Mäuse mit Wahnvorstellungen? Was glauben Sie? Merkwürdige Fieptöne, die ihnen befehlen, böse Sachen zu machen? Sagen sie ihnen, sie sollen andere Mäuse umbringen? Wie ist das mit Halluzinationen? Glauben Sie, die Mäuse sehen tigergroße Katzen mit Säbelzähnen?«

Er fing an zu lachen. Hatte sie ihn schon jemals lachen gehört? Wohl kaum. Die Sprechstundenhilfe schaute zur Tür herein und sagte, das Taxi für Mr. Roseman sei da.

Eugene war in der Diskussion unterlegen, aber er war ein guter Verlierer. Für eine Reise nach Sri Lanka sei es im August viel zu früh, hatte ihm Dorinda erklärt. Nach Indien und in die Nachbarländer würde man im Januar fahren. Er wisse doch sicher noch, wann der Tsunami gewesen sei. Warum würden wohl sämtliche Urlauber mitten im Winter nach Südostasien reisen? Damit gab sich Eugene geschlagen, und man einigte sich auf den Comer See.

Bis dahin waren es noch zwei Monate. Eugene hatte

mehr oder weniger resigniert. In diesen sieben oder acht Wochen konnte er unmöglich mit seiner Gewohnheit brechen. Wie ein Raucher oder ein Alkoholiker hatte er seinen Konsum auf eine Weise reduziert, wie man das normalerweise tut: Er trug sein Suchtmittel nicht mit sich herum, bewahrte in der Galerie nichts davon auf – auch hier hatte es einmal Vorräte in Geheimschubladen gegeben –, mied alle Straßen mit Geschäften, die Chocorange verkauften, und befriedigte seine Gier mit einem Glas Wasser. Trotzdem war nie ein Tag ohne wenigstens ein einziges zuckerfreies Bonbon vergangen, und die acht Päckchen in der Plastiktüte hinter den Forster-Romanen lagen noch genauso da wie drei weitere in einer Schublade im Gästebad. Diese Bonbonvorräte durfte er unter keinen Umständen berühren, ja nicht einmal ansehen oder überprüfen. Sie waren seine Notration für den Fall, dass er sich ein Bein brach und ans Haus gefesselt war oder die Grippe bekam. Allein daran, dass er derartige Ausnahmefälle überhaupt in Erwägung zog, konnte man ermessen, wie sehr ihn dieses Chocorange irre machte – genau wie ein Raucher, der sich vier oder fünf Zigarettenschachteln auf Vorrat zulegt, oder ein Trinker mit seinen Wodkaflaschen. Leider besaßen diese Süchte weitaus mehr Würde als seine!

Sie waren allgemein anerkannt und wurden auf ihre Weise akzeptiert. Alkoholismus kannte vielleicht noch eine kleine Schamschwelle, aber Leute, die vierzig Zigaretten täglich rauchten, plauderten regelmäßig mit Journalisten über ihre Leidenschaft, wobei sie lachend eingestanden, »eines Tages müssten sie damit aufhören«. Eugene malte sich ein Interview mit ihm als Galeriebesitzer wegen der Ausstellung eines vielversprechenden jungen Künstlers aus. Nächsten Monat würde es so etwas tatsächlich bei ihm geben. Auf die – zweifellos impertinenten – Fragen nach seinem Privatleben würde er Folgendes antworten: Er sei einundfünfzig, wohne in Notting Hill, würde demnächst eine schöne und charmante Ärztin ehelichen und – sei hoffnungslos süchtig nach dem ganz besonderen Geschmack eines zuckerfreien Bonbons. Es vergehe kein Tag, an dem er nicht diese Bonbons lutsche. Das Ganze war schlicht und einfach unmöglich und über alle Maßen lächerlich.

Selbstverständlich würde er zu einem Journalisten nie solche Sätze sagen und auch sonst zu niemandem. Wie ein verkappter Alkoholiker, der sein Getränk – Gin sieht ohne Eis oder Zitrone wie Wasser aus – verschämt in den hintersten Kühlschrank schiebt, sobald seine Frau hereinkommt, konnte auch er nie und nimmer zulassen, dass irgendjemand Bescheid wusste. Sobald er Elizabeth Cherry auf der Straße begegnete oder George Sharpe jenseits der Gartenmauer sah, wanderte das Chocorange, das er gerade lutschte, verstohlen in das Papiertaschentuch, das er einzig und allein für diesen Zweck mit sich herumtrug. Aber selbst dieses durchaus kluge Verhalten war für ihn eine Qual. Welche Verschwendung! Noch immer hatte er sich nicht entschieden, wie er mit seiner Sucht während seiner Flitterwochen umgehen sollte. Völlige Abstinenz wäre unmöglich. Schließlich sollte man seine Flitterwochen genießen. Andererseits würde er mit Ella zwei Wochen weg sein. Er wagte nicht einmal daran zu denken, was es bedeutete, wenn er vierzehn Tage auf sein Suchtmittel würde verzichten müssen. Er hasste die Vorstellung, Zollbeamte oder sonstige Leute würden das eingecheckte Gepäck durchleuchten und dabei in einem seiner Koffer acht schokobraun-orangefarbene Päckchen finden. Einen freiwilligen Verzicht auf seine zuckerfreien Süßigkeiten konnte er sich nicht vorstellen, dafür aber umso besser die Gesichter der Beamten, wie sie kopfschüttelnd auf ihre Monitore starrten und sich über den Kerl schieflachten, der in einem italienischen Luxushotel unbedingt sein Naschzeug haben musste.

Trotzdem würde er die Pastillen gezwungenermaßen mitnehmen, sonst müsste er unter Entzugserscheinungen leiden. Er hatte zwar nur eine vage Ahnung von den Symptomen eines Entzugs, bildete sich aber trotzdem ein, welche zu haben. Und zwar ganz eigene. Bereits während er die letzten Bissen seines bescheidenen Mittagessens in einem Bistro am Haymarket verzehrte – Ella hatte ihm am Telefon abgesagt –, hatte er diese Gier verspürt, die ihn ganz besonders nach einem pikanten Gericht überfiel. Er bekam einen trockenen Mund. Wasser würde den Wunsch nur noch verstärken, dieses unstillbare Bedürfnis nach einem süßen und gleichzeitig scharfen Geschmack auf der Zunge. Die Bedienung hatte ihm zwei winzige Kekse zum Kaffee gebracht. Niedergeschlagen aß er sie.

Wer verreist, fängt mindestens eine Woche vorher mit dem Packen an. Diese Gewohnheit hatte Elizabeth Cherrys Mutter ihrer Tochter vor gut siebzig Jahren eingedrillt. Dazu breitet man in einem der Gästezimmer ein Laken übers Bett, legt den Koffer darauf, und dann geht es los. Ihre Mutter hatte keine gewöhnlichen Koffer benutzt, sondern einen mit Seide ausgeschlagenen Schrankkoffer aus dickem, glänzend braunem Leder, in dem Zedernholzbügel hingen. Dieser Schrankkoffer war bereits ohne Gepäck ungeheuer schwer gewesen, aber das machte nichts. Man trug ihn ja nicht persönlich. Das erledigten Gepäckträger. Elizabeth nahm einen bescheidenen Koffer und einen Kleidersack.

Trotzdem breitete sie das Laken aus und legte ihre Gepäckstücke darauf. Immer wenn sie einen in Seidenpapier eingewickelten Gegenstand kaufte, hob sie das Papier fürs Packen auf. Ein Pullover oder eine Bluse wurde auf ein Blatt Papier gelegt, darauf kam ein zweites Blatt, dann wurde das Kleidungsstück zusammengefaltet, und oben drauf kam noch ein drittes Blatt Papier. Anschließend wurde alles im Koffer verstaut. Schuhe steckte man in Plastiktüten. Elizabeth war stolz darauf, dass sie nicht zu viel mitnahm. Sollte sie einmal nicht das passende Stück dabeihaben, konnte sie sich immer noch etwas kaufen. Was sie aber nie tat.

Nachdem sie mit dem Packen fertig war, öffnete sie die Schublade mit den Briefumschlägen, in denen sie fremde Währungen aufbewahrte. Seit der weiten Verbreitung des Euro war die Zahl der Umschläge erheblich geschrumpft. Sie würde Euros brauchen und auch Schweizer Franken, da sie durch die Schweiz käme. An diese Schublade ging sie höchstens zweimal jährlich, doch immer wieder war sie überrascht. Wie hatte sie nur so viele Dollar ansammeln können? Fast fünfhundert? Sie konnte sich nicht erinnern, wie es dazu gekommen war. Und hier lagen viel mehr Euros, als sie bei sich tragen wollte. Es war wohl besser, wenn sie eine der Kreditkarten aus dem Schreibtisch im Erdgeschoss mitnehmen würde, um damit am Automaten Bargeld abzuheben. Ihr letzter Besuch in Kanada war schon Jahre her, trotzdem lagen hier über dreihundert kanadische Dollar. Die konnten ruhig liegen bleiben, genau wie das amerikanische Geld.

Denk daran, alle Fenster zu schließen, ermahnte sie sich. Auch wenn sie wegen der täglichen Regenschauer sowieso keines geöffnet hatte. Vielleicht würde ja der kleine Kuchendieb wieder auftauchen. Schlösser an den Fenstern wären nicht schlecht, aber die konnte sie erst nach ihrer Rückkehr in Auftrag geben. Und was war mit ihrem Schmuck? An den dachte sie immer nur, sobald sie verreisen wollte. Die restliche Zeit lagen die zwei Armreife und der mit Diamanten besetzte Vorsteckring, ein Geschenk ihres verstorbenen Mannes, sowie die Ringe und die schwere Goldkette ihrer Mutter unbeachtet in der Schmuckschatulle. Nur jetzt, am Abend vor ihrer zweiwöchigen Urlaubsreise, machte sie sich darüber Gedanken. Aber schließlich war der Schmuck versichert. Vor jeder Reise überlegte sie, ob sie den ganzen Schmuck mitnehmen sollte, aber mehr geschah auch nicht. Allein der Gedanke an den lästigen Gang durch die Sicherheitszone, wo dieser Bogen, durch den man geht, zu piepen anfängt. Und dann tastet einen irgendeine uniformierte Frau mit grimmiger Miene ab. *Stell dir vor, wie du alles in eine dieser Plastikschalen legen musst, damit alle ganz genau sehen können, was du dabeihast.* Nein, da ließ man die Sachen doch am besten, wo sie waren. Es war immer gut gegangen, und so bestimmt auch diesmal.

Als Elizabeth um achtzehn Uhr nach nebenan ging, um ihre Nachbarin daran zu erinnern, ihre Zimmerpflanzen zu gießen und alle Päckchen anzunehmen, die vielleicht während ihrer Abwesenheit für Nummer 25 eintrafen, wurde der Schmuck mit keiner Silbe erwähnt. Wie immer, wenn Elizabeth vorbeikam – zumindest nach sechzehn Uhr –, meinte Susan, sie wollte gerade einen kleinen Sherry trinken. Hätte Elizabeth auch Lust auf ein Schlückchen? Elizabeth liebte Sherry, ein zivilisiertes Getränk, das offensichtlich demnächst auszusterben drohte, denn man fand es nur noch in den Getränkefächern von Leuten über siebzig. Sie nahm Platz.

Als sie von ihrer Reise nach Salzburg und Budapest erzählte, wollte Susan wissen, ob sie sich unterwegs mit ihrer Freundin träfe, was Elizabeth bejahte. Allerdings nicht am Flughafen, sondern am Bahnhof Waterloo, für eine Fahrt mit dem Eurostar. Wie alle anderen ging Susan selbstverständlich davon aus, dass es sich um eine Frau handelte. Elizabeth hielt es nicht für nötig, die Leute aufzuklären, und sagte auch nicht, dass sie einen Urlaub mit einer Frau nicht sonderlich verlockend gefunden hätte. Sie nickte nur lächelnd, sobald Susan von einer »Freundin« sprach.

»Es ist wirklich ungemein reizend von Ihnen. Ich glaube nicht, dass Pakete kommen werden. Am wichtigsten ist es, täglich den Frauenhaarfarn zu gießen. Aber ich weiß, das werden Sie nicht vergessen.« Diese Formulierung klang hübscher als »Bitte, vergessen Sie es nicht«.

Nach einem zweiten kleinen Sherry für beide wünschte Susan ihr eine schöne Zeit.

Elizabeth musste sehr früh aus dem Haus. Ihr Zug ging bereits um acht Uhr. Wie immer in der Nacht vor dem Antritt einer Reise schlief sie schlecht. Der Wecker war – unnötigerweise – auf fünf Uhr gestellt. Zehn Minuten vorher träumte sie, das Kind käme wieder wie beim letzten Mal ins Haus. Nein, nicht ganz so. Sie stand im Halbdunkel am Fenster und sah, wie sich sein schmales Körperchen aus der Öffnung der Regenrinne quetschte und auf alle viere niederließ. Ein sieben- oder achtjähriger Junge. Er huschte über das Flachdach und die Dachluke und schlüpfte durch den Fensterflügel, den sie in ihrem Schlafzimmer offen gelassen hatte. Aber bei ihr gab es weder Flügelfenster noch ein Flachdach. Als ihr das bewusst wurde, wachte sie auf, schaltete den Wecker aus und ging ins Bad, um zu duschen.

Die Blondine in einem etwas zu kurzen, beigen Jerseykleid stellte sich als Joels Mutter vor. »Ich bin Wendy.« Das Kleid war ganz schlicht geschnitten. Dafür trug sie jede Menge Goldschmuck. An den Fingern und in den Ohrläppchen funkelten Diamanten. Sie behandelte Ella äußerst höflich und liebenswürdig. Es ließ sich schwer sagen, auf wessen Seite sie in diesem Familienkrieg stand. Sie tat, als sei es ganz normal, dass sich ein Vater jahrelang weigerte, seinen Sohn zu sehen, und ihm gleichzeitig ein komfortables Leben bezahlte. Joel müsse sich zusammenreißen, meinte sie. Es gäbe keinen Grund, warum er in seiner Wohnung bleiben sollte. Wenn er Gesellschaft und Ansprache wolle, könne er ja eine Weile in ein Hotel ziehen. Seinem Vater wäre es recht. Und was sie beträfe, sie könne unmöglich bei ihrem Sohn einziehen. »Nein, Frau Doktor, das kommt nicht infrage. Ich kann nicht einfach meinen Mann *verlassen*, weil mein Sohn eine Hausangestellte braucht.«

Wendy Stemmer war ins Ärztehaus gekommen. Ella hatte mit einer Absage gerechnet und war überrascht gewesen, dass die Frau, wenn auch zögernd, eingewilligt hatte. Verwundert blickte sich Wendy um, als statte sie gerade einem weit entfernten Land einen Überraschungsbesuch ab, und meinte dann: »In meinen Mädchenjahren habe ich in Notting Hill gewohnt, aber natürlich nicht hier in der Nähe.«

Darauf fiel Ella keine Antwort ein. »Ich könnte für Joel eine Betreuerin finden«, sagte sie.

»Ja, das klingt gut. Ich weiß ja nicht, wie viel diese Leute verlangen, aber sie können die Rechnungen meinem Mann schicken.«

»Besteht die Möglichkeit, dass er zu mir kommt?«

»Ach, du meine Güte, nein. Er ist im Büro.«

Schon vor langer Zeit hatte Ella gelernt, dass Frauen wie

Wendy Stemmer immer sagen, ihr berufstätiger Mann sei im Büro, sobald das Gespräch auf den abwesenden Gatten kam. Als gäbe es nur ein einziges Büro auf der ganzen Welt, beziehungsweise nur *ein* wichtiges.

»Ich verstehe. Überlassen Sie die Sache mir. Ich werde sehen, was ich tun kann, und mich dann wieder bei Ihnen melden.«

Später telefonierte sie mit einer Agentur, die sich auf typisch amerikanische Art Caregivers Inc. nannte. Man könne Noreen oder Linda anbieten, zwei durch und durch zuverlässige, freundliche Frauen. Jede würde von acht Uhr abends bis morgens um acht in der Wohnung bleiben. Die Kosten verschlugen Ella die Sprache, aber schließlich musste sie ja nicht dafür aufkommen. Das erledigte Joels Vater, und dem waren die Kosten offensichtlich egal, solange er das Geld dafür ausgab, dass sein Sohn in seinem Leben nicht auftauchte. Ella rief Mrs. Stemmer an und danach Joel und berichtete ihm vom Stand der Dinge. Halb hatte sie befürchtet, er würde sagen, er wolle nicht, dass jemand über Nacht bliebe. Dann hätte sie die ganze Sache abblasen und sich etwas Neues überlegen müssen, aber er erklärte sich mit der Anwesenheit von Noreen oder Linda einverstanden. Es klang matt und unbeteiligt.

»Ella, muss ich Betten machen oder solche Sachen?«

»Das macht sie.«

»Mir wäre es lieber, wenn Sie kämen«, sagte er.

Es war ihr freier Nachmittag, keine Hausbesuche, keine Abendsprechstunde. Sie ging nach Knightsbridge, um Kleidung für Como einzukaufen. Dabei redete sie sich ein, sie würde nur deshalb zu Fuß gehen, weil nach all dem Regen heute endlich die Sonne schien und es warm war, und nicht, um abzunehmen. Zu viele ihrer Patienten stöhnten ständig über ihre Pfunde und den wachsenden Taillenumfang. Hätte sie ihr Gewicht tatsächlich von vierundsechzig auf achtundfünfzig Kilo reduzieren wollen, dann hätte sie schon vor Monaten etwas dafür tun müssen, und nicht erst, als ihr Hochzeitskleid halb fertig war. Die Sonne stimmte sie fröhlich. Eugene mochte sie so, wie sie war, und nur das zählte. Sie kaufte ein langes Kleid aus nachtblauer Spitze für die warmen italienischen Nächte.

16

Die Kirche der Kinder von Zebulun lag an einem winzigen Platz hinter der Portobello Road, fast am nördlichsten Ende der langen kurvenreichen Straße, kurz vor der Hauptstrecke der Great Western. Hier gab es auch einen Laden, der Kunsthandwerk aus Zentralafrika verkaufte, und ein Geschäft für Naturheilmittel in lila Glasdöschen und -fläschchen. Früher war die Kirche einmal eine Garage mit einer Dachwohnung gewesen. Ihr inzwischen verstorbener Gründer hatte das Ganze zu einem einzigen hohen Raum umgebaut, an der Frontseite einen Stuckgiebel angeklebt und das ganze Gebäude in einem gedeckten Orange gestrichen. Auf einem Schild stand in schwarzen Lettern »Herbei, o ihr Gläubigen«.

Onkel Gib, einer der regelmäßigen Sonntagskirchgänger, hatte sich in seinen besten schwarzen Nadelstreifenanzug geworfen, der bei seiner Hochzeit vor gut sechsundvierzig Jahren nagelneu gewesen war. Dazu trug er ein Hemd aus einem Sonderverkaufsposten an der Portobello Road und eine blaue Krawatte, die bei jener lange zurückliegenden Vermählung ebenfalls neu gewesen war. Dieser Anzug war einmal in seinem langen Leben gereinigt worden. Damals hatte Tante Ivy, die ihn in die Reinigung bringen konnte, noch gelebt. Seither hing er, die Taschen voller Mottenkugeln, in Onkel Gibs Kleiderschrank. Er roch streng nach Kampfer. Onkel Gib war bei seiner Hochzeit dünn gewesen, und er war es immer noch. Irgendwie schien die Hose länger zu sein als damals, auch wenn er sich dieses Geheimnis nicht erklären konnte. Er hatte zwar nicht zugenommen, aber auch ihm war einer der Nachteile des Alters nicht erspart geblieben: Er war ein paar Zentimeter geschrumpft.

Onkel Gib weidete sich an den Gottesdiensten der Kinder von Zebulun, hatte immer etwas zu verkünden, wenn der Geist Gottes über ihn kam, und sang aus voller Brust die Kirchenlieder mit, die von Maybelle Perkins' Schwester am Klavier begleitet wurden. Danach gab es Tee, Orangensaft und Garibaldi-Kekse, auch wenn Onkel Gib nie etwas verzehrte. Außer Haus aß er grundsätzlich nichts. Aber an diesem Sonntag gab es weder etwas zu trinken noch etwas zu essen, denn nach einer Viertelstunde war der Gottesdienst bereits vorbei. Kaum war der Hirte – die Kinder hatten weder Priester noch Prediger ernannt – ans Pult getreten und hatte die Anredeformel »Auserwähltes Volk!« gesprochen, da geriet er ins Schwanken, stolperte und brach zusammen. Sein Kopf lag noch nicht am Boden, da hatte eine Frau aus der ersten Reihe schon ihr Handy gezückt und den ärztlichen Notdienst verständigt. Damit war für diesen Tag auch der Dienst an Gott beendet.

Maybelle Perkins versicherte Onkel Gib, sie würde ihn über den Zustand des Kranken auf dem Laufenden halten. Ihm hingegen machte die verpatzte Gelegenheit zum Singen der Kirchenlieder mehr Kummer als das Schicksal des Gemeindevorstehers. Leicht verstimmt machte sich Onkel Gib auf den Heimweg, wobei sich seine Laune mit jeder Schandtat verschlechterte, die ihm unterwegs begegnete: Geöffnete Läden in der Portobello Road – am Sonntag! Geöffnete Pubs – am Sonntag! Und jede Menge törichte Menschen, die es nicht lassen konnten und jetzt ihre Zigaretten gezwungenermaßen auf dem Gehsteig rauchen mussten. Onkel Gib zündete sich selbst eine an, blieb aber nicht stehen. Beim Einbiegen in die Golborne Road musste er wieder daran denken, wie es hier früher einmal gewesen war, nicht mit einem nostalgischen Gefühl, geschweige denn in sehnsüchtiger Verklärung der guten alten Zeit. Onkel Gib besaß eine ungemein praktische Gabe: einen klaren Blick für den Wert der Dinge, zum Beispiel, »wie weit« es diese Straße gebracht hatte. Dieser Betrachtung widmete er sich beinahe jeden Tag, und das mit wachsender Zufriedenheit. Auch jetzt gelang es ihm dadurch, seine schlechte Laune wieder weitgehend zu vertreiben.

Der Dauerregen hatte üppiges Grün auf die zwischen den Pflastersteinen wachsenden Bäume gezaubert, auf Sykomoren und Platanen. Bäume waren gut, sie werteten Immobilien auf. Die Wohnblöcke waren ein erstrebenswerter Ersatz für die heruntergekommenen Reihenhäuschen. Übrig geblieben waren nur größere Häuser, so wie seines. Die meisten davon – seines nicht – hatte man hübsch hergerichtet und gestrichen, und man hatte ihnen neue Fenster und Haustüren verpasst. Verkaufen wollte Onkel Gib selbstverständlich nicht, jedenfalls noch nicht, momentan noch nicht. Trotzdem war es gut zu wissen, dass man eine Anlageform mit stetigem Zugewinn besaß … Oben auf einer Mauer hatte jemand eine stark zerfledderte Sonntagszeitung liegen gelassen. Onkel Gib hob sie auf und klemmte sie sich unter den Arm. Damit hatte er sich schon den Kauf gespart, auch wenn er, weiß Gott, nicht die Absicht gehabt hatte, sein Geld für solchen Mist auszugeben.

Vor Onkel Gibs Haus stand ein Mann und starrte zum ersten Stock hinauf. Als er sah, wer da kam, trollte er sich zur Straßenecke. Leider hatte Onkel Gib ihn bereits vorher wiedererkannt. Es war Feisal Smith. Dieser Mensch war zusammen mit einem zweiten Tunichtgut in sein Haus gekommen und hatte Geld gefordert. Warum er Geld gewollt hatte, war Onkel Gib entfallen, aber eines wusste er todsicher: Er war ein Kumpel von Lance und damit in diesem seinem Viertel absolut unerwünscht.

Onkel Gib stürmte hinter dem Mann her. Als dieser sich umdrehte, schrie er laut: »Gottloser Tunichtgut!«

Als geprüfter Elektriker mit Festanstellung hätte sich Fize vielleicht an der Unterstellung stoßen können, er sei faul, aber ihn ärgerte mehr das Adjektiv »gottlos«. Wie immer war er am Freitag mit den übrigen männlichen Mitgliedern seiner Familie in der Kensaler Moschee gewesen. Er hatte zwar mit dem blonden und blauäugigen Herrn Smith einen europäischen Vater, aber seine in Assam geborene Mutter kannte ihre Pflichten und hatte ihn als guten Moslem erzogen.

»Verpiss dich doch, du nutzloser alter Wichser«, rief Fize und fügte noch die modernste Beleidigung an, die ihm einfiel: »Du Qualmsocke!«

Wie zwei Kater, die sich aus gehöriger Distanz grimmig anfauchen, blieben Fize und Onkel Gib mit einigen Schritten Abstand stehen und durchbohrten einander mit wütenden Blicken, dann drehten sich beide gleichzeitig um. Onkel Gib sperrte sein Haus auf, wobei er sich eine neue Zigarette an der alten Kippe anzündete. Drinnen herrschte völlige Stille. Auf dem Küchentisch lag bereits der frankierte Briefumschlag mit dem Versicherungsvertrag und dem Scheck für die Prämie. Eigentlich hätte er ihn abschicken können, hatte es aber unterlassen, weil ihn Zweifel plagten, ob es eine Sünde sei, am Sonntag Briefe einzuwerfen. Ursprünglich hatte er Reuben Perkins in dieser Angelegenheit um Rat fragen wollen, aber der Zusammenbruch des Hirten hatte dies verhindert.

Vielleicht hielt sich Lance droben auf. Wenn ja, verhielt er sich ganz still. Daraus schloss Onkel Gib, dass sich Lance und Fize gemeinsam herumgetrieben und vor seiner Haustür getrennt hatten. Wahrscheinlich hatten sie die ganze Nacht durchgesoffen. Er setzte sich aufs Sofa und schlug die *Mail on Sunday* auf. Das Thema Maul- und Klauenseuche beherrschte die Schlagzeilen. Das inzwischen weitgehend zurückgegangene Hochwasser galt als Übertragungsquelle dieses Virus. *Hochwasser kann wirklich endlos Schaden anrichten,* dachte Onkel Gib, *es unterbricht Bahnlinien, kippt Stromleitungen, verbreitet Krankheiten und ruiniert einem das Dach über dem Kopf.* Im Innenteil zeigte ein Foto, begleitet von einem unheimlichen Artikel, wie es in London aussehen könnte, wenn das Hochwasser beim nächsten Mal bis hier heraufsteigen sollte.

Onkel Gibs Blick fiel auf den Brief auf dem Tisch. Der Briefkasten würde doch erst morgen geleert. Wie könnte es da eine Sünde sein, den Brief einzuwerfen? An einem Brief, der an einem Montag abging, konnte doch nichts falsch sein. Wenn er ihn als »First Class Mail« schickte, wäre er bereits am Dienstag bei der Versicherung, und dann könnte ein erneutes Hochwasser getrost sein Haus verschlingen, die Versicherung würde auf alle Fälle bezahlen. Also wäre es besser, wenn er den Brief sofort wegbringen und die Geschichte von Noah und der Sintflut später in der Genesis nachlesen würde. Das wäre eine sinnvolle und gottgefällige Beschäftigung für den restlichen Sonntagvormittag.

Droben lagen Lance und Gemma mucksmäuschenstill auf Lance' Bett. Weil sein Zimmer nach hinten hinausging, hatten sie von der lautstarken Auseinandersetzung von Onkel Gib und Fize nichts mitbekommen. Gemma war der Meinung, Fize mache Überstunden und verkable ein Haus in Shepherd's Bush neu. Onkel Gib hatten sie allerdings heimkommen gehört, über eine Stunde früher als gedacht. Und zwanzig Minuten später hörten sie ihn wieder fortgehen.

»Ach, du meine Güte, Lance, das war aber grausig«, rief Gemma. »Wie lange bleibt er weg? Was meinst du?«

»Woher soll ich das wissen? Keine Ahnung, was er vorhat. Schneit einfach so rein und spioniert mir nach.«

Gemma stand auf und begann, sich anzuziehen. »Eines weiß ich jedenfalls: *Ich* bin dann mal weg.«

Er schlich mit ihr die Treppe hinunter und öffnete einen Spaltbreit die Haustür. Bis auf einen Mann, der sein Auto wusch, war die Straße leer. Sie küssten sich kurz, aber leidenschaftlich. »Läute mal durch«, meinte Gemma und stakste auf ihren High Heels davon.

Sie war noch keine zwei Minuten fort, da war Onkel Gib auch schon wieder da. Lance lauschte droben, hinter seiner halb offenen Schlafzimmertür. Er hätte sich nicht gewundert, wenn Onkel Gib eine schreiende Gemma hinter sich ins Haus gezerrt und ihnen beiden die Hölle heißgemacht hätte, aber offensichtlich war er allein. Lance zog sich in sein Schlafzimmer zurück, hockte sich auf das zerwühlte Bett und kippte den Rest Wein direkt aus der Flasche. Gemma und er hatten vor lauter Angst nicht mehr zu trinken gewagt.

Onkel Gib zündete sich eine Zigarette an, schenkte sich ein Glas Grapefruitsaft ein und setzte sich, um die Kapitel sieben bis neun aus der Genesis zu lesen. Ein Vers stach ihm besonders ins Auge: »Und richte meinen Bund also mit euch auf, dass hinfort nicht mehr alles Fleisch verderbt werden soll mit dem Wasser der Sintflut, und soll hinfort keine Sintflut mehr kommen, die die Erde verderbe.«

Das wäre dann schon gut so. Allerdings würde es immer wieder Hochwasser geben, besonders in fremden Ländern wie Indien. Über die Verderbnis der Erde zerbrach sich Onkel Gib nicht den Kopf, ihn interessierte nur sein eigenes Haus. Die Genesis und die ganze Sache mit Noah waren für ihn ein Rätsel. Er musste unbedingt Reuben um eine Erklärung bitten, sobald es diesem wieder besser ging. Inzwischen konnte es ja nichts schaden, dass er diesen Brief soeben eingeworfen hatte.

Eugene und Ella feierten ihren Abschied vom Singledasein. Ellas Schwester war mit ihrem Mann gekommen, ferner zwei Freundinnen aus ihrer Studentenzeit und zwei ihrer Partnerinnen aus der Praxisgemeinschaft. Von Eugenes Seite waren sein Freund, der Schauspieler Marcus, und dessen angetrauter Lebenspartner Lawrence anwesend, die Malerin Priscilla Hart, die Miniaturen aus Gold, Silber und Bronze bemalte und demnächst ihre Ausstellung eröffnen würde, und natürlich Dorinda. Auch die Sharpes, denen der Bengalkater namens William gehörte, waren da, Elizabeth Cherry hingegen nicht, denn die befand sich auf Urlaubsreise. Zu Eugenes Leidwesen bewegte sich die Unterhaltung nicht auf der von ihm bevorzugten intellektuellen Ebene. Zumindest die Besucher aus der Chepstow Villas und Ellas Partnerinnen aus der Praxis hatten sich auf Elizabeth und auf die interessante Enthüllung von Marilyn Sharpe eingeschossen, dass Elizabeth tatsächlich mit einem Mann nach Budapest gefahren war.

»So wird einem klar, dass es mit dem Sex nie wirklich vorbei ist«, konstatierte Susan Cox, die Älteste unter den Gästen. »Ich finde das sehr ermutigend.«

Ellas Schwester Hillary gab die Geschichte einer Frau

zum Besten, die mit einer Zigarette in der Hand und der Bitte um Feuer auf sie zugekommen war, als sie mit ihrem Mann ihr Hotel in Edinburgh betreten hatte. »›Wahrscheinlich sind Sie Nichtraucher‹, hatte die Frau gemeint. Finden Sie es nicht erstaunlich, dass jemand tatsächlich so etwas sagt? Ich meine, vor zehn Jahren hätte man das nicht für möglich gehalten, oder? Ob wir Streichhölzer hätten oder ein Feuerzeug. Nun, natürlich nicht. Jim meinte, wir wären ja auch keine Brandstifter. Meiner Ansicht nach verstand sie nicht, was er damit meinte. Sie ging ins Hotel, und ich konnte beobachten, wie sie nacheinander jeden um Feuer bat, aber niemand hatte welches. Nicht einmal an der Rezeption. Ich hörte jemanden sagen: ›Also, selbst wenn ich ein Streichholz hätte, würde ich es hier drinnen nicht für Sie anzünden.‹ Ist das nicht ein erstaunliches Phänomen? Streichhölzer werden einfach verschwinden. Und damit auch die Streichholzbriefchen …«

Eugene, der mit dem Champagner die Runde machte und den Leuten nachschenkte, ging weiter, ohne das Ende ihres Satzes zu hören. Diese versteckte Anspielung auf die Sucht eines anderen Menschen erinnerte ihn nachdrücklich an seine eigene, auch wenn Letztere nie weit weg war. Fünf Tage war er enthaltsam gewesen, am sechsten hatte er nachgegeben. Es war weniger die konkrete Lust nach einem Chocorange gewesen, die ihn hatte einknicken lassen, sondern der Hunger. Sein Mittagessen in einem der rückwärtigen Galerieräume hatte aus einem Sandwich und einem Cappuccino bestanden. An jenem Tag war viel los gewesen. Trotz des Sommerlochs im August hatten amerikanische Touristenscharen aus irgendeinem Grund die Galerie gestürmt. Einer hatte ihm erzählt, er sei mit seiner Frau hier herübergeflogen, »weil es hier so schön kühl ist«, eine wahre Erholung im Gegensatz zu den Sommertemperaturen in Colorado. Während Eugene mit Besuchern plauderte, die Herkunft gewisser Bilder und die Geschichte einer Statuettengruppe erläuterte, überfiel ihn nagender Hunger. Das Sandwich war klein und trocken gewesen, der Cappuccino dünn. Jetzt hätte er unbedingt eines seiner geliebten zuckerfreien Bonbons gebraucht. Unter dem Vorwand, er habe einen rauen Hals oder sonst ein Stimmbandproblem, hätte er heimlich eines lutschen können. Das hätte den Hunger garantiert vertrieben. Er konnte es buchstäblich schmecken: die cremig-süße Konsistenz, das leicht bittere Orangenaroma, den herrlichen Schokoladengeschmack. Aber natürlich schmeckte er – gar nichts. Er hatte einen leeren trockenen Mund. Er hörte, wie er leise aufstöhnte, und verwandelte den Laut schnell in ein Husten.

Kaum waren alle Gläser wieder aufgefüllt und zwei weitere Flaschen Champagner im Kühlschrank verstaut, ging er in die Diele hinaus und öffnete den Kleiderschrank, um aus einer Manteltasche ein Chocorange zu holen. Blind tastete er in dem dunklen Schrank herum. Jeder Mantel war ihm gleichermaßen recht, denn gestern hatte er seine Vorräte aufgefüllt. Er hatte bei Superdrug, Elixir und Tesco vorbeigeschaut und bei dem kleinen, von jener Frau geführten Laden in der Spring Street. Anschließend hatte er in jedem Mantel ein oder zwei Päckchen verstaut. Insgesamt hatte er fünfzehn Päckchen gekauft. Er hatte jeden Widerstand gegen die Versuchung aufgegeben. Diesen entsagungsvollen Zustand konnte er nicht länger ertragen. Gestern hatte er den ganzen Abend und heute fast den ganzen Tag versucht, sich wieder zu beruhigen. Was hatte ihn in eine solche Verfassung getrieben? Anstatt sich einzureden, dass er sich etwas Lächerliches und Erniedrigendes angewöhnt hatte, hätte er seine Angewohnheit besser mit Süchten wie Crystal Meth, Alkohol oder selbst Nikotin vergleichen sollen. Welchen Schaden richteten Bonbons schon an? Meine Güte, die Dinger wurden ja sogar in Reformhäusern verkauft. Auf dem Päckchen stand »gut für die Zähne«. Chocorange wirkte appetithemmend und half ihm, nicht zuzunehmen. Also wirklich, immerhin war es ein offenes Geheimnis, dass der Lebenspartner von Marcus, der gerade jetzt im Salon fröhlich seinen Champagner schlürfte, zehn Jahre lang heroinsüchtig gewesen war. Geißelte er sich deshalb? Schlief er deshalb schlecht? Quälte er sich wegen seiner Sucht? Nein, zum Kuckuck. Genüsslich lutschte Eugene draußen in der halbdunklen Diele sein Chocorange, bis Ella nach ihm rief. Sie wunderte sich, wo er steckte.

Die Wirkung des eben gelutschten Bonbons würde eine gute Stunde anhalten. Nach dem milden süßen Schokogeschmack schmeckte sogar der Moët besser als sonst. Nach Como würde er sechs Päckchen mitnehmen, beschloss er. Warum sollte er sich auch nur einen Deut darum scheren, was die Leute, die eingecheckte Gepäckstücke durchleuchteten, von ihm dachten? Er würde sowieso nicht daneben stehen und ihre Bemerkungen hören oder ihre Gesichter sehen. Bei sechs Päckchen hätte er drei pro Woche und damit mehr als sieben Bonbons pro Tag. Das entsprach zwar nicht im Entferntesten seinem Konsum, seit er wieder seiner Gewohnheit verfallen war, aber es würde genügen. Damit würde er diese vierzehn Tage überstehen. Diese Bonbons würden verhindern, dass durch erzwungene Abstinenz zwei bedeutende Wochen ruiniert würden, der Beginn seiner Ehe. Er lächelte Marcus an und erkundigte sich nach seinem neuen Theaterstück, für das soeben die Proben begonnen hatten.

Lance hatte sich intensiv den Kopf über die Frage zerbrochen, wie er bei Elizabeth Cherry einsteigen würde. Diesmal würde sie sicher nicht das Fenster zur Waschküche offen stehen lassen. In der Hinsicht machte er sich keine Hoffnungen. Schließlich hatte er sich für folgenden Plan entschieden: Er würde aus einem größeren Fenster als dem, durch das er sich beim ersten Mal gequetscht hatte, eine Scheibe herausschneiden. Dazu hatte er sich das nötige Werkzeug besorgt und bei Gemmas Bruder Dwayne Nachhilfe im Glasschneiden genommen. Diese Prozedur erschien zunächst viel schwieriger, als Lance gedacht hatte, aber wenn man erst einmal den Bogen heraus hatte, ging es ziemlich leicht. Bereits am Montag zweifelte er nicht daran, dass er innerhalb von zehn Minuten ein Fenster heraussheben konnte, ohne sich zu schneiden oder dabei zu viel Lärm zu machen.

Inzwischen war Dwayne mit Feisal Smith und Ian Pollitt, Feisals bestem Kumpel, überkreuz. Dwayne schwärmte für Fizes Schwester Soraya, ein hinreißend schönes Mädchen, auch wenn sie ihre Schönheit größtenteils unter einem Kopftuch und einem langen schwarzen Gewand verstecken musste. Fize hatte Dwayne verboten, auch nur ein Wort mit ihr zu wechseln, und hatte Ian mit dem Messer, das dieser ständig bei sich trug, genau demonstrieren lassen, was mit Gemmas Bruder beim kleinsten Annäherungsversuch geschehen würde. Dwayne hatte seine Freundschaft auf Lance übertragen und angeboten, ihm den Lieferwagen zu leihen. Leider gehörte Autofahren nicht zu Lance' Talenten, und Dwaynes Zuneigung ging garantiert nicht so weit, dass er bereit gewesen wäre, bei einer Diebestour den Fahrer zu spielen.

Am Morgen des vierzehnten August – es war ein Dienstag – verkündete Onkel Gib, am heutigen Tag würden die Kinder von Zebulun ihren Jahresausflug machen. Man würde in einem »Kremser«, wie er es nannte, nach Clacton fahren. Damit wäre Lance seit seinem Einzug in der Blagrove Road zum ersten Mal einen ganzen Tag lang allein zu Hause.

»Zeig dich nur von deiner besten Seite«, ermahnte ihn Onkel Gib. »Ich wünsche hier drinnen weder Alkoholgelage noch Damenbesuche. Pass auf und zieh beim Weggehen die Haustür zu. Richtig fest. Denk daran. Vergewissere dich, dass sie wirklich zu ist. Drücke dagegen. Und behalte diesen Rumänen im Auge. Damit er mir ja keine Horde Osteuropäer hereinschleppt. Verstanden?«

»Kapiert«, meinte Lance, der gar nicht richtig hingehört hatte.

Onkel Gib machte sich auf den Weg zu dem Treffpunkt, wo ihn der Bus um neun Uhr abholen sollte. Als ihm der Fahrer erklärte, Rauchen sei während der Fahrt verboten, bestätigten sich seine schlimmsten Befürchtungen. Gott sei Dank war wenigstens Singen erlaubt. Man begann mit einer seiner Lieblingshymnen: »Ach wäre ich doch ein Schmetterling«. Kaum waren sie bei der Zeile angelangt »Wäre ich ein Känguru, hüpfte ich dem Himmel zu«, schlief Onkel Gib tief und fest. Er hatte die ganze Nacht wach gelegen und sich sorgenvolle Gedanken darüber gemacht, einen ganzen Tag nicht zu Hause zu sein, nicht rauchen zu dürfen und nicht sein eigenes Essen zu bekommen.

Als er aufwachte, rollte der Bus gerade langsam auf einen Parkplatz. Es regnete. Auf dem Platz standen bereits viele

Pfützen. Die Kinder von Zebulun öffneten Regenschirme oder setzten sich Regenhäubchen auf und tappten zum glasiggrauen Meer hinunter.

17

Ella wusste nur, dass die beiden Betreuerinnen von der Agentur, die sich um Joel kümmerten, Linda und Noreen hießen. Sonst nichts. Sie vermutete dahinter zwei Frauen in mittleren Jahren oder älter. Umso überraschter war sie, als eine von ihnen ohne jede Terminvereinbarung unmittelbar nach der Sprechstunde im Ärztezentrum auftauchte. Linda – ein zierliches Püppchen, Anfang zwanzig – war »auf gut Glück« gekommen, wie sie sagte, und wusste nicht recht, ob Dr. Cotswold sie empfangen würde.

Ella erklärte der Sprechstundenhilfe am Empfang, sie habe zehn Minuten für ihre Besucherin. Sie hatte schon einige Zeit nichts mehr von Joel gehört und hatte sich überlegt, dass sie sich bald einmal um ihn kümmern müsste, und sei es nur, um zu überprüfen, ob es ihm gut getan hatte, dass er jetzt nachts eine Betreuerin bei sich hatte.

»Er hat mir erzählt, dass Sie seine Ärztin sind, Frau Doktor«, begann Linda. »Ein Bericht an die Agentur hätte nichts gebracht. Sie sind die einzig Richtige.«

»Was ist denn los?«

»Es ist nicht gut, wenn man wie die Katze um den heißen Brei herumschleicht, stimmt's, Frau Doktor? Ich habe Angst. In dieser Wohnung ist es schrecklich unheimlich, besonders wenn man *mit ihm* allein ist.«

»Meinen Sie damit Mr. Roseman?«

»Ja, Joel. Ich meine, keiner hat mir gesagt, dass er übergeschnappt ist. Psychisch krank, sollte ich wohl besser sagen. Aber genau das ist er. Und das ist unheimlich, Frau

Doktor. Für Sie vielleicht nicht. Sie sind daran gewöhnt. Aber für Leute wie mich ist es eine Sache, sich um Behinderte zu kümmern. Ich war bei Leuten, die waren so behindert, dass man sich nicht vorstellen kann, dass sie überhaupt leben konnten, geschweige denn, dass sie sich in einem Rollstuhl vorwärtsbewegen konnten. Aber das hier ist etwas anderes. Das ist unheimlich. Ich könnte es ertragen, wenn er nur komische Sachen sagen würde. Ich meine, das würde ich einfach ignorieren, aber er hat eine Person, mit der er spricht. Keine echte Person, sondern irgend so ein Fantasieding, und damit redet er. Manchmal schreit er es sogar an.«

»Mithras. Ja, ich weiß«, sagte Ella und fragte sich danach, ob sie schon zu viel gesagt hatte.

»So heißt er.« Zum vierten Mal betonte Linda, wie unheimlich es sei. »Ich versuche, in der Wohnung ein paar Lichter brennen zu lassen. Wissen Sie, wenn ich hinkomme, wird es langsam dunkel, und dann mache ich das Licht an. Das ist das Erste, was ich mache, aber Joel lässt mich nicht. Er regt sich furchtbar auf. In meinem Schlafzimmer kann ich das Licht brennen lassen, aber wenn zu viel unter der Tür durchscheint, klopft er an die Tür und erklärt mir, ich solle es ausschalten. Ich kann nicht schlafen, solange er herumtigert und mit diesem Dingsbums redet, diesem Mith.«

»Tut mir leid«, erwiderte Ella, der sonst nichts einfiel.

»Eigentlich sollte er Tabletten nehmen. Das weiß ich, ich habe sie gesehen. Aber er nimmt sie nicht. Na ja, das tun mental kranke Patienten eben nicht.«

»Ich werde einen Hausbesuch bei ihm machen. Noch heute.«

»Ich will ganz ehrlich zu Ihnen sein, Frau Doktor. Ich glaube nicht, dass ich weitermachen kann. Dazu habe ich zu viel Angst. Wirklich, es macht mich so fertig, dass ich schon nicht mehr sicher bin, ob dieser Typ, dieser Mith, echt ist oder nicht. Und Schlafen kommt sowieso nicht infrage.«

Eines fiel ihr sofort auf, als sich die Tür öffnete: In der Wohnung war es nicht mehr dunkel. Sie hatte die ungewohnte Helligkeit bereits registriert, ehe sie sah, wer sie hereingelassen hatte. Joels Mutter.

»Bitte, treten Sie näher, Frau Dr. Cotswold. Wirklich nett, dass Sie kommen.«

Draußen hatte es wie immer geregnet, und so herrschte hier drinnen ein mattes blassgraues Licht. Trotzdem wirkte es auf Ella strahlend hell. Man sah den dünnen Staubfilm auf sämtlichen dunklen polierten Oberflächen. Joel hockte zusammengekauert in einer Ecke des üppig gepolsterten Sofas, das anscheinend sein Stammplatz war. Er trug eine Sonnenbrille und hatte sich einen dunklen Schal um den Kopf gewickelt. Die Rollos waren halb hochgezogen, die Vorhänge zur Hälfte geschlossen.

»Wie fühlen Sie sich?«, wollte Ella wissen.

Sie hatte mit einer barschen oder ungeduldigen Antwort von Joels Mutter gerechnet, aber Wendy Stemmer schüttelte nur den Kopf. Ella konnte erkennen, dass sie einmal eine sehr hübsche Frau gewesen war. Keine Schönheit, aber hübsch, eine jener weiblichen Trophäen, wie sie reiche Männer vom Typ Stemmer ehelichten: mit schneeweißen Zähnen wie aus der Zahnpastawerbung und langen Fingernägeln an nie zum Arbeiten benutzten Händen. Die Zeit und vielleicht auch der tragische Tod ihrer Tochter hatten sie verblassen lassen wie eine Rose, die man den ganzen Tag im Knopfloch getragen hat. Sie war matt und stand kurz vor dem Verwelken.

Joel drehte Ella den Kopf zu.

»Meine Mutter hat das Licht hereingelassen«, sagte er. »Das macht sie immer. Sie glaubt nicht, dass ich davon Augenschmerzen bekomme.«

Ich auch nicht, dachte Ella, *trotzdem würde ich dir deine geliebte Dunkelheit nicht verweigern.* Allmählich fragte sie sich, was sie eigentlich hier tat. Es wäre hilfreich gewesen, wenn ihr Wendy Stemmer einen Kaffee oder ein kaltes Getränk angeboten hätte. Stattdessen hatte sie neben ihrem Sohn Platz genommen und lächelte Ella verhalten zu, als erwarte sie von ihr, dass sie die Sache in die Hand nahm und mit irgendeiner Bemerkung Joel aus seiner Apathie riss. Vielleicht sollte sie seine Temperatur messen oder seine Herztöne abhören.

»Soweit ich weiß, sind Sie mit Linda nicht allzu glücklich«, sagte Ella schließlich.

»Wer ist Linda?«

War es ihm egal, oder hatte er sie vergessen? »Eine Ihrer Betreuerinnen.«

»Ich habe nichts gegen sie«, meinte er. »*Sie* ist das Problem. Ihr gefällt es hier nicht. Sie möchte, dass es immer hell ist. Sie wissen, dass ich Helligkeit nicht ausstehen kann.« Er stand auf. So schnell hatte sie ihn noch nie handeln gesehen. Mit einer herrischen Geste zog er das Rollo herunter und zerrte den Vorhang darüber. Kopfschüttelnd zog Mrs. Stemmer ihren kurzen Rock über die knochigen Knie. »Wenn es hell ist, kann ich Mithras sehen.«

»Also, wirklich, Joel«, rief seine Mutter fast heiter.

Joel beachtete sie gar nicht. »Solange ich ihn nur hören kann, halte ich ihn für ein Fantasieprodukt, aber bei Licht sehe ich ihn, und dann ist er echt.« Ganz leise fuhr er fort: »Ich kann es nicht ertragen, wenn er echt ist.«

»Joel, er *ist* nicht echt«, warf Mrs. Stemmer ein.

»Ich habe mit Miss Crane gesprochen«, sagte Ella. »Sie meint, es wäre für Sie sehr hilfreich, wenn Sie Ihre Medikamente nähmen. Sie sollten sich angewöhnen, jeden Morgen eine Tablette zu nehmen.«

Joel gab keine Antwort, sondern stand auf und ging in die Diele hinaus, wobei er den Schal hinter sich herzog wie ein Kind seine Schmusedecke. Offensichtlich war er dabei, sämtliche Rollos, die seine Mutter hochgezogen hatte, wieder herunterzuziehen und auch die Vorhänge wieder zu schließen, denn die Dunkelheit rückte immer näher. Wendy Stemmer blinzelte im Dämmerlicht zu Ella hinüber und verdrehte die Augen. »Wissen Sie, er hat gar keine Herzprobleme«, sagte sie und schaltete eine der schummrigen Lampen an. »Die Untersuchungsergebnisse sind absolut in Ordnung. Momentan fehlt ihm nicht das Geringste.«

Ella war vom Gegenteil überzeugt. Inzwischen ging es Joel viel schlimmer als bei ihrer ersten Begegnung im Krankenhaus. Damals war er nur ein mehr oder weniger normaler Mann gewesen, der sich von einer Herzoperation erholte. Jetzt dagegen ... Joel kam zurück. Seine Mutter ließ er links liegen, während er Ella so lieb und zärtlich anlächelte, dass sie leises Herzflattern bekam. Dabei fiel ihr wieder ein, wie er sie gebeten hatte, hierherzuziehen und bei ihm zu wohnen.

»Joel, ich habe es schon einmal gesagt«, meinte sie. »Meiner Ansicht nach sollten Sie hier nicht allein sein. Weder hier noch sonst wo. Linda will nicht mehr kommen, aber Noreen schon. Wir werden für Sie noch eine andere Betreuerin besorgen.« Sie schaute rasch zu Wendy Stemmer hinüber, die langsam die Hände im Schoß bewegte, ein deutliches Zeichen dafür, dass sie die Geduld verlor. »Aber das genügt meiner Ansicht nach noch nicht. Es sollte jemand sein, der Ihnen nahesteht. Jemand aus der Familie.«

»Sie«, erwiderte Joel. »Kommen Sie und wohnen Sie hier.«

Das war für seine Mutter zu viel. Sie schrie aus Leibeskräften: »Du bist doch verrückt! Du erwartest, dass deine Ärztin bei dir einzieht? Und was dann? Du hast ein schönes Zuhause, wo du bestens versorgt wirst, ohne Rücksicht auf die Kosten. Davon bin ich überzeugt. Du bist absolut gesund. Du brauchst eine Arbeit. Dir fehlt eine Beschäftigung, die dir deine sogenannten Leiden aus dem Hirn treibt.«

Er nickte traurig und ganz gelassen. »Ja, es sind Leiden. Ich nenne sie so, und genau das sind sie auch.« Er setzte sich neben seine Mutter. »Weißt du, Mama, ich habe ja schon jemanden, der bei mir wohnt. Er ist jetzt hier, aber im Dunkeln kann ich ihn nicht sehen. Wenn er wegginge, wäre bei mir wieder alles in Ordnung. Nicht wahr, Ella?«

Zum ersten Mal hatte er sie in Gegenwart seiner Mutter beim Vornamen genannt. Ella sah, wie Wendy Stemmer leicht die Stirn runzelte und ihren Sohn scharf musterte. »Ich muss gehen. Auf Wiedersehen, Mrs. Stemmer.« Nicht um alles in der Welt würde sie sagen, es sei nett gewesen, diese Frau wiederzusehen. »Joel, ich komme demnächst wieder.«

Lance hatte in den letzten Wochen lange und oft über die Schätze spekuliert, die ihn vielleicht im Haus von Elizabeth Cherry erwarteten: Kreditkarten? Eine mindestens. Vielleicht ein Scheckbuch, auch wenn einer wie er keine Ahnung hatte, was er heutzutage mit einem Scheckbuch anfangen sollte. Könnte man etwas aus dem Internet bestellen und dann einen Scheck einreichen? Das müsste man herausfinden. Schmuck war sicher vorhanden, und sehr wahrscheinlich noch mehr Bargeld. Vielleicht eine Kassette unter dem Bett? Garantiert. Er hatte Geschichten von alten Leuten gehört, die aus Misstrauen gegenüber den Banken nie ein Konto besaßen und stattdessen ihr ganzes Bargeld – Tausende und Abertausende Pfund – in Socken oder sogar in Kopfkissenbezügen aufbewahrten.

Den vorhandenen Schmuck würde er bei diesem Mr. Crown in der Poltimore Road verkloppen, den ihm sein Onkel Roy empfohlen hatte. Wäre es ratsam, sich mit dem Mann noch vor dem Bruch in Verbindung zu setzen und mal auf den Busch zu klopfen? Sollte er ihn fragen, ob es in Ordnung sei, wenn er am nächsten Tag mit seiner Beute vorbeikäme? Gerne hätte er dazu den Exmann seiner Tante befragt, aber der machte leider Urlaub auf Lanzarote. Wer sich auf so etwas einließ, musste viel lernen. Was sollte den Mann aus der Poltimore Road daran hindern, schon im Voraus die Polizei zu verständigen, sobald er von dem bevorstehenden Bruch erfuhr? Damit könnte er sich doch bei denen einschmeicheln. Lance entschied sich dagegen. Wenn er ein Fahrzeug hätte, könnte er ein paar kleinere Möbelstücke mitgehen lassen, aber bei so etwas würde Dwayne garantiert nicht mitmachen, wenn er schon nicht einmal ein Fluchtauto lenken wollte. Gemmas Bruder musste bereits unglaublich viele Tage gemeinnützige Arbeit leisten, weil er ein Auto geknackt und daraus einen Computer und einen Ledermantel entwendet hatte.

Vor Lance lag ein langer Tag, mit dem er nichts anzufangen wusste. Er konnte sich nur den Kopf über den bevorstehenden Einbruch zerbrechen. Gerne hätte er den halben Vormittag verpennt, aber Onkel Gib, der zum Bus nach Clacton aufbrach, weckte ihn bereits um sieben Uhr, eine Tageszeit, die für Lance kaum existierte. Für ihn war sieben Uhr mehr oder weniger mitten in der Nacht. Außerdem ging Onkel Gib nicht wie jeder andere normale Mensch leise aus dem Haus, sondern brüllte: »Ich bin dann mal weg. Denk daran, stell ja nichts an.« Dann warf er die Haustür hinter sich zu, dass das ganze Haus wackelte.

Der Bus machte mit seinem dröhnenden Dieselmotor mehr Krach als ein halbes Dutzend Taxis. Lance versuchte, wieder einzuschlafen, aber es gelang ihm nicht. Vielleicht wurde ihm zum ersten Mal im Leben bewusst, dass sich wegen eines für den Abend geplanten Ereignisses bereits in aller Frühe sorgenvolle Gedanken einschleichen konnten, die einem nicht mehr aus dem Kopf gingen. Das war für ihn etwas völlig Neues. Als gegen acht Uhr klar wurde, dass er diesem Krakengriff nicht entrinnen konnte, stand er auf. Eigentlich hätte es im August morgens warm sein müssen. Die Sonne sollte scheinen, wenn auch noch nicht heftig. Aber in diesem Sommer war alles anders, es war klamm und dunkel. Schlotternd schlurfte er auf den Abort hinaus, wie ihn Onkel Gib nannte. Lance bezeichnete ihn nur als Scheißhaus. Die Ratten hatten sich, Gott sei Dank, getrollt oder waren, vollgestopft mit Warfarin, unter der Erde verreckt. Er wusch sich am Becken in der Spülküche. Daran hätte er vor ein paar Monaten nicht einmal im Traum gedacht, aber die pingelige Gemma bestand auf Sauberkeit und hatte ihn sogar mit einem Stück Dove-Seife versorgt. Während er sich mit einem dünnen grauen Handtuch abtrocknete, dachte er zärtlich an sie.

Alle Wohnsitze, an denen sich Lance aufgehalten hatte, hatten einen Kühlschrank besessen, nur das Haus in der

Blagrove Road nicht. Seine Oma hatte ihm erzählt, dass es in ihrer Kindheit bei ihnen zu Hause so etwas nicht gegeben hatte, aber sonst war er bis zu seinem Einzug hier nie mit dem Phänomen eines kühlschranklosen Haushalts konfrontiert gewesen. Auch eine Speisekammer hatte er vorher noch nie gesehen; so hieß hier dieser dunkle muffige Schrank, der bis auf einen verschrumpelten Zipfel Blutwurst und ein angeknackstes Ei auf einem Teller leer war. Am liebsten hätte Lance den ganzen Laden richtig aufgemischt und alles kurz und klein geschlagen: den nutzlosen Fernseher mit seinen windigen vier Kanälen; den uralten Laptop, der erst nach geschlagenen zehn Minuten ein Bild hochfuhr; das Hinterglasbild von Jesus, der mit einer Laterne zwischen Bergen von Unkraut stand; die kaputte Uhr in dem dunklen Holzgehäuse, die seines Wissens noch nie funktioniert hatte; die tote Pflanze, die aus einer Staubschicht in einem angeschlagenen Porzellantopf wuchs. Trotzdem ließ er es bleiben, denn er fürchtete sich davor, vor verschlossenen Türen zu stehen, wenn er um zwei Uhr nachts von seinem Bruch zurückkam.

Als er mit seinen gesamten Ersparnissen in der Tasche – knapp vier Pfund – das Haus verließ, traf er vor der Tür die Nachbarin, die ebenfalls in der Tür stand. Er kannte sie flüchtig. Sie hatte sich damals über die Ratten beschwert. Er konnte sich nicht verkneifen, seinem Unmut Luft zu machen. »Dieses Haus ist eine echte Schande, ein Scheißhaus ist das. Abreißen sollte man es. Das gehört weg, genau, drinnen ist eh kein Stück mehr heil. Dreckszeug.«

Vermutlich fiel der Frau darauf keine Antwort ein, und so meinte sie nur: »Ach, du meine Güte.«

Kopfschüttelnd ging Lance auf die Aclam Road hinaus und bahnte sich durch die Buden mit Secondhand-Klamotten einen Weg zur Portobello, um sich das billigste Frühstück zu kaufen, das er auftreiben konnte.

»Sommersonne strahlet über Meer und Land«, sangen die Kinder von Zebulun, »glücklich, wer es kostet, Licht aus Gnadenhand.«

Seit der Abfahrt aus Clacton hatte es geregnet, und auch vorher waren immer wieder Schauer niedergegangen. Onkel Gib hatte sich nicht amüsiert, doch das hatte er schon vorher gewusst. Er konnte es nicht ausstehen, fort von zu Hause zu sein. Das war in der Vergangenheit zu oft der Fall gewesen. Er war nur nach Clacton mitgefahren, weil das zu seinen Pflichten als einer der Kirchenältesten gehörte. Ein Problem war das Essen, Fish & Chips in einem Gasthaus. Dabei hatte er Fisch schon immer gehasst. Wenigstens hatte er draußen auf dem Gehsteig eine Zigarette rauchen können.

In den Regenpausen waren sie am Strand entlangspaziert. Reuben Perkins hatte sich mehr oder weniger von seiner TIA erholt, einer transitorischen ischämischen Attacke, wie ihm die Ärzte erklärt hatten. Er stolperte dahin und hielt dabei monotone Vorträge über das Verbrechen, das über die Küste von Essex in Form der sogenannten »Gangkultur« hereingebrochen sei. Komasaufen und an jeder Straßenecke Crystal Meth – was war das eigentlich? Solange es hell war, war von irgendwelchen Gangs nicht das Geringste zu entdecken. Man sah nur uralte Leute, mit Stöcken und Rollatoren bewaffnet, in Unterständen hocken, und blutjunge Mädchen in äußerst offenherziger Kleidung untergehakt dahertrippeln, wobei sie über ihre High Heels stolperten. Ein paar von den Alten wedelten mit der Hand die Luft weg, sobald sein Zigarettenqualm zu ihnen hinüberzog. Onkel Gib starrte sie durchdringend an. Daraufhin drehten sie besiegt die Köpfe weg.

Am Spätnachmittag gab es gebackene Bohnen, noch mehr Pommes und grüne Blätter, die an das Unkraut erinnerten, das am Portobello Green in den Blumenbeeten wuchs. Onkel Gib bestellte ein Spiegelei, aber es hieß, Eier habe man nicht. Typisch für so einen Saftladen! Inzwischen hatte man auf der Rückfahrt Ilford erreicht. Alle sangen fröhlich, nur er nicht, er sehnte sich nach seinem Zuhause. Er würde sich vom Bus bei dem Laden an der Ecke absetzen lassen, wo die Golborne Road von der Portobello abzweigte, und ein halbes Dutzend Eier und ein paar Scheiben Kochsalami kaufen. Und dann würde er auf dem ganzen Heimweg rauchen. Der Regen hatte aufgehört, es hatte aufgeklart. Ein kühler feuchter Abend.

Als Onkel Gib hereinkam, hockte Lance in der Küche vor dem Fernseher und sah sich Pierce Brosnan in »Stirb an einem anderen Tag« an. Er hatte mit Onkel Gib nicht so früh gerechnet. Es hatte eben erst zwanzig Uhr geschlagen. Lance verstand unter einem Tagesausflug eine Partie, die um drei Uhr nachmittags begann und gegen zwei Uhr morgens endete. Onkel Gib stellte eine mit Lebensmitteln prall gefüllte Einkaufstüte auf den Tisch.

Hoffnungsvoll erkundigte sich Lance, ob er ein Ei bekommen könne.

»Ich habe dir doch eines auf einem Teller hingelegt. Und noch ein Stück Blutwurst.«

»Das Ei war angeschlagen und nicht mehr gut. Das hat schrecklich gemieft. Davon hätte man sich Salmonellen holen können. So ein Scheiß.«

»Solche Ausdrücke verbitte ich mir hier drinnen«, tönte

Onkel Gib, aber es klang geistesabwesend. Ganz in James Bond vertieft, zündete er sich eine Zigarette an. Es war heute erst seine zehnte.

Lance ging nach oben. Er hatte mit einem Abend vor dem Fernseher gerechnet, aber bei dem ganzen Qualm und Onkel Gibs Dauerkommentar zu allem, was er missbilligte – Sex, schmutzige Wörter und halb nackte Mädchen –, war das unmöglich. Er hatte einen Mordshunger. Hatte die alte Dame vor ihrer Abreise vielleicht etwas Essbares in ihrem Haus hinterlassen? Ein paar Dosen oder Tiefgefrorenes, das er sich in der Mikrowelle auftauen konnte? Ganz sicher diesmal keinen Schokoladenkuchen. Schon beim Gedanken an etwas Essbares lief Lance das Wasser im Mund zusammen.

Er überprüfte seine Ausrüstung und holte zur Sicherheit noch einmal seine gesammelten Schätze aus dem Rucksack: Ein schwarzer Seidenstrumpf mit einer Laufmasche, den er bei Scope in der Kleiderkammer gefunden hatte; den wollte er sich über den Kopf ziehen für den Fall, dass ihn jemand sah. Ein Glasschneider, ein Paar schwarze Baumwollhandschuhe, die er von einem Stand an der Portobello geklaut hatte, und eine Taschenlampe. Vermutlich gehörte sie Onkel Gib, denn Lance hatte sie unter dem Becken in der Spülküche gefunden. O Wunder, sie funktionierte tatsächlich noch. Er müsste seine Kapuzenjacke und Sneakers anziehen. Andere Schuhe besaß er nicht.

Nachdem er alles eingesammelt und wieder im Rucksack verstaut hatte, legte er sich aufs Bett und machte sich auf ein langes Warten gefasst. Bald war er eingedöst; als er aufwachte, war es dunkel, und er hörte, wie Onkel Gib die Treppe heraufkam, um ins Bett zu gehen. Es war kurz nach dreiundzwanzig Uhr. Inzwischen hatte er keinen Hunger mehr. Die Anspannung dämpfte seinen Appetit. Leise schlich er die Treppe hinunter. Die Diele in Onkel Gibs Haus war bis auf einen vor langer Zeit hellgrün gestrichenen Holzstuhl leer. Darauf stand der Deckel einer Blechdose, die früher einmal Tante Ivys geliebte Pfefferminzbonbons enthalten hatte. In diesem Behelfsaschenbecher lag Onkel Gibs letzte Zigarette für diesen Tag und glomm vor sich hin. Mit einem leisen Fluch drückte Lance sie aus.

Dann ging er hinaus und zog die Haustür so leise, wie er nur konnte, hinter sich zu.

18

Sie waren im Nationaltheater gewesen und hatten »Die heilige Johanna« gesehen, eine ziemlich lange Vorstellung. Und so war es bereits nach dreiundzwanzig Uhr, als ein Taxi sie nach Hause brachte. Dabei kamen sie am Haus von Elizabeth Cherry vorbei. Eugene warf einen flüchtigen Blick auf die Fenster. Er wusste ja, dass Elizabeth verreist war. »Wollte nur mal sehen, ob alles in Ordnung ist«, meinte er zu Ella.

Das dürfte uns wohl kaum ein Blick auf ihr Haus verraten, dachte sie, sagte aber nichts. Trotzdem erriet er ihre Gedanken und meinte lachend: »Ist ja gut. Vermutlich wird kein Einbrecher ein Schild mit der Aufschrift ›Besetzt‹ an die Tür hängen. Wir fahren jetzt heim, und ich mache noch mal einen kurzen Spaziergang hier herüber. Sie hat dir doch einen Schlüssel gegeben, oder?«

»Nein, sie hat Susan ihren Schlüssel gegeben. Wie immer.«

Er wusste ganz genau, dass Ella keinen Schlüssel besaß. Schließlich war Elizabeth schon eine Woche weg. Er wollte einfach zehn Minuten für sich haben, um ein Chocorange zu lutschen. Die Gier hatte ihn beim Verlassen des Theaters überfallen.

Seine Angewohnheit trieb ihn dazu, sie ständig anzulügen. »Ich muss immer an den Einbruch bei uns denken, und das macht mich unruhig.«

»Ich weiß, mein Schatz«, sagte sie.

Sie vertraute ihm, während er sie betrog. Wie er das

hasste. Und dennoch war er kaum um die Ecke, da pulte er schon ungeniert ein Chocorange aus dem Päckchen. Ach, welch ein Segen, welche Erleichterung nach der stundenlangen Abstinenz im Theater! In den meisten Häusern brannte Licht, auch bei Elizabeth Cherry. Aber als er näher kam, ging es aus, und Susan trat aus der Tür. Beide mussten über diesen Zufall lachen.

»Alles in Ordnung?« Eugen schob das Chocorange mit der Zunge hinter die Backenzähne.

»Alles bestens.«

»Keine ausgehungerten Kinder, die über einen Schokoladenkuchen herfallen?«

»Nichts dergleichen«, meinte Susan. »Gute Nacht.«

»Gute Nacht, Susan.«

Zu Hause in der Chepstow Villas hatte Ella inzwischen eine Flasche Wein entkorkt. Sie schenkte sich ein Glas ein und gab auch ihm eines. Sie zeigte ihm die Rechnung, die sie Joel schicken wollte.

»Sein Vater wird bezahlen. Trotzdem denke ich, dass es höflicher und – nun ja, netter ist, die Rechnung an Joel zu schicken. Findest du nicht auch?«

»Ja, selbstverständlich. Was macht dieser Vater eigentlich?«

»Er ist Hedgefonds-Manager. Ein sehr reicher und wichtiger Mann.«

Morgen würde sie ihren vierzigsten Geburtstag feiern. Würde Eugene daran denken? Selbstverständlich. Er vergaß weder ihren Geburtstag noch den Tag, an dem sie sich zum ersten Mal begegnet waren. Und genauso würde er in Zukunft an den Tag ihrer Verlobung und später an ihren Hochzeitstag denken.

Lance vermied es, nachts an Gemmas Wohnung vorbeizugehen. Es war toll, sie tagsüber auf ihrem Balkon zu sehen, aber nachts drängten sich ihm zwangsläufig Bilder auf, wie sie mit Fize im Bett lag, und das machte ihn eifersüchtig und wütend. Rund um die Portobello Road und die Westbourne Park Road waren immer noch viele Leute unterwegs. Viele waren betrunken, meistens junge Leute, darunter jede Menge Minderjährige. Am frühen Abend hatte es stark geregnet, aber inzwischen hatte es wieder aufgehört. Feucht und reglos lag die Dunkelheit unter einer dichten Wolkendecke da.

Er ging über die Kreuzungen bis zur Ledbury Road hinunter. Dort bog er in jenes stille exklusive Reichenviertel ein, in dem er seinen ersten Einbruch getätigt und seinen zweiten geplant hatte. Kein Mensch war zu sehen. Die Hunde hatte man schon vor Stunden Gassi geführt, die Katzen schliefen in ihren Körbchen, und die Autos auf ihren Stellplätzen waren versperrt, nachdem man alles entfernt hatte, was junge Männer wie er vielleicht hätten stehlen können. In einigen Schlafzimmern schimmerte gedämpftes Licht durch schwere Vorhänge mit üppigen Rüschen oder durch Jalousien aus kostbaren Tropenhölzern, während verreiste Bewohner in fehlgeleiteter Voraussicht das Licht in der Diele hatten brennen lassen, ein vergeblicher Versuch, Leuten wie ihm vorzugaukeln, man sei zu Hause und auf der Hut.

Das Haus der Alten und die Nachbarhäuser lagen stockfinster da. Eingehend musterte Lance die gegenüberliegenden Häuser, darunter auch das leere, in dem er damals seinen Beobachtungsposten eingerichtet hatte. Es war immer noch unbewohnt, aber auch in den angrenzenden Häusern war kein Licht zu sehen, nicht einmal ein kleiner Schimmer. *Die Besitzer schlafen wahrscheinlich oder sind auf dem Lande,* dachte er. Er versuchte gar nicht erst, sich heimlich in das Haus der Alten zu schleichen, sondern marschierte kühn zum seitlichen Gartentor. Als er merkte, dass es nicht zugesperrt war, betrat er einfach den rückwärtigen Garten. Jetzt gab es wohl keinen Grund mehr, seine Taschenlampe nicht zu benutzen. Er holte sie aus dem Rucksack.

Nicht wieder das Fenster, durch das er sich schon einmal gequetscht hatte. Nein, danke. Dabei hätte er sich beinahe eine gebrochene Rippe zum zweiten Mal angeknackst. Weiter hinten entdeckte er ein großes Schiebefenster, das viel besser geeignet war. Er zog seine Handschuhe an und machte sich sofort mit dem Glasschneider ans Werk. Die Sache dauerte länger als damals, als er unter Dwaynes Anleitung an Abbruchfenstern geübt hatte, viel länger. Und während sich das Rädchen langsam am Fensterrahmen entlangbewegte, wurde er immer hungriger. So dicht vor dem Ziel – er musste sich mit Gewalt ins Gedächtnis rufen, dass er wegen Geld und Schmuck hier war, und nicht um zu essen – und ihm war schlecht. In seinem Magen rumpelte es und gluckerte und blubberte.

Die Taschenlampe hatte er nebenan auf die Kante des Fensterbretts gelegt. Er stieß mit dem Ellbogen dagegen. Sie fiel herunter. Er hob sie auf und legte sie wieder aufs Fensterbrett. Irgendwie schien sie schwächer zu leuchten. Gerade hatte er den Punkt erreicht, an dem er seinen Glasschneider angesetzt hatte, und die Scheibe vorsichtig herausgehoben, als die Taschenlampe ausging. An eine Ersatzbatterie hatte er nicht gedacht. Aber er war ja im Haus. Er richtete sich in einem Zimmer auf, das er bisher noch nicht betreten hatte, ein Esszimmer mit einem langen Marmortisch und hochlehnigen Stühlen aus schwarzem Holz. So etwas interessierte ihn nicht. Tastend suchte er im Dunkeln den Weg in die Küche. Dort stülpte er sich den schwarzen Strumpf über den Kopf, auch wenn es für solche Vorsichtsmaßnahmen reichlich spät war.

Normalerweise wachte Onkel Gib trotz seines Alters nachts nicht auf. Während seiner Gefängniszeit hatte er unter derart ungemütlichen Umständen schlafen müssen, dass er es bis heute als besonderes Vergnügen empfand, sich allein still und friedlich in ein richtiges Bett zu legen. Er schlief sofort selig ein; seine Nachtruhe wurde dank seiner kräftigen alten Harnblase selten gestört. Umso mehr überraschte und beunruhigte es ihn, als er jetzt, weit nach Mitternacht, erwachte. Allerdings konnte er die Uhrzeit nur raten, denn in seinem Schlafzimmer gab es weder Wecker noch Uhr. Es war stockdunkel und still. Natürlich besaß er auch keine Nachttischlampe. Da lag er nun im Dunkeln und spürte, was ihn geweckt hatte: Sein Verdauungsapparat meldete sich mit Krämpfen und schmerzhaften Stichen.

Onkel Gib hatte nie Verdauungsprobleme. Andererseits ging er ja auch nie aus und aß ungewohntes Essen, so wie er es gestern getan hatte. Mit wachsendem Ekel und unter immer stärkeren Schmerzen überlegte er noch einmal, was er gezwungenermaßen verspeist hatte: Fish & Chips, Vollkornbrot, gebackene Bohnen, *grüne Blätter*. Schon beim Gedanken daran wurden die Folgen immer schlimmer. Er hievte sich aus dem Bett und schaltete das Licht ein, eine Deckenlampe mit Pergamentschirm. Das Allheilmittel gegen sämtliche Unbill lag parat. Onkel Gib griff nach der Schachtel und den Streichhölzern und zündete sich eine Zigarette an.

Vielleicht gaben ihm die Krämpfe nach dem ersten Lungenzug den Rest. Eine heftige Darmkolik attackierte ihn. Etwas musste geschehen, und zwar jetzt, sofort. Barfuß und nur mit einer Schlafanzughose und einer uralten Strickjacke von Tante Ivy bekleidet, raste er die Treppe hinunter, ließ seine Zigarette in den Dosendeckel auf dem grünen Stuhl fallen und rannte Richtung Spülküche. Die rückwärtige Tür war versperrt. Sie zu öffnen hätte ihn beinahe erledigt, aber dann erreichte er doch noch mit knapper Not den Abort.

Auf der Stufe vor Onkel Gibs Haustür standen Feisal Smith mit einer Kapuzenjacke und Ian Pollitt, der trotz des Wetters ein rotes T-Shirt trug, auf dem in weißen Lettern »Pornostar« prangte, und versuchten, möglichst lautlos den Deckel zum Briefschlitz aufzuklappen. Sie hatten sich auf dieses Unternehmen sorgfältig vorbereitet. Zuerst hatte man aus dem Tank des Lieferwagens, den Fize für seinen Arbeitgeber fuhr, einige Liter Benzin in eine leere Mineralwasserflasche abgesaugt. Ian Pollitt hatte sich an dem Feuerwerksvorrat seines kleinen Bruders für den bevorstehenden Guy-Fawkes-Tag bedient und zwei Knallkörper entwendet. Die Flasche wanderte, zusammen mit einer Schachtel Streichhölzer, in einen jener umweltfreundlichen Stoffbeutel, wie sie Geschäfte ihren Kunden anstelle von Plastiktüten anboten.

Der Pornostar strahlte wie immer eine aufsässige Ruhe aus, während Fize vor Angst stocksteif war oder, besser gesagt, kurz davor stand, haltlos zu zittern. Wirre Gedanken gingen ihm durch den Kopf: Dass er dabei war, seinen Job zu verlieren und auch Gemma, ganz zu schweigen von dem Zorn seiner Mutter und seines Großvaters, den er sich zuziehen würde. Doch für einen Rückzug war es jetzt zu spät. Mehr als vor jeder anderen denkbaren Strafe fürchtete er sich vor Ians Verachtung. Mit zitternden Händen versuchte er, die Klappe zu heben, wobei er ziemlich viel Lärm machte. Es quietschte und klapperte. Daraufhin beschimpfte ihn Ian und schubste ihn mit dem Ellbogen beiseite. Sie lauschten, aber drinnen im Haus regte sich nichts.

Fize schaffte es, die Flasche aus der Tasche zu fischen, und gab sie Ian. Der Drehverschluss war fast lose. Die Flasche und jetzt auch die beiden Männer samt der Tasche stanken nach Benzin. Ian nahm den Verschluss ab und rammte die Flasche mit aller Macht durch den Briefschlitz. Ursprünglich hatte Fize einen brennenden Knallfrosch hinterherwerfen wollen, der im Benzinsee landen sollte, aber das brauchte es nicht mehr. Sie hörten, wie die Flasche zu Bruch ging und sich der Inhalt mit einem lauten Knall entzündete. Offensichtlich hatte drinnen im Haus etwas nur darauf gewartet. Plötzlich kam es im ganzen Haus förmlich zu einer Lichtexplosion, sämtliche Fenster waren grell erleuchtet. Eine Stichflamme schoss durch den offenen Briefschlitz auf sie zu.

Sie sprangen zurück und starrten einander an, dann gaben sie Fersengeld und donnerten die Straße hinunter, quer durch die Markthalle, hinaus auf die Portobello Road.

Er steckte ihre tiefgefrorenen Brotscheiben direkt in den Toaster und zog sich während der Wartezeit den schwarzen Strumpf vom Kopf. Den Toast verspeiste er mit einer dicken Lage Butterblättchen, die er von einem gefrorenen Päckchen geschabt hatte. Der Brie war überreif, aber durchaus genießbar. Er aß ein halbes Pfund und dazu Branston Pickle.

Anschließend ging er nach oben, wobei er eine Dose Pfirsichhälften auslöffelte. Sämtlichen Schmuck, den er finden konnte, schaufelte er in seinen Rucksack. In ihren Handtaschen entdeckte er einen Fünfpfundschein und noch einmal fünf Pfund in Kleingeld. Auf Händen und Knien durchsuchte er jeden Zentimeter Boden unter ihrem Bett, den Boden unter den Betten im ersten Gästezimmer, im zweiten und schließlich im dritten. Keine Geldkassetten, keine Strümpfe voller Banknoten.

Unten im Wohnzimmer klappte er ihren Sekretär auf und sah, dass eine der Kreditkarten noch dalag. Er packte sie ein, zusammen mit ihrem Scheckbuch, obwohl er bezweifelte, dass er daraus jemals würde Nutzen schlagen können. Drei Plastiktüten enthielten ausländisches Geld. Lance konnte sich nicht erinnern, dass er je US-Dollar, kanadische Dollar und Euro gesehen hatte, aber Geld war schließlich Geld. Er konnte es in den Läden vor dem Bahnhof Paddington, an denen er bisher immer ziemlich achtlos vorbeigelaufen war, in Landeswährung umwechseln. Jetzt würde er umso mehr darauf achten. Die beste Beute war zweifellos der Schmuck, den er morgen in der Poltimore Road zu Geld machen würde.

Die Taschenlampe brauchte er nicht mehr. Seine Augen hatten sich an die Dunkelheit gewöhnt. Eigentlich mochte er die Dunkelheit sogar als eine Art Versteck. Warum sollte er sich nicht noch etwas zu essen gönnen, solange er die Gelegenheit dazu hatte? Niemand hatte ihn gesehen. Niemand ahnte etwas von seiner Anwesenheit. Die Straßen waren leer, die Nachbarn schliefen. Die Pfirsiche hatte er aus einem Schrank mit einem ganzen Brett voller Konserven geholt: anderes Obst, verschiedene Bohnen, Suppe und schicken Mist wie Artischockenherzen und Spargel. Lance gönnte sich eine Dose Tomatensuppe, die er in einem Stielpfännchen erhitzte. Dann röstete er sich noch mal Toast und machte es sich zu einem zweiten Abendessen am Küchentisch bequem. Als Nachtisch müsste ein Erdbeereis genügen, ebenfalls aus dem Gefrierfach. Eine Uhr an der Küchenwand verriet ihm, dass es fünf Minuten nach zwei Uhr war.

Als der Donnerknall zu Onkel Gib drang, wusste er sofort, was los war. Man hatte ihm eine Bombe oder etwas Ähnliches durch den Briefschlitz geworfen, und die von ihm in der Dose auf dem grünen Stuhl hinterlassene Zigarette hatte sie explodieren lassen. Sofort fielen ihm Lance und dessen Kumpane ein. Barfuß tappte er in seiner braunen Strickjacke mit dem Zopfmuster aus dem Abort, um einen Blick durchs Küchenfenster zu werfen, das auf diesen schmalen Betonstreifen hinausging. Eben noch züngelten Flämmchen aus der Diele an der Türschwelle herum, aber dann schwappten binnen Sekunden grellgelbe Flammen durch die Küche und ergossen sich weiter in die Spülküche hinein. Beim Blick nach oben entdeckte er hinter dem Fenster von Lance' Zimmer dichte schwarze Rauchwirbel. Der obere Fensterteil stand offen, Rauch trieb heraus, während die einströmende Frischluft das Feuer weiter anfachte.

Eines musste man Onkel Gib zugutehalten: Er dachte sogleich an Lance, redete sich aber ein, der könne als Urheber dieser Feuersbrunst unmöglich noch drinnen sein. Nach einem letzten flüchtigen Blick auf die Flammen, die sein Haus verzehrten, gab er, frei nach dem Motto »Vorsicht ist der bessere Teil der Tapferkeit«, Fersengeld und rannte den Garten hinunter, mitten durch patschnasse Büsche und Brennnesseln, bis zu dem Schuppen in der Ecke, wo sein Garten an die Nachbargärten grenzte. Auf der anderen Seite ragte die Autobahnbrücke auf, wo selbst zu dieser Stunde noch schwerer Lastverkehr von Osten nach Westen und umgekehrt dahindonnerte. Im Schuppen, dessen Tür schon lange aus den Angeln gekippt und verrottet war, standen nebeneinander zwei Stühle, einer mit drei Beinen, der andere heil. Onkel Gib setzte sich auf den vierbeinigen Stuhl. Dabei merkte er, dass er am ganzen Leib zitterte. Der Schock.

Und doch verdiente das Spektakel vor ihm Beachtung. Inzwischen war Lance' Fenster aufgesprungen. Flammen und Rauch quollen heraus, ganze Flammenkämme, wie Wellen auf einem orangefarbenen Meer, zischende brüllende Wellen, die am darüberliegenden Fenstersims leckten. Und hinter dem geschlossenen Fenster konnte er undurchdringlich-reglos dunkle Wolkengebirge erkennen.

Er kam gar nicht auf die Idee, um Hilfe zu rufen, er versuchte auch nicht, telefonisch den Notruf zu verständigen. Das würden andere erledigen. Während er noch in tiefem Staunen verharrte, fiel ihm etwas ein: Er hatte ja sein Haus versichert, hatte das Formular ausgefüllt, den Scheck eingereicht und die Bestätigung für den Versicherungsschutz erhalten. Wunderbar! Das war viel besser als jeder Verkaufsversuch. Vergnügt starrte er die Fensterrahmen, den Dachstuhl, die Ziegel und die Steinfassade seines Hauses an, die durch die Hitze allmählich von innen heraus zu glühen anfingen.

»Das ist hin«, rief er laut. Dann hörte er von der Great Western Road die Feuerwehr mit Sirenengeheul herunterbrausen.

Bei ihrem Eintreffen sollte sie am besten einen restlos gebrochenen alten Mann vorfinden, einen schwachen hilflosen Menschen, den der Schock über die Zerstörung seines Zuhauses fast an den Rand des Todes getrieben hatte. Vorsichtig legte er sich, mit dem Gesicht nach unten, auf den Boden, die nackten Füße auf dem Beton, Kopf und Oberkörper mitten im Gestrüpp aus Gras und Unkraut. Er hörte, wie sie in den Garten kamen – nicht durch das Haus, das wäre unmöglich gewesen. Sie waren über die Mauer geklettert, die sein Grundstück von dem der Leute trennte, die sich über die Ratten beschwert hatten.

Jemand sagte: »Wir brauchen einen Krankenwagen für den alten Herrn.«

Dann eine Frauenstimme. Vermutlich die Tante von nebenan. »Wie schrecklich für ihn. Auf diese Weise sein Zuhause zu verlieren. Sie können hier hereinkommen und eine Trage über die Mauer heben.«

Die Ratten waren vergessen. Sie war voller Mitgefühl und Sorge. Onkel Gib regte sich etwas. Nach einigen Minuten merkte er, dass ein Sanitäter neben ihm kniete. Die Hitze aus dem brennenden Haus war alles andere als unangenehm und eigentlich genau das Richtige für diese Augustnacht, die so gar nicht der Jahreszeit entsprach.

»Können Sie mir sagen, wie Sie heißen?«

Diese Frage kam immer. Er hatte es im Fernsehen gesehen. Das passierte fast in jeder Folge von *Casualty*. »Gilbert«, sagte er mit bebender Stimme.

Man legte ihn auf eine Trage, wickelte ihn in hübsche saubere Decken und hob ihn gekonnt sacht über die Mauer. Dabei warf er einen letzten Blick auf sein Haus, beziehungsweise auf dessen Überreste. Damit wollte er sich auch vergewissern, dass es sich um einen Totalschaden handelte, auch wenn er andernfalls nichts mehr hätte tun können, um das Ergebnis zu verändern. Um dem Pathos und dem Drama weiterhin Genüge zu tun, flüsterte er dem netten Sanitäter zu: »Dort drinnen lag mein ganzes Leben, all mein Hab und Gut.«

»Machen Sie sich keine Gedanken, Gilbert. Ihnen geht es gut, und das ist das Wichtigste.«

Man brachte ihn mit jaulenden Sirenen im Eiltempo ins St. Mary's Hospital.

Eine Stunde später war Eugene wieder wach. Das nächste Päckchen Chocorange lag im Gästebad, auf demselben Stockwerk. Zuerst gab er Ella einen leichten Kuss auf die Wange, dann schlich er auf Zehenspitzen aus dem Schlafzimmer und über den Flur. Der sorgsam gesammelte Schatz aus mehreren Päckchen lag immer noch unangetastet in der rosa Plastiktüte aus dem Drogeriemarkt in der untersten Schrankschublade. Einen Augenblick genoss er allein den Anblick der glänzend orangen und schokobraunen Päckchen, die einzeln in durchsichtiges Zellophan verpackt waren. Vermutlich erging es jedem Junkie bei der Betrachtung eines kostbaren Röhrchens mit Ecstasy-Tabletten oder einer Platte Haschisch genauso. Seine Sucht hatte nur einen Vorteil: Im Vergleich zu den anderen gesundheitsschädigenden, zerstörerischen und oft tödlichen Süchten war sie harmlos. Andererseits handelte es sich dabei um schicke kühne Süchte mit einem gewissen Sex-Appeal, während seine – tja, was war seine Sucht eigentlich? Solche Gedankengänge waren sinnlos, besonders mitten in der Nacht. Er steckte sich ein Bonbon in den Mund, verstaute den Rest wieder im Schränkchen und schlenderte in eines der Gästezimmer.

Von hier aus hatte er einen Blick über die Gärten bis zur Rückseite von Elizabeth Cherrys Haus. Es lag immer noch so da wie bei seinem Besuch: reglos, still, dunkel. Die Straßenlaternen gaben so viel Licht, dass man ziemlich genau bis zur Vorderfront durchschauen konnte. Hier hinten verbreitete eine Wandlampe, halb verdeckt von Jasmin- und Efeuzweigen, ein grünes Licht. Die Sharpes ließen sie zur Sicherheit immer brennen. Dagegen war nichts zu machen, Nachbarn musste man gewähren lassen. Trotzdem konnte Eugene die Lampe, die dort die ganze Nacht brannte, fast so wenig leiden wie Bathsheba. Die Katze saß auf einem über die ganze Wandbreite reichenden Bord. Das Licht hatte ihr tiefblaues Plüschfell smaragdgrün eingefärbt. Ihre kalten starren Augen wirkten selbst wie Lampen. Warum sollte er sich nicht noch ein Chocorange gönnen? Er holte ein zweites aus der Tüte im Badezimmer und ging dann leise in das Schlafzimmer neben seinem eigenen.

Die Anwohner der Chepstow Villas mit den schönsten Häusern in diesem Teil des eleganten Stadtviertels Notting Hill schliefen hinter ihren säulengeschmückten Wänden, exotischen Büschen und gestutzten Hecken. Gebäude mit weißem Stuck, meistens aus der Georgianischen Zeit, die eigentlich mitten in der Viktorianischen Epoche lag, einige mit italienischen Anklängen und ein seltenes Exemplar aus dem Art déco – alle in mattes Mondlicht getaucht. Die Straße war leer, mit Ausnahme einer Gestalt, die nicht recht hierherpassen wollte. Ein junger Mann mit Rucksack tappte Richtung Denbigh Road. Trotz Lampenschein und Halbdunkel erkannte Eugene das teigige Gesicht unter der strohfarbenen Mähne wieder. Er konnte sich sogar noch an den Namen erinnern und daran, wie der Mann damals nervös hier bei ihm im Haus gesessen und nicht gewusst hatte, was er mit seinen Händen anfangen sollte, während er seinem potenziellen Wohltäter einzureden versuchte, er habe fünfundneunzig Pfund verloren.

Was trieb er wohl hier um diese Tageszeit? Vielleicht wollte er zur Westbourne Park Road hinüber und letztlich zu den Sozialbauten an der Wornington Road oder an der Golborne Road. *Es geht mich nichts an,* dachte Eugene. *Er tut doch keinem etwas. Es zeugt nicht von gutem Stil, wenn man nach Verbrechen sucht, wo es gar keine gibt, und unschuldige Leute verdächtigt.* Was hätte ihn nur auf die Idee bringen sollen, hinter Lance Platt etwas anderes zu vermuten als einen harmlosen und leicht dämlichen jungen Mann?

Inzwischen war von diesem nichts mehr zu sehen, während es am Horizont etwas viel Interessanteres zu bestaunen gab. Ein roter Widerschein, wie bei Sonnenuntergang. Aber – ein Sonnenuntergang mitten in der Nacht? Es brannte, und zwar heftig. Ein Haus. Während er noch unverwandt hinstarrte, hörte er in der Ferne die Feuerwehrsirenen aufjaulen. Er lauschte, bis sich das Gejaule in einem hohen Pfeifton verlor, lutschte sein Bonbon zu Ende, spülte sich am Wasserhahn den Mund aus und ging dann wieder in sein Schlafzimmer.

Ella hatte sich im Bett aufgesetzt. »Ist alles in Ordnung, Gene?«

»Mir geht's gut. Ich habe gerade aus dem Fenster geschaut. Rate mal, wen ich gesehen habe. Dieses Puddinggesicht, der hier aufgetaucht war, nachdem ich das Geld auf der Straße gefunden hatte.«

»Na ja, Straßen sind für alle da.«

»Außerdem brennt es oben an der Portobello Road.«

»Komm wieder ins Bett.«

»Du siehst so reizend aus, wie du da sitzt.« Eugene nahm sie in die Arme. »Es ist halb drei. Also hast du jetzt Geburtstag«, sagte er. »Möge dir dieser Tag noch recht oft beschieden sein, mein Schatz.«

19

Es war kurz vor Tagesanbruch. Die Straßenlampen waren schon ausgegangen und der Himmel nicht mehr ganz dunkel. Die Nachbarsfrau stand mit ihrem Mann draußen auf der Blagrove Road. Hätten sie es nicht getan und ihn nicht angesprochen, wäre die Straße leer und ohne jedes vertraute Merkmal gewesen, hätte Lance geglaubt, er träume. Kaum war er um die Ecke gebogen, war der Anblick wie ein surrealer Albtraum über ihn hereingebrochen. Etwas war weg, war verschwunden, etwas, das eigentlich hätte da sein müssen und immer da gewesen war, etwas Unwandelbares wie die Westautobahn und das »Earl of Lonsdale«. Besser gesagt, es war zur Hälfte weg und für immer zerstört. Der Anblick erinnerte an Fernsehbilder aus Bagdad oder Afghanistan nach einem Bombenangriff. Zurückgeblieben war nur noch eine geschwärzte Ruine mit leeren Fensterhöhlen. Hier eine Mauer, dort eine halbe Mauer, an der immer noch Fetzen der alten Tapete klebten. Halb verbrannte rosa Rosen und verblasste Schmetterlinge. Stumm vor Entsetzen starrte er alles an.

Die Frau sah ihn an wie einen Geist, trat einen Schritt zurück und schlug die Hände ans Gesicht.

Dann rief sie aus tiefstem Herzen: »Gott sei Dank«, und lächelte selig. Noch selten hatte jemand bei seinem Anblick so froh und erleichtert gewirkt. Einen Augenblick dachte er schon, sie wolle ihm um den Hals fallen.

Seine Stimme klang matt und dünn, als er sagte: »Ich war aus. Schon seit Stunden.« Inzwischen fragte er sich, warum er so lange in einem 24-Stunden-Pub geblieben war und das Geld der Alten für Wodka und Gin ausgegeben hatte.

Der Mann sah ihn an, dann die Überreste des Hauses und schließlich wieder ihn. »Wen hat man dann fortgeschafft, wenn nicht Sie? Ich meine den Toten vom Speicher.«

Die Frau deutete Lance' Miene – starrer Blick, offener Mund – fälschlicherweise als erste Anzeichen für Trauer und sagte: »Nein, nicht Ihren Onkel, mein Lieber. Dem geht's gut. Er liegt nur für eine gründliche Untersuchung im Krankenhaus. Da war ein junger Mann. Wir glaubten, Sie wären es.«

Meine Güte, dachte Lance. Alles wirkte immer irrealer auf ihn. Die Luft roch nach Verbranntem. Zu seinen Füßen breiteten sich schwarze Wasserpfützen mit gelbem Schaum aus, und auf diesem Schaum schwamm das Bild von Jesus mit der Laterne in der Hand. In der leeren Hülle des Hauses konnte er sein eigenes Bett sehen, ein schwarzes Skelett voll schwarzer Lumpen, das sich wie ein Scherenschnitt vor der schmutzigen Blümchentapete abzeichnete. Weiter droben hingen die Überreste einer Matratze über die Kante von verkohlten Fußbodentrümmern.

»Er ist nicht verbrannt«, meinte der Mann. Offensichtlich wollte er trösten. »Er ist am Rauch erstickt. Jedenfalls hat man das gesagt.«

»Sie sehen aber auch nicht gut aus. Sie sind ja kreidebleich geworden. Kommen Sie erst mal kurz zu uns herein. Ich koche uns eine Tasse Tee.«

Lance brachte keinen Ton heraus. So also war das, wenn man unter Schock stand. Diesen Zustand hatte er bis dahin nicht richtig gekannt, egal, was er darüber in der Vergangenheit gelabert hatte. Noch nie hatte er diese betäubende Gewalt kennengelernt, unter der jedes Gefühl erstarb. Er starrte das benachbarte Ehepaar an, als wären ihre Worte Vogelgezwitscher. Er sah zu den Betonpfeilern der Autobahnbrücke hinüber. Der Anblick der Polizeiabsperrung, die keinerlei Verkehr durchließ, beeindruckte ihn vielleicht am meisten. Sie hatten die Autobahn wegen des Brandes gesperrt.

Allmählich brach die Dämmerung an. Im Osten hatte sich der Himmel über Kilburn und Maida Vale leuchtend hellgrau gefärbt. Wortlos drehte er der Frau und dem Mann den Rücken zu und ging fort. Seine Füße schienen sich ganz mechanisch zu bewegen, ohne dass er darüber nachdenken musste. Die Bewegung schien nicht einmal von ihm selbst auszugehen. Wie ein Roboter schlurfte er langsam und stumpfsinnig dahin. Seine Schritte lenkten ihn die Portobello Road hinunter, an den geschlossenen Läden vorbei. Der Rucksack schlug gegen seine Wirbelsäule. In einem 24-Stunden-Café hockten zwei Männer und tranken Tee. Ein dritter stand draußen und rauchte. Lance ging weiter, vorbei am Electric Cinema, an den eiscremefarbenen Häusern, bis nach Notting Hill Gate. Dort rollte er sich in einem Geschäftseingang zusammen, legte den Kopf auf einen schwarzen Plastikmüllsack und schlief sofort ein.

Mit größtem Vergnügen unterstützte Onkel Gib die Polizei bei ihren Ermittlungen. Für ihn war es eine neue Erfahrung, dass er sich sozusagen auf der richtigen Seite des Gesetzes befand. Offensichtlich wusste weder der Detective Sergeant noch der Detective Constable auch nur das Geringste von seiner Vergangenheit. Für sie war er schlicht und einfach ein älterer Hausbesitzer, dem das Schicksal übel mitgespielt hatte, ein ehrenwerter unschuldiger Bürger, dessen Haus ein Brandstifter und Mörder unglücklicherweise zerstört hatte. Als die beiden Beamten kamen, um ihn bei dem Ehepaar Perkins zu befragen, wusste man bereits, dass es sich um Brandstiftung handelte, der der rumänische Untermieter von Onkel Gib zum Opfer gefallen war.

Im Krankenhaus hatte man ihn nur bis zum nächsten Nachmittag behalten. Man hatte ihn gefragt, ob man jemanden benachrichtigen solle, und er hatte ihnen erklärt, sie sollten Reuben und Maybelle Perkins anrufen. Binnen einer Stunde standen beide an seinem Bett und drückten ihm ihr tief empfundenes Mitgefühl aus, allerdings ohne ihm konkret eine Unterkunft anzubieten. Zuerst borgte sich Onkel Gib Maybelles Handy aus, ließ sich von der Krankenschwester das Telefonbuch – die Gelben Seiten – bringen und rief bei seiner Versicherung an. Nachdem das erledigt und der Sachverständige für den nächsten Vormittag angekündigt war, teilte er dem Ehepaar Perkins mit, dass er in nächster Zukunft bei ihnen logieren würde. Sie hatten ihm eine Ausgabe des *Evening Standard* mitgebracht, der mit einem Leitartikel über den Brand aufgemacht hatte. Die restliche Besuchszeit erging man sich in Spekulationen, wie die Zeitung an ein Passfoto von Dorian Lupescu gekommen war. Von Lance war nicht die Rede, den erwähnte erst die Polizei, besser gesagt, Onkel Gib tat es während der polizeilichen Vernehmung.

»Der Großneffe meiner verstorbenen Frau«, meinte er auf ihre Frage nach den Bewohnern des Hauses. »Er heißt Lance Platt. Keine Ahnung, wo er gewesen ist. Treibt sich oft bis in die frühen Morgenstunden herum. Jawohl.«

»Mr. Gibson, haben Sie eine Ahnung, wo er sich momentan aufhält?«

»Keinen Schimmer.« Onkel Gib hielt den beiden Polizeibeamten seine Zigarettenschachtel hin. Als man sein Angebot ausschlug, zündete er sich selbst eine an. Der Nikotinentzug war das Schlimmste an den wenigen Stunden im Krankenhaus gewesen. »Er sagt mir nie, wohin er geht. Ich habe ihn aus purer Herzensgüte aufgenommen, als ihn seine Mama und sein Papa nicht mehr haben wollten. Damals, nachdem er einer Frau, mit der er in Sünde gelebt hat, den Kiefer gebrochen hatte.«

»Können Sie uns sagen, wo er arbeitet?«

Lachend meinte Onkel Gib, sie sollten ihn nicht zum Lachen bringen. »Von der Stütze lebt er. Wovon sonst?«

Er gab ihnen die Adresse von Lance' Eltern. Sie seien nicht mit ihm verwandt, sondern mit Tante Ivy. Da er weder Gemmas Adresse, geschweige denn ihren Namen kannte, beschrieb er ihnen, wo sie wohnte. Sie könnten es nicht verfehlen. Sie müssten nur den Graffitis nachgehen. »Er hat überall Tanten und Onkel«, sagte er genüsslich. »Und Kumpel vom selben Schlag wie er.«

Vielleicht war Maybelle Perkins nicht begeistert, weil sie Onkel Gib als nicht zahlenden Gast am Hals hatte, aber sie ließ sich nichts anmerken. Schon seit vielen Jahren hatte er nicht mehr in einem so sauberen, gut ausgestatteten Schlafzimmer geschlafen, wenn überhaupt, oder an einem so hübsch und reich gedeckten Tisch gegessen. Maybelle fuhr sogar eigens in die Portobello Road, um in dem spanischen Lebensmittelgeschäft seine Lieblingschorizo zu kaufen.

Die Polizei kam noch einmal und berichtete ihm, man wisse aus »wohlunterrichteter Quelle«, dass Lance Platt Onkel Gibs Haus als »Schande« und »Scheißhaus« bezeichnet hatte, das man kurz und klein schlagen sollte. Dass sie das von der Nachbarin wussten, verrieten sie nicht. Ob er etwas davon gewusst habe? Onkel Gib hatte etwas dagegen, dass man von seinem ehemaligen Zuhause in solchen Ausdrücken sprach. Das warf ein schlechtes Licht auf ihn und hätte das rosige Bild beschädigen können, das die Polizei von ihm hatte. Wütend erklärte er, Lance lüge. Außerdem habe er persönlich gehört, wie dieser gesagt hatte, es passe ihm nicht, dass Dorian Lupescu im Speicher wohne, weil der deutlich schöner sei als seine eigene Unterkunft.

Eigentlich war Lance noch in keinem Haushalt willkommen gewesen, außer bei Gemma, und auch das war nun schon über ein Jahr her. Die eigenen Eltern hatten ihn vor die Tür gesetzt und schließlich auch Gemma. Und Onkel Gib hatte ihn nur genommen, weil seine Anwesenheit lukrativ war. Und genauso war es auch bei seiner Oma gewesen, als er schmutzig, struppig und erschöpft bei ihr aufgetaucht war. Anstatt ihn in die Arme zu schließen und ihm ein Abendessen im »Good King Billy« zu versprechen, hatte sie nur stumm ihre Tür aufgesperrt und ihn vor sich in die Wohnung geschoben. Wie die meisten Mitglieder eines weit verzweigten Familienclans – besonders diejenigen, die Arbeit und ein Dach über dem Kopf besaßen – lebte sie ständig in der leisen Furcht, ihre Verwandten könnten bei ihr einziehen wollen.

Um neun Uhr vormittags hatte ein Sozialarbeiter Lance aus dem Geschäftseingang am Notting Hill Gate gescheucht. Fünf Stunden unruhiger Schlaf hatten seinen Schock etwas gemildert, auch wenn dieser teilweise wieder aufflammte, während er den Ladbroke Grove hinaufschlurfte, ohne im Vorbeigehen das ziemlich prächtige und elegante Polizeigebäude eines näheren Blickes zu würdigen. Wer hatte das Haus angezündet? Wo war Onkel Gib? Er beantwortete diese Fragen mit einem heftigen Kopfschütteln. Die Passanten dachten, er wäre betrunken. Erst nach geraumer Zeit fiel ihm wieder ein, dass er Geld hatte. Mit Sicherheit würde es für ein Frühstück und ein Transportmittel genügen. Irgendwohin.

Lance hatte vergessen, dass seine Oma einen Job hatte. In seiner Familie gab es kaum jemanden, der für seinen Lebensunterhalt arbeitete. Er setzte sich vor ihrer Wohnung auf den Boden und wartete, bis sie nach Hause kam. Allmählich wurde er geübt darin, seine Zeit vor verschlossenen Türen zu verbringen. Er verzehrte das Hähnchensandwich de luxe, das er unterwegs gekauft hatte, trank aus der Cobra-Dose und schlief wieder ein. Als seine Oma eintraf, war es fast siebzehn Uhr. Bereits nach zehn Minuten in der Wohnung schickte sie ihn wieder weg. Er solle Fast Food zum Abendessen kaufen. Sie drückte ihm einen Geldschein in die Hand und sagte: »Verlier ja nicht den Beleg. Ich will mein Wechselgeld wiederhaben.«

Apropos Wechselgeld: Seltsam, wie sehr sich Menschen, von denen man gedacht hatte, dass man sich auf sie verlassen könne, fast über Nacht änderten. An dem Tag, an dem ihm seine Oma Fish & Chips spendiert hatte, war sie so nett zu ihm gewesen. Und das war gerade mal ein paar Wochen her. Aber nach den zehn Minuten, die er in ihrer Wohnung verbracht hatte, war sie tatsächlich wie ausgewechselt. Nachdem er ihr die Sache mit Onkel Gibs Haus erzählt hatte und dass er jetzt keine Bleibe mehr hatte, war alles anders gewesen. Was wäre, wenn er nun mit dem grünen Thai-Curry nicht wiederkäme? Wenn er wegginge und sich auf Gedeih und Verderb seinen Eltern auslieferte? Geschähe ihr gerade recht. Leider hätte das für sie keine Strafe bedeutet. Sie würde *hocherfreut* sein.

Allmählich hatte er das Gefühl, ganz unten zu sein. Tiefer ging es nicht.

Es gab nur ein Schlafzimmer, und zwar ihres. Er musste auf der Couch schlafen. Dagegen wäre nichts einzuwenden gewesen, wenn es sich um eine richtig weiche Polstercouch gehandelt hätte, aber Omas Couch war mit glänzend rotem Nappaleder bezogen. Irgendwann in der Nacht rutschte er auf den Boden. Durch den Sturz wachte er auf und hörte seine Oma und ihren Freund im Schlafzimmer lachen. Irgendeine alte Countrymusic aus den Siebzigern jaulte durch die Wand. Am Morgen stellte sie ihm ein Ultimatum, wie sie es nannte. Dieses Wort hatte er noch nie gehört, wusste aber schon bald, was es bedeutete.

»Lance, du musst raus. Dave möchte einziehen, und für drei ist kein Platz. Eine Nacht kannst du noch bleiben, aber dann musst du dich trollen.«

Wie der Zufall es wollte, brauchte Lance die Nacht nicht auf diesen rutschigen roten Polstern zu verbringen; allerdings hätte er nie mit den nun folgenden Ereignissen gerechnet. Er vertraute fest darauf, dass ihn der Verkauf von Elizabeth Cherrys Schmuck ganz schnell zum reichen Mann machen würde. Alles lag sicher in dem Rucksack verstaut, den er quer durch Notting Hill und zum College Park hinaufgeschleppt hatte. Ein einziges Mal wollte er ihn noch herumtragen, diesmal quer durch den nördlichen Teil von London, bis zur Ecke Holloway und Poltimore Road. Doch dann fiel ihm wieder das ausländische Geld ein. Unten an der Portobello gab es einen Laden, der aus einem obskuren Grund »Cambio« hieß. Dort könne man Geld wechseln, hatte ihm jemand erzählt. Hieß das, man würde dieses Zeug in echte Pfund umtauschen? Tatsächlich. Lance war platt. Am meisten darüber, dass er richtig vermutet hatte. Für die

Geldscheine in den drei Plastiktüten bekam er knapp dreihundert Pfund.

Jetzt musste er sich in der U-Bahn-Station nicht mehr knapp am Boden unter den zwei grau gepolsterten Pendeltüren hindurchschlängeln, die sich nur öffneten, wenn man eine Fahrkarte in den Schlitz steckte oder den runden Kontaktpunkt berührte. Er hatte Geld und fühlte sich wie die Tugend persönlich, als er den Mann hinter dem Fahrkartenschalter ansprach. Der Automat war für ihn zu kompliziert. Er fand das Haus in der Poltimore Road ohne Probleme. Es lag in einer ganz ähnlichen Straße wie die von Onkel Gib, allerdings war hier alles noch nicht so herausgeputzt. Wie bei Onkel Gib gab es keine Klingel, sondern nur einen Türklopfer. Lance klopfte. Ein sehr schlankes dunkles Mädchen öffnete. Als sich Lance nach Mr. Crown erkundigte, meinte sie: »Ach, du meinst wohl Lew.« Er sei im Urlaub, sei nach Korsika geflogen und käme erst am nächsten Sonntag zurück. Lance blieb nichts anderes übrig, als wieder zum College Park zu fahren, in die Wohnung seiner Oma. Das Ganze war ein Schlag ins Wasser gewesen, aber die Sache stand nicht so schlecht, wie es hätte sein können.

Bis zur Rückkehr seiner Oma hatte er den Schmuck in Zeitungspapier eingewickelt, auf zwei Plastiktüten verteilt und mit Gummibändern ein Paket daraus gemacht. An Gummibänder kam man leicht heran. Die Postboten ließen sie beim Zustellen der Briefe dauernd auf die Straße fallen. Das Zeug sei schlimmer als Kaugummi, behauptete seine Oma. Er übergab ihr das Päckchen mit der Bitte, es für ihn aufzubewahren, während er sich eine Bleibe suchte. Offensichtlich ging ihr diese Bitte zu Herzen. Sie lächelte zum ersten Mal seit seiner Ankunft und meinte, sie würde ihn nur ungern wegschicken. Das mochte vielleicht stimmen, aber sie sagte auch nicht, dass er weiter bleiben könne. Das Päckchen sei bei ihr in Sicherheit, versprach sie und fragte auch nicht nach dem Inhalt.

Als die Polizei kam, schauten sie sich gerade gemeinsam die Höhepunkte der Leichtathletikweltmeisterschaft in Osaka an. Seine Oma hatte keine Lust, den Fernseher auszuschalten, doch man gab ihr klar und deutlich zu verstehen, was Sache sei. »Falls Sie sich gefragt haben, wie es Ihrem Onkel geht«, meinte der Detective Sergeant, »falls Sie sich Sorgen gemacht haben, möchten wir Ihnen mitteilen, dass er schwer traumatisiert war, aber bereits auf dem Weg der Besserung ist. Er befindet sich bei sehr lieben Freunden, die wissen, wie man sich um ihn kümmert.«

»Sie müssen nicht sarkastisch werden«, sagte seine Oma.

Man ignorierte sie.

»Armer alter Knabe«, sagte der Detective Constable überflüssigerweise. »Vielleicht möchten Sie uns jetzt erzählen, wo Sie sich Dienstagnacht zwischen dreiundzwanzig Uhr und ein Uhr dreißig aufgehalten haben. Das heißt vom Dienstag, den vierzehnten August, auf Mittwoch, den fünfzehnten.«

»Fort«, sagte Lance. Er bekam einen trockenen Mund, und seine Kehle schnürte sich zu.

»Verzeihung? Würden Sie das wiederholen?«

»Fort bin ich gewesen.«

»Und wo?«

»Bin herumgelaufen.« Das sagte er langsam und vorsichtig.

»Und wo?«, wollte der Detective Sergeant wissen.

Lance meinte, er könne sich nicht erinnern. Er sei in

einem Pub gewesen. Als sie wissen wollten, in welchem, behauptete er, auch daran könne er sich nicht mehr erinnern. Als man seinem Gedächtnis auf die Sprünge helfen wollte, sagte er, es könnte in der Westbourne Park Road gewesen sein. Noch immer hatte er keinen Schimmer, worauf sie hinauswollten. Sein oberstes Ziel war es zu verhindern, dass sie von seinem Einbruch in einem Haus in der Pembridge Villas Wind bekamen. Angenommen, sie würden die Wohnung seiner Oma durchsuchen und dabei den Schmuck finden? Jede Minute rechnete er damit, dass es hieß, sie möchten gerne die Räume durchsuchen. Man habe einen Durchsuchungsbefehl, und solche Sätze, wie man sie im Fernsehen hört. Aber das taten sie nicht. Sie fragten ihn, warum er gesagt habe, man müsse Onkel Gibs Haus kaputt machen.

»Ist doch wirklich ein Scheißhaus, oder?«, sagte er. »Der reinste Saustall.«

»Also, haben Sie das gesagt? Wollten Sie es kaputt machen?«

»Das habe ich nie gesagt.« Allmählich wurde Lance wirklich unruhig.

»Vielleicht haben Sie auch nicht gesagt, dass es Ihnen nicht passt, dass Mr. Lupescu im Speicher wohnt?«

»Also, das war doch nicht fair, oder? Da kommt der aus irgendeinem fremden Land daher und bekommt den besten Teil des Hauses.«

Seiner Oma wurde sichtlich immer mulmiger zumute. »Lance, ich glaube, du solltest jetzt nichts mehr ins Blaue sagen.« Und fügte dann als erfahrene Zuschauerin von Krimiserien hinzu: »Du solltest verlangen, mit einem Anwalt zu sprechen.«

»Gute Idee«, meinte der Detective Sergeant zynisch.

»Das kann er machen, sobald wir ihn aufs Revier gebracht haben. Und zwar jetzt.«

Lance war zutiefst erleichtert, dass sie weder die Alte aus der Pembridge Villas erwähnten noch seine Oma baten, ihnen das Päckchen mit dem Schmuck zu zeigen. Er war überzeugt gewesen, dass man sie verdächtigte, im Besitz desselben zu sein. Und so machte er es sich ziemlich fröhlich auf dem Rücksitz des Wagens bequem, in dem man ihn auf die Polizeiwache von Notting Hill fuhr. Man besorgte ihm einen Anwalt, eine sehr nette, junge Dame, die für eine bestallte Pflichtverteidigerin viel zu jung wirkte.

Und wieder begann das Verhör. Stundenlang. Jede Minute wartete Lance auf jenen schicksalsträchtigen Satz, den er so oft sorglos im Fernsehen gehört hatte: Jede seiner Aussagen könne vor Gericht gegen ihn verwendet werden. Aber mitten in der Nacht ließ man ihn laufen, allerdings mit der Auflage, sich für weitere Vernehmungen zur Verfügung zu halten.

20

Am Donnerstagmorgen sperrte Susan Cox das Haus auf, das sie in Abwesenheit von Elizabeth Cherry hütete, und ging pflichtschuldig von Zimmer zu Zimmer. Allerdings war sie mit ihren Gedanken nicht bei der Sache. Sie grübelte über den Karneval von Notting Hill nach, der vom nächsten Samstag bis zum Montagabend pausenlos stattfinden sollte. In diesem Jahr führte die Umzugsroute in einer U-Form von der Bahnstation Westbourne Park die Great Western Road hinunter, den Westbourne Grove entlang und wieder hinauf zum Ladbroke Grove. Also rund um die Portobello Road, die aber selbst nicht Schauplatz des Umzugs sein sollte. In die Nähe der Pembridge Villas würde der Zug nur kommen, solange er sich singend und tanzend und rockend und rappend die Chepstow Road hinunterbewegte. Trotzdem streunten öfter Nachzügler durch die ruhigen abgeschiedenen Seitenstraßen. Susan bangte um die Statuetten in ihrem Vorgarten und um Elizabeths Blumen. Bei einem früheren Karneval hatten ein als Engel verkleideter Tänzer im weißen Satingewand und Federflügeln und ein Kapitän Hook sämtliche Dahlien abgepflückt und sich danach auf die Mauer gehockt und ein paar Zeilen aus dem neuesten Hit gerappt. Susan fühlte sich in Elizabeths Abwesenheit verpflichtet, so etwas zu verhindern.

Heute war es kühl, diesig, trocken und windstill. Deshalb fiel ihr auch nicht auf, dass ein Esszimmerfenster keine Scheibe hatte. Der Vorhang hing ordentlich gefaltet herab. Lance war ein gelehriger Schüler gewesen und hatte bei Dwayne gelernt, wie man eine Scheibe sauber herausschneidet. Wie immer sah Susan den Schmetterlingsflieder und den Bambus in Elizabeths Garten, aber nicht die fehlende Scheibe. Die Küche war noch genauso wie vor zwei Tagen. Allerdings roch es nach leicht vergammelten Tomaten. Eigentlich sah es Elizabeth nicht ähnlich, dass sie eine Suppendose in den Abfalleimer warf, ohne sie vorher auszuspülen, aber vielleicht war sie in Eile gewesen. Nach über einer Woche würde so etwas natürlich unangenehm riechen. Naserümpfend holte Susan die Dose samt der Plastiktüte aus dem Abfalleimer heraus und nahm sie mit heim, um sie auszuwaschen und brav dem Recycling zuzuführen.

Joel traf seine Vorkehrungen für das Ende und lebte inzwischen fast in völliger Dunkelheit, soweit das mitten in London möglich war. Kein Licht drang mehr durch die Glasscheibe in seiner Wohnungstür herein. Er hatte sie mit einem Stück Pappe verdeckt, das er mit Reißnägeln am Fensterrahmen befestigt hatte. Trotzdem gab es draußen auf der Straße Lampen, die nie ausgingen. Nach dem nassesten, trübsten und wolkenreichsten Sommer seit Beginn der Wetteraufzeichnung schien jetzt tagsüber die Sonne und nachts der Mond. Absolute Dunkelheit ließ sich nicht erreichen. Außerdem hatten sich seine Augen ans Dunkel gewöhnt. Wie eine Katze fand er den Weg von Zimmer zu Zimmer genauso leicht, als wenn es in der Wohnung taghell gewesen wäre.

Sogar Noreen hatte sich an seinen Lebensstil gewöhnt. Inzwischen kam sie nur noch drei Nächte wöchentlich. Um ihm einen Gefallen zu erweisen, brachte sie eine ausgestopfte Rolle in Form einer grün-gelben Schlange mit gespaltener Zunge mit, die sie unten vor ihre Schlafzimmertür legte. Diese Rolle war nicht nur gut gegen Zugluft, sie stoppte auch den Lichtschein ihrer Nachttischlampe. Linda kam nicht mehr, obwohl er nicht verstehen konnte, warum sie sich vor ihm und seiner Wohnung fürchtete. Aber so war es nun mal. Davon erzählte er weder Ella etwas noch seiner Mutter noch Miss Crane. Und sein Vater? Der bezahlte mit Sicherheit einfach achtlos die Rechnungen. Oder es war ihm egal.

Joel hatte jede Menge Schlaftabletten gesammelt. Die Krankenhausapotheke hatte ihn mit einem Vorrat versorgt, von dem noch einiges übrig war. Linda hatte ihm erklärt, sie brauche Tabletten, um unter seinem Dach überhaupt schlafen zu können, und hatte diese bei ihrem letzten Besuch vergessen. Als sie sie am anderen Tag holen wollte, sagte er, er wisse nichts von ihrem Mogadon. Das musste sie dann glauben. Die meisten, besten und auch stärksten Schlaftabletten stammten von seiner Mutter. Ihr Arzt gab ihr beliebig viele Beruhigungsmittel. Mit der Begründung, der Kummer über ihren Sohn halte sie wach, hatte sie sich eben erst das Doppelte ihrer üblichen Dosis verschreiben lassen. Im Schutz der gewohnten Dunkelheit hatte Joel ihre Handtasche durchsucht und mit diesen Tabletten seinen Schatz aufgestockt.

Noreen ging für ihn auf dem Weg zu den Ludlow Mansions einkaufen. Auf seiner Liste für sie standen immer Fleisch, Eier und Fertiggerichte sowie manchmal eine Flasche Wein. Als er noch Gin und Whisky auf seine Liste setzte, war sie nicht überrascht und wertete es als Zeichen, dass es ihm allmählich besser ging. Raffinierterweise schrieb er auch Partynüsse und Reiscracker auf. Sie redete sich ein, er würde allmählich wieder Spaß am Leben finden,

Freunde zu sich einladen und demnächst die Lampen anknipsen und die Rollos hochziehen.

Aber er fand keinen Spaß am Leben. Sein Verhalten und seine Pläne hatten auch nichts damit zu tun, was Ella oder Miss Crane vielleicht vermutet hätten, wenn sie von den Tabletten und dem Alkohol gewusst hätten. Ella war in der letzten Zeit nicht erschienen. Das war seine Schuld. Er hätte sie anrufen und herbitten können, aber damit wartete er bis zum richtigen Zeitpunkt, bis zum absolut richtigen Zeitpunkt. Seine Spaziergänge hatte er eingestellt. Einmal wöchentlich ging er noch mit Sonnenbrille zu Miss Crane. Er fuhr mit dem Taxi in ihre Praxis und auch wieder zurück. Er erzählte ihr von Mithras, wobei er das meiste erfand und seine Märchen weidlich genoss. Vielleicht wusste die Psychotherapeutin Bescheid, auch wenn sie sich nichts anmerken ließ.

»Inzwischen erklärt er mir, ich soll Leute mit roten Haaren umbringen«, sagte er. Miss Crane hatte rotes Haar. »Wenn Dämonen Gestalt annehmen, bekommen sie rote Haare.« Keine Antwort, nicht einmal ein Nicken. »Ich will ihm nicht gehorchen, weil er dann weiß, dass er mich kontrolliert.«

Mithras – der echte Mithras – war für ihn inzwischen viel öfter sichtbar. In jedem Lichtstrahl, der sich heimlich in die Wohnung stahl, sah er ihn. Miss Crane erzählte er, er würde Mithras nie sehen, sondern nur seine Stimme hören. Mithras habe gesagt, Ella und seine Mutter und Noreen wären Dämonen, und wenn er seinen Seelenfrieden finden und glücklich sein wolle, müsse er sie umbringen. Auch wenn sie nicht rothaarig wären. Aber sie seien Frauen, und das genüge. Miss Crane, eine schmale vogelähnliche Frau mit einer Lockenmähne, sagte nichts. Ganz still saß sie da und schrieb manchmal einige Wörter auf ein Blatt Papier. Joel sagte solche Sachen nur, weil er gelesen hatte, Schizophrene würden sich so verhalten. Sie hörten Stimmen, und diese Stimmen befahlen ihnen, Verbrechen zu begehen. Es wäre hochinteressant, einen Schizophrenen zu mimen, sozusagen als Hobby. Miss Crane sagte lediglich, er solle weiter seine Tabletten nehmen, und sie würde ihn dann nächste Woche wieder sehen. Auf dem Heimweg – Joel hatte seine Kapuze übergezogen und seine dunkelste Sonnenbrille aufgesetzt – ging er in eine Buchhandlung und kaufte ein Buch über Schizophrenie.

Als Noreen morgens die Wohnung verließ, strömte kurz helles Licht herein. Auch nachdem sie die Tür bereits hinter sich geschlossen hatte, erblickte Joel am anderen Flurende Mithras. Wunderschön war er geworden, wie die Davidstatue von Michelangelo, die er einmal in Florenz und seither auf vielen Fotos gesehen hatte. Inzwischen sehnte sich Joel danach, ihn loszuwerden. Im Laufe des Tages wurde Mithras gesprächig. Er befahl Joel nie, anderen Menschen etwas anzutun. Meistens erzählte er von seiner Heimat, von dieser Prachtstadt, wo Engel auf den leuchtenden Zinnen spazieren. Manchmal sagte er, dort wolle er wieder sein, in diesem Licht, in diesem Sonnenschein, der sich in Mauern, Dächern und Minaretten spiegelte. Er wollte unbedingt wieder dorthin zurück, wusste aber nicht, wie.

»Ich werde für dich einen Weg finden, und zwar bald«, versprach ihm Joel. »Ich weiß, wie du dorthin kommst.«

Kaum gab er dieses Versprechen – und das allmählich täglich –, verstummte Mithras. Aus Dankbarkeit, das wusste Joel. Früher hatte er sich gescheut, Mithras in Noreens Gegenwart anzusprechen, aber inzwischen redete er vor ihr laut mit ihm, damit sie ihn für schizophren hielt.

Lance stand vor Gericht und wurde erneut unter Auflagen freigelassen. Noch vor wenigen Jahren hätten sie ihn in Untersuchungshaft behalten, so wie es bei Onkel Gib der Fall gewesen war. Aber auf dem Revier war keine Zelle frei, und die Gefängnisse waren überfüllt. Also kam Lance frei und machte sich auf den Weg zur elterlichen Wohnung in Acton, denn auch er kannte den bewährten Spruch, dass die Familie deine letzte Zuflucht ist, wo man dich aufnehmen muss.

Seine Eltern waren nicht erfreut. Und solch eine Heimkehr kennt noch eine Regel: Während der hartherzige Herr Papa sich redlich bemüht, dich von der Schwelle zu weisen, erinnert sich Mama daran, dass sie dich neun Monate unter dem Herzen getragen hat und was für ein liebes Baby du warst. Der einzige Sohn, und so weiter. Deshalb stimmte sie Papa um. Sie hatten ein Zimmer übrig, Lance' ehemaliges Kinderzimmer. Jetzt war es mit nicht funktionierenden Küchengeräten, alten Motorradzeitschriften, einem kaputten Fahrrad und einem Stapel Autoreifen unbekannter Herkunft vollgestopft. Trotzdem wurde für Lance ein Schlafplatz freigeräumt.

Am meisten vermisste er Gemma. Da lag er nun wach in diesem Horrorkabinett und versuchte, Mittel und Wege zu finden, um sie zu erreichen. Der Verkehr donnerte an dem Wohnblock vorbei, wo seine Eltern wohnten. Die Straße direkt vor dem Haus hatte ein Schlagloch. Jedes Mal, wenn ein schwerer Lastwagen vorbeifuhr, wackelte das Haus wie bei einem Erdbeben, und Lance fürchtete, das kaputte Fahrrad und der Reifenstapel würden auf ihn herunterkippen. Ein Nachbar hatte an die Stadtverwaltung geschrieben, es sei höchste Zeit, die Straße auszubessern, aber es war nichts geschehen. Lance versuchte, Gemma während der

Zeit anzurufen, in der Fize seiner Berechnung nach in der Arbeit sein musste, aber nie hob jemand ab.

Die Polizei war entschlossen, ihn zu diskriminieren, und bezeichnete ihn als »Delinquent«, ein Wort, das Lance noch nie gehört hatte. Auch den Begriff »eventueller« verstand er nicht. Selbstverständlich hätte er ihnen erzählen können, dass er unmöglich Onkel Gibs Haus anzünden konnte, weil er zur selben Zeit bei Elizabeth Cherry eingebrochen hatte. Diese Lösung verwarf er allerdings wieder. Die Chancen standen gut, dass sie ihm niemals Brandstiftung und damit auch keinen Mord nachweisen konnten und er also ungeschoren davonkam, während man ihn andernfalls des Einbruchs überführen und er daraufhin im Gefängnis landen würde. Wie pflegte Onkel Gib immer zu sagen? Die Briten scherten sich relativ wenig um das, was man anderen Menschen antat, bei ihnen zählte mehr das Eigentum. Damals hatte Lance diesen Satz nicht sonderlich beachtet, aber in einer Polizeizelle und jetzt, in der Wohnung seiner Eltern, erinnerte er sich wieder an die Worte.

Da lag er nun nachts in seinem unbequemen Bett, von vorbeifahrenden Lastwagen geschüttelt und gerüttelt, dachte an Gemma und wiederholte leise das Wort »Delinquent« und versuchte zu entscheiden, ob es schlechter klang als »Einbrecher« oder besser.

Der Karneval von Notting Hill beginnt zwar am Samstag, aber erst sonntags und montags – ein Feiertag – geht es wirklich hoch her. Irgendwann würde sich der Zug in diesem Jahr – die Route hatte sich im Vergleich zum letzten Jahr kaum geändert – den Ladbroke Grove hinaufschlängeln, und genau dort stellte sich Onkel Gib auf. In den letzten Jahren war er, mit Ausnahme seiner Knastzeiten, regelmäßig beim Karnevalszug gewesen, und er sah nicht ein, warum er ihn dieses Jahr verpassen sollte, nur weil sein Haus abgebrannt war. Als Dieb, oder besser gesagt, als Exdieb wusste er genau, dass Langfinger und Taschendiebe die Zugroute heimsuchten und sich unter die Menschenmenge mischten. Deshalb nahm er auch kein Geld mit. Auch auf Kreditkarten, Armbanduhr und Schmuck hätte er verzichtet, wenn er so etwas besessen hätte. Er hatte kein Dach über dem Kopf und nur eine Secondhand-Hose am Leib, die er an einem Stand in der Portobello Road gekauft hatte, und ein Stehkragenhemd von Reuben. Als Exdieb hätte er sich zutiefst geschämt, wenn man ihn bestohlen hätte. Deshalb gab er ihnen von vornherein keine Gelegenheit dazu.

Unter den Zuschauern, die die Karnevalswagen, die Kapellen, die Tänzer und die schrillen Farben unter einem irrwitzig blauen Himmel bestaunten, entdeckte er zuerst Lance und später Fize in Gesellschaft eines Schwarzen und eines Weißen. Bis zu einem gewissen Grad war Onkel Gib eine gespaltene Persönlichkeit. Jedenfalls würde es ein Durchschnittsmensch so sehen. Ein Psychiater allerdings nicht. Als wiedererweckter religiöser Mensch verurteilte er selbstverständlich das Stehlen als direkten Verstoß gegen ein göttliches Gebot, während er als geläuterter Dieb mit Vergnügen die Mätzchen eines Ian Pollitt beobachtete, der zusammen mit dem Schwarzen Hunderte Leute entlang des Zugs taxierte und sich ausrechnete, welche Hosen- oder Handtaschen man ungestraft durchwühlen konnte. Und tatsächlich sah er mit eigenen Augen, wie der Schwarze einer Frau vermutlich eine Kreditkarte aus der Jackentasche zog, während Pollitt eine Geldbörse aus einer Handtasche zu klauen versuchte, was ihm aber nicht gelang.

All diese Vorgänge lenkten ihn so ab, dass ihn Lance restlos überraschte. Es gab kein Entkommen. Doch noch ehe Lance den Mund aufmachen konnte, ging Onkel Gib schon auf ihn los: »Wenn ich nicht eine Abneigung gegen schmutzige Wörter hätte, würde ich Pissratte zu dir sagen und nicht Pyromane.«

»Ich habe nichts gemacht«, protestierte Lance.

»Mich interessiert nur eines: Warum bist du nicht hinter Schloss und Riegel?«

»Keine Ahnung. Haben sie nie gesagt. Muss mich aber wieder melden. Kann ich bei dir wohnen?«

Onkel Gib spuckte Gift und Galle. »Ich habe keine Wohnung. Ich bin obdachlos. Ein paar liebe Freunde haben mich aus reiner Herzensgüte bei sich aufgenommen, aber für Leute deines Schlags ist dort kein Platz.«

Am folgenden Tag fand der Trauergottesdienst für Dorian Lupescu statt, eine grandiose teure Feier in der russisch-orthodoxen Kirche an der Moscow Road. Onkel Gib war eingeladen. Er hatte keine Ahnung, woher Dorians Angehörige – Eltern, Ehefrau, Tanten, Onkel und Cousins – etwas von seiner Existenz wussten und wie sie ihn hatten finden können, aber genau das war geschehen. Man hatte ihm eine Einladung auf edlem, cremefarbenem Büttenpapier mit schwarzem Rand und schwarzer Seidenschleife geschickt. Da sein Nadelstreifenanzug im Feuer verbrannt war, borgte er sich einen von Reuben, samt einem zweiten Hemd und einer schwarzen Krawatte. Vier Pferde mit schwarzen Federn auf den Köpfen zogen eine schwarz-goldene Kutsche, worin der Leichnam des armen Dorian in einem Mahagonisarg mit Messingbeschlägen lag. Der Gottesdienst wurde auf Russisch, Griechisch oder in sonst einer Sprache abgehalten. Trotzdem sang Onkel

Gib die Choräle auf Englisch mit, auch wenn er die Melodie nicht wirklich kannte.

Im Anschluss daran standen alle draußen auf der Straße und rauchten starke russische Zigaretten. Dorians Mutter bedankte sich in ihrem besten Englisch bei Onkel Gib, weil er so nett zu ihrem Sohn gewesen war. Gib war so gerührt, dass er zum ersten Mal seit seiner Kindheit Tränen in den Augen hatte. Als er wieder im Hause Perkins war, erwartete ihn eine gute Nachricht. Die Kinder von Zebulun hatten zusammengelegt und ihm einen neuen Computer gekauft. Maybelle überließ ihm die Abstellkammer als Arbeitszimmer, damit er dort seiner Tätigkeit als Briefkastenonkel nachgehen konnte.

Der August verabschiedete sich wie ein Löwe, der eher einer patschnassen Bachratte glich, und der September kam wie ein Lämmchen, das im Sonnenschein herumhüpft. Zu Beginn der ersten Woche kehrte Elizabeth Cherry mitten am Nachmittag aus dem Urlaub zurück. Sofort fiel ihr Blick auf den glaslosen Fensterrahmen. Regen hatte die Vorhänge durchnässt und beim Trocknen hässliche Flecken hinterlassen. Auch der Teppich hatte eine feuchte Stelle. Sie rief bei Susan an, die davon keine Ahnung hatte und sich sofort in Entschuldigungen erging, weil sie nichts gemerkt hatte. Niemand kann seine Nachbarn tadeln, die gratis fremdes Eigentum hüten, auch wenn sie genau das übersehen haben, worauf zu achten man sie gebeten hat. Susan würde herüberkommen, wenn Elizabeth das wolle. Sollte sie? Jetzt nicht, meinte Elizabeth, vielleicht morgen, und trug ihren Koffer nach oben. Allem Anschein nach war nichts durcheinander. Sie packte ihre Kleidung aus und kippte den Inhalt des kleinen Schmuckkästchens, das sie dabeigehabt hatte, in die große Schmuckschatulle auf ihrer Frisierkommode. Eine Ersatzuhr für den Fall, dass bei der anderen die Batterie ihren Geist aufgab, und einen Ring zu einer eleganten Abendrobe.

In der Küche suchte sie im Gefrierschrank nach einem Päckchen Erdbeereis. Nichts. Wahrscheinlich wurde sie allmählich vergesslich und hatte es selbst verspeist. Der Toaster war voller Brösel. So hatte sie ihn mit Sicherheit nicht hinterlassen. Elizabeth ging wieder nach oben, um den Inhalt der Schmuckschatulle genau unter die Lupe zu nehmen. Dabei gab es nur ein Problem: Inzwischen konnte sie sich nicht mehr erinnern, was sich in der Schatulle befunden hatte, als sie diese vor einer halben Stunde zum ersten Mal geöffnet hatte, und was sie aus ihrem Handgepäck hineingelegt hatte. Trotzdem fehlte zweifellos etwas: ein Diamantring und ein mit Diamanten besetzter Vorsteckring – beide hatten ihrer Mutter gehört – sowie eine goldene Kette und ein Goldarmband. Elizabeth rief bei der Polizei an.

Es kam ein mitfühlender, angenehmer Polizist, der ihr gerne erklärte, wo sie einen Glaser für die Fensterreparatur finden könne. Fingerabdrücke gäbe es sicher nicht, davon war er überzeugt. Trotzdem würde das ein Kollege überprüfen. Der Schmuck sei doch versichert gewesen, oder? Elizabeth nickte. Haus, Hausrat und Schmuck waren versichert. Der Mann bat sie um eine Beschreibung der fehlenden Gegenstände. Sie hatte noch nicht die Hälfte beschrieben, da war beiden klar, dass ihre Beschreibung auf Tausende Schmuckstücke passte.

»Es wäre nicht ehrlich«, sagte der Polizist, »wenn ich behaupten würde, dass wir große Chancen haben, den Spitzbuben zu finden. Eigentlich stehen die Chancen bei null.«

Erst als er weg war, vermisste sie die Kreditkarte, die Euro und die amerikanischen und kanadischen Dollar.

Inzwischen musste Lew Crown wieder aus dem Urlaub zurück sein, genau wie die Alte aus der Pembridge Villas. Als ein Tag nach dem anderen verging und kein Polizist vor der elterlichen Wohnungstür auftauchte, fühlte sich Lance allmählich ein wenig sicherer. Die Tante war alt, ihr Gehirn funktionierte nicht mehr richtig und sie hatte nicht einmal gemerkt, dass jemand im Haus gewesen war. Andererseits konnte ihr das Fenster nicht entgangen sein. Lance verbot sich jeden negativen Gedanken. Er hatte genug um die Ohren. Er musste bei seiner Oma das Päckchen abholen und nach Holloway bringen.

Lance vergaß, dass er eine Anklage wegen Mordes und Brandstiftung am Hals hatte und sich nur unter Auflagen auf freiem Fuß befand. Er träumte von dem unerhörten Reichtum, der ihm durch den Schmuckverkauf in den Schoß fallen würde. Vielleicht würde er so viel bekommen, dass er … Nein, für eine Eigentumswohnung würde es nicht reichen, so naiv war nicht einmal er, aber vielleicht könnte er damit irgendwo eine so hübsche Wohnung mieten, dass Gemma sich von Fize trennte und zu ihm zog. Er zerriss das Scheckbuch der Alten und schnitt ihre Kreditkarte entzwei.

21

Es war Punkt zwölf Uhr. Soeben verließ die letzte Patientin Ellas Vormittagssprechstunde. Diesmal hatte Mrs. Khan einen der Zwillinge mitgebracht, ihren siebenjährigen Sohn Hakim. Ella erklärte ihr, es sei nicht richtig, jetzt im Herbst, zu Beginn des neuen Schuljahrs, Kinder vom Unterricht abzuhalten. Der Junge übersetzte. Vielleicht übersetzte er aber auch gar nicht, sondern erzählte seiner Mutter irgendwelche Sachen, die ihm gerade in den Kram passten. Woher sollte Ella das wissen? Mrs. Khan bekam ihr übliches Rezept für Beruhigungsmittel, nachdem Ella die erbetenen Schlaftabletten abgelehnt hatte. Der naseweise Hakim las den Beipackzettel und nickte altklug. In dem Moment klingelte Ellas Telefon. »Ella, er behauptet, er sei Joel«, sagte die Sprechstundenhilfe.

Ella seufzte. Sie hatte gehofft, sie könnte nach Hause gehen, friedlich zu Mittag essen und den Nachmittag mit Eugene verbringen. »Joel? Was kann ich für Sie tun?«

Seine raue matte Stimme war kaum wiederzuerkennen. »Können Sie kommen? Jetzt?«, keuchte er.

»Was ist los?«

»Ich habe nicht zu viel genommen. Sollte eigentlich passen. Ich – will – doch nur – ins ...«

Die letzten Worte waren unverständlich.

Sie rannte los. Mrs. Khan und Hakim starrten ihr mit offenem Mund nach. An der Praxistür rief sie laut Joels Adresse und wies die Sprechstundenhilfe an, den Notruf zu alarmieren. Binnen zwei Minuten saß sie in ihrem Auto.

Wie durch ein Wunder herrschte nicht viel Verkehr, sodass sie noch vor den Sanitätern da war. Sie hämmerte an Joels Tür und brüllte seinen Namen durch den Briefschlitz in die Dunkelheit hinein. Dann war sie auch schon wieder unten und bat einen Pförtner, die Tür einzutreten. In dem Moment trafen die Sanitäter ein, zwei große Männer mit Erste-Hilfe-Koffern. Gemeinsam traten sie die schwere Tür ein.

»Warum ist es so dunkel?«, fragte ein Sanitäter.

»Er will es so haben.«

Sie schalteten das Licht ein, aber Joel hatte nur matte Funzeln. Ein Sanitäter riss die Vorhänge auf. Joel lag rücklings auf dem braunen Samtsofa. Wie immer trug er Jeans und ein altes ausgewaschenes T-Shirt. Seine langen Haarsträhnen hingen ihm bis über die Augen, als hätte er sie bewusst heruntergezogen, um sein Gesicht zu verstecken. Aus dem offenen Mund tropfte Speichelschaum. Auf dem Couchtisch lagen zwei halb leere Tablettenröhrchen, eine halb volle Wodkaflasche und ein populäres Psychologiebuch über Schizophrenie.

Ella sagte: »Helfen Sie mir, ihn auf die Beine zu stellen.«

»Das machen wir schon«, meinte einer der Sanitäter.

Sie begannen, mit ihm auf und ab zu gehen, wobei sie ihn fast ziehen mussten. Ella zog das Rollo hoch und öffnete die Fenster. Sie las die Aufkleber auf den Tablettenröhrchen. Beide waren für andere Leute bestimmt. Joel zitterte und zuckte, ohne die Augen zu öffnen. Sie dachte an sein Herz und an die Operation, von der er sich noch immer nicht ganz erholt hatte. Sie wagte nicht, ihm Adrenalin zu geben. Sie packte ihn am Arm, der Sanitäter trat zurück. »Joel, Joel, können Sie mich hören? Joel, sagen Sie etwas.« Sie wandte sich an den wartenden Mann. »Würden Sie bitte Kaffee kochen?«

Er tat es prompt. Der Kaffee war viel zu heiß, sie gossen kaltes Wasser nach. Ella hielt Joel die Tasse an die Lippen. Er bibberte. Die Tasse klapperte gegen seine Zähne. Trotzdem trank er ein bisschen, verschluckte sich dabei und stöhnte. Sein Körper sackte zusammen. Ohne Stütze wäre er gestürzt.

»Das müssen Sie trinken. Los jetzt. Sie müssen.«

Diesmal schluckte er einen Mund voll und dann noch einen. Er wurde ganz grün im Gesicht. Endlich drang eine Stimme aus seinem Mund. Sie hatte kaum etwas Menschliches an sich. »Mir wird schlecht.«

Der ältere Sanitäter holte aus dem Spülbecken in der Küche eine Schüssel, kam aber zu spät. Joel erbrach sich auf den rotbraunen Turkmenenteppich. Das Erbrochene hatte fast dieselbe Farbe. Sie hielten ihn immer noch aufrecht. Bebend und zitternd trank er das Wasser, das ihm Ella brachte, bis er schließlich lange aufseufzte.

»Frau Doktor, sollen wir ihn jetzt abtransportieren?«

»Ich komme mit«, sagte sie.

Kath, Lance' Oma, saß mit Dave bei einer Flasche Wein auf ihrem Balkon und betrachtete den Verkehr in der Harrow Road, der langsam unter ihnen dahinkroch. Der Abend war warm und schön, und die Sonne schien noch angenehm. Leider verpesteten Abgasschwaden die ganze Luft. Als es an der Tür klingelte, stand Dave auf und ließ Lance ein. Mit einem sehnsüchtigen Blick auf die Weinflasche gab Lance seiner Oma einen Kuss.

»Ach Dave, gib ihm doch ein Glas und mach gleich noch eine Flasche auf, ja?«

Als Lance mit einem Glas Chardonnay in der Hand so im Freien saß, musste er schmerzlich an ähnliche Abende denken, die er mit Gemma auf deren Balkon verbracht hatte. Würde er sie je wiedersehen? Er trank einen Schluck Wein.

»Ich habe noch ein Hühnchen mit dir zu rupfen, mein Junge«, sagte seine Oma. »Diese Tüte voller Zeug, die du bei mir gelassen hast, die macht mich nervös. Was ist, wenn du dem alten Gib das Haus angezündet hast und dabei dieser Osteuropäer umgekommen ist? Auch wenn ich die Erste wäre, die bezeugt, dass du daran nicht schuld bist. Trotzdem hat mich das auf den Gedanken gebracht, dass du vielleicht zu diesen Terroristen gehörst. Und jetzt will ich nur eines wissen: Was ist in dieser Tüte?«

Lance widersprach. Das sei nicht wahr; niemals hätte er Onkel Gibs Haus angezündet.

»Auch egal. Du sagst mir jetzt, was in der Tüte ist. Nein, du zeigst es mir.«

Dave kam mit einer zweiten Flasche Chardonnay zurück und machte sie auf. Der Korkenzieher erinnerte Lance mehr an eine Black & Decker.

»Zweimal hab ich's schon gesagt, und jetzt sag ich's wieder. Ich will wissen, was in der Tüte ist. Und noch eins: Das Ding kommt mir hier nicht raus, bevor du's aufgemacht und mir gezeigt hast. Stimmt's, Dave?«

»Ganz genau, Kath.«

Allmählich wünschte Lance, er wäre nicht gekommen, aber er musste die Tüte holen, um sie zu Mr. Crown zu bringen.

»Du hast keine Wahl«, meinte Dave. »Entweder du machst sie auf, oder deine Oma wirft sie zum Abfall. Oder in den Kanal, was eher wahrscheinlich ist. Und das macht sie, weißt du?«, fuhr er fort und warf ihr einen liebevoll bewundernden Blick zu. »Sie ist 'ne echte Eiserne Lady, das weißt du schon.«

»Wo ist die Tüte?«, wollte Lance wissen.

Das Päckchen wurde präsentiert. Lance zog die Gummibänder herunter und holte die Schmuckstücke heraus: zwei Diamantringe, zwei goldene Armbänder und eine Goldkette. Weder Kath noch Dave gaben einen Ton von sich.

»Das gehört mir«, behauptete Lance, obwohl er wusste, dass man ihm nicht glauben würde.

»Dass ich nicht lache«, sagte seine Oma, die allmählich ihre Stimme wiederfand. »Wo hast du das her?«

»Aus 'nem schicken Haus in Notting Hill.«

»Einbruch«, konstatierte Dave ganz beiläufig. »Bei Nacht?«

»Und wenn schon?«

»Dann ist es schwerer Diebstahl.«

Seine Oma griff nach der Flasche. »Gönnen wir uns noch einen Schluck.« Zwei Schweigeminuten vergingen mit Nachschenken. »Der Verkehr wird ein bisschen weniger«, sagte sie.

»Bis er morgens wieder loslegt«, meinte Dave.

»Du könntest dich doch für ihn um das Zeug kümmern, oder?«

»Tja, kann ich machen.«

»Ich wollte es zu einem Typen in Holloway bringen.«

»Das lässt du besser bleiben«, warf Dave rasch ein. »Man weiß nie, wem man bei diesem Spiel trauen kann. Lass mich das regeln. Wirst dabei nicht zu kurz kommen.«

»Okay, wenn du meinst.« Lance fühlte sich ziemlich erleichtert.

»Langsam wird's hier draußen ein bisschen kühl«, sagte seine Oma. »Es wird bald dunkel. Was meint ihr, sollen wir zusammen dem ›Good King Billy‹ einen kurzen Besuch abstatten?«

»Oder auch einen längeren?«, meinte Dave, der plötzlich beste Laune hatte.

Was Ella in einem Telefonat mit Eugene am späten Nachmittag schlicht als »Notfall« bezeichnet hatte, drohte ihn bis weit in den Abend hinein ihrer Gesellschaft zu berauben. Er saß vor dem Fernseher und naschte Süßigkeiten. So etwas hatte er seit seiner Kindheit nicht mehr getan, und er entdeckte, dass es ihm Spaß machte. War er also *ohne* Ella glücklicher als mit ihr? Er versuchte sich einzureden, er sei zu lange Single gewesen, ein alternder Junggeselle, der ab und zu eine Freundin gehabt hatte. Er habe sich an das Zusammenleben mit einer Frau einfach noch nicht wirklich gewöhnt. Aber der wahre Grund für all diese Emotionen war die Sucht, die sein Leben in Beschlag genommen hatte. Bereits der Gedanke an den süßen Geschmack ließ ihn nach dem Päckchen greifen, das in Ellas Abwesenheit griffbereit vor ihm auf dem Tisch lag, und sich ein Bonbon in den Mund stecken. Der Wunsch, diese Angewohnheit schrittweise aufzugeben, war nur noch eine vage Erinnerung.

Es war bereits September, und im Oktober sollte er heiraten. Eugene blieben nur noch wenige Wochen, um sich frank und frei schier unbegrenzte Mengen Chocorange zu gönnen. Er schaltete den Fernseher aus. Er war sauer auf sich, weil er sich eine derart hirnrissige Gameshow angesehen hatte. Stattdessen nahm er vorsichtig eine kleine Celadonschale aus der Sung-Dynastie in die Hand, die neben dem Päckchen Chocorange auf dem Tisch stand. Früher hätte er gesagt, die Bonbons lägen neben der Sung-Schale, und nicht umgekehrt. Vorsichtig betastete er die Schale, während er den letzten Bonbonrest lutschte.

Wenn Ella hier wäre, würde er jetzt schon wieder Ausreden erfinden. Er müsse nach oben, um etwas zu holen. Er wolle sie nicht stören und würde von seinem Arbeitszimmer aus telefonieren. Er müsse draußen dafür sorgen, dass diese schreckliche Bathsheba nicht wieder in seinem Rosenbeet ihr Katzengeschäft verrichtete. Diese wenigen Minuten ohne sie gäben ihm die Gelegenheit, ein Bonbon zu lutschen. Es hörte sich zwar irrsinnig an, aber er hatte tatsächlich die Zeit gestoppt und dabei herausgefunden, dass ein Bonbon höchstens vier Minuten vorhielt. Kaum war er wieder bei Ella, sehnte er sich schon nach dem nächsten Bonbon. Jedes Lutschen endete mit dem Wunsch nach mehr. Nach einer knappen halben Stunde wurde er erneut schwach, ersann wieder eine Ausrede und flog fast zu einem seiner Geheimvorräte hinaus.

Allmählich fiel es ihr auf. Die Sucht hatte weder Eugenes Sensibilität noch seine Menschenkenntnis abgestumpft. Erst neulich hatte sie ihn ein paarmal gefragt, ob ihm nicht gut sei. Als er entgegnete, dass er sich wohl fühle, wollte sie wissen, ob er sich Sorgen mache. Selbstverständlich tat er das. Seine Gier und die Tatsache, dass er trotz aller Bemühungen keine Möglichkeit fand, etwas daran zu ändern, machten ihm ständig Sorgen. Wie sagte Angelo? »Ein andres ist, versucht sein, Escalus, ein andres, fallen!« Im Sommer hatte er mit Ella *Maß für Maß* gesehen, und diese Zeile war bei ihm hängen geblieben. Was aber war, wenn man sich verzweifelt gegen etwas wehrte und trotzdem scheiterte?

Wenn man immer und immer wieder fiel? Natürlich spielte Angelo prinzipiell auf körperliches Verlangen an. Ehrlicherweise musste sich Eugene hier und jetzt, allein in seinem Haus, mitten zwischen seinen *objets d'art*, etwas eingestehen, was er insgeheim leise befürchtete: Dass er allmählich an einen Punkt kam, an dem er ein zuckerfreies Schokobonbon mit Orangengeschmack jedem Sex vorzog.

Diese Beichte erschreckte ihn zutiefst. Noch nie hatte er sie in Worte gefasst, ja, eigentlich war ihm diese Tatsache erst seit Kurzem bewusst. Vielleicht war sie sogar brandneu. Es konnte nur bedeuten, dass seine Sucht allmählich immer mehr Macht über ihn gewann. Andererseits sollte er in wenigen Wochen heiraten, um mit der geliebten Frau vielleicht sein restliches Leben zu teilen und mit ihr zu schlafen, so beide es wollten. Er betrachtete die blassgrüne Porzellanschale in seinen Händen. Sein Blick versank in ihrer Wölbung, als könnte sie ihm wie eine Kristallkugel die Zukunft vorhersagen. Dann stellte er sie weg, griff mit der freien linken Hand nach dem braun-orangen Päckchen, holte mit dem rechten Daumen und dem Zeigefinger ein Bonbon heraus und schob es in den Mund.

Eigentlich hätten ihn seine Erkenntnisse wie ein Blitz treffen und schockieren müssen, und zwar so sehr, dass er sämtliche Päckchen weggeworfen und sich sofort auf Entzug begeben hätte. Andere Leute widerstanden der Versuchung. Sie hörten zu rauchen auf, indem sie einfach keine Zigaretten mehr kauften. *Aber diese Leute haben Nikotinpflaster,* dachte er. *Ach, wenn es doch nur Anti-Chocorange-Pflaster gäbe!* Bei diesem Gedanken musste er lächeln und schließlich laut lachen. Lachen war einfach, solange er eines dieser köstlichen Bonbons lutschte.

Kalter Entzug war für ihn unmöglich, das wusste er ganz genau. Er hatte es versucht. Ihm bliebe nur ein erzwungener Entzug, der an den letzten Tagen ihrer Flitterwochen beginnen würde, nämlich dann, wenn er sich in Como heimlich ins Bad schleichen oder allein spazieren gehen würde – Ella wäre irgendwo einkaufen – und danach alle mitgebrachten Bonbons aufgebraucht wären. Nachschub würde es in Italien nicht geben. Bis zu ihrer Rückkehr müsste er dann ohne Chocorange leben. Und selbst wenn er sich wieder welche kaufen würde, was er sicher täte, müsste er seinen Konsum zwangsläufig einschränken, denn dann würde Ella bei ihm wohnen und nicht nur viermal wöchentlich hier übernachten. Und allmählich würden es immer weniger Bonbons werden, bis es ihm eines Tages nicht mehr wert wäre, Nachschub zu kaufen. Er musste versuchen, seine Ehe als einzig wahres und sicheres Mittel gegen seine Gewohnheit zu betrachten. Seine Ehe war sein Rettungsanker.

Das Krankenhaus behielt Joel über Nacht da. Er war schwach und restlos mit den Nerven fertig, aber wieder ganz bei Bewusstsein. Ella hatte fast den ganzen Nachmittag bei ihm gesessen, auch als er versuchte, sich aufzusetzen. Ohne ihn zu fragen, hatte sie bei seiner Mutter angerufen und ihr von dem Vorfall berichtet. Von einem mutmaßlichen Selbstmordversuch sprach sie dabei nicht. Sie sagte lediglich, ihr Sohn habe eine Überdosis Tabletten genommen. Gegen siebzehn Uhr traf eine besorgte und aufgebrachte Wendy Stemmer ein. Sie war frisch frisiert und trug ein weißes Kleid mit Lochstickerei. Erst jetzt verließ Ella das Zimmer, um Eugene anzurufen.

Bei ihrer Rückkehr kniff Joel fest die Augen zu, während seine Mutter eine seiner langen weißen Hände hielt.

»Was wird er als Nächstes tun?«, fragte Mrs. Stemmer. Es klang verzweifelt.

Am liebsten hätte Ella auf Joels auffälligstes Merkmal hingewiesen: dass er fast gar nichts tat. Stattdessen lächelte sie nur.

»Wird er wieder gesund? Er will mir nichts sagen.«

»Ganz bestimmt. Allerdings müssen Sie den Arzt fragen, der ihn hier drinnen betreut.«

Wendy Stemmer stakste auf hochhackigen Riemchensandaletten davon, und Ella nahm ihren Platz ein, aber ohne Joels Hand zu ergreifen. Er schlug die Augen auf und fragte: »Ist sie weg?«

»Sie kommt wieder. Joel, sie hat große Angst um Sie.«

»Ella, Sie glauben, ich wollte mich umbringen, ich weiß, aber das wollte ich nicht.«

»In Ordnung. Wenn es nicht so war, bin ich heilfroh.«

»Ich möchte Ihnen sagen, was ich wirklich getan habe.«

»Gut, aber jetzt kommt Ihre Mutter wieder. Möchten Sie es ihr sagen?«

»Nein!« Wenn er mehr Kraft gehabt hätte, hätte er laut gebrüllt, so aber keuchte er nur erstickt auf.

Man hatte seiner Mutter erklärt, man dürfe ihn unter keinen Umständen allein in seiner Wohnung lassen. Nicht einmal tagsüber. Ella ging, um mit dem Arzt zu reden, der sich als diskreter Mensch weigerte, das auszusprechen, was er offensichtlich dachte: dass es sich um einen gescheiterten Selbstmordversuch handelte. Ella erzählte ihm von dem Telefonat am Mittag und räumte ein, dass ihre Intuition oder Aufmerksamkeit nur sehr wenig zu Joels Rettung beigetragen hatte. Daraufhin konstatierte der Arzt sichtlich erleichtert, dass Joels Berührung mit dem Tod vermutlich ein Unfall gewesen war.

»Meiner Ansicht nach will er mit mir darüber sprechen, aber den Zeitpunkt dafür muss er selbst festlegen.«

»Ja, ja, ich bin ganz Ihrer Meinung.«

Wendy Stemmer hatte ihre quälenden Sandaletten ausgezogen. Sie lagen nebeneinander unter dem Bett. »Offensichtlich schätzt er Sie sehr«, meinte sie anklagend. Sie saß an Joels Bett, drehte ihm aber den Rücken zu. »Sagen Sie mal, sind Sie seine Freundin?«

»Selbstverständlich nicht. Ich bin seine Ärztin.«

»Ich frage das, weil ich bei ihm noch nie erlebt habe, dass er so wild auf eine Frau ist. Ich habe ihn immer für schwul gehalten, obwohl es auch dafür keine Anzeichen gab.«

Ella war so wütend, dass einige Sekunden vergingen, bis sie wieder kontrolliert sprechen konnte. »Mrs. Stemmer, könnten Sie vielleicht doch Ihren Mann überzeugen, dass er sich mit Joel aussöhnt? Wenn Sie ihm erzählen, wie einsam Joel ist, wie er im Dunkeln lebt, und dass er jetzt – selbstverständlich unabsichtlich – eine Überdosis Tabletten genommen hat, die anderen Leuten verschrieben wurden?«

Ella sah, wie die Frau unter der dicken Make-up-Schicht dunkelrot anlief. Weder Joel noch seine Mutter hätten etwas davon, wenn sie sagen würde, sie wüsste, dass einige dieser Beruhigungstabletten seiner Mutter gehört hatten. Es war sinnlos. »Mrs. Stemmer, könnten Sie es nicht wenigstens versuchen?«

»Das wäre sinnlos.« Wendy Stemmer beugte sich vor und streifte wieder ihre Sandaletten über. Vielleicht wollte sie ihr Gesicht verbergen. Dann sah sie auf. Ella hatte den Eindruck, dass sie zum ersten Mal ehrlich war. Vielleicht kam es aus tiefstem Herzen. »Ich habe es versucht. Ich versuche es immer. Als ich ihm das letzte Mal sagte, er müsse sich mit Joel treffen, hat er mich geschlagen.« Sie atmete tief ein. »Voll ins Gesicht.«

Ella wusste keine Antwort mehr.

22

Lance glaubte, er würde nie mehr etwas von dem toten Lupescu und von Onkel Gibs Hausruine hören. Wenn es der Polizei ernst gewesen wäre, hätte sie inzwischen etwas in dieser Richtung unternommen. Man hatte seine Freilassung an eine einzige Bedingung geknüpft: Er durfte sich dem Wohnsitz der Zeugen – zum Beispiel Onkel Gibs neuem Zuhause und dem der Nachbarn von nebenan – nur bis auf eine bestimmte Entfernung nähern. Da er diesen Leuten sowieso nicht auf die Pelle rücken wollte, war das kein Problem für ihn. Deswegen hatte er keine schlaflosen Nächte, nicht einmal in dem ungemütlichen Bett neben dem Reifenstapel und dem kaputten Fahrrad. Letzte Nacht war ein kaputter elektrischer Mixer aus dem Regal und ihm auf den Kopf gefallen. Außerdem hatte er Aussichten auf Kapitalfluss, sobald Dave die Ringe, das Armband und die Goldkette verhökert hatte. Im wachen Zustand dachte er viele Stunden darüber nach, was er mit dem Geld machen würde. Das meiste würde er für Gemma ausgeben, aber einiges auch für sich selbst, für neue Klamotten, einen iPod und ein wirklich gutes Handy mit Radio, TV und Kamera.

Lance' Eltern glichen hartherzigen Logis-Wirten, die von ihren zahlenden Gästen verlangten, dass sie am Tag ihre Zimmer räumten und sich nicht einmal im Haus blicken ließen. Sie wollten ihn tagsüber die meiste Zeit nicht in der Wohnung haben. Wenn sie selbst Arbeit gehabt hätten, wäre es vielleicht anders gewesen, aber sie saßen immer zu

Hause, sahen fern und erkundeten das Internet. Ihr Sohn war nicht willkommen.

Sein Vater erklärte ihm klipp und klar: »Wenn du Arbeit hättest, wäre das etwas anderes, aber du hast keine, und, soweit ich erkennen kann, bisher auch keine Aussicht darauf.«

In Anbetracht der Tatsache, dass beide keinen Job hatten, fand Lance das gehörig übertrieben, aber als er dies kundtat, ignorierte seine Mutter diese Stichelei einfach und meinte: »Ich weiß nicht, wie es der arme alte Gilbert den ganzen Tag mit dir ausgehalten hat.«

Seine Anwesenheit in der elterlichen Wohnung hatte einen einzigen Vorteil: Es gab reichlich zu essen, bevor er am Vormittag wegging, und abends, wenn er zurückkam. Seine Mutter war in einer Familie aufgewachsen, die aus Tradition davon ausging, dass jemand wegen Auszehrung zusammenbrechen musste, sobald er eine Mahlzeit verpasste, seinen Teller nicht leer aß oder nicht um einen Nachschlag bat. Ihre Großmutter hatte eine Geschichte erzählt, die seit Generationen in der Verwandtschaft kursierte: Eine Verwandte, eine Cousine namens Lil, hatte nicht gefrühstückt und war daraufhin in einem Zug nach Ramsgate zusammengebrochen und hatte sich davon nie mehr ganz erholt. Also wurde Lance morgens mit Eiern, Speck und Würstchen vollgestopft und abends mit Hamburgern oder Fast Food vom Inder versorgt. Und damit er in der Zwischenzeit nicht hungern musste, gab ihm seine Mutter ein Lunchpaket mit. Gut, sie hänselte ihn, weil er keiner bezahlten Arbeit nachging, obwohl sie selbst arbeitslos war, aber in ihren Augen war es für eine Frau keine Schande, wenn sie keinen Job hatte. Aber Lance kam es wie Arbeit vor, wenn er mit einem dicken Stapel Schinken-Käse-Sandwichs und einem halben Dutzend

Jaffa Cakes im Rucksack zwangsweise durch die Straßen spazieren und auf Parkbänken sitzen musste, wo er den Passanten nachstarrte und döste.

Als er um neun Uhr früh – um diese Geisterstunde wurde er verbannt – mit seinem vollen Rucksack die Wohnung verließ, stiegen aus dem draußen parkenden Polizeiauto zwei Männer und luden ihn ein, sie aufs Revier zu begleiten. Einen erkannte Lance wieder. Es war der Detective Sergeant, der beim letzten Mal die meisten Fragen gestellt hatte. Lance war einverstanden. Jeder Einspruch wäre sowieso zwecklos gewesen. Außerdem war es eine Abwechslung, in einem Verhörzimmer am Tisch zu sitzen, anstatt den Ladbroke Grove hinauf- und hinunterzutrotten und sich im Holland Park herumzutreiben.

Auch die junge Anwältin kam wieder. Man brachte Tee. Wieder stellte man ihm dieselben Fragen, und der andere Polizist, den er noch nicht gesehen hatte, meinte, die von ihnen genommenen DNA-Proben entsprächen der DNA auf verschiedenen Gegenständen, die das Feuer überlebt hatten.

»Mr. Platt hat sechs Monate in diesem Haus gewohnt«, stellte die Anwältin fest. »Natürlich hat er Sachen berührt. Was haben Sie denn erwartet?«

Ein Typ von einer Tankstelle hatte ihnen erzählt, Lance habe vor mehreren Wochen fünfzehn Liter Superbenzin bezahlt. Zuerst hatte er keine Ahnung, was damit gemeint war, aber dann fiel es ihm wieder ein. Er hatte Dwayne das Benzin bezahlt, als dieser mit seinem Lieferwagen Gemmas Sachen in die Blagrove Road transportiert hatte.

»Ich habe nie Benzin in eine Flasche gefüllt. Ich hab's nie angerührt«, sagte er. »Mein Kumpel hat es direkt in den Tank gefüllt.«

Ihren Mienen nach glaubten sie ihm nicht. Sie bohrten weiter. Dann stellte ihm derjenige, den er wiedererkannt hatte, plötzlich Fragen zu Dorian Lupescu. War er auf Lupescu eifersüchtig gewesen? Hatte seine Freundin gesagt, sie habe eine Schwäche für Lupescu?

»Sie ist nicht meine Freundin«, sagte Lance traurig.

Als es ihm dämmerte, dass Gemma ihnen das erzählt haben konnte, drohte ihn der Schmerz zu überwältigen. Aber nein, das würde sie nicht machen. Nicht seine Gemma, seine Liebste, sein Schatz. Das konnte nur Fize gewesen sein. Oder dessen Kumpel. Wie hieß er doch gleich? Onkel Gib wäre zu so etwas garantiert ebenfalls fähig. Irgendein Mistkerl hatte ihn verraten. Lance brauchte unbedingt Trost.

»Kann ich jetzt meine Sandwichs essen?«

»Es spricht nichts dagegen«, sagte der Detective Sergeant. »Wir machen eine Pause.« Nach einem Blick auf seine Uhr murmelte er etwas in das Aufnahmegerät. »In einer halben Stunde geht es weiter.«

So ging es noch ein paar Stunden, aber dann ließen sie ihn doch ohne Anklage und ohne jede Erklärung wieder laufen. Es hieß nur, er müsse notfalls vor Gericht erscheinen und dürfe den Lauf der Gerechtigkeit nicht behindern. Das konnte er leicht garantieren. Er hatte keine Ahnung, wie er das hätte bewerkstelligen sollen.

Ella hatte ein Kaufangebot für ihre Wohnung akzeptiert. Es war nicht das erste, aber das beste, das sie bekommen hatte, und sie war zufrieden. Eugene hatte ihr immer wieder erklärt, es sei nicht sonderlich wichtig, ob sie jetzt verkaufe oder in einem Jahr. Sie wären auf das Geld aus dem Verkauf nicht angewiesen. Trotzdem wollte sie, ohne ihm etwas davon zu sagen, ihrerseits eine beträchtliche Summe in die Ehe mitbringen, und genau die hatte sie nun. Die Wohnung gehörte ihr seit fünfzehn Jahren und war seit zwei Jahren schuldenfrei. Noch vor ihrer Hochzeit würde sie den Verkaufsvertrag unterzeichnen. Dieses Wissen bereitete ihr eine gewisse Genugtuung.

Für den nächsten Tag hatte sie einen Besuch bei Joel vorgesehen, aber zuerst wollte sie an ihrem freien Nachmittag zur Wohnung fahren – die letzten vierzehn Tage war sie nicht dort gewesen – und verschiedene Sachen mitnehmen, die man schon transportieren konnte, bevor die Möbelpacker den Rest am Tag der notariellen Beurkundung abholen würden. Das wäre dann nach ihrer Rückkehr aus den Flitterwochen. Die Wohnung machte einen ziemlich öden und staubigen Eindruck. Trotzdem hatte sie jemandem so gut gefallen, dass er dafür eine beträchtliche Summe gezahlt hatte. Nach dem Abtransport der Möbel würde sie ein Putzteam engagieren, um für die nächsten Bewohner alles sauber zu hinterlassen. Zuerst packte sie die restlichen Bücher in Kartons und ihre gesamte Kleidung in Koffer. Im Badezimmerschrank standen viele Kosmetikartikel, die sie vermutlich nie benutzen würde. Trotzdem wäre es unsinnig gewesen, sie einfach an Ort und Stelle zu lassen. Sie steckte sie in Plastiktüten und verstaute dann alles im Kofferraum und auf der Rückbank. Dazu musste sie mehrmals gehen.

Eugene hatte gemeint, er wolle ihr als Hochzeitsgeschenk ein neues Auto kaufen, aber wie viele Frauen konnte sie sich darüber nicht sonderlich freuen. Sie hatte ihr fünf Jahre altes Auto ziemlich gern. Andererseits machte es Eugene so viel Freude, sie zu beschenken und die Geschenke auszusuchen, dass sie es nicht übers Herz brachte, ihn daran zu hindern. Momentan war er in der Galerie, aber gegen achtzehn Uhr würde er daheim sein. Ella trug ihre Schachteln und Tüten ins Haus.

Es war ihr wohl bewusst, dass Eugene Schönheit und Eleganz viel mehr schätzte als sie bisher. Gut, sie organisierte gern ihr Leben und räumte ordentlich auf. Trotzdem war für sie ein aufgeräumtes Zuhause weniger wichtig als für ihn. An diesem Punkt würde sie sich ihm anpassen, das hatte sie schon früher beschlossen. Er tat so viel für sie, während sie so wenig für ihn tat. Jedenfalls kam es ihr manchmal so vor. Sie würde die Sachen aus ihrer Wohnung ordentlich verräumen, bevor er nach Hause kam. Vielleicht zuerst die Kleidung und die ganzen Fläschchen und Tiegel.

Im Haus gab es genug Stauraum, einschließlich eines begehbaren Kleiderschranks, der an ihr Schlafzimmer angrenzte. Ella hängte die mitgebrachten Kleider und Hosenanzüge auf, faltete Pullover und legte sie in die Regale. Dann ging sie in das zweite Badezimmer. Sie wusste ganz genau, dass sie all die halb leeren Kosmetiktiegel und Shampooflaschen nie aufbrauchen würde. Mit Sicherheit würden einige Leute solche Sachen wegwerfen, ohne mit der Wimper zu zucken. Es gab ja auch Leute, die ihre Klamotten in die Kleidersammlung brachten, wenn sie sie ein halbes Jahr nicht getragen hatten. Ella gehörte nicht dazu. Für sie war so etwas Verschwendung, und dagegen rebellierte sie, auch wenn sie zugeben musste, dass es blödsinnig war. Sie wusste ja, dass es ein reiner Eichhörnchentrieb war, Sachen aufzubewahren, die man nie benutzen würde.

Diese Kommode wurde höchstens ab und zu einmal gebraucht, wenn Gäste sich im Haus aufhielten. Vermutlich war sie leer. Ella war nicht sonderlich überrascht, als sie in der obersten Schublade einen Einwegrasierer, eine Tube Arnikacreme und einige Wattebällchen fand. Das waren die typischen Hinterlassenschaften von Besuchern. Alle anderen Schubladen waren leer. Nur in der untersten lag ein Päckchen mit Süßigkeiten, offensichtlich zuckerfreie. Auf dem orange-braunen Papier prangte als Markenzeichen eine schlecht gezeichnete Orangenhälfte, in die sich flüssige Schokolade ergoss. Ella legte das Päckchen zu dem Rasierapparat und der Arnikacreme in die oberste Schublade und kippte ihre Fläschchen und Tiegel in die unterste. Wieder einmal Carli? Jetzt fiel es ihr wieder ein: Schon einmal hatte sie in der Küche ein solches Bonbonpäckchen gefunden, in der Geheimschublade. Wenn Carli ihre Süßigkeiten im ganzen Haus verstreut herumliegen ließ, war sie trotz ihrer jungen Jahre eine ziemlich zerstreute Frau. Bei ihrer nächsten Begegnung würde sie sie danach fragen.

Als Nächstes die Bücher. Ella liebte Eugenes Bücherregale. Er hatte sie alle aus grau-goldenem Nussbaum anfertigen lassen, passend zu den Wänden im Arbeitszimmer und im Wohnzimmer. Vermutlich hatte er dabei zwischen offenen Regalen oder Bücherschränken mit Glastüren geschwankt. Ella war froh, dass er sich gegen eine Verglasung entschieden hatte. Ihr waren offene Bücherregale, wo man alles auf einen Blick sehen konnte, viel lieber als abschließbare Schränke, deren Scheiben die Farbe der Buchrücken veränderte, wenn sie nicht gar hinter der hölzernen Rahmenkonstruktion verschwanden. Als ordentlicher und akkurater Mensch hatte Eugene sämtliche Romane alphabetisch eingeordnet und alle Sachbücher erst nach Themen und dann wieder alphabetisch. Ella genoss es, wenn sie einfach vor den Büchern stehen und sich daran freuen konnte, wie schön sie waren und wie sehr Eugen darauf aufpasste, dass sie immer makellos blieben.

Eigentlich hatte sie ihre mitgebrachten Bücher zwischen die bereits vorhandenen einreihen wollen. Sie besaß ja höchstens zwanzig Stück. Einige stammten noch aus ihrer Schulzeit oder waren Geschenke, denn Ella kaufte normalerweise nur Taschenbücher, die sie an ihre Schwester oder eine Freundin weitergab. Aber wie die meisten Genussleser merkte sie, dass sie es nicht fertigbrachte, die Romane im Regal beiseitezuschieben und die Neuzugänge einfach einzureihen. In jedem Buch, das sie herausnahm, musste sie blättern und sich ins Gedächtnis rufen, wie gut es ihr gefallen hatte, oder sie musste den ersten Satz lesen. Erst dann konnte sie es wegstellen und sich gratulieren, dass sie es so gut erhalten hatte. Diese Klassiker aus dem neunzehnten und dem frühen zwanzigsten Jahrhundert würden mit ihren dunkelblauen und weinroten Einbänden Eugenes Bücherregalen keine Schande machen.

The Longest Journey von E. M. Forster müsste am besten neben dem bereits vorhandenen Exemplar stehen. Anscheinend handelte es sich um dieselbe Ausgabe. Gerade als sie eines von Eugenes Exemplaren auf das darunter liegende Brett stellen wollte, hörte sie, wie sich sein Schlüssel im Schloss drehte. Die Zeit war wie im Flug vergangen.

Er kam ins Zimmer. Er trug nicht seine normale freundliche Miene zur Schau, wie sie zu einem rücksichtsvollen und zivilisierten Mann passte, sondern runzelte entsetzt die Stirn und schrie sie an. »Was ist denn hier los?«

Sie zuckte zusammen. Noch ehe sie antworten konnte – inzwischen war sie aufgestanden –, schien er sich zu verändern, als wäre eine Hand über sein Gesicht gefahren, um die grimmige Maske wegzuwischen und eine liebevoll sanfte Miene zu hinterlassen.

»Liebling, verzeih, ich weiß nicht, was in mich gefahren ist. Ich hatte einen harten Tag.«

»Was hast du denn gedacht, wer ich bin?«

Diese günstige Gelegenheit nutzte er. »Hier drinnen ist es ziemlich dunkel. Ich war ganz schockiert, als eine fremde Person neben dem Bücherregal kniete. Ganz dumm, ich weiß. Trotzdem – bei uns wurde ja schon einmal eingebrochen. Schau, darf ich die Bücher einordnen?«

»Wenn du möchtest«, sagte sie ein wenig verdutzt.

»Aber zuerst trinken wir einen Schluck.« Sie gingen ins Arbeitszimmer. »Warum gönnen wir uns nicht ein Fläschchen Champagner?«

Lächelnd hakte sie sich bei ihm unter. »Du kannst mir doch nicht schon wieder einen Heiratsantrag machen.«

»Wenn du möchtest, tue ich es«, erwiderte er.

»Was gibt es denn zu feiern?«

Dass es gerade noch mal gut gegangen ist, dachte er. Ein erstaunlicher Glücksfall. Wäre ich fünf Minuten später gekommen – nein, eine halbe Minute... »Die neue Ausstellung mit den Werken von Priscilla Hart«, erklärte er. »Läuft gut. Heute Nachmittag habe ich drei Miniaturen von ihr verkauft.«

»Fein«, sagte sie. »Wir sollten auch unseretwegen feiern. Jetzt dauert es nicht mehr lange bis zu unserer Hochzeit.«

Er küsste sie und spürte ein plötzliches Aufwallen von Zuneigung. Die Demütigung vor ihren Augen war ihm erspart geblieben. Er hatte seinen Kopf perfekt aus der Schlinge gezogen, indem er so tat, als hätte er einen Einbrecher gesehen. Alles würde gut werden. Sie würden sehr glücklich werden.

Jeder kürzer werdende Septembertag schien schöner als der zuvor. Der Himmel war strahlend blau und die Luft so warm wie an einem Julitag. Im Juli allerdings war es nicht so gewesen, sondern grau und kalt, und es hatte ununterbrochen geregnet. Jetzt spürte man trotz der kräftigen Sonne im Schatten eine herbstliche Kühle. Für echte Hitze war es zu spät. Die Zeit der heißen Tage und milden Abende war vorbei, und die Nächte waren kalt. Ella fiel auf, wie müde die Bäume allmählich aussahen. Stürme, Regenschauer und jetzt der späte Sonnenschein hatten ihre Blätter ausgelaugt.

In den Gärten vor Joels Häuserblock lag Laub, nicht die endgültige Masse, die erst im November fallen würde, sondern einzelne Blätter, wie um den Bäumen die Last zu erleichtern. Als Ella die Treppe zur Haustür hinaufging, raschelte es unter ihren Füßen. Der Lift schien heute besonders langsam hinaufzufahren. Als sie bei Joel läutete, öffnete ihr eine Frau, die sie noch nie gesehen hatte. Sie stellte sich als die Tagespflegerin vor. Vielleicht war sie dafür verantwortlich, dass mehr Licht in die Wohnung kam, dachte Ella, auch wenn die Frau davon nichts erwähnt hatte.

In dem unwirtlichen und düsteren Wohnzimmer waren die Rollos hochgezogen, die Vorhänge standen halb offen. Durch den stärkeren Lichteinfall konnte man erkennen, wie schäbig die Möbel waren. Der einzige fröhlich-bunte Fleck war eine bernsteinfarbene Glasvase mit orangefarbenen Chrysanthemen auf dem Tisch. Wer hatte sie gebracht? Die Tagespflegerin oder sogar Wendy Stemmer?

Joel lag auf dem Sofa. Zusätzlich zu seiner Sonnenbrille hatte er sich einen schwarzen Schal übers Gesicht gelegt. Er ließ sich nicht anmerken, ob er sie gesehen oder gehört hatte. Ella setzte sich in einen der Stühle, die am Tisch standen, und fragte, wie er sich fühle. Zu ihrer Überraschung zog er nach ziemlich langer Zeit den Schal vom Gesicht und setzte sich auf. Da er nicht geantwortet hatte, fragte sie noch einmal: »Wie geht es Ihnen?«

»Es geht.« Seine Stimme klang dumpf und leblos.

»Hat man während Ihres Krankenhausaufenthalts irgendwelche Tests gemacht? Eine Herzuntersuchung?«

»Glauben Sie, ich hätte es vielleicht durch die vielen Tabletten geschädigt? Es wurden viele Tests gemacht.« Es klang gleichgültig. »Wenn etwas nicht in Ordnung gewesen wäre, hätte man mich doch nicht entlassen, oder?«

»Ich werde mich mit dem Krankenhaus in Verbindung setzen«, sagte Ella. »Haben Ihre Eltern die Pflegerin für Sie gefunden?«

»Mama. *Er* bezahlt vermutlich. Ich will sie nicht haben. Sie zieht die Vorhänge auf. Sie bringt mir zu essen und zu trinken und so.« Er lachte kurz. Es klang nicht amüsiert. »Ich glaube, sie hat Angst vor mir. Also, das weiß ich sogar. Es liegt an der Sonnenbrille und dem Schal. Ella, sehe ich erschreckend aus?«

»Für mich nicht.« Noch während ihrer Antwort fragte sie sich, ob das die ganze Wahrheit war.

Er richtete seinen Blick durch die Sonnenbrille auf die Ecke, wo der hohe Spiegel mit dem geschnitzten Mahagonirahmen hing, in dem sich der Bronzekopf widerspiegelte, um sich dann in dem hinter der Büste hängenden Spiegel ins Unendliche zu vermehren. Heute war es im Zimmer so düster, dass man in dem Glas nur glänzende Flecken und dunkle Schatten wahrnahm. Joel schnitt eine Grimasse. Anscheinend kniff er die Augen zusammen. Er reckte den Hals, konzentrierte sich und gab dann seufzend auf.

»Ich glaube, er ist weg. Das glaube ich zumindest. Manchmal höre ich es flüstern, aber vielleicht bilde ich mir das auch nur ein. Ich habe ihn nicht gesehen, jedenfalls nicht, seit ich wieder zu mir gekommen bin. Nach dem, was ich getan habe, meine ich. Wollen Sie wissen, warum ich es getan habe?«

Obwohl Ella nichts sehen konnte, wusste sie, dass die Spiegelbilder da waren, diese unendliche Reihe von Gesichtern im Halbprofil … War Mithras auch da, obwohl keiner von ihnen ihn sehen konnte? »Ich glaube nicht, dass Sie Selbstmord begehen wollten«, sagte sie.

»Nein. Nein, das wollte ich nicht. Ihnen werde ich es erzählen. Ich habe es niemandem gesagt, weder Mama noch irgendeinem im Krankenhaus.« Er nahm die Brille ab und blinzelte, als würde gleißendes Licht den Raum erfüllen und nicht dieses gräuliche Dämmerlicht. »Möchten Sie etwas essen oder trinken? Das habe ich Sie noch nie gefragt, stimmt's? Vermutlich habe ich das noch nie jemanden gefragt.« Doch, einmal. Ella fiel das Glas Wasser ein. Trotzdem korrigierte sie ihn nicht. »Rita ist da. Sie macht das«, meinte er. »Sie macht es gern.«

»Danke, Joel, ich möchte nichts.«

»Ich habe die Tabletten gesammelt. Wie, ist egal. Ich gehe nicht viel nach draußen, aber damals bin ich weggegangen und habe mir eine kleine Flasche Wodka gekauft. Ich mochte den Geschmack. Angeblich soll er nach nichts schmecken, aber das stimmt nicht. Außerdem mag ich ihn. An Alkohol könnte ich mich gewöhnen – soll ich das?«

Sie ignorierte diese Bemerkung. Ihr früherer Eindruck hatte sich bestätigt. Am Anfang jedes intensiven Gesprächs klang er wie ein Erwachsener und wurde dann allmählich immer mehr zum Kind. »Sagen Sie, nehmen Sie Ihre Medikamente? Ich meine, die Tabletten, die Sie von Miss Crane bekommen?«

Er nickte. Seine Augen wanderten erneut zum Spiegel.

»Sicher?«

»Versprochen, Ella. Soll ich Ihnen sagen, warum ich es getan habe?« Diese Frage kam nun schon zum zweiten Mal.

»Wenn Sie wollen.«

»Erinnern Sie sich noch an das, was ich Ihnen über mein Nahtoderlebnis erzählt habe? Als bei der Narkose etwas schiefgelaufen war?«

Sie nickte. Plötzlich wurde ihr in dem warmen abgeschlossenen Zimmer kalt. Sie erschauerte. Eine Gänsehaut lief über ihre Schultern die Arme hinunter. Sie hatte Angst. Sei nicht albern, redete sie sich ein, reiß dich zusammen. Du bist Ärztin, seit fünfzehn Jahren bist du Ärztin.

Anscheinend merkte er nicht, dass sie leicht zurückschrak. Er hatte die Augen abgewandt, sein Blick war weit weg, auf einer anderen Ebene. »Mithras«, sagte er. »Ich wollte unbedingt, dass er geht. Ich habe ihn aus dieser weißen Stadt am Ende des Flusses mitgebracht. Vielleicht war er einer der Engel auf den Zinnen gewesen. Aber nein, das stimmt nicht. Sie hatten Flügel, er aber nicht. Ich wollte unbedingt, dass er geht. Wissen Sie, er wurde immer größer. Nein, so meine ich das nicht. Er wurde immer *klarer* und seine Stimme auch. Er hat nie etwas Schreckliches gesagt, zum Beispiel, ich solle jemandem wehtun. Trotzdem habe ich dauernd gedacht, er würde es noch tun. Ich dachte, wenn er – na ja, wenn er immer noch größer und lauter und stärker wird, dann würde er mich in Besitz nehmen, und diese Wohnung auch. Ich habe mal ein Bild gesehen, eine Illustration zu *Alice im Wunderland*. Damals war ich acht oder neun. Alice hatte etwas getrunken und ist danach gewachsen. Sie wurde so riesengroß, dass sie das ganze Haus ausgefüllt hat. Sie musste sich hinlegen, ihre Arme und Beine passten nicht mehr durch die Türen. Dieses Bild hat mir entsetzliche Angst eingejagt. Warum, weiß ich nicht. Als ich es das erste Mal sah, habe ich geschrien. Es ist mir nicht mehr aus dem Kopf gegangen. Und genauso ist es mir allmählich mit Mithras ergangen. Ich hatte Angst, er würde so groß werden, dass er nie wieder hinauskönnte. Dass er mich in Besitz nehmen und irgendwie *absorbieren* würde. Ich wusste nur eines: Ich musste etwas tun.«

»Was haben Sie getan?«, fragte sie, obwohl sie es bereits vermutete.

»Wenn ich noch mal ein Nahtoderlebnis hätte, dachte ich, käme ich wieder an diesen Ort, zu dem Fluss und den Wiesen und der Stadt am Ende. Dann würde ich all die weißen Burgmauern wiedersehen und die Engel, dic darauf herumspazieren. Und Mithras würde mich begleiten, ganz sicher sogar. Es wäre sein sehnlichster Wunsch, denn nur so könnte er wieder dorthin kommen. Und er würde dort bleiben. Er wäre glücklich und ich frei.«

»Also haben Sie Tabletten und Wodka geschluckt, um in die *Nähe des Todes* zu kommen?«

»Ganz genau. Zu Mithras habe ich gesagt, er soll mitkommen, und das hat er getan. Glaube ich wenigstens. Und als ich wieder wegwollte, habe ich ihn vermutlich zurückgelassen, aber das weiß ich nicht. Ella, ich habe weder die Stadt noch den Fluss noch den Sonnenschein gesehen. Es war ganz dunkel. Da waren irgendwelche Gestalten, unscharfe dunkle Gestalten, die haben sich im Dunkeln bewegt. Aus der Dunkelheit heraus habe ich mit ihnen geredet, und dann – dann bin ich irgendwie ohnmächtig geworden. Jetzt halte ich dauernd nach Mithras Ausschau, aber ich kann ihn nicht sehen, und seine Stimme höre ich nur nachts. Sie kommt von weit her, deshalb weiß ich, dass er aus der Stadt zu mir spricht.«

Ella saß ganz still da. Allmählich machte sich in ihr Verzweiflung breit. Es gab nichts mehr zu sagen.

»Ich habe mir so viel Mühe gegeben, um ihn zurückzubringen«, fuhr Joel fort, »aber jetzt, da er fort ist, möchte ich ihn fast wiederhaben. Ich vermisse ihn.« Er blickte zu ihr auf. Es war das klägliche Gesicht eines kleinen Jungen. Zum ersten Mal seit ihrer Ankunft sah er ihr in die Augen. »Ella, ich bin so einsam.«

Sie griff nach seiner Hand, doch dann dachte sie, dass diese Geste angesichts seiner immensen Bedürfnisse nicht genügte. Sie stand auf, setzte sich neben ihn und nahm ihn in die Arme. Wie sie ihn so hielt, spürte sie, wie sein Herz gegen ihres schlug, als würde er sich noch mehr fürchten als sie.

23

Wieder einmal saßen sie draußen auf dem Balkon und betrachteten die Fahrbahn. Mehrere Männer rannten gestikulierend herum und brüllten den Fahrer eines Sattelschleppers an, der sich zwischen einen Gelenkbus und einen Zementmischer gezwängt hatte. Die Oma hatte Lance hereingelassen und war dann schleunigst wieder zu ihrem Manegenplatz gesaust. Sie wollte keinesfalls mehr als eine Minute von der Sitcom verpassen, die sich momentan drunten auf der Harrow Road abspielte. Lance folgte ihr ins Freie. Seine gastfreundliche Großmutter hatte ihm schon ein großes Glas Pinot Grigio eingeschenkt. Soeben versetzte der Lastwagenfahrer dem Busfahrer einen heftigen Kinnhaken. Dave war von dem Schauspiel so gefesselt, dass er die Chipstüte an Lance weiterreichte, ohne sich umzudrehen.

Seine Oma beugte sich übers Geländer und brüllte dem Lastwagenfahrer zu: »Verpass ihm noch einen, Kumpel! Diese Gelenkbusse sind eine Landplage! Die bilden sich ein, die Straße gehört ihnen.« Drunten auf der Straße drehten die Zuschauer wie auf Kommando die Köpfe nach oben. »Was gibt's da zu glotzen?«

»Reg dich ab, Kath«, meinte Dave, während Polizeisirenen näher rückten. »Beruhige dich. Wir wollen doch keine Probleme.«

Bewundernd schaute Lance ihn an. Außer Dave hatte er noch keinen getroffen, der seine Oma auch nur ein bisschen bändigen konnte, weder innerhalb der Familie noch sonst wo. Zwei Polizisten waren ausgestiegen und schlenderten langsam zu den Männern, die auf Distanz gegangen waren. Als man den Zementmischer gekonnt durch eine schmale Lücke rangierte, entspannte sich die Lage rasch, und langsam löste sich auch die Menschenmenge auf.

Lance' Oma fühlte sich um ihre Unterhaltung gebracht. Mit einem resignierten Seufzer drehte sie sich zu Lance um. »Und wie springt die Welt mit dir um, mein Schatzilein?«

»Mir geht's gut«, entgegnete Lance mit einem hoffnungsvollen Blick auf Dave.

Dave schenkte ihnen nach, schüttelte sich die letzten Chipsbrösel in die Hand, ließ die Tüte übers Geländer fallen und blickte ihr nach, wie sie langsam auf die Straße hinuntersegelte. Dann drehte er sich mit einem leicht onkelhaften Lächeln zu Lance um. »Du willst doch sicher wissen, was der Krimskrams gebracht hat.«

»Ringlein und Dinglein und Knöpfchen und Schleifchen«, tönte es unerwartet von seiner Oma.

»Der Markt ist sehr unstet.« Genauso gut hätte Dave über den derzeitigen Eurokurs dozieren können. »Weltweit herrscht eine ziemliche Rezession. Trotzdem habe ich für dich mein Bestes gegeben.« Er zog zwei zerknitterte Banknoten aus der Tasche, einen Zwanzigpfundschein und einen Zehner. Der Zwanziger hatte einen mit Tesafilm geflickten Riss.

Lance starrte ihn tief enttäuscht an. »Das ist alles, was du bekommen hast?«

»Habe ich nicht gesagt, dass der Markt unstet ist? Das ist das Optimum, was ich nach Abzug meiner zehn Prozent herausschlagen konnte. Diamanten sind auch nicht mehr das, was sie mal waren.«

Diamanten waren genau das, wofür Lance sie hielt. Während er im rasch schwindenden Tageslicht auf dem Balkon seiner Oma saß und die Luft sich langsam herbstlich abkühlte, ging innerhalb weniger Augenblicke mit ihm eine Verwandlung vor. Wie hätte es Onkel Gib mit einem seiner Bibelzitate ausgedrückt? Und die Schuppen fielen ihm von den Augen. Jetzt werde er allmählich erwachsen, hätte vermutlich sein Vater gesagt. Lance erkannte, dass sein angeborenes Vertrauen in fast alle Menschen fehl am Platz war. Niemand würde für ihn viel tun. Das war immer so gewesen und würde immer so sein. Er war ganz auf sich allein gestellt.

Als seine Oma meinte, allmählich würde es dunkel, und es sei Zeit, dem »Good King Billy« einen Besuch abzustatten, stand er auf und ging durch die Balkontür ins Wohnzimmer. Aber anstatt zu warten und sie dann unterwürfig ins Pub zu begleiten, wo man von ihm erwartet hätte, dass er mindestens die Hälfte von seinen dreißig Pfund spendierte, sagte er nicht »Tschuss«, sondern nur »Gute Nacht«. Es klang, als wäre er dreimal so alt. Und auch sein obligatorisches »Bis später« verkniff er sich. Sie schwiegen. Offensichtlich war ihnen klar, dass hier einiges nicht stimmte. Lance ging allein zur Tür und lief schnell die Treppe hinunter und hinaus auf die Straße, wo er nicht zum Pub abbog, sondern in die entgegengesetzte Richtung.

Von den hundert geladenen Gästen hatten dreiundachtzig zugesagt. Das Hotel am Fluss, in dem Trauungen stattfinden durften, war gebucht. Eugene hatte das Mittagsmenü einer genauen Prüfung unterzogen und mehrfach abgeändert. Üppige Blumenbuketts waren bestellt, der Fuhrpark organisiert, und selbstverständlich waren die Reise in die Flitterwochen sowie die Flitterwochen selbst bis ins kleinste Detail vorbereitet. Ella hatte ihr Hochzeitskleid und ihr »Reisekostüm« abgeholt. Ihre beiden Koffer waren genauso gepackt wie Eugenes.

»Soll ich herüberkommen, falls noch einmal jemand hierherkommt?«, fragte Carli. »Ich meine, um Tee oder Getränke anzubieten oder sonst etwas?« Offensichtlich wollte sie sich unbedingt am Anblick der Gäste weiden und wenigstens einen Blick auf Ellas Hochzeitskleid werfen.

»Niemand wird noch mal zurückkommen, Carli. Nicht einmal wir. Wir werden direkt vom Hotel in die Flitterwochen reisen.« Ella sah sich nicht sonderlich genötigt, Carli das Ziel ihrer Flitterwochen oder ihre Abflugzeit von Heathrow zu verraten. »Vielleicht möchten Sie während unserer Abwesenheit ihre ... äh ... Vorräte überprüfen. Es sind ja eine ganze Menge Süßigkeiten, die sie in den Schubladen liegen gelassen haben, sogar in einem der Bäder.«

Die Frau starrte sie an. »Meine *was*?«

Es klang aggressiv. Ella spürte, dass sie vielleicht zu barsch gewesen war. »Entschuldigung, Carli. Es spricht wirklich nichts dagegen, dass Sie hier im Haus Süßigkeiten aufbewahren. Vergessen Sie's.«

»Ich esse nie Süßigkeiten. Nie. Sie verwechseln mich mit jemandem.«

Schon wollte Ella sagen, dass es sonst niemanden gab, aber dann zügelte sie sich. Sie ließ Carli weiter im Schlafzimmer staubsaugen und ging zurück ins Gästebad. Das braun-orange Päckchen Chocorange – wie sie sah, hieß das Zeug so – lag immer noch da. Drunten im Wohnzimmer hatte Eugene, wie versprochen, alle ihre Bücher hübsch ordentlich nach Autor und Alphabet aufgeräumt. Dort hatte sie gekniet, vor der Reihe mit den Forster-Ausgaben, als er hereingekommen war und den vermeintlichen Eindringling angebrüllt hatte. Aber hatte er wirklich geglaubt, dass es sich bei der Person im Dämmerlicht um einen Einbrecher handelte? Ein Bücherwurm und Literaturliebhaber als Dieb? Das war höchst unwahrscheinlich. Und warum hatte er sich angeboten, für sie fertig einzuräumen?

Wieder kauerte sie sich auf den Boden und zog mehrere Bände heraus: *Auf der Suche nach Indien, Wiedersehen in Howards End,* zwei Ausgaben von *The Longest Journey, Maurice* und *Zimmer mit Aussicht*. Sie steckte die Hand in die Lücke und tastete hinter den restlichen Büchern herum. Zuerst rechts, wo sie nur in einen Hohlraum griff, und dann nach links. Hier stießen ihre Finger auf eine volle Plastiktüte mit unbekanntem Inhalt. Sie zog sie heraus. Bei dem unbekannten Inhalt handelte es sich um mehrere Päckchen Chocorange. Sie zählte zehn Stück. Mit der Tüte in der Hand begab sie sich auf einen Rundgang durchs Wohnzimmer, öffnete eine hohe Kommode, hob den Deckel einer chinesischen Truhe und zog die Schublade einer Wandkonsole auf. Eine geschnitzte Seitenwange – vielleicht glaubte Eugene, dahinter ließe sich ein Geheimfach verbergen – gab vier Päckchen Chocorange frei. Sechs weitere fand sie in der Truhe, unter ein paar gefalteten Leinendecken. Das ganze Haus war voll damit. Vor dem hübschen Kleiderschrank aus dem späten achtzehnten Jahrhundert, der in der Diele stand und ihre Mäntel beherbergte, zögerte sie. Bereits die Vorstellung, die Taschen eines Mannes zu durchsuchen, wirkte auf sie abstoßend. Andererseits wäre diese Abscheu doch nur gerechtfertigt gewesen, wenn sie nach Briefen oder Fotos gesucht hätte, oder? Ella öffnete die Schranktür und tastete die Tasche von Eugenes Regenmantel ab. Er hatte ihn nicht mehr getragen, seit dieser gnadenlos nasse Sommer in den letzten Augusttagen anscheinend ein Ende gefunden hatte. Kein Chocorange, dafür jede Menge Bonbonpapiere mit dem typischen roten Band, das man aufreißen musste, um an den Inhalt zu gelangen. Die Taschen eines leichten Leinensakkos enthielten fast genauso viele offene Papierchen.

Als Ella anschließend das ganze Haus durchsuchte, fühlte sich Carli, die ihr in einem der Gästezimmer begegnete, zu der Frage veranlasst, was sie denn suche. Ella schüttelte nur lächelnd den Kopf. Inzwischen hatte sie dreiundzwanzig Bonbonpäckchen gefunden und in ihren Verstecken liegen gelassen: in Schubladen und Schränken, ja sogar in einem Kulturbeutel. Vermutlich wollte Eugene ihn nach Como mitnehmen. Dieser Fund veranlasste sie zu einem Blick in seinen großen Koffer, wo sie in einer verschließbaren Innentasche weitere sechs Päckchen fand.

Das konnte nur eines bedeuten: Er konnte ohne diese Dinger nicht leben, nicht einmal während seiner Flitterwochen.

Lance kam nur selten in eine Apotheke, beziehungsweise in eine Drogerie, wie Onkel Gib es nannte. Diesmal war er auf Bitten seiner Mutter unterwegs. Sie selbst war viel zu sehr beschäftigt, auf ITV3 die Wiederholungen von *Cagney und Lacey* anzusehen, um sich draußen Nachschub an Aspirintabletten zu besorgen, von denen sie täglich vierzehn, fünfzehn Stück einnahm. Auch sie war auf ihre Weise süchtig. Lance hatte sich aus zwei Gründen gerade für diese Apotheke entschieden: Erstens lag sie auf dem Weg zu Onkel Gib, dem er einen Besuch abstatten wollte, und zweitens war es die erste, an der er seit Verlassen der elterlichen Wohnung vorbeigekommen war. Sein Weg führte ihn zwangsläufig die Portobello Road hinunter. Beim Anblick der mit hübschen Sachen gefüllten Stände und kleinen Geschäfte litt er noch mehr unter seinem Geldmangel. Heute Vormittag wimmelte es überall von kopierten Designerhandtaschen, die so täuschend echt aussahen, dass man sie vom Original nicht unterscheiden konnte. Ein neuer Laden hatte eröffnet, der handgemachte Seifen verkaufte. Ihr kräftiger Duft brannte förmlich in der Nase und übertönte die übliche Geruchsorgie aus Speck, Käse und Döner. Lance musste niesen, aber Gemma liebte solche Seifen und die »natürlichen« Badezusätze, die ebenfalls in diesem Laden verkauft wurden. Gerne hätte er ihr welche gekauft, auch wenn er davon eine Allergie bekam, und dazu noch die grüne paillettenbestickte Spitzentunika und die Haremshose aus schwarzem Samt und … Wieder einmal stand er kurz vor der Pleite. Von Elizabeth Cherrys dreihundert Pfund und den dreißig Pfund, die Dave herausgerückt hatte, war kaum mehr etwas übrig.

Seit der Brandnacht hatte er Gemma nicht mehr gesehen. Aber sie hatte sich bei ihm gemeldet. Ihre Postkarte war sein erstes Schriftstück, das man vielleicht als private Post hätte bezeichnen können. Sie kam an die Adresse seiner Eltern. Offensichtlich kannte sie diese noch von ihrem ersten Rendezvous her. Auf der Postkarte war die verstorbene Prinzessin Diana mit dem kleinen Prinzen William abgebildet. Und darauf stand: »Wie geht's? Hoffentlich ok. Ich vermisse dich. Abelard schickt dir Bussis. Alles Liebe, G.«

Er bog in die Golborne Road ein. Links von ihm lag die Apotheke. Den Mann, der gerade an der Kasse stand, erkannte er sofort wieder: Es war der Weißkopf, der reiche Knacker, dem das ganze Zeug gehörte, das er geklaut und verloren hatte, als ihn Fize und seine Kumpel überfallen hatten. Eigentlich hätte Lance von dem Weißkopf erwartet, dass er – wenn er überhaupt einen solchen Laden betrat – ein teures Parfüm für seine Freundin oder vielleicht einen neuen Elektrorasierer gekauft hätte. Stattdessen bezahlte er gerade drei Päckchen Bonbons, die die Verkäuferin in eine Papiertüte steckte. Lance rechnete nicht damit, wiedererkannt zu werden. Umso schockierter war er, als sich der Weißkopf umdrehte und ihm mit einem Kopfnicken einen schönen Tag wünschte. Einen Augenblick bildete sich Lance ein, er würde in ihm sicher den Einbrecher erkennen, doch dann fiel ihm wieder ein, dass er vergebens versucht hatte, sich das Geld zu holen, das der Alte auf der Straße gefunden hatte. Als Antwort nuschelte er ein »Hallo«, aber da war der Weißkopf schon samt seinen Bonbons verschwunden.

Lance kaufte das Aspirin für seine Mutter und machte sich wieder auf den Rückweg in die Kensal Road, zur elterlichen Wohnung. Aber noch ehe er dort war, fiel ihm wieder ein, was ihm seine Mutter erzählt hatte. Onkel Gib war zu diesen Betbrüdern in die Fermoy Road gezogen, zu den Perkins. Obwohl Lance die Hausnummer nicht kannte, fand er mühelos das Haus. Während bei den Nachbarn jeweils ein Lorbeerbäumchen den Vorgarten zierte, stand bei den Perkins ein Schild mit der Aufschrift »Jesus lebt!«. Lance klingelte.

Keine Reaktion. Er läutete noch einmal. Diesmal bemerkte er aus dem linken Augenwinkel heraus eine flüchtige Bewegung. Jemand hatte im Erkerfenster am Vorhang gezupft. Dann entdeckte er, dass die Haustür einen winzigen Spalt offen stand. Ganz vorsichtig stupste er dagegen, denn er rechnete mit einer Falle. Die Tür schwang stumm auf. Er trat über die Schwelle und stand in einem schmalen Hausflur.

An den Wänden verkündeten gerahmte Spruchweisheiten: »Je besser der Tag, umso besser das Werk« und »Wer Vater und Mutter ehrt, lebt lange auf Erden«. Niemand war zu sehen, nur auf der Fensterbank lieferte ein Aschenbecher voller Kippen einer bekannten Marke den Beweis für Onkel Gibs Anwesenheit in diesem Haus. Die Stille wirkte beunruhigend. Lance gehörte zu einer Generation, die sich ohne ständiges Stimmengemurmel oder Technogewummer im Hintergrund unwohl fühlte. Nachdem er aber nun mal hergekommen und eingetreten war, wollte er unbedingt Onkel Gib sehen. Er wollte ihm sagen, wo er in jener Nacht wirklich gewesen war. Schließlich war Onkel Gib früher selbst ein Dieb gewesen. Vielleicht würde er wütend werden und ihn als nichtsnutzigen Sünder beschimpfen. Trotzdem hätte er Verständnis und wüsste, dass Lance nicht die Verantwortung für den Brand seines Hauses traf.

Irgendjemand musste doch daheim sein. Niemand würde weggehen und das Haus so offen stehen lassen. Lance packte den Türknauf links von ihm und drehte ihn langsam im Uhrzeigersinn. Leise öffnete sich die Tür, und er schlich hinein. Später hätte er nicht sagen können, warum er nicht laut geschrien hatte, aber er hatte es nun mal nicht getan. Vielleicht hatte ihn der Anblick dessen, was da auf dem Tisch lag, fasziniert und gleichzeitig erschreckt. Er schlug die Hand vor den Mund und näherte sich – warum auf Zehenspitzen? – dem Leichnam von Reuben Perkins.

Der ehemalige Hirte der Kinder von Zebulun lag aufgebahrt da. Ein weißes Tuch bedeckte seinen Unterkörper, sein Kopf ruhte auf einem weißen Kissen, die Hände waren über der Brust gefaltet. Der dritte Schlaganfall hatte ihn getötet, aber bereits der zweite hatte seinen Mund so entstellt, dass ein Mundwinkel herunterhing. Der Tod hatte diese verzerrte Miene getilgt. Lance sah ein vornehmes Gesicht, mit dem der Mann eher einem römischen Kaiser glich als einem alten Knastbruder. Lance hatte noch nie eine Leiche gesehen. So also sah es aus, wenn man tot war. Die Augen waren geschlossen, die Lider so weiß wie das ganze Gesicht. Zögernd streckte er einen Finger aus und berührte die Stirn von Reuben Perkins. Sie fühlte sich kalt an, eher wie Marmor als wie Haut. Es war, als berührte man eine von Gemmas durchsichtigen Kerzen.

Schritte im Hausgang brachten ihn wieder in die Realität zurück. Vier Leute betraten den Raum, ältere Männer und Frauen, die er noch nie gesehen hatte, gefolgt von Onkel Gib, Mrs. Perkins und noch einer Frau. Man versammelte sich um den Toten. Kopfschüttelnd betrachteten sie ihn und murmelten, was für ein Heiliger er gewesen und dass sein Tod ein echter Verlust sei. Sie waren so versunken, dass sie Lance gar nicht bemerkten. Jetzt war gewiss nicht der richtige Zeitpunkt für ein Gespräch mit Onkel Gib. Als eine zweite Gruppe von Trauergästen eintraf, um dem Toten die letzte Ehre zu erweisen, schlüpfte Lance leise aus dem Zimmer.

Er war ziemlich aufgewühlt. Bestimmt würde er von dem Toten träumen, wie er mit seinen unnatürlich weißen Augenlidern auf einem Tisch lag, die schlaffen kalten Hände gefaltet. Sobald Lance die Augen schloss, schien das Bild wieder aufzutauchen, das so gar keine Ähnlichkeit mit jenen Toten hatte, die er fast täglich im Fernsehen gesehen hatte.

Er ging über die Eisenbahnbrücke und die Golborne Road entlang bis zum Kanal, wo der kalte Wind das Wasser tausendfach kräuselte und ganze Blätterschauer regnen ließ und zu zitternden Bergen aufhäufte. Wenn er auf dem Treidelpfad weitergegangen wäre, wäre er zwischen dem Südende des Kensal-Green-Friedhofs und dem großen Gaswerk herausgekommen, aber Lance bog in die Kensal Road ab und steuerte die elterliche Wohnung an. Den toten Reuben Perkins hatte er verdrängt und dachte stattdessen an das Aspirin, das er für seine Mutter gekauft hatte. Vielleicht würde sie ihn den restlichen Tag in der Wohnung bleiben lassen, wenn er ihr die Tabletten aushändigte. Da hielt eine Zivilstreife an, und zwei Polizisten in Zivil stiegen aus.

Im Gegensatz zu Lance hätten die meisten Bürger sie nicht als Polizisten erkannt. Für ihn war ihre Identität sonnenklar. Ihr Auto hätte genauso gut rote und gelbe Quadrate haben können und sie selbst dunkle Uniformen und Mützen mit karierten Bändern. Sein Gemurmel, er müsse unbedingt nach Hause, zu seiner Mama, quittierten die beiden Beamten nicht direkt mit einem Lachen, aber bei dem Älteren zuckten die Lippen, als hätte er irgendeinen Tick. Sie verfrachteten ihn ins Auto wie die Polizei im Fernsehen: Einer drückte ihm den Kopf nach unten und schob ihn mit der anderen Hand auf die Rückbank.

Im Verhörzimmer war es warm, und er bekam jede Menge Tee. An einem gewissen Punkt meinte er, ob er sie etwas fragen dürfe. Als sie ihn statt einer Antwort nur ansahen, wollte er wissen, ob Onkel Gib, also Mr. Gilbert Gibson, ihnen erzählt hätte, dass er bei ihm gewesen sei, und wo man ihn finden könne.

»Wir stellen hier die Fragen«, sagte der mit der zuckenden Lippe.

Lance bestritt weiterhin, dass er zum Zeitpunkt des Brandes in der Nähe von Onkel Gibs Haus gewesen war. Die junge Anwältin traf ein und erkundigte sich immer wieder, ob man gegen Mr. Platt Anklage erheben wolle. Wenn nicht, sollte man ihn laufen lassen. Lance wünschte, sie würde das nicht tun. So etwas brachte die Polizei nur auf dumme Gedanken, und genau das galt es zu vermeiden. Er wusste, dass er nicht davonkommen würde. Diesmal bekam er tatsächlich die Rechtsmittelbelehrung zu hören und das ganze Zeug über seine eventuellen Aussagen vor Gericht. Der Ausdruck »vor Gericht« ließ ihm das Blut in den Adern gefrieren. Die Verhandlung war für den nächsten Vormittag angesetzt, und die Anklage lautete auf Brandstiftung und Mord.

24

Jeder Leser des *Evening Standard* und alle, die auf der Straße eine Gratiszeitung bekamen, lasen den Artikel über den zweiundzwanzigjährigen Lance Kevin Platt aus Kensal, London West, der an diesem Tag wegen Mordes an Dorian Lupescu und wegen Brandstiftung in einem Haus in der Blagrove Road, West Ten, vor Gericht stand. Ella las ihn und vergaß ihn sofort wieder. Der Name des Mannes, der bei Eugene wegen des gefundenen Geldbetrags vorgesprochen hatte, war nie zu ihr gedrungen. Eugene erinnerte sich sehr wohl an ihn und an seinen Namen, was vielleicht daran lag, dass er ihn erst tags zuvor in der Apotheke in der Golborne Road gesehen hatte. Als er Ella erzählte, er habe Lance Platt nur zweimal gesehen, fiel ihm wieder ein, dass es noch eine dritte Begegnung geben hatte. Als er damals in den frühen Morgenstunden aus seinem Schlafzimmerfenster geschaut hatte, hatte er den Jungen – so wirkte er auf ihn – mit seinem typischen Rucksack die Straße entlanggehen gesehen, Richtung Denbigh Road. Vor jener Nacht hatte er mit Ella eine Theateraufführung der »Heiligen Johanna« gesehen. Anschließend war er zu Elizabeth Cherry hinübergegangen, um sich zu vergewissern, dass mit ihrem Haus alles in Ordnung gewesen war. Später war er aufgestanden, um ein Chocorange zu lutschen – was sonst?

Inzwischen konnte sich Eugene wieder ganz genau an seine damaligen Gedanken erinnern: Dass Lance Platt mit Sicherheit nichts Gutes im Schilde führte. Und dass er gleich danach ein schlechtes Gewissen bekommen hatte, weil es nicht in Ordnung war, jemanden nur deshalb zu verdächtigen, weil er zu einer Zeit auf der Straße war, in der er, Eugene, brave Leute schlafend im Bett vermutete. Es sah so aus, als hätte er mit seinem ersten Gedanken recht gehabt. Trotzdem war eines klar: Platt konnte mit einem Mord und einer Brandstiftung am Rande von Kensal, was mehr als einen halben Kilometer entfernt lag, nichts zu tun gehabt haben, egal, was er während seines Spaziergangs vor Eugenes Haus getrieben haben mochte.

Auch Onkel Gib hatte es gelesen. Seine Quelle war ein kostenloses Anzeigenblatt namens *Metro*. Der Artikel bereitete ihm beträchtliche Genugtuung. Nicht weil er dachte, die Polizei hätte recht gehabt; nicht einmal er war ja hundertprozentig von Lance' Schuld überzeugt. Aber endlich bekam einer, den er nie gemocht hatte, und der ihm gegen den Strich gegangen war, die nötige Quittung. Gemma las ihn beim Kauf der *Sun*. Sie war mit Abelard im Buggy bei Tesco in der Portobello Road einkaufen gewesen und ganz schön geschockt, wie sie ihrer Mutter sagte. Das sei eine Affenschande, das müsse ein Versehen sein. Lance sei zwar in jener Nacht nicht bei ihr gewesen, aber vielleicht sollte sie aufs Polizeirevier gehen und aussagen, dass er doch bei ihr gewesen sei.

»O nein, das lässt du bleiben«, meinte ihre Mutter. »Du hältst dich schön zurück. Angenommen, die haben Beweise, dass er es war, und du riskierst Kopf und Kragen. Dafür könntest du in den Bau wandern, und was wird dann aus deinem Jungen? Komm, mein Lämmchen, gib Omimi ein Bussi.«

Fize überholte gerade in einem Haus in East Acton einen Trafo. Er brach eine angeblich unumstößliche Regel und ging in der Mittagspause ins Pub, in die Stammkneipe von

Ian Pollitt. Da dieser arbeitslos war und keinerlei Aussicht auf einen Job hatte, wusste Fize, dass er höchstwahrscheinlich seine leeren Mittagsstunden im »Duchess of Teck« totschlug. Fize gönnte sich ein kleines Glas Radler, was Ian als Weibergesöff abtat, das genauso schlimm sei wie »Weibersaft«, ihre Bezeichnung für Weißwein.

»Vielleicht«, entgegnete Fize, »aber vielleicht habe ich einfach keine Lust, mir die Birne vollzudröhnen, wenn wir mit einigen Tausend Volt arbeiten. Was hältst du denn von Lance Platt?«

Ian legte den Kopf zurück und kippte auf einen Zug einen halben Liter Ale. »Das Beste, was mir seit Jahren passiert ist.«

»Ja, ja, aber du weißt schon, was ich meine.«

»Die werden ihn schon nicht hinrichten«, meinte Ian. »Nicht wie früher. Bei achtzigtausend Knackis ist für den kein Platz. Der bekommt höchstens fünf oder sechs Jahre.«

»Er war's nicht«, sagte Fize. Inzwischen war ihm der Appetit auf sein Getränk vergangen, und er schob es über den Tisch. »Du weißt, dass er's nicht getan hat.«

»Ich weiß gar nichts. Mein Hirn ist leer. Weiß nicht mal, wann das war.«

»Am vierzehnten August.«

»Echt? Na, das ist aber lustig. Am vierzehnten August war ich auf Teneriffa im Urlaub.« Ian lachte schallend über seinen Witz und lachte immer noch, als Fize sich wieder auf den Weg zur Arbeit machte.

Diesmal wurde Lance nicht unter Auflagen freigelassen, sondern blieb in Untersuchungshaft, egal, wie lange es dauern sollte. Er hockte in seiner Zelle auf dem Polizeirevier wie ein Gestrandeter, bis eine Entscheidung gefallen sein würde, wo man ihn bis zu seinem Auftritt vor einer höheren Gerichtsinstanz unterbringen konnte. Und so betrachtete er die Sache aus einem philosophischen Blickwinkel. Es hätte schlimmer sein können. Er bekam umsonst zu essen, ohne dass er etwas dafür tun musste, und brauchte nicht mehr zwischen dem Fahrrad und den Autoreifen zu schlafen. Und was die Freiheit betraf, so konnte man ohne Geld sowieso nicht viel anfangen.

Sie hatten die Verpackung geändert. Statt der knalligen Schrift in Schokobraun und Orange und der schrecklichen – das musste sogar der Ästhet Eugene zugeben – Abbildung eines länglichen beigen Dings, in das sich irgendeine undefinierbare Flüssigkeit ergoss, hatte das Design nun gedämpfte Farben und eine eher abstrakte Zeichnung. Auch der Name hatte sich geändert. Chocorange hieß jetzt Oranchoco. Zuerst hatte Eugene auf seiner Hamstertour für die Flitterwochen voller Entsetzen geglaubt, seine Lieblingsbonbons wären bei Elixir ausgegangen. Während er das Regal absuchte, erzählte ihm eine Verkäuferin im Vorbeigehen, dass man einfach den Namen geändert hatte. Darüber war er dankbar, obwohl er sich gleichzeitig schämte.

»Das ist schon vielen Kunden aufgefallen. Aber keine Angst, es sind dieselben Bonbons. Derselbe Geschmack, aber eine andere Verpackung. Das ist alles.«

Eugene sah zu, dass er möglichst schnell hier wegkam, allerdings nicht ohne in dem Laden zuvor noch vier Päckchen Oranchoco und das allerletzte Chocorange gekauft zu haben. In der nicht sonderlich starken Hoffnung, dass diese Innovation auf Elixir beschränkt sei, stattete er noch zwei Filialen von Superdrug und der Dame im Sari in der Spring Street einen Besuch ab. Bei Superdrug hatte man den ganzen Laden umgeräumt. Wo früher Hautcremes standen, standen jetzt Shampoos, und die Vitaminpillen hatten die Plätze mit der Babypflege getauscht. Schließlich entdeckte er noch ein einsames Päckchen Oranchoco zwischen den Süßigkeiten und der Schokolade, die den ehemaligen Platz der Parfüms belegten. Noch vor sechs Monaten hätte er es als unter seiner Würde betrachtet, den Lageplan eines Drogeriemarktes zu kennen, nur damit er Produkte sogar im Dunkeln finden konnte. Wie sind die Helden gefallen!

Auf dem Rückweg zur »Kunstgalerie Eugene Wren« riss er eines der neuen Päckchen auf, nahm ein Bonbon heraus und kostete es. Es schmeckte anders, egal, was die Verkäuferin gesagt hatte. Ein kaum merklicher Unterschied, aber keine Verbesserung. Bei Chocorange war die cremige Konsistenz entscheidend gewesen, während diese neue Marke ein leicht raues Gefühl hinterließ, einen etwas bitteren Nachgeschmack, wenn auch nur einen Hauch.

Eugene war zutiefst enttäuscht, redete sich aber ein, dass er sich noch daran gewöhnen würde. Der kaum merkliche Unterschied würde ihm nichts ausmachen. Trotzdem ärgerte er sich den ganzen restlichen Nachmittag wegen dieser Veränderung. Noch wütender war er darüber, dass ihn etwas so Dummes, eine derart banale Bagatelle, dermaßen aus dem Gleichgewicht bringen konnte. Mit Sicherheit hätte eine Frau, die samt Chauffeur in einem Bentley vorgefahren war, Priscilla Harts »Studie in Edelmetall« gekauft, wenn er sie nicht mit seiner brüsken Art aus der Galerie vertrieben hätte. Während er zu Fuß nach Hause ging, versuchte er, die ganze Angelegenheit zu verdrängen, aber trotz aller Bemühungen schwappte immer wieder Verbitterung hoch. Wie konnte man ihm so etwas antun? Wie konnte man ihn dazu treiben, sein Geschäft zu gefährden? Wie konnte man einen fast perfekten Geschmack und eine fast perfekte Konsistenz ruinieren?

Und anschließend fragte er sich, was er wohl vor einem halben Jahr gedacht hatte, bevor ihn dieses Zeug gepackt hatte? In der Rückschau habe ich den Eindruck, ich sei frei gewesen. Und diese Freiheit habe ich einzig und allein für ein Geschmackserlebnis weggegeben, für etwas, das ich mir in den Mund stecke. Und während dieser Gedankengänge lutschte er die ganze Zeit ein Oranchoco, denn er wollte kein kostbares Chocorange für etwas so Banales wie seinen Heimweg verschwenden.

Den letzten Rest zerbiss er. Es schmeckte ihm nicht besser als das erste Bonbon vor vier Stunden.

Als er aufsperrte, rief ihm Ella zu: »Schatz, bist du's? Du bist aber schön früh dran.«

Er hatte die Taschen voller Bonbonpäckchen. Er hängte seinen Mantel auf und ließ die Bonbons, wo sie waren. Sie schenkte ihm und sich einen trockenen Sherry ein und trug die Gläser ins Arbeitszimmer. Wie so oft beim Wiedersehen nach kurzer Trennung verspürte er eine Wärme in sich aufsteigen, auch wenn diese Trennung höchstens eine Sache von Stunden gewesen war. Und dieses Gefühl ließ ihn vergnügt lächeln. Sie war so nett und lieb und sah genauso aus, wie eine Frau in seinen Augen aussehen sollte: eher hübsch als schön, nicht dünn, aber auch nicht plump, mit einem Wort, eine liebenswerte Frau, die obendrein wunderbar intelligent war.

»Woran denkst du?«

»Dass ich ein Glückspilz bin, weil ich dich habe.«

Lächelnd nippte sie an ihrem Sherry und reichte ihm ein Schälchen Oliven. »Ich möchte dich etwas fragen, aber es kann auch bis nach dem Essen warten.«

»Das klingt ja entsetzlich«, rief er lachend, »so, als würdest du das Gespräch nur deshalb aufschieben, weil mir danach der Appetit vergangen wäre.«

»Aber nein, nichts dergleichen. Wirklich, es ist ganz trivial. Es geht um – na ja, um unsere medizinische Versorgung nach unserer Hochzeit. Ich meine, ich werde weiter zu Malina in die Praxis gehen, aber du könntest vielleicht auf die Idee kommen, dich von mir anstatt von Dr. Irving betreuen zu lassen. Das allerdings hielte ich für keine sonderlich gute Idee. Natürlich werde ich Ärztin bleiben und dir auch sagen, wenn du meiner Meinung nach Dr. Irving konsultieren solltest, wenn du etwas hast, was man beobachten müsste. Glaubst du, das wäre zu pingelig?«

»Ganz und gar nicht, mein Schatz. Du hast absolut recht. Wie immer.« Er fühlte sich merkwürdig erleichtert, auch wenn er keinen Grund dafür wusste. »War das die Frage, die du hiermit nicht bis nach dem Essen aufgeschoben hast? Übrigens, was gibt es zu essen?«

»Leider nur Essen vom Thai. Es müsste jede Minute kommen.«

So war es auch. Sie aßen. Zum Nachtisch reichte ihm Ella die Obstschale. Eugene nahm ein paar Trauben, obwohl er ganz genau wusste, was er wirklich wollte, und zwar sofort – ein Chocorange, und wenn es nicht anders ginge, sogar ein Oranchoco. Während er Ella beim Tischabräumen half – schließlich wollte er sich wenigstens halbwegs als der Hausmann zeigen, den heutzutage anscheinend alle Frauen haben wollten –, fing er an, nach Gründen zu suchen, warum er für zehn Minuten außer Haus musste oder für zehn Minuten allein nach oben gehen konnte. Das heißt, er *versuchte* es, aber leider vergeblich. Früher hätte er einen Brief einwerfen können, aber niemand verschickte mehr Briefe.

Die Antworten auf ihre Hochzeitseinladungen waren, bis auf Werbebroschüren, seit Monaten die einzige Post gewesen, die er und Ella bekommen hatten. Inzwischen hatte es angefangen zu regnen. Ein feiner Sprühregen trübte die Fensterscheiben.

Mit trockenem Mund und einem sauren Geschmack auf der Zunge ging er ins Wohnzimmer und legte eine CD auf, eine Cembalosuite von Scarlatti. Die Musik dämpfte allmählich seine Gelüste, ja, er fragte sich sogar, ob seine Sucht nicht langsam schwinden würde, wenn er diese liebliche Barockmusik ständig im Hintergrund laufen ließ. Er lauschte und entspannte sich, aber als Ella hereinkam, spürte er, wie sich sein ganzer Körper vor Anspannung verkrampfte. Und da war er wieder, dieser Gedanke: Ich muss damit aufhören. Jetzt ist der richtige Zeitpunkt dafür. Der Geschmack hat sich verändert. Das Produkt entspricht nicht mehr genau meinen Wünschen. Ich werde heiraten. Und wenn ich dieser Sucht nachgebe, droht mir ein Leben voller Tricks, voller Ausreden und sogar – voller Lügen.

Bei einem Blick nach oben sah er, was sie in der Hand hielt. Durch die transparente Plastiktüte, eine dieser wiederverschließbaren Ziplock-Tüten, konnte er die orangebraune Schrift und die Abbildung auf einem halben Dutzend Päckchen Chocorange erkennen. Seine Gefühle entsprachen den Empfindungen der meisten Menschen, wenn ihnen Gewalt droht. Er bekam wildes Herzklopfen und einen trockenen Mund.

»Liebling«, fragte sie lächelnd, »wie viele davon liegen noch im Haus? Vierundzwanzig habe ich gefunden, bin mir aber sicher, dass ich nicht überall gesucht habe.«

Wann war er das letzte Mal rot geworden? Er konnte sich nicht mehr daran erinnern. Vielleicht als Kleinkind? Er spürte, wie ihm das Blut ins Gesicht schoss, und legte eine Hand an seine glühende Wange.

»Das muss dir nicht peinlich sein. Und eines darfst du schon gar nicht denken: dass es eine Sucht ist. Das ist es nicht. Glaub mir, ich weiß es. Es ist reine Gewohnheit, und die kann man ganz schnell überwinden. Ich hatte einmal eine Patientin, bei der es genauso war, allerdings waren es bei ihr Pfefferminzbonbons. Davon lutschte sie täglich zwanzig Stück, aber kaum hatte sie es mir erzählt, war es damit praktisch schon vorbei.« Sie stellte die Tüte vor ihm auf den Tisch und setzte sich neben ihn auf die Sofalehne. »Im Verstecken bist du wahrlich ein Meister gewesen, das muss ich schon sagen. Wochenlang hatte ich gedacht, Carli wäre nach diesem Zeug süchtig. Nie hätte ich mir träumen lassen, dass du es sein könntest.«

Er sagte immer noch nichts. Sie beugte sich über ihn und kuschelte ihre Wange in seine Haare. »Bist du mir jetzt böse? Hoffentlich nicht. Ich werde nicht versuchen, dich am Naschen zu hindern. Ein Bonbon habe ich auch probiert. Es hat ganz gut geschmeckt. Ich habe zwar gesagt, dass man eine solche Angewohnheit schnell überwinden kann, aber deshalb musst du ja nicht völlig aufs Naschen verzichten. Natürlich weiß ich nicht, wie viele du isst, aber falls es eine größere Menge sein sollte, sagen wir mal zehn Stück oder so, dann könnte es vernünftig sein, ein bisschen weniger davon zu essen. Schließlich handelt es sich um ›zuckerfreie‹ Bonbons, und das bedeutet, sie enthalten Aspartam oder einen anderen Süßstoff. Deshalb ist es nicht besonders klug, den Körper mit diesem Zeug vollzustopfen.« Sie erhob sich und trat zurück. »Gene? Ist alles in Ordnung?«

»Ja, natürlich«, erwiderte er. Es klang dünn und geschockt.

Er versuchte, sich zu räuspern. »Ich glaube, ich gehe noch ein bisschen spazieren.«

»Gene, schau mich an. Was ist los? Hat es mit dem zu tun, was ich gesagt habe?«

»Ich möchte einfach nur spazieren gehen.«

»Es schüttet wie aus Kübeln!«

Wieder machte sie einen kleinen Schritt auf ihn zu. Ihr Gesicht war vor Sorge und Bestürzung ganz verzerrt. »Du kannst jetzt nicht ins Freie. Wir müssen reden. So können wir das nicht stehen lassen. Ich hatte ja keine Ahnung, dass du es so aufnehmen würdest, wenn ich mit dir rede.«

»Ich habe gar nichts aufgenommen«, sagte er. »Ich bin müde und brauche frische Luft.«

»Na schön. Wenn du wieder da bist, werden wir uns darüber unterhalten, wie du da hineingeraten bist und wie du damit umgehen kannst. Jetzt wird es für dich viel leichter sein, weil ich es weiß. Denk immer daran, es handelt sich nicht um Crack oder Kokain, ja nicht einmal um Zigaretten. Innerhalb einer Woche bist du darüber weg.«

Viel leichter. Jetzt. Weil sie es wusste … Diese Aussage stand in einem solchen Kontrast zur tatsächlichen Lage, dass er beinahe gelacht hätte. Dabei fühlte er sich, als würde er nie wieder lachen. Ohne ein weiteres Wort ging er in die Diele hinaus und zog seinen Mantel an. Die Taschen waren mit Chocorange und Oranchoco vollgestopft. Zum ersten Mal in seinem Leben beschlich Eugene ein Gefühl, in dem sich Sehnsucht und Abscheu die Waage hielten, eine sogenannte Hassliebe. Er zog sämtliche Bonbonpäckchen bis auf eines aus den Taschen und warf sie unten in den Kleiderschrank. Es war egal, ob sie sie sah. Es war zu spät.

Trotzdem wartete er, bis er draußen war. Erst dann brach

er das Päckchen an. Mit einem Chocorange im Mund, dessen Geschmack mitnichten durch die Szene gemindert wurde, die sich soeben im Wohnzimmer abgespielt hatte, klappte er seinen Schirm auf und lief die Chepstow Villas entlang bis zur Abzweigung Pembridge Villas. Schnell war das Bonbon gelutscht, und sofort gierte er nach einem neuen.

Was sollte er tun? Wieder heimgehen? Nein. Er drehte um und ging denselben Weg zurück und weiter, Richtung Portobello Road. Dabei kam er an seinem eigenen Haus vorbei, aber er sah konsequent weg. Der Regen hatte nachgelassen, schließlich hörte sogar der Sprühregen auf. Eugene klappte seinen Schirm zusammen. Die Portobello war wie immer. Vielleicht tummelten sich sogar noch mehr Menschen darauf. Alles war taghell erleuchtet. Zwischen Musik, Gelächter und lautem Hallo tobte das Leben. Er ging in den »Earl of Lonsdale« und bestellte ein Glas Weißwein als Ersatz für ein Chocorange. Pubs waren nie wirklich seine Sache gewesen, und seit seiner Bekanntschaft mit Ella hatte er ihnen nur ein einziges Mal einen Besuch abgestattet. Der Wein war sauer und biss. Trotzdem trank er ihn im Stehen an der Bar. Einen Sitzplatz konnte er nicht finden. So also fühlte man sich, wenn ein sorgfältig gehütetes Geheimnis aufflog. Beim Alkohol war es damals genauso gewesen, als ihn ein Freund auf der Herrentoilette erwischt hatte, wie er heimlich einen Schluck aus dem Flachmann nahm. Genauso? Nein, das hier war viel, viel schlimmer.

Nach Hause? Unmöglich. Er überlegte, sich ein Hotel zu suchen, aber die Londoner haben keine Ahnung von den Hotels in ihrer Stadt, und außerdem hatte er keine Kleidung zum Wechseln dabei. Wieder steckte er sich ein

Chocorange in den Mund und schlenderte auf der anderen Straßenseite im Strom der Passanten zum Electric Cinema hinunter. Dort kaufte er sich eine Eintrittskarte und verblüffte die Frau, die ihn fragte, in welches Kino er denn möchte. Egal, sagte er, das sei unwichtig, er nähme, was sie ihm gebe. Sie könne es sich aussuchen.

Es war wirklich unwichtig. Kaum saß er in einem der roten Ledersessel, die man gegen die alten Kinositze ausgetauscht hatte, schlief er auch schon ein. Als die Lichter wieder angingen, weckte ihn ein anderer Kinobesucher, der in derselben Reihe gesessen hatte, als er sich vor ihm durchzwängte. Obwohl es fast Mitternacht war, herrschte auf den Straßen immer noch Betrieb, allerdings nicht, als er zur Denbigh Road kam. *Jetzt bin ich ein Obdachloser,* dachte er, *und muss auf der Straße schlafen.* Doch dann musste er daran denken, wie ihn Ella wegen einer derart kaltschnäuzigen und unsensiblen Bemerkung tadeln würde, er, ein gesunder wohlhabender erfolgreicher Mann mit einem Haus in einem der gefragtesten Viertel einer Weltstadt. Du Narr, schalt er sich und ging endlich heim, in ein dunkles stilles Haus.

25

In den letzten Wochen hatte Ella zweimal versucht, ihn anzurufen. Schließlich hatte sich seine Mutter telefonisch bei ihr gemeldet, um ihr mit hoher Stimme überschwänglich mitzuteilen, dass es ihrem Sohn dank Miss Cranes Tabletten, die er »gewissenhaft« einnähme, »wahnsinnig besser« gehe. Für einen Hausbesuch gäbe es wirklich keinen Anlass. Indirekt hieß das, die Therapeutin hatte Erfolg gehabt, während Ella gescheitert war. War sie nun paranoid, weil sie so etwas dachte, oder fühlte sie sich einfach nur ziemlich mies? Was nach dem Vorfall mit Eugene kein Wunder gewesen wäre.

Sie hatte fast die ganze Nacht wach gelegen und darauf gewartet, dass er ins Bett kam. Sie war nicht sicher, ob er nach Hause gekommen war. Deshalb war sie hinuntergegangen, um nach ihm zu suchen, aber als sie versuchte, die Tür zum Arbeitszimmer zu öffnen, stellte sie fest, dass sie abgeschlossen war. Und da sonst niemand im Haus war, musste diese Maßnahme gegen sie gerichtet sein. Am Morgen war die Tür immer noch versperrt, und daran änderte sich auch nichts, als sie ihm zurief, er solle sie doch einlassen. Sie ging zur Arbeit, rief ihn aber vor ihrem ersten Patiententermin an. Als er abhob, war sie tief erleichtert.

»Mir geht's gut«, meinte er. »Bin gerade auf dem Sprung in die Galerie.«

»Gene, wo bist du gewesen? Was ist letzte Nacht passiert?«

»Das sage ich dir später.«

Noch nie hatte er so distanziert mit ihr gesprochen, nicht einmal am Anfang ihrer Beziehung. So redete er mit einem Mann vom Paketdienst – nein, noch kühler. Sogar zum Postboten wäre er höflicher gewesen. Im Laufe des Vormittags rief sie in der Galerie an, aber Dorinda erklärte ihr, Eugene habe einen Kunden und würde zurückrufen. Es kam kein Anruf. Der Appetit aufs Mittagessen war ihr vergangen. Der Nachmittag war für Hausbesuche vorgesehen, drei bei bettlägerigen älteren Patienten, der vierte bei Joel. Letzteren machte sie nur, um eine Beschäftigung zu haben, um die Zeit totzuschlagen. Beides war für sie eine völlig neue Erfahrung. Sie konnte sich nicht erinnern, dass sie sich schon einmal so gefühlt hatte. Joels Mutter hatte ihr erklärt, man brauche sie nicht mehr. Aber Wendy Stemmer war nicht seine Betreuerin. Joel war trotz seines seltsamen Verhaltens und seiner Krankheit selbst für sein Leben verantwortlich.

Diese Ansicht musste sie rasch und gründlich korrigieren. Kaum hatte Rita sie in die Wohnung gelassen, sah sie bereits die radikalen Veränderungen. An diesem sonnigen Tag war die ganze Wohnung lichtdurchflutet. Egal, wer die Rollos entfernt und die schweren Samtportieren durch dünne Vorhänge ersetzt hatte, er musste gesehen haben, dass dadurch die schäbige Möblierung erst richtig zum Vorschein kam. Also hatte man das meiste durch Ikea-Tische ersetzt und elastische Hussen über die düsteren Polsterstühle gezogen. Die Cäsarenbüsten waren verschwunden und mit ihnen auch die Zierspiegel, in denen sie sich gespiegelt hatten.

Man hatte nicht viel Geld für diese Verjüngungskur ausgegeben. Es standen jede Menge Zimmerpflanzen herum, aber eher Sorten aus dem Supermarkt als vom Gärtner. Ella fand Joel in einem Zimmer, in dem sie noch nie gewesen war. Nur die Tür hatte sie vage wahrgenommen. Er saß mit einem Kugelschreiber in der Hand an dem alten Esstisch, in einem der alten Stühle. Vor ihm lag auf einem Platzdeckchen ein Blatt Papier.

»Hallo«, rief er und blickte auf. Am Klang seiner Stimme konnte sie eines sofort erkennen: Seine Persönlichkeit war durch die Medizin, die er einnahm, abgestumpft.

»Joel, wie geht es Ihnen?«

»Gut.«

»Ist Rita jetzt immer bei Ihnen?«

»Nur tagsüber«, erwiderte er genauso monoton. »Nachts kommt Bridget. Man lässt mich nicht allein.« Den letzten Satz konnte man doppelt interpretieren: *Man will nicht, dass ich einsam bin*, oder *Man lässt mich nie in Ruhe.* »Ma kommt. Nur ungern, aber sie kommt.«

»Hat Ihre Mutter die neuen Möbel besorgt?«

Seine stumpfe Miene kündete von abgrundtiefer Langeweile. »Vermutlich. Irgendeiner hat es getan. Sie haben die Männerköpfe entfernt und gesagt, sie wären schlecht für mich und würden mich zum Grübeln bringen.« Er lachte abgehackt. »Jetzt bin ich nicht mehr im Dunkeln.« Es ließ sich nicht feststellen, ob er das wortwörtlich meinte oder im übertragenen Sinn. Sie erwartete eine Bemerkung über Mithras, aber es kam keine. »Ich schreibe an meinen Memoiren.« Das Blatt Papier war leer. »Der Anfang fällt schwer. Erst fällt mir etwas ein, aber dann werde ich müde und muss schlafen.« Sein Mund dehnte sich zu einem leeren Lächeln. »Ist ja unwichtig, oder?«

Eigentlich sollte sie etwas tun, aber was? Es ging ihm gut, er war ruhig und wirkte zufrieden. War das nicht besser, als wenn er von einem eingebildeten Phantom verfolgt wurde, von einer göttlichen Stimme? Ella beobachtete, wie er den Kopf senkte und den Kuli aufs Papier setzte, allerdings am rechten Blattrand. Als sie sah, dass er den Kuli in Kreisen und Spiralen in einem Muster nach links bewegte, das keine Ähnlichkeit mit einer Schrift hatte, und dabei die Lippen wie ein Fisch auf und zu klappte, war sie ehrlich entsetzt.

»Joel, ich komme bald wieder.«

Sie stand auf. Draußen im Flur drückte sich die Frau namens Rita herum. Anscheinend wartete sie nur darauf, dass Ella ging. Als Joels Hausärztin könnte sie sich eigentlich nach seinen näheren Umständen erkundigen. Leise fragte sie, sodass er es nicht hören konnte, ob Mr. Stemmer seinen Sohn besuchen kam.

»Nur sie«, sagte Rita, »nur seine Mama.«

Auf dem Heimweg versuchte Ella, sich an ihre erste Begegnung mit Joel zu erinnern. Damals hatte er nach seiner Herzoperation im Krankenhaus gelegen, und sie hatte ihm das Geld gebracht, das Eugene auf der Straße gefunden hatte. Er war damals ein kranker Mann oder wenigstens ein Rekonvaleszent gewesen, wobei sämtliche Krankheiten anscheinend physischer Natur gewesen waren. Im Laufe der letzten fünf Monate war er gemütskrank und seltsam geworden. Jetzt wirkte er wie ausgehöhlt. Von dem Mann im Krankenhaus war nur noch die äußere Hülle übrig. Dagegen war sie machtlos. Und jetzt musste sie sich ganz auf Eugene konzentrieren, den sie in zehn Tagen heiraten würde.

Inzwischen musste er zu Hause sein.

Das Haus war leer. Sie merkte, dass sie seit dem Frühstück nichts gegessen hatte, und auch das Frühstück hatte nur aus einer Scheibe Toast bestanden. Der Kühlschrank war voller Essen, die Obstschale bis an den Rand mit Orangen, Bananen und reifen Feigen gefüllt, die gerade in den Läden auftauchten. Carli hatte frisches Dinkelbrot auf dem Schneidebrett hinterlassen und daneben, unter der Käseglocke, ein Stück jungen Cheddar. Ella ließ alles links liegen und ging ins Wohnzimmer, wo sie sich ans Fenster stellte und versonnen die Straße in die Richtung hinunterschaute, aus der Eugene kommen würde. Das Telefon klingelte. Schnell lief sie hin, aber am anderen Ende war nur eine Stimme, die sich einschmeichelnd erkundigte, ob sie nicht eine neue Küche haben wolle. Als sie auflegte, hörte sie Eugenes Schlüssel im Schloss. Dann fiel die Tür zu, und er ging durch die Diele, aber seine langsamen, zögernden Schritte hatten so gar nichts mit seinem üblichen flotten Tempo gemein.

Gemma war das Hübscheste, was dieser scheußliche Raum mit seiner Tischreihe, vor der links und rechts Stühle standen, je gesehen hatte. Auf der einen Seite saßen Frauen, die Lance völlig unattraktiv fand. Gemma gegenüber bezeichnete er sie als Hundemeute und wurde dafür von ihr wegen seiner Gemeinheit getadelt. Sie dagegen gleiche einer Blume auf einer Müllkippe, erklärte er ihr in einem seiner seltenen Fantasieausbrüche. Wenn sich die anderen Männer getraut hätten, hätte sie anerkennende Pfiffe geerntet, als sie hereinkam und sich in ihrem zartrosa Minirock, schwarzen Overknee-Stiefeln und einer weißen Pelzjacke ihm gegenüber hinsetzte.

»Der ist nicht echt«, gestand sie Lance. »Echten Pelz würde ich nie tragen, wo man doch weiß, was sie den armen Tierchen antun. Wie ist es dir gegangen, Liebling?«

»Gut«, erwiderte Lance, aber nicht, weil es ihm gut ging

oder er glücklich war, sondern weil er auf diese Frage immer so antwortete. »Weiß der Fize, dass du hier bist?«

»Du machst wohl Witze. Er würde mich killen oder diesen Ian dazu anstiften.«

»So schlimm? Gemma, jetzt hör mal zu. Ich habe diesen Brand nicht gelegt.«

»Schatzimaus, das weiß ich doch.«

Im Flüsterton fuhr Lance fort: »Ich war drüben in der Pembridge Villas, in einem Haus.« Jetzt, da es Zeit zum Beichten war, merkte er, dass er immer mehr zögerte, seine Tat kühn herauszuposaunen. »Ich bin – na ja, du weißt schon, ich habe ein Fenster eingeschlagen und dann, weißt du, bin ich rein. Ich bin schon früher mal drin gewesen, habe mich umgeschaut und einen Schokokuchen verspeist.«

Gemma fing an zu lachen. »Was hast du gemacht?«

»Einen Schokokuchen verspeist und eine Suppe. Die Alte, die dort wohnt, ist im Urlaub gewesen. Beim zweiten Mal, meine ich. Ich habe ein paar Sachen mitgenommen, Schmuck und so'n Zeug. Du weißt schon. Mit dem Zeug im Rucksack bin ich dann zurück, und da hatte es schon gebrannt, aber das Feuer war schon aus, und die Tante von nebenan, die stand draußen, und er auch, und die meinten, mit Onkel Gib wäre alles ok, aber Dorian sei tot, und sie dachten, ich sei es …«

»Langsam, Lance. Jetzt kapiere ich gar nichts mehr. Meinst du, du bist in das Haus der alten Dame in der Pembridge eingebrochen, und deshalb hast du Onkel Gibs Haus gar nicht anzünden können? Wolltest du das sagen?«

»Ja«, sagte Lance einfach.

»Das solltest du besser den Bullen erzählen.«

»Die werden mir nicht glauben.«

»Doch. Inzwischen hat ihnen die alte Dame sicher gesteckt, dass jemand drinnen war, und erzählt, was fehlt und so weiter. Du musst es ihnen sagen. Oder willst du wegen Mordes ins Kittchen wandern?«

»Weiß nicht«, meinte Lance.

»Ich schon. Dafür könntest du lebenslänglich bekommen, und das heißt mindestens fünfzehn Jahre. Vielleicht sagt der Richter auch«, Gemma schlug einen, wie sie gesagt hätte, »piekfeinen« Tonfall an, »meiner Empfehlung nach sollte dieser böse Mensch eine Haftzeit von mindestens fünfundzwanzig Jahren verbüßen, weil er nicht nur ein Haus angezündet hat, sondern obendrein einen armen Besucher unserer Insel ermordet hat, der niemandem etwas zuleide getan hatte. Lance, das könnte er. Ich mache keine Witze.«

»Meinst du wirklich?«

»Schau, wenn du es ihnen nicht sagst, dann tu ich es. Okay? Ich werde ihnen einen Brief schreiben. Jetzt sagst du mir nur noch die Nummer des Hauses, wo du eingebrochen bist, den Namen der Dame und die Uhrzeit. Ja? Vielleicht sage ich ihnen auch noch die Sache mit dem Schokokuchen. Das könnte der Beweis sein, dass du es gewesen bist.«

Sie ging mit ausgestreckten Händen auf ihn zu. Er wich kopfschüttelnd einen Schritt zurück. Er wirkte zehn Jahre älter, sein Gesicht hatte tiefe Falten.

»Gene, was ist denn? Was ist los? Bist du krank?«

Wieder schüttelte er den Kopf und deutete mit einer Handbewegung an, sie solle sich setzen. Nach einigem Zögern ließ sie sich ziemlich schwer fallen. Sie sahen einander an, aber dann flackerten seine Augen, und er senkte den Kopf.

»Bitte, Gene, sag etwas.«

»Ich kann nur eines sagen.« In seiner Stimme schwang Verzweiflung mit. »Ich wünschte, es wäre anders, aber so ist es nun mal.« Offensichtlich suchte er nach Worten. »Wir können nicht heiraten«, sagte er schließlich. »Ella, ich kann dich nicht heiraten.«

Sie starrte ihn an und verkrampfte die Hände. Endlich fand sie ihre Stimme wieder. Sie klang genauso belegt wie seine. »Ich habe mich wohl verhört.«

Achselzuckend wiederholte er mit hoffnungsloser Miene: »Ich kann dich nicht heiraten.«

»Ich sagte, ich hätte mich wohl verhört.«

»Es war so gemeint. Ich kann dich nicht heiraten.«

»Aber warum?« Beide Wörter klangen wie ein Aufschrei aus tiefstem Herzen.

Er vermied es zu antworten. »Du kannst hierbleiben. Ich meine, wenn du willst, kannst du unbegrenzt bleiben, für immer. Ich werde ins Hotel ziehen. Ich werde sämtliche – Arrangements absagen. Ich werde allen erzählen, was vorgefallen ist. Ich werde versuchen, dir die Angelegenheit möglichst zu erleichtern.«

»Du willst versuchen, mir die Auflösung unserer Verlobung zu *erleichtern*?«

»Ella, was kann ich sonst noch sagen? Ich kann dich nicht heiraten, das ist alles.«

»Liebst du mich nicht? Gestern hast du mich geliebt und letzte Woche auch.« Sie legte den Kopf in die Hände, blickte aber sofort wieder auf und starrte ihn an. »Warum? Warum?« Jetzt erinnerte sie sich wieder an die Vorfälle von gestern Abend. »Sind es … es kann doch nicht … es ist doch nicht wegen dieser … dieser *Dinger*, die ich gefunden habe?«

Wieder war er knallrot geworden. Er senkte den Blick. Sie sah, wie seine Hände zu zittern begannen.

»*Tatsächlich*, das ist es. Weil ich diese Bonbons gefunden habe. Nein, das ist Irrsinn. Unmöglich. Oder doch?« Es war so. Seine demütige Haltung, sein kraftloses Sich-Ergeben ins Unvermeidliche verrieten es ihr. Sie sprang auf und rief laut: »Aber Liebling, das ist doch unwichtig. Das ist egal. Ich kann die ganze Geschichte einfach vergessen. Ich werde sie nie wieder erwähnen. Du kannst dieses blöde Zeug nach Herzenslust essen. Es stört mich nicht.«

»Aber *mich*.« Dieser ruhige Satz klang endgültig.

»Du kannst doch nicht unser beider Leben zerstören, nur weil ich dich bei einer harmlosen Angewohnheit ertappt habe. Um Himmels willen, das ist doch etwas ganz anderes, als wenn einer im Internet pornografische Bilder ansieht oder Frauen nachstellt oder … ach, keine Ahnung. Deshalb kannst du uns doch nicht auseinanderreißen. Wir *lieben* uns doch.«

»Ella, ich gehe jetzt und werde mich um alles kümmern.«

Er zitterte so sehr, dass sie befürchtete, er würde stürzen. Sie trat zu ihm und versuchte, ihn zu berühren.

»Ella, bitte nicht. Ich muss gehen.«

Sie ging hinter ihm in die Diele. Ihr war, als könne er seine Drohung nicht wahr machen, solange sie wie ein Schatten ganz dicht bei ihm blieb. Und doch hatte sie Angst, ihn zu berühren. Er drehte ihr weiter den Rücken zu. Sie ging um ihn herum, um ihm ins Gesicht zu sehen, aber wieder wandte er sich ab, holte seinen Mantel aus dem Schrank, tastete die Taschen ab und zog ihn an. Er griff zu seiner Aktentasche. Sie umklammerte mit beiden Händen seinen Arm, aber er löste mit seiner freien Hand ihren Griff, Finger für Finger.

»Du machst es für dich und für mich nur noch schlimmer«, sagte er distanziert.

Dann öffnete er die Haustür und trat ins Freie, ohne einen Blick zurück. Sie ging hinter ihm durch den Vorgarten, aber als er durch das Gartentor ging, blieb sie stehen und drehte sich um. Die Haustür pendelte im Wind hin und her, und sie hatte keinen Schlüssel dabei. Sie rannte zurück, packte ihre Handtasche mit dem Schlüssel – ein Mantel war unwichtig – und rannte wieder ans Gartentor, auf den Gehsteig hinaus. Von Eugene war nichts mehr zu sehen.

26

Bisher hatte sich seine journalistische Erfahrung auf das Beantworten von Leserbriefen beschränkt. Und wenn keine Briefe von Leuten mit Problemen in der Liebe oder beim Sex eintrafen, dann erfand er eben einen passenden sensationslüsternen Ersatz. Doch jetzt war Onkel Gib mit einer neuen Herausforderung konfrontiert, mit dem Nachruf auf Reuben Perkins. Er hockte in Maybelles ehemaligem Esszimmer, das man ihm als Arbeitszimmer zugeteilt hatte, und hackte auf dem Computer herum, den ihm die Kinder von Zebulun gekauft hatten. Die elfenbeinfarbene Tastatur hatte sich durch seinen Zigarettenrauch bereits leicht gelblich verfärbt, und in dem Keramikobstteller, den Maybelle als Aschenbecher zur Verfügung gestellt hatte, häuften sich die Zigarettenkippen. *Ein großmütiges Leben, geprägt vom selbstlosen Dienst an der Gemeinde,* hatte er getippt, *getragen von einer fenomänalen und unbeirrbaren Hingabe an Menschen aller Altersstufen, jeden Geschlechts und aller Religionen.* Da kam Maybelle ins Zimmer und brachte ihm eine Tasse Tee und ein Sandwich mit Blutwurst und Käse.

»Wie schreibt man ›fenomänal?‹«, wollte er von ihr wissen.

»Keine Ahnung, Gilbert. Du bist gebildet, nicht ich.« Sie musterte den Bildschirm. »So, wie du es geschrieben hast. Sieht richtig aus.«

Onkel Gib war der Ansicht, dass es falsch aussah. Er hatte nur ein Problem: Er wusste nicht, warum. Vielleicht würde er es durch »beispiellos« ersetzen. »Gehst du weg?«

»Kann ich«, sagte Maybelle eifrig.

»Dann bring mir doch vierzig Glimmstängel mit, ja?«

Das würde sie gerne machen, meinte Maybelle und lächelte ihn liebevoll an. Onkel Gib zündete sich eine Zigarette an und skizzierte einige Episoden aus dem Leben von Reuben Perkins, die mit der Realität nichts zu tun hatten. Seine Schlussworte waren genau kalkuliert. Sie sollten ihn in der Gunst von Reubens Ehefrau noch höher steigen lassen: *Er wurde in der Blüte seiner Jahre aus dem Leben gerissen und hinterlässt eine um fast zwanzig Jahre jüngere Witwe, die liebenswürdige Maybelle.*

Jetzt ging es um die letzten Vorbereitungen für das Begräbnis.

Nachdem er weg war, zog Ella als Erstes seinen Ring ab und steckte ihn sofort wieder an. Wie lächerlich. Er würde zurückkommen, wenn nicht heute Abend, dann morgen. Er würde zurückkommen und sagen, wie töricht er gewesen sei, und ob sie ihm verzeihen könne. Vielleicht glaubte sie daran, vielleicht auch nicht, denn schlafen konnte sie nicht. In den traurig-wirren Stunden zwischen zwei und vier Uhr nachts bekam sie eine Panikattacke. Schluchzend setzte sie sich mit tränenüberströmtem Gesicht im Bett auf. Am Morgen war der Ring wieder weg, und sie war mit nackten Fingern zur Arbeit gegangen. Das Weinen und der Schlafmangel hatten sie fix und fertig gemacht. In der Praxis sagte keiner etwas, falls es überhaupt jemand gemerkt hatte.

Zwischen den einzelnen Patienten fragte sie sich, was sie tun solle. Mit ihm Kontakt aufnehmen? Zur Galerie fahren? Ihn in Ruhe lassen, bis er wieder zu sich kam? Diesmal kam Mrs. Khan mit einem anderen Kind als Dolmetscher, mit einem Mädchen im Hijab, obwohl sie höchstens neun Jahre alt war. Das schwarze Kopftuch schien sie zu kneifen. Ella empfand es als höchst unpassend, dass dieses kleine Mädchen über die schweren Monatsblutungen und die schmerzhaften Krämpfe ihrer Mutter sprechen sollte. Unter normalen Umständen hätte sie sich dazu geäußert, aber die Umstände waren alles andere als normal, und so sagte sie nichts. Nein, nein, nachlaufen würde sie Eugene nicht. Sie war überzeugt, dass er wiederkäme, oder sie redete sich wenigstens überzeugend ein, dass sie es sei. Die nächste Patientin war Mrs. Perkins. Sie lud sie zu einem Kondolenzbesuch ein und bat, sie möge unbedingt zum Begräbnis kommen.

Für den Nachmittag waren keine Hausbesuche vorgesehen. Sie ging nach Hause, aber eigentlich war es Eugenes Haus. Rein gefühlsmäßig konnte sie es kaum mehr als ihr Zuhause bezeichnen. Dabei fiel ihr ein, dass sie am nächsten Tag einen Termin bei ihrem Anwalt hatte, um den Verkaufsvertrag für ihre Wohnung zu unterschreiben. War das der richtige Zeitpunkt für einen Verkauf? Angenommen, Eugene hatte es ernst gemeint und würde nicht umdenken. Wenn sie nicht zusammenblieben und heirateten, konnte sie nicht in seinem Haus wohnen und sein Zuhause belagern, egal, was er gesagt haben mochte. Zum ersten Mal formulierte sie es ganz direkt: *Wir werden nicht heiraten.* Es klang völlig irreal, und doch war es in ihrer Welt momentan das einzig Reale. Sie ging nach oben, in ihr gemeinsames Schlafzimmer, wie sie es immer noch empfand. Während ihrer Abwesenheit war er zurückgekommen und hatte einige Kleidungsstücke geholt. Außerdem hatte er offensichtlich eine ordentliche Menge von diesem lächerlichen Zeug mitgenommen, von diesem zuckerfreien Mist.

In einem Anfall von Energie hetzte sie auf der Jagd nach diesen Bonbons durchs Haus. Ein paar davon lagen immer noch in Schubladen, Regalen und Taschen. Keuchend, als hätte sie gerade einen Wettlauf hinter sich, sammelte sie alle in einer Plastiktüte – zwanzig, dreißig, vierzig Päckchen –, trug sie in den Garten hinaus und zündete sie an. Es war fast wie ein Ritual.

Während sie alles Nötige zum Anzünden zusammensuchte, fiel ihr wieder die Geschichte ein, die ihre Schwester erzählt hatte. Wie sie die junge Frau mit der Zigarette in der Hotelhalle um Streichhölzer gebeten hatte. Damals war sie mit Eugene noch so glücklich gewesen. Ein Schluchzen stieg in ihrer Kehle auf, doch dann kehrte die Wut zurück. In der geheimen Küchenschublade lagen ein Streichholzbriefchen und daneben noch ein Päckchen von diesem Zeug. Dieses Mistzeug. Sie fand auch noch eine uralte Flasche mit Petroleum, die seit Jahren niemand mehr angerührt hatte. Es brannte noch, genau wie die Streichhölzer. Ohne sich darum zu scheren, dass Feuer im Freien schon seit Jahren verboten war, zündete sie den Haufen an. Das Feuer loderte auf und verzehrte Eugenes dämliche Süßigkeiten. Der ganze Garten stank nach – verbranntem Zucker. Nein, unmöglich – nach verbrannten Chemikalien, nach Sacharin, nach Aspartam. Sie stand da und war in die Betrachtung des kleinen schwarzen Flecks auf dem Gras versunken, bis sie das Läuten des Telefons ins Haus trieb.

Mit Sicherheit war er das, er musste es sein. Um zu sagen, dass es ihm leidtat, dass er den Verstand verloren habe und nicht wisse, was über ihn gekommen sei. In ihrer Hast, nur schnell zum Telefon zu kommen, stolperte sie und wäre beinahe gestürzt.

Es war ihre Schwester.

»Ach Hillary«, rief sie, »ich weiß nicht, was ich tun soll. Ich glaube, Eugene ist verrückt geworden. Könntest du kommen, oder kann ich zu dir? Ich drehe selbst noch durch.«

Fize hielt nichts davon, Frauen in Männergeschäfte einzuweihen. Außerdem hätte er Gemma dann auch beichten müssen, dass er und Ian das Haus in Brand gesteckt hatten. Oder, besser gesagt, Ian. Trotzdem war er sein Handlanger gewesen, und diesbezüglich kannte Fize die Rechtslage ziemlich gut. Wenn zwei Leute in einen Mordfall mit Brandstiftung verwickelt waren, galten beide als schuldig, auch wenn nur einer das Streichholz angezündet hatte. Das alles wäre ihm egal gewesen, wenn man nicht Lance verhaftet, angeklagt und eingebuchtet hätte. Vielleicht hätte er sich auch dann nicht sonderlich darum geschert, wenn der Untersuchungshäftling für ihn ein Unbekannter gewesen wäre. Als er und Ian damals, mit einer Flasche Benzin und einer Tüte Feuerwerkskörper bewaffnet, auf dem Weg in die Blagrove Road gewesen waren, hatte er es noch als völlig gerecht und angemessen empfunden, Lance im eigenen Bett zu verbrennen. Solche Gefühle würde doch jeder Mann gegenüber dem Typen hegen, der seine Freundin betatscht hatte.

Trotzdem sprach einiges dagegen. Erstens wusste er nicht wirklich, ob Lance und Gemma mehr getrieben hatten, als sie auf seine Frage hin behauptet hatten. Sie hätten nur mit Onkel Gib Tee getrunken und über die alten Zeiten geplaudert. Etwas untermauerte ihre Version der Geschichte tatsächlich: Fize hatte selbst gesehen, wie der Alte ins Haus marschiert war, während die beiden drin waren. Also hatten sie mit Sicherheit nichts tun können, was sie nicht hätten tun sollen. Damals, als er die Benzinflasche durch den Briefschlitz geschoben hatte, hatte er sich natürlich anders gefühlt. Und Ian Pollitt? Dem war die ganze Sache einschließlich Lance, Gemma und selbst Fize restlos egal. Davon war Fize überzeugt. Ian spielte liebend gern den bösen Buben und suchte ständig Zoff.

Das erste Mal hatte ihn ein mulmiges Gefühl beschlichen, als er hörte, dass sie einen ihm völlig unbekannten Mann getötet hatten, der in dem Haus gewohnt hatte. Jemanden zu töten, den man nicht hasste, und an dem man sich auch nicht rächen wollte, schien ihm das Schlimmste zu sein. Fize wollte weder seinen Job verlieren noch Gemma, geschweige denn seine Mutter aufregen. Auch ins Gefängnis wollte er nicht gehen, aber irgendwie hatte er aus Hollywoodfilmen die vage Vorstellung aufgeschnappt, man könne bei der Polizei etwas drehen, eine sogenannte Verständigung im Strafverfahren. In Amerika ging so etwas, also vermutlich hier auch. Wenn einer geständig war und den Namen des Mittäters verriet, konnte es sein, dass der andere den Bach hinunterging, während man selbst davonkam – oder eine Bewährungsstrafe oder sonst etwas bekam. Fize dachte, es sei einen Versuch wert.

Er startete bei Ian einen Versuchsballon.

Sie hingen vor den Spielautomaten in der Spielhalle an der Portobello Road herum. Ian hatte gerade einen Volltreffer gelandet. Jeder andere hätte die ganze Knete wieder eingesetzt, aber er sackte seinen Gewinn ein. Das tat er immer. Anscheinend hörte er nicht, was ihm Fize in Sachen Lance zu sagen versuchte. In Anbetracht des Lärms, der hier drinnen herrschte, wäre das nicht verwunderlich gewesen. Ian meinte nur, er bräuchte etwas zu trinken. Sie gingen ins »Portobello Arms«.

Fize konnte sich nie sehr gut ausdrücken, ganz im Gegensatz zu Gemma. Sie war wortgewandt. Er versuchte, Ian zu erklären, was er meinte, verhedderte sich aber in die Wörter und fügte alle fünf Sekunden ein »Du weißt schon« ein. Und so klang es, als wollte er lediglich versuchen, Ian in die Scheiße zu reiten. Und vielleicht tat er das auch.

»Kannst du mir verraten, was das soll?«, blaffte ihn Ian ziemlich aggressiv an. »Jedes Mal, wenn wir in ein beschissenes Pub gehen, laberst du mich wegen diesem verdammten Lance voll. Warum? Kannst du mir das verraten?«

»Ich finde nur, dass es nicht richtig ist, dass er eingebuchtet wird, wo er doch gar nichts gemacht hat.«

»Ach nein«, tönte Ian sarkastisch, »er hat gar nichts gemacht. Er ist kein Dieb, er ist nicht in Häuser eingebrochen und hat alten Damen den Schmuck geklaut. Er hat deiner Freundin nie so eine gescheuert, dass sie 'nen Zahn verloren hat. Er hat nie Handys gemopst.«

»Tja, vielleicht, aber dafür wandert er nicht in den Knast. Er wandert ins Kittchen für etwas, was er nie getan hat.«

»Ach, mach mal Pause.« Ian trank aus und bestellte Nachschub – für sich allein. Für Fize gab es kein zweites Glas. »Ich werde dir jetzt mal was sagen, nur zwei Wörter«, meinte er und musste über seinen eigenen Witz lachen, »und das zweite Wort heißt ›mich‹.«

Fize sah, wie Ians schwielige Pranke Richtung Hosentasche und hineinwanderte und dann etwas packte. Er sagte nichts mehr.

Er und Gemma redeten zu Hause nie viel miteinander. Auch seine Eltern hatten nie viel miteinander geredet. Teilweise lag das daran, dass seine Mutter kaum Englisch sprach und sein Vater kein Wort Farsi. Gemma redete liebend gern. Sie telefonierte stundenlang mit Freundinnen und saß drüben, bei ihrer Mutter, wo beide ohne Punkt und Komma plapperten. Über Kids und Klamotten und Make-up und Promis und Musik. Solche Themen interessierten Fize kein bisschen, und er kannte sich damit auch nicht aus. Er mochte Abelard, aber reden konnte er mit ihm nicht. Sie sahen gemeinsam fern, genau wie er und Gemma. Gemma redete über die Schauspieler in den Serien und über das, was sie taten und sagten, während er nur »Ja« und »Stimmt« und »Keine Ahnung« herausbrachte. Da er nicht wusste, was er sagen sollte, überließ er das Reden ihr.

Sie unterhielt sich mit jedem über alles und jedes, mit den Leuten aus den anderen Wohnungen, mit anderen Müttern, die kleine Kinder hatten, und sogar mit seiner Mama, obwohl sie kaum ein Wort verstehen konnte. Und wenn er da war, hörte er zu, ohne viel zu sagen. Allerdings erwartete sie von ihm auch keine Antwort. Und über eine Person verlor sie nie ein Wort. Und das war Lance Platt. Anscheinend hatte sie ihn vergessen. Fize hätte liebend gern gewusst, was sie über sein Dilemma dachte, aber er fürchtete sich, es auch nur zu erwähnen. Sie hätte ja aufspringen, Abelard packen und direkt auf die Wache düsen können. So etwas war ihr zuzutrauen.

Es kam so weit, dass er nachts neben der tief und fest schlafenden Gemma wach lag und über seine und Ians Tat nachdachte. Oft kuschelte sich Abelard zwischen die beiden. Der kleine Junge hatte sich Marotten angewöhnt, die Fizes Mutter nie hätte durchgehen lassen. Gemma ließ nie ein Fenster offen, damit Abelard ja nicht hinausfallen konnte. Und deshalb war es im Schlafzimmer stickig und heiß, und Fize schwitzte bei dem Gedanken an Lance Platt, der irgendwo in einem viel kleineren Zimmer lag, in einer Zelle mit Stockbetten, die er vielleicht mit einem anderen

Typen teilte. Und nicht mit einem so tollen Mädchen wie Gemma. Außerdem sprach viel dafür, dass Lance jahrelang in dieser oder einer anderen Zelle bleiben würde. Eines war Fize klar: Er musste noch mal mit Ian reden, aber diesmal nicht in einem Pub.

Vielleicht hier. Vielleicht sollte er ihn einladen, sobald Gemma außer Haus war. Vielleicht während er auf Abelard aufpasste und sie sich bei Michelle oder bei ihrer Mama aufhielt. Wenn das schöne Wetter weiter anhielt, könnte er die Balkontür offen lassen, und auf den anderen Balkonen würden Leute sitzen. Außerdem wäre Abelard da und würde rein- und rauslaufen. Er musste Ian von seinem Blickwinkel überzeugen. Wenn nicht, wenn sich Ian nicht umstimmen ließ, wovon Fize leider überzeugt war – hätte er dann genug Mumm, um allein zur Polizei zu gehen?

27

Auf seine Anweisung hin hatte Jackie hundert Bogen Papier samt Briefkopf ausgedruckt, auf denen stand: *Die Hochzeit von Dr. Ella Cotswold und Eugene Wren findet nicht, wie vorgesehen, am 20. Oktober statt.* Eigentlich hatte sich Eugene noch mit ein paar zusätzlichen Worten bei allen Gästen entschuldigen wollen, die damit um das Vergnügen gebracht wurden, seiner und Ellas Eheschließung beizuwohnen, ein wunderbares Essen zu genießen und seinen Dom Perignon zu trinken. Aber irgendwie fehlte ihm dazu genauso der Mut wie für fast alles andere.

Er hatte sich in einem sehr teuren Hotel mit viel Komfort in der George Street ein Zimmer genommen, wo er seit seiner Ankunft vor einigen Tagen höchstens zwei oder drei Stunden pro Nacht geschlafen hatte. Wenn er um Mitternacht einschlief, war er um zwei Uhr wieder wach, saß im Bett und lutschte zum Trost ein Oranchoco. Und dann noch eines und noch eines. Sie schmeckten genauso gut wie die Chocorange. Inzwischen fragte er sich, warum sie ihm anfänglich bitter vorgekommen waren.

Immer öfter nickte er in der Galerie ein. Manchmal fand ihn Dorinda am Schreibtisch, wo er den Kopf auf die ausgebreiteten Arme gelegt hatte. »Er schläft wie ein Toter«, sagte sie sorgenvoll und riet ihm, nach Hause zu gehen. So könne er doch nicht weitermachen.

»Ich habe kein Zuhause«, entgegnete Eugene.

Darauf erübrigte sich jede Antwort. Jackie und sie sahen einander nur an. Keine von ihnen hatte eine Ahnung, warum die Verlobung geplatzt war. Wie alle anderen wussten auch sie nur, dass es so war. Es wäre leichter gewesen, den Leuten einen Seitensprung oder eine erst kürzlich entdeckte Unverträglichkeit der Blutgruppen einzugestehen als die Tatsache, dass er von einer derart absurden und erniedrigenden Sucht befallen war. Inzwischen verzehrte er mehr von diesen Dingern als je zuvor, täglich mindestens zwei Päckchen. In Anwesenheit der beiden Frauen genierte er sich, in der Galerie ein Bonbon in den Mund zu stecken. Deshalb quälte er sich zu einem Spaziergang durch die hübschen Straßen von Kensington und lutschte während der halben Stunde, die er sich im Freien gönnte, mindestens fünf Bonbons. Manchmal stand er auch nur wie ein Raucher, der nicht an seinem Arbeitsplatz sein darf, in einem Hauseingang oder unter einem Baum.

Ursprünglich hatte er Chocorange, wie es früher hieß, gekauft, um sich zwischen den Mahlzeiten vom Naschen abzuhalten, beziehungsweise um insgesamt nicht so viel zu essen. Diesen Zweck hatte es jetzt offensichtlich erfüllt. Er hatte das Interesse an richtigem Essen verloren. Auch wenn er nicht den Mut hatte, sich zu wiegen, obwohl es in seinem Hotelbadezimmer eine Waage gab, sah und spürte er, dass er abnahm. Seine Kleidung schlackerte, und sein Hosenbund wurde immer weiter. Inzwischen war ein Gedanke in ihm aufgekeimt: Wenn er so weitermachte, würde er sterben; damit konnte er sich umbringen. So etwas gab es. Irgendwo hatte er gelesen, dass ein Mann seinem Leben ein Ende gesetzt hatte, indem er nur noch Karotten aß, bis er schließlich an einer Überdosis Vitamin A starb. Diese Geschichte fiel ihm jetzt wieder ein. Vermutlich enthielt Oranchoco gar keine Vitamine, dafür reichlich chemische Stoffe, kein Fett oder Proteine und herzlich wenig Kohlenhydrate. Während dieser Überlegungen aß er ein Bonbon nach dem anderen und stornierte sein geplantes Abendessen in einem Restaurant am Crawford Place.

In der Galerie traf ein Brief für ihn ein, von Ella. Keine E-Mail oder eine SMS, sondern ein richtiger Brief, der sich wegen des Poststreiks offensichtlich einige Tage verzögert hatte. Darin stand: *Eugene, ich bin aus Deinem Haus aus und wieder in meine Wohnung gezogen. Aus verständlichen Gründen konnte ich dort nicht bleiben. Du kannst jetzt wieder zurück. Ich habe meine Sachen mitgenommen und den Schlüssel in der Diele auf den Tisch gelegt. Ella.*

Diese Zeilen machten ihm schrecklich zu schaffen. Er war den Tränen näher als damals mit acht Jahren, als ihn der alte Sid Gibson angebrüllt hatte, weil er eine Zitrone von dessen Stand heruntergeworfen hatte. Trotzdem checkte er im Hotel aus und ging in der vagen Hoffnung, dass er sich besser fühlen würde, nach Hause. Er hatte geglaubt, seine geliebte Sammlung würde ihn trösten, aber das war nicht der Fall. Das Einzige, was ihn getröstet hätte, war alles andere als ein Gegenstand. Jetzt, da Ella weg war, liebte und brauchte er sie mehr denn je. Ein bitterer Gedanke. Er klappte in ihrem ehemaligen gemeinsamen Schlafzimmer seinen Koffer auf und kippte den Inhalt auf den Boden. Kleidung, Schuhe und mindestens zwanzig Päckchen Oranchoco. Obwohl er bereits zwei offene Päckchen in seiner Sakkotasche hatte, riss er eines davon auf und steckte sich zwei Bonbons auf einmal in den Mund.

Nachdenklich lag er auf dem Bett. Was wäre das Beste für ihn? Wenn man Oranchoco aus dem Verkauf ziehen würde. Er musste an einen Artikel denken, den er gelesen hatte. Als sich bei gewissen Lebensmitteln herausstellte, dass sie einen Stoff enthielten, der bei Mäusen Krebs auslöste, wenn sie fünfzig Jahre lang täglich ein Kilo davon fraßen, verschwanden diese sofort aus den Geschäften. Das war das Ergebnis der modernen Gesundheits- und Sicherheitsmanie. Ach, würde das doch nur bei Oranchoco passieren! Wie schön wäre es, wenn er in den Laden der Sari-Dame gehen könnte und auf eine entsprechende Frage hin erfahren würde, dass man die Dinger wegen ihres eben erst entdeckten Giftgehalts aus den Regalen genommen hatte. Und noch etwas: Wie schön wäre es gewesen, wenn ihm der neue Geschmack von Oranchoco den Appetit auf dieses Zeug verdorben hätte. Denn darauf hatte er eigentlich gehofft.

Sollte er essen gehen, nachdem er alles aufgeräumt hatte? Oder sollte er sich daheim etwas kochen? Inzwischen verspürte er eine leichte Übelkeit. Dann war es besser, nichts zu essen. Er hatte ja seinen Trost hier bei sich im Schlafzimmer. Sogar zwanzig Päckchen.

Auf dem Rückweg von einem anderen Patienten bemerkte Ella, dass sie an dem Häuserblock vorbeifuhr, wo Joel Roseman wohnte. Schon seit Wochen hatte sie nichts mehr von ihm gehört und ihn noch länger nicht gesehen. Inzwischen lief ihr Leben wie ein Uhrwerk ab: Aufstehen, zur Arbeit fahren, sich mit einem gezwungenen Lächeln gegen die mitleidigen Blicke der Kollegen wappnen, Patiententermine, Hausbesuche, zurück in die Wohnung, etwas essen, was sie nicht erst kochen musste, einen Whisky trinken und ins Bett gehen. Joel hatte nicht zu den Patienten gehört, denen sie einen Hausbesuch abstattete. Sie hatte ihn fast schon vergessen. Beim Einparken warf sie einen Blick zu den Fenstern seiner Wohnung hinauf. Soweit sie erkennen konnte, waren die Rollos verschwunden und auch die

Vorhänge. War auch *er* fort? Nur weniges konnte sie von ihren eigenen Problemen ablenken, aber dieser Fall gehörte dazu. Sie musste wieder daran denken, wie Joel versucht hatte, Mithras zum Fluss und den Wiesen und der Stadt mit den weißen Türmen zurückzubringen, was ihm aber nur teilweise gelungen war. Hatte er es vielleicht noch einmal versucht? Diesmal mit Erfolg? Weil es ihn umgebracht hatte?

Ella ging über die Eingangstreppe in die Halle. Ein Portier saß hinter seinem Tisch und erkundigte sich, ob er helfen könne. Mr. Roseman?

»Fort, Madam. Er ist vor einer Woche ausgezogen.«

Es war ziemlich aussichtslos zu hoffen, dass er eine Nachsendeadresse hinterlassen hatte, aber tatsächlich gab es eine. Der Portier schrieb sie auf. Ella erkannte die Straße im Vorort Hampstead Garden wieder. Es handelte sich um sein Elternhaus, das seinem Vater gehörte, aber selbstverständlich auch seiner Mutter.

Wenn das Leben Ella gut behandelt hätte, wäre sie nie hinausgefahren. So aber tat sie es, um sich abzulenken, von Eugene und der ganzen irrwitzigen Situation und von ihrer Demütigung.

Das Haus der Stemmers war ein Palast, ein ebenerdiger Bungalow mit mindestens tausend Quadratmetern Wohnfläche – Ella übertrieb leicht –, inmitten von mehreren Hektar Grund mit Palmen und Araukarien, einer Bowlingbahn im Grünen und einem Minigolfplatz mit künstlichen Hügeln und Teichen. Alles war streng geometrisch angelegt, wie ein Tennisplatz. Eugene hätte die Anlage als vulgär bezeichnet, ein Wort, das nur noch wenige Leute benutzten. Das alles konnte sie hinter schmiedeeisernen

Toren erkennen, die sich offensichtlich nur elektrisch öffneten. Sie läutete. Eine Stimme erkundigte sich, wer sie sei.

»Dr. Cotswold«, sagte sie. »Ich möchte zu Mr. Roseman.«

»Einen Moment.«

Es knirschte, dann öffneten sich langsam die Tore. Sie fuhr hinein, quer über eine riesige gepflasterte Fläche. Auf diesem Steinplateau wirkte ihr geparktes Auto winzig. Noch bevor sie den Fuß auf die unterste der vier Eingangsstufen gesetzt hatte, öffnete sich der rechte Haustürflügel. Ella zuckte leicht zusammen. Drinnen stand eine Frau in einem dunkelblauen Kleid. Mit einem Schurz oder einem Schild an der Brusttasche hätte es auch eine Uniform sein können. Wortlos geleitete sie Ella über Marmor, Parkett und gefährlich herumliegende Teppiche. Sie hätte genauso gut stumm sein können.

In diesem Haus gab es offensichtlich weder Türen noch die Möglichkeit, sich gegen das Tageslicht abzuschirmen. Heute war einer jener strahlenden Oktobertage, die nachmittags um fünf Uhr vorbei waren, aber jetzt strömte noch das Sonnenlicht durch Glaswände und eine Glaskuppel. Die einzelnen Räume waren nur durch klug gezogene Mauern oder halbhohe Trennwände abgeteilt, die als Paravents dienten. An einer hing ein großes Ölbild mit einer Meerjungfrau in einem Goldfischglas. Offensichtlich versuchte sie, sich durch die schmale Öffnung zu zwängen. Die Frau führte Ella hinter die Wand mit dem Gemälde. Dort saß ein fetter weißhaariger Mann hinter einem Schreibtisch in einem silbrigen Ledersessel und hielt einen silbernen Telefonhörer in der rechten Hand.

Er begrüßte Ella mit einem kurzen Kopfnicken. Die Frau deutete mit der Hand auf einen Sessel, und Ella setzte sich.

Joels Vater – er war es mit Sicherheit – telefonierte noch eine knappe Minute weiter und rief dann kurz angebunden: »Gut, das genügt. Ich bin im Bilde.« Dann legte er auf, kam mit ausgestreckter Hand zu Ella herüber und sagte: »Morris Stemmer. Waren Sie nicht die medizinische Betreuerin meines Sohnes?«

Als medizinische Betreuerin hatte man Ella noch nie bezeichnet. Sie fragte sich, warum er in der Vergangenheit gesprochen hatte, schüttelte aber trotzdem die angebotene Hand und fragte, ob sie Joel sehen könne.

Er lächelte verhalten. Sein Lächeln stülpte seine fetten Wangen zu plumpen Kissen auf. »Wenn Sie möchten, können Sie Mithras sehen.«

»Das verstehe ich nicht.«

»Die ganze Angelegenheit ist schwer zu verstehen, Dr. Cotswold. Vielleicht akzeptiert man am besten, dass Joel eine andere Person geworden ist. Und damit kann der Rest von uns eventuell leichter leben.«

Auf diesen Satz fiel ihr keine Antwort ein.

»Sollten noch Beträge an Sie offen stehen, schicken Sie mir eine Rechnung, die ich selbstverständlich gern begleichen werde.«

»Sie sind mir nichts schuldig«, entgegnete Ella. »Trotzdem würde ich Joel sehr gern sehen, auch wenn er krank sein sollte. Dann ganz besonders.«

»Mithras«, korrigierte er. »Er reagiert nur auf diesen Namen. Das sollte man sich merken.«

Erst jetzt, im Stehen, sah sie, wie ungemein fett Morris Stemmer wirklich war. Für ihn hätte man das überstrapazierte Wort »fettleibig« buchstäblich erfinden können. Sein Bauch hatte jenes Stadium erreicht, in dem er wie eine Fettschürze auf den straffen Stoff über seinen aufgeblähten

Oberschenkeln hing. Er atmete schwer und seufzte beim Hinsetzen. Wie konnte ein Mann, dessen heiß geliebte Tochter ertrunken war, das Bild der verzweifelten Meerjungfrau in seinem Haus ertragen?

Auf ein Läuten hin tauchte die Frau wieder auf, stellte sich vor Ella und wartete, bis sie aufstand. Ella folgte ihr. Die Frau öffnete die einzige Tür in dieser zentralen Halle des Hauses. Dieser Raum war das genaue Gegenteil der Wohnung mit den Samtportieren und den heruntergezogenen Rollos in den Ludlow Mansions. Es war zwar nicht so hell wie im übrigen Haus, aber doch deutlich mehr als nur schwach beleuchtet. Dazu hübsche Möbel in weichen Farben, ein hochfloriger Teppichboden und unter dem zarten Vorhang ein Trog mit Zimmerpflanzen.

Vor einer Tapete mit Blättermuster saß in einem grünen Samtsessel ein Mann. Es war Joel, und doch wieder nicht. Statt seiner dunklen Haare hatte er hellblonde Locken, und auf dem normalerweise traurigen Gesicht lag ein leichtes Lächeln. Noch nie hatte sie ihn ohne Sonnenbrille gesehen. Es war mit Sicherheit das erste Mal. Als er sah, wer hereingekommen war, vertiefte sich sein Lächeln. Trotzdem hatte sie den Eindruck, dass er sie nicht wiedererkannte. So hätte er jeden Besucher angelächelt.

»Hallo«, sagte er. Es klang ganz anders als Joels normale Stimme. »Ich bin Mithras.«

»Ella«, erwiderte sie mit zittriger Stimme. »Ich bin Ella.«

Seine Stimme klang höher, die Vokale flacher, und er lispelte etwas. »Ich glaube, wir sind uns schon einmal begegnet. Vielleicht in einem anderen Leben. Als ich noch ein Herz hatte. Bevor man es entfernt hat. Wissen Sie, ohne Herz kann man kein menschliches Wesen sein. Dann ist man ein Geist oder ein Gott.«

Hinter Ella bewegte sich etwas. Sie drehte sich um. Wendy Stemmer war ins Zimmer gekommen. Sie stieß einen leisen Laut aus. Es klang wie ein gebrochenes Wimmern. Sie stellte sich neben ihren Sohn und begann, seine frisch erblondeten Haare zu streicheln, wie man eine Katze oder einen Hund streichelt. Dabei wirkte sie trauriger und *realer*, als Ella sie je erlebt hatte. Alles Protzige und der verzweifelte Versuch, unbedingt wie ein junges Mädchen zu wirken, waren von ihr abgefallen.

Joel ließ sich das Streicheln gefallen und verhielt sich trotzdem so, als sei niemand da. Er griff zu einem Buch und fing an zu lesen. Seine Mutter zog die Hand zurück.

»Es ist sinnlos hierzubleiben«, sagte sie. »Er wird jetzt stundenlang dieses Buch lesen. Es ist immer dasselbe Buch. Er liest es immer wieder von vorn.«

Ella erkannte den Titel, ein momentan populäres Buch über Schizophrenie. Auf dem Schutzumschlag wurde ein Gehirn von einem Blitz getroffen. Dieses Buch hatte mit dem Wodka und den Tabletten neben ihm gelegen, als er versucht hatte, noch einmal »die Tür zum Tod« zu öffnen. Sie drehte sich um und sah ihn zum letzten Mal an. Sie verließen das Zimmer. Noch einmal sah sich Ella über die funkelnde Leere hinweg mit der verzweifelten Meerjungfrau in der Wasserschale konfrontiert.

Wendy Stemmer zog die Tür hinter sich zu und sagte: »Ich begleite Sie noch zu Ihrem Wagen hinaus.«

Zum ersten Mal sah Ella sie in einem knielangen Rock. Als sie auf dem Beifahrersitz saß, zog sie ihn hinunter.

»Die Haare hat er sich selbst gefärbt. Wahrscheinlich mit Haushaltsbleiche, denn er ist nie einkaufen gegangen. Die Betreuerin meinte, er sei überhaupt nicht weggegangen. Ich weiß nicht, warum er das gemacht hat.«

Ich schon, dachte Ella. Mithras war blond gewesen, und er wollte wie Mithras werden, er wollte Mithras *sein.*

»Ich habe ihn in seinem jetzigen Zustand gefunden. Er hat sinnloses Zeug geredet und gemeint, er sei mit Joel zurückgekommen. Er hat von Joel wie von einem anderen Menschen gesprochen. Er hat gesagt, Joel hätte ihn aus einer Stadt geholt, die aus Wolken besteht, und dann hätte er versucht, ihn wieder dorthin zurückzubringen, aber er hätte es nicht gekonnt. Joel sei dort geblieben, und er – dieser Mithras – müsse hierbleiben.«

»Und was ist mit Ihrem Mann?«, wollte Ella wissen. »Was hat seine Einstellung zu Joel verändert?«

»So richtig verstehe ich es nicht.« Zu Ellas Überraschung klammerte sich Wendy Stemmer an ihre Hand und ließ nicht mehr los. »Es macht mir Angst. Ich habe das Gefühl, ich müsste mit zwei Verrückten fertigwerden und nicht nur mit einem.«

»Was ist denn passiert?«

»Ich habe versucht, ihm zu erklären, dass Joel unter dieser – dieser Wahnvorstellung leidet. Dass er ein anderer ist, meine ich. Dass er dieser Mithras ist und sich die Haare gefärbt hat und mit einer anderen Stimme spricht und so weiter. Morris hat zugehört. Normalerweise hört er mir nicht zu. Und dann hat er plötzlich gesagt: ›Ich komme mit.‹ Ich konnte kaum glauben, was ich gehört hatte. Ich dachte, mein Mann würde seine Einstellung nie ändern, aber als er erfuhr, in welchem Zustand sich Joel befand, hat er sich geändert. Er ist mit mir zu Joels Wohnung gefahren und – also, ich weiß es nicht.« Sie sah Ella an und wandte dann die Augen ab. Ihre Stimme klang so leise, dass Ella sie kaum verstehen konnte. »Er hat gesagt – mein Mann, meine ich –, er hat gesagt, das ist nicht mein Sohn, sondern ein anderer. Wir werden ihn zu uns nach Hause mitnehmen. Es war, als hätte er Joel niemals verzeihen können, aber diesem Mann schon, diesem Mithras. Den konnte er akzeptieren. Er *hat* ihn akzeptiert. Joel ist ganz willig mit uns hierhergekommen.«

»Hat Joel« – Ella konnte ihn nicht Mithras nennen – »hat er jemanden konsultiert? Einen Arzt, meine ich?« Es klang gezwungen.

»Die Psychiaterin, Miss Crane. Sie ist hierhergekommen.«

»Dann wird er also betreut?«

»O ja. Sie betreut ihn. Sie verschreibt ihm seine Tabletten und meint, er könne hierbleiben. Er müsse nicht – nun ja, weg. Sie verstehen schon, was ich meine. Er hat zwei psychiatrisch ausgebildete Krankenschwestern, eine tagsüber und eine nachts. Mein Mann meint, wir sollten es an nichts fehlen lassen. Geld ist kein Thema. Wissen Sie noch, wie sehr Joel immer im Dunkeln leben wollte? Also, dieser Mithras – ich nenne ihn jetzt, wie er sich selbst nennt – bevorzugt das Zwielicht. Er nennt es Dämmerung. Er behauptet, dort, wo er herkäme, sei es immer hell, Tag und Nacht, aber das wolle er noch nicht haben. Frau Doktor, er ist nicht mehr mein Sohn.« Tränen stiegen in ihre Augen, und sie unterdrückte ein Schluchzen. »Es ist, als würde ein Geist oder ein Engel bei uns wohnen. Ich muss jetzt gehen. Aber genauso will es mein Mann haben, nicht Joel, sondern eine andere Person.«

Sie stieg aus dem Auto. Ella sah ihr nach. Sie würde diese Menschen nie wiedersehen. Woher sie das wusste? Sie hätte es nicht sagen können. Trotzdem war sie davon überzeugt.

28

Die Balkontür war offen, zwei Stühle standen draußen, um den letzten Rest Abendsonne einzufangen. Gemmas Wäsche war trocken. Sie hatte sie längst hereingeholt, gebügelt und weggeräumt. Abelard war gebadet und für die Nacht hergerichtet, obwohl es noch nicht einmal neunzehn Uhr war, und saß zum Vorlesen auf Fizes Schoß. Jeder Beobachter hätte von einer behaglichen Familienszenerie gesprochen.

»Bekommst du Besuch, während ich weg bin?«, fragte Gemma. Sie wollte zum Abendessen zu ihrer Mama, und auch ihr Papa war eingeladen, ein seltenes Ereignis, worauf sie sich freute. Ihr Papa war ein umgänglicher Typ, und normalerweise bekam sie von ihm bei jedem Treffen ein großzügiges Geldgeschenk für Abelard. »Und wer?«

»Ein Freund«, sagte Fize.

»Ach, echt? An 'nen Feind hätte ich auch gar nicht gedacht.«

»Ian kommt.«

Wenn Gemma wütend war, sah sie immer besonders hübsch aus. Ihr schöner Teint war gerötet, und ihre großen blauen Augen blitzten. Sie warf die Haare zurück. »Ich dachte, ich hätte mich deutlich genug ausgedrückt. Ich will diesen Scheißkerl nicht in meiner Wohnung haben.«

»Gemma, stell dich doch nicht so an. Er ist okay. Er bleibt doch nur eine Stunde. Wir trinken was zusammen, sonst nichts.«

»Feisal Smith, wenn der Kerl herkommt, nehme ich

Abelard mit zu meiner Mama. Der kommt mir nicht in die Nähe meines Sohnes.«

Fize widersprach, auch wenn es reine Spiegelfechterei war. Abelard würde erwarten, dass der Fernseher lief, dass man ihm noch eine Geschichte vorlas und er eine Schokomilch und eine Banane bekam. Er würde darauf bestehen, so lange aufzubleiben, bis seine Mami heimkam. Da Fize aber unbedingt mit Ian allein sein wollte, mimte er möglichst überzeugend den Knurrigen, bis er endlich nachgab, obwohl er über die neue Situation ziemlich glücklich war. Fast den ganzen Tag hatte er insgeheim geübt, was er seinem Freund sagen wollte. Und fast genauso lange war ihm sein Text ganz leichtgefallen, und er fand ihn in Ordnung. Jetzt lagen die Dinge anders. Mit Sicherheit würde sich Ian weigern – und was dann? Gab es vielleicht noch einen Weg, dieses Problem zu lösen? Sollte er allein gehen? Schon beim Gedanken daran wurde ihm eiskalt. Fize brauchte etwas zu trinken. Dieses Gefühl hasste er. Er hatte seine anerzogene Abstinenz noch nicht lange aufgegeben und sich an Alkohol gewöhnt. Er bekam immer noch Schuldgefühle, wenn er trank. »Moralisch verwerflich« und »gegen den Islam« waren die Lieblingssprüche seiner Mutter und seines Großvaters mütterlicherseits gewesen. Manchmal kam es ihm vor, als würden diese Begriffe in der letzten Zeit fast immer auf ihn zutreffen. Er verstieß gegen eines ihrer Lieblingsgebote, holte sich aus der Küche ein Bier, setzte sich damit hin und wartete auf Ian.

Eugene hatte sich fast den ganzen Tag wie »durch den Wind« gefühlt, wie es Dorinda nannte, auch wenn ihm dieser Ausdruck blödsinnig erschien, denn heute war, wie so oft mitten im Oktober, ein strahlend sonniger Tag ohne jede Wolke. Zwischen seinem angeschlagenen Zustand und jedem x-beliebigen Wetter gab es nur eine einzige Verbindung: Er hatte eine schwere Depression. Und das wusste er auch genau. Er war der Sklave einer dämlichen Angewohnheit und hatte die geliebte Frau verloren. Kein Wunder, dass er sich schlapp und zittrig fühlte. Wahrscheinlich hatte er sogar etwas erhöhte Temperatur, aber zum Messen war er viel zu niedergeschlagen.

Gegen Abend wusste er dann, dass er mehr als nur deprimiert war. Er hatte keinen Appetit und wollte sich nicht einmal ein Glas Wein einschenken. Sicher war er körperlich krank. Ella hätte gewusst, was ihm fehlte. Vergeblich suchte er im ganzen Haus ein Fieberthermometer. Hatte so etwas je in einem der Bäder gelegen? Wenn ja, dann hatte es Ella mit Sicherheit mitgenommen. Bei jedem Schritt merkte er, wie er schwankte und wie benommen er war, sogar wenn er nur aufstand. Er konnte nur auf allen vieren unter Schmerzen ins Obergeschoss hinaufkriechen. Sein ganzer Körper fühlte sich wie zerschlagen.

Er konnte weder ein Chocorange noch ein Oranchoco finden, obwohl er überzeugt war, dass er bei seinem Auszug mindestens zwanzig Päckchen hiergelassen hatte. Vielleicht lagen sie auch noch gut sichtbar da, allerdings nicht für ihn in seinem Fieberwahn. Inzwischen war ihm der Schweiß ausgebrochen. Er spürte, wie er aus allen Poren drang und ihm kalt den Rücken hinunterlief. Nun war ihm nicht mehr heiß. Er wickelte sich in eine Wolldecke und dann noch in eine Daunendecke und rief Dr. Irving an. Als Privatpatient hatte er dessen Handynummer. Er erreichte ihn bei einer Essenseinladung.

»Klingt wie ein Virus.« Heute sagte niemand mehr »Grippe«, es sei denn mit der Vorsilbe »Vogel«. »Das geht ziemlich um.« Auch das hieß es immer. »Legen Sie sich ins Bett, halten Sie sich warm und trinken Sie viel.« Und als Nachsatz fügte Dr. Irving noch hinzu: »Damit meine ich Dihydrogeniummonoxid, besser bekannt als Wasser. Haha.« Einer seiner häufig wiederholten Lieblingswitze.

Ella hatte geglaubt, nichts könne sie mehr schockieren. Sie habe zu viel gesehen, habe zu viele traurige oder schreckliche Situationen erlebt und zu viele Geschichten von Schmerz und Leid und Grausamkeit gehört. Aber der Zustand von Joel Roseman hatte sie geschockt. Vor ihrer Fahrt zu diesem Vorstadtherrenhaus in Bungalowform in Hampstead Garden war sie überzeugt gewesen, sie würde ihren Patienten im Nötigungsnotstand vorfinden. Vielleicht buchstäblich als Gefangenen, den man eventuell auch misshandelte. Sie war entschlossen gewesen, bei der Polizei anzurufen und zu berichten, dass man hier jemanden gegen seinen Willen eingesperrt hatte. Nichts dergleichen hatte sie gesehen, nur einen Mann, den man in früheren Zeiten als verrückt bezeichnet hätte, als völlig verrückt. Einen Mann, um den sich Mutter und Vater kümmerten, wobei sich Letzterer wieder mit ihm versöhnt hatte. Einen Mann, der von einer der angesehensten Psychiaterinnen des Landes betreut wurde. Ihr Schock hatte zwei Gründe: ihren schweren Irrtum und Joels erbarmungswürdigen Zustand.

Außerdem fühlte sie sich nach ihrer Begegnung nervös und verletzlich. Allein in der halb leeren Wohnung, ohne jedes Buch, sehnte sie sich nach Eugene. Jetzt hätte sie sich mit Eugene über Joel unterhalten können, denn er war nicht mehr ihr Patient. Sie hätte ihm beschreiben können, wie entsetzt sie gewesen war, als dieser arme Mensch mit seinen gefärbten gelben Haaren sich selbst als Engel oder Gottheit beschrieb. Und auch die pathetische Mutter hätte sie schildern können, die sich inzwischen in eine nackte Kreatur verwandelt hatte, der man die Haut abgezogen hatte, ein absurdes Mädchen, das binnen kürzester Zeit von ihrem wahren Alter eingeholt worden war. Und auch den grotesken Vater, der in seinem Haus das Bild einer Ertrinkenden aufbewahrte, obwohl seine eigene Tochter ertrunken war. Eugene hätte zugehört, getröstet und liebevolle Heilmittel vorgeschlagen, er hätte ihr etwas zu trinken gebracht, sie geküsst und in ein hübsches Lokal zum Essen ausgeführt. Keine dieser Maßnahmen hätte Joel geholfen, aber *ihr*.

Sie dachte an die frühen Abendstunden in seinem Arbeitszimmer, wo sie bei einem Glas Wein den Tag hatten Revue passieren lassen. Sie dachte daran, wie er für sie gekocht hatte, viel besser, als sie es je gekonnt hätte, und wie sie ruhig nebeneinander gesessen und gelesen hatten, jeder still für sich und doch im Bewusstsein der Nähe des anderen. An ihre Nächte dachte sie, und wie heiß er sie begehrt hatte. Das alles war vergangen, und niemand war mehr da. Vielleicht war Joel im allgemein akzeptierten Sinn des Wortes verrückt, aber auch Eugene war von einer Art Irrsinn befallen, einem unerklärlichen, absurden und absolut zerstörerischen Wahn.

Ella vergrub ihr Gesicht in den beiden verbliebenen Kissen in ihrem Wohnzimmer und fing an zu weinen.

Sie hatten keine bestimmte Zeit ausgemacht, zu der Ian kommen sollte. So etwas machten sie nie, aber als er gegen einundzwanzig Uhr immer noch nicht aufgetaucht war, begann Fize sich Sorgen zu machen, und gleichzeitig war er erleichtert. Am liebsten hätte er das, was er sagen musste, aufgeschoben, obwohl ihm bewusst war, dass er keine innere Ruhe finden würde, bis es heraus war. Aber so sind die meisten Menschen, sie ziehen den Zweifel den Tatsachen vor. Fize wusste, dass er schwach war, und wünschte sich gleichzeitig, ein tapferer und starker Mann zu sein. Frauen mochten ihn, weil er gut aussah und nett war, vielleicht aber auch, weil sie ihn herumschubsen konnten. Manchmal kam es ihm vor, als hätte er in seinem Leben nur eine einzige Heldentat vollbracht: Als er das Haus von Gilbert Gibson angezündet hatte. Während er noch diesen Gedanken nachhing, klingelte es an der Wohnungstür.

Ian hatte nichts zu trinken mitgebracht, was Fize nicht überraschte. Das Gegenteil hätte ihn verblüfft. Als arbeitsloser Sozialhilfeempfänger hielt es Ian für selbstverständlich, dass die arbeitende Bevölkerung für seinen gesamten Konsum aufkam, für Alkohol, Currys und Fisch & Chips. Seine erste Frage war: »Gibt's hier was zu essen?«

Gemma ernährte sich sehr gesund. »Es gibt Brot, es gibt Käse und Sardinen und Äpfel und solche Sachen.« Dann fiel Fize noch ein Lebensmittel ein. »Ach ja, und Müsli gibt es auch.«

»Himmel.«

»Ein Bier kannst du haben.«

Als Fize wiederkam, hockte Ian auf der Kante von Gemmas hellbeiger Couch, als wäre sie aus dünnem Eis. Er war noch nie hier drinnen gewesen und fühlte sich mit Sicherheit genauso wie damals Fize nach seinem ersten Rendezvous mit Gemma, als sie ihn zu sich eingeladen hatte: Wie im Schaufenster eines Möbelgeschäfts. Alles war sauber und gebürstet oder poliert, in einer Vase standen Blumen, und auf dem Couchtisch lag ein akkurat ausgerichteter Zeitschriftenstapel. Fize hatte sich inzwischen daran gewöhnt, aber bei Ian würde es noch eine Weile dauern.

Widerwillig nahm ihm Ian die Bierdose aus der Hand. »Hast du nichts Stärkeres?«

»Nein.« Fizes innere Anspannung wurde immer stärker. Er hatte das Gefühl, er könne kaum mehr atmen. Jeder Muskel seines Körpers war verkrampft. »Hör mal zu, Kumpel.« Er holte tief Luft. »Hör mal, es geht um Lance.«

Ian trank. Dass jemand einen solchen Zug hatte, hätte sich Fize nicht träumen lassen. »Was ist mit dem?«

»Er sitzt.« Fize zögerte.

»Überraschung, Überraschung. Das weiß ich auch. Und was gibt's sonst Neues?«

»Würdest du mir vielleicht einfach mal zuhören? Er hat es nicht getan. Das Haus vom alten Gibson abzufackeln, meine ich. Und diesen Rumänen zu verbrennen. Er hat es nicht getan. Er war gar nicht da. Du weißt das, und ich weiß es auch. Das könnte ihm – ich meine, sie könnten ihn für gut fünfzehn Jahre verknacken, vielleicht auch mehr, wenn er seine Tat nicht gesteht. Und gestehen kann er nicht, weil er es nicht getan hat.« Fize war es nicht gewohnt, sich verständlich auszudrücken, und das merkte man. Es laugte ihn aus. »Wir sind es gewesen, du und ich. Kumpel, wir müssen zu den Polypen gehen und es ihnen sagen.

Ian starrte ihn an. »Meine Fresse.«

»Wie kommen wir uns vor, wenn er in den Knast wandert, vielleicht jahrelang, und wir sind …« Fize suchte nach Wörtern. »… frei. Wir sind frei.«

»Ich? Ich werd mich großartig fühlen.«

»Ich nicht. Wenn wir es ihnen jetzt nicht sagen, dann müssen wir es später tun. Wir können die arme Sau nicht einfahren lassen, wenn er es nicht getan hat. Das ist nicht in Ordnung.«

»Gibt's von der Katzenpisse noch Nachschub?«

Fize holte eine Dose und zog die Lasche ab. Bierschaum tropfte auf Ians Jeans.

»Blöder Wichser!«, brüllte Ian und schoss hoch.

»Um Himmels willen, ist doch nur Bier.« Jetzt wurde auch Fize wütend. »Das trocknet wieder. Hör mal, wir müssen hingehen und es ihnen sagen. Vielleicht gleich morgen früh. Vielleicht auch noch heute Abend, wenn du willst.«

»Wenn *ich* will? Jetzt hörst du mir mal zu.« Ian rückte drohend näher und hielt die Bierdose wie eine Waffe in der Hand. »Vergiss die Chose. Lass die Pfoten davon. Das ist echt Bockmist. Überleg's dir gut, wenn du weiter auf meiner Seite stehen willst.«

Fize schöpfte aus irgendeiner Quelle Mut. Lange hatte er sich vor diesem Schritt gescheut, aber jetzt kam er ihm gar nicht mehr so unmöglich vor. »Es wird uns nützen, wenn wir gestehen. Man wird es uns strafmildernd anrechnen, wie man dazu sagt. Kumpel, wir haben es getan, wir haben das Haus angezündet.« Er war sich bewusst, dass Ian seine Bierdose weggestellt hatte und nun mit geballten Fäusten dastand. »Wenn du's nicht tust«, sagte Fize, »dann tu ich's. Dann geh ich allein.«

»Was machst du?«

So ruhig und fies hatte Ian noch nie geklungen. Aus irgendeinem Grund musste Fize wieder an den Abend denken, als er gegen Lance und Onkel Gib angetreten war und Geld für Gemmas Zahn gefordert hatte. Damals war er auch mutig gewesen, und es hatte funktioniert. Aber damals war Ian natürlich auch auf seiner Seite gewesen und nicht gegen ihn …

»Ich geh allein hin. Das muss ich tun, Kumpel. Ich muss mit mir leben.«

»Dann muss ich dich wohl daran hindern, was?«

Fize sah, wie Ian das Messer aus der Jeans zog, und er sah die Klinge aufblitzen. Zunächst hatte er befürchtet, dass Jan eine Pistole gezogen hätte. Als Waffe war es genauso tödlich, ein schmales Messer mit einer langen dünnen Klinge, in der sich das Licht von Gemmas Tischlampe brach. Fize wich zurück. Sie standen einander gegenüber wie zwei Tiermännchen, die am ganzen Körper beben, bevor sich einer das erste Mal rührt. Ian verlagerte das Messer in seiner Hand ein wenig, als wolle er Fize foppen, richtete die Spitze auf ihn und ging dann plötzlich leicht in die Hocke, als wollte er zum Sprung ansetzen. Fize stieß einen dumpfen Keuchlaut aus, packte Ians Bierdose und schüttete ihm den Inhalt ins Gesicht.

Ian brüllte auf, als hätte er Säure ins Gesicht bekommen. Fluchend rieb er sich mit dem Messer in der Faust die Augen. Damit lieferte er Fize eine winzige Fluchtmöglichkeit. Dieser hechtete los, wobei er einen Sessel umwarf, und versuchte, die Wohnungstür zu öffnen, zitterte aber so sehr, dass er den Riegel nicht aufschieben konnte. Er spürte, wie ihn die Messerspitze im Rücken traf, direkt neben der Wirbelsäule, und spürte auch, wie sie zurückglitt, als Ian den Arm zum Stoß anwinkelte. Fize wirbelte herum und trat zu. Zwischen ihnen glitzerte das Messer. Dann stolperte er irgendwie, und Ian war über ihm. Fize packte Ians erhobenen Arm, drückte ihn mit Gewalt nach hinten und biss mit voller jugendlicher Kraft in die Messerhand. Mit einem Schmerzensschrei ließ Ian seine Waffe fallen. Damit hatte Fize die Chance, sich aufzurappeln. Er hatte einen bitteren metallischen Geschmack im Mund. Blut.

Noch einmal warf er sich gegen die Wohnungstür. Diesmal gelang es ihm, sie zu öffnen.

Schon war er draußen und rannte die Betontreppe hinunter. Erst als er fast am untersten Treppenabsatz war, holte ihn Ian ein. Ian keuchte fürchterlich, wie eine Maschine oder ein rasendes Tier. Er packte Fize an der Schulter und riss ihn herum. Und während Fize noch zur Selbstverteidigung wild um sich hieb, spürte er, wie sich die schmale Klinge langsam in seine Brust senkte. Er empfand es nicht wie eine Wunde, sondern wie einen Hieb, einen Schlag in die Herzgegend. Und dann sackte er in die Knie und fiel und spürte gar nichts mehr.

Abelard war auf der Wohnzimmercouch von Gemmas Mutter eingeschlafen. Gemma hob ihn auf und wickelte ihn in eine Decke. Es war erst einundzwanzig Uhr dreißig, aber ihr Papa hatte gemeint, wenn sie jetzt mitkäme, würde er sie mit dem Auto heimbringen. Als sie mit Abelard auf dem Schoß – war zwar verboten, aber wer sollte es wissen? – auf der Rückbank saß, zählte ihr Papa einen Fünfzigpfundschein, zwei Zwanziger und einen Zehner ab und drückte sie ihr in die Hand. »Für den Jungen.«

»Danke, Paps, bist ein Schatz.«

Er setzte sie in der Parkbucht neben der gelben Betonmauer ab, und Gemma trug ihren Sohn den Eingang hinauf, durch die Schwingtür und weiter die Treppe hinauf. Für den Rest ihres Lebens würde sie dankbar sein dafür, dass der kleine Junge tief und fest in ihren Armen schlief, als sie auf das stieß, was auf dem ersten Treppenabsatz in einer Blutlache lag. Abelard zuliebe unterdrückte sie mit übermenschlicher Kraft einen Schrei und keuchte nur einmal auf. Mit zitternden Knien registrierte sie, dass kein Blut mehr floss. Sie stieg über die Leiche, sperrte mit bebender Hand ihre Wohnung auf – inzwischen war der Kleine halb wach und quengelte – und wählte sofort 999.

29

Seine Nacht verging mit einer Reihe merkwürdiger, rasch aufeinanderfolgender Träume, einer bizarrer als der andere. Gespenster kamen darin vor und Reptilien, Skulpturen aus der Galerie erwachten zum Leben und spazierten herum, während sich dazwischen eine viel schönere Ella bewegte, die aber weitaus weniger lieb und nett war als im richtigen Leben. Der Boden war mit einem Mosaik aus Chocorange oder Oranchoco wie eine riesige kakaobraune Chaussee gepflastert. Aber ein Traum ließ ihn unter seinem Deckenberg zitternd aufschrecken: der Traum von einer Meerjungfrau im Fischteich. Diesmal handelte es sich nicht um ein Goldfischglas, sondern um ein wie ein Aquarium verglastes Wasserbecken mit Pflanzen, und die Meerjungfrau mit ihrem goldenen Fischschwanz, die gegen die Glaswand trommelte, hatte Ellas Brüste und Ellas Gesicht.

Eugene schwitzte sein ganzes Bettzeug durch. Als am Morgen Carli kam, bat er sie, die Bezüge zu wechseln, während er im Nebenzimmer trotz Hausmantel und zweier Wolldecken vor sich hin bibberte. Man brachte ihm einen Krug Wasser und zwei Flaschen Mineralwasser hinauf. Eigentlich wollte er ein Bad nehmen, aber er war zu schwach. Gegen Mittag tauchte ohne jede Vorwarnung Dr. Irving auf und brachte den *Evening Standard* mit.

»Wo steckt denn Ihre reizende Verlobte? Kümmert sie sich nicht um Sie?«

Wir haben uns getrennt, hätte ein anderer gesagt, aber Eugene meinte: »Wir haben unsere Verlobung gelöst.«

»Ach, mein Lieber, das tut mir aber leid. Sehr leid sogar. Wenn ich schon mal hier bin, kann ich bei Ihnen auch gleich Fieber messen.«

Eugene ließ es über sich ergehen. Es stellte sich heraus, dass seine Temperatur bei 101 Grad lag. »Oder um die 38 Grad, wenn man auf diesen ganzen Celsius-Quatsch Wert legt. Vermutlich haben Sie wenig Appetit, oder?«

»Gar keinen«, sagte Eugene.

»Wird Ihnen nicht schaden, wenn Sie nichts essen. Sie können gut ein paar Pfund weniger auf den Rippen vertragen. Ich habe Ihnen die Abendausgabe mitgebracht.«

»Danke.«

Eugene vergrub sein Gesicht in den Kissen, und der Doktor trollte sich, nicht ohne zuvor noch eine Salve abzufeuern, auch wenn Eugene gar nicht darum gebeten hatte. »Falls Sie sich einen Virus eingefangen haben, wäre es sinnlos, wenn ich Ihnen Antibiotika gebe. Trinken Sie brav das gute alte H_2O. Haha.«

Später griff Eugene zur Zeitung, allerdings überflog er sie nur, doch das genügte, um zu erfahren, dass man in London schon wieder einen jungen Mann erstochen hatte. Nicht weit von hier, vielleicht einen guten halben Kilometer. Er ließ den *Standard* zu Boden fallen und trank in großen Schlucken noch eine halbe Flasche Wasser. Am nächsten Morgen würde Carli wiederkommen.

So allein fühlte er sich entsetzlich. Er wälzte sich hin und her, bis er schließlich wie ein schwitzender Haufen zusammensackte. Und dann träumte er wieder von Ella. Diesmal tanzte sie in einem Club mit einem Mann, den Eugene noch nie gesehen hatte. Trotzdem erkannte er in ihm diesen Joel Dingsbums wieder, den echten Besitzer der hundertfünfzehn Pfund. Eng umschlungen tanzten sie einen langsamen Walzer. Er erwachte stöhnend, aber da war niemand, der ihn hätte hören können.

Beim Anblick der leeren Bücherregale rang sich Ella endlich zu der Erkenntnis durch, dass die Bücher, die sie einmal gefüllt hatten, für immer für sie verloren waren. Und sie stellte sich eine seltsame Frage: Wollte sie gerade diese Bücher noch einmal wiedersehen? Dadurch würde sie nur an jenen anfänglich glücklichen Abend erinnert, an dem Eugene nach Haus gekommen war und sie dabei überrascht hatte, wie sie beinahe sein geheimes Süßigkeitenlager entdeckt hätte. Diese verflixten Bonbons! Inzwischen fragte sie sich, warum sie ihn überhaupt damit konfrontiert hatte. Sie war Ärztin – hätte sie da nicht die Anzeichen für eine Sucht erkennen müssen? War ihr nicht klar, wie tief solche Obsessionen bei einem Menschen saßen, der so verschlossen und sensibel war wie er? Offensichtlich nicht, und jetzt bezahlte sie den Preis dafür.

Seit Beginn ihrer Tätigkeit als Ärztin hegte Ella zum ersten Mal den Wunsch, nicht zur Arbeit gehen zu müssen. Ach, könnte sie doch im Bett bleiben, sich umdrehen und vielleicht wieder einschlafen. Erst frühmorgens hatte sie das Gefühl gehabt, in echten Tiefschlaf zu fallen. Darin hatte sie die ersten Anzeichen einer nahenden Depression erkannt. Ach ja, die weiblichen Hauptfiguren in den Romanen, die sie bei Eugene zurückgelassen hatte. Bei denen war alles ganz anders gewesen als bei ihr. Wenn sie wollten, konnten sie den ganzen Tag im Bett bleiben und von ihrem Glück träumen oder still und leise ihre Kümmernisse pflegen. Sie hatten ja nichts anderes zu tun gehabt. Heutzutage mussten die Frauen wieder zur Arbeit gehen und wie der standhafte Zinnsoldat weitermachen, als wäre nichts geschehen.

Sie stand auf, duschte, zog sich an und holte die Zeitung vom Fußabstreifer herein. Im gestrigen *Standard* hatte mehr über den Mord in Notting Hill gestanden. Der gewaltsame Tod junger Männer war inzwischen fast banal geworden. Talbot Road, Notting Hill – dort hatte sie Patienten, aber nicht diesen Feisal Smith. Zum ersten Mal las man keine Eloge von einem Verwandten, keine trauernden Eltern verkündeten, er sei der beste und liebenswürdigste Sohn gewesen, den je eine Mutter oder ein Vater gehabt hatte, ein Sohn mit fantastischen Zukunftsaussichten. Einen kurzen Moment dachte sie über Feisal Smith nach, den man in einem gepflasterten Treppenhaus erstochen hatte, dann vergaß sie ihn.

Ihre erste Patientin war Mrs. Khan, diesmal in Begleitung eines sprachgewandten kleinen Mädchens. Blitzschnell übersetzte sie detailliert die Krankheitssymptome ihrer Mutter. *Vielleicht könnte sie Dolmetscherin werden,* dachte Ella, als das Kind beiläufig erwähnte, dass es genauso gut Bengalisch spräche und in der Schule Chinesisch lernte.

»Dann pass auf, dass du nicht zu viele Schultage versäumst«, konnte sich Ella nicht verkneifen zu sagen.

Jetzt kam die glamouröseste Frau auf Ellas Liste. Sie sah immer aus, als würde sie gleich über den Laufsteg stolzieren. An diesem Vormittag trug Gemma Wilson einen schwarzen Satinanzug, aus Trauer um ihren Lebensgefährten, wie sie verkündete. »Vermutlich haben Sie in der Zeitung von ihm gelesen«, sagte sie. »Der junge Mann, der im Treppenhaus erstochen wurde. Ich habe ihn gefunden, zusammen mit Abelard, aber der hat geschlafen und nichts mitbekommen.«

»Gemma, das tut mir unendlich leid. Was für ein schreckliches Unglück. Und wie geht es Abelard?«

»Gut. Er ist bei meiner Mama. Wie gesagt, er hat nichts mitbekommen. Aber ich habe ein Problem, Ella.« Gemma war nie auf die Idee gekommen, sie Dr. Cotswold zu nennen. »Ich kann nicht schlafen, und das macht mich fix und fertig. Wenn ich die Augen zumache, sehe ich immer nur meinen Lebensgefährten in einer Blutlache liegen. Können Sie mir so etwas wie Schlaftabletten geben?«

»Ja, selbstverständlich mache ich das, Gemma. Ich gebe Ihnen einen Vorrat, aber nur für zwei Wochen. Man kann sich ganz schnell daran gewöhnen, so etwas einzunehmen, und das wollen wir doch nicht.«

Während sie das Rezept ausstellte, glättete Gemma seitlich ihre neue auftoupierte Frisur. Zu ihrem Traueroutfit gehörten auch glänzend schwarz lackierte Nägel an langen weißen Fingern. »Eigentlich habe ich in letzter Zeit viel mitgemacht«, konstatierte sie. »Ich meine, Fize lässt sich erstechen, und dann ist da noch mein Lover – ich meine mein echter Lover, Lance Platt. Er sitzt wegen eines Verbrechens im Kittchen, das er nie begangen hat. Das alles hat mich schwer mitgenommen.«

»Davon bin ich überzeugt«, erwiderte Ella geistesabwesend. Gemmas ausgefallenes Liebesleben erstaunte sie nicht, aber beim Namen Lance Platt klingelte es bei ihr. War das nicht jener Mann, der versucht hatte, bei Eugene die hundertfünfzehn Pfund abzukassieren? Der wegen Brandstiftung und Mord unter Anklage stand?

»Ganz genau«, sagte Gemma, »auch wenn er es nicht gewesen ist. Es ist um ein Uhr nachts passiert, und um die Zeit ist er gar nicht dort gewesen.« Gerade noch rechtzeitig fiel ihr ein, dass sie den Grund dafür besser für sich behielt. »Er konnte nicht schlafen – wie ich – und ist deshalb spazieren gegangen. Als das Haus abbrannte, ist er gerade bei

Ihnen vorbeispaziert, Ella. Es ist doch unfair, wenn er jetzt wegen etwas zu vielen Jahren verdonnert wird, was er nie getan hat, oder?«

»Nun ja, nein, natürlich. Das wäre grundfalsch.«

Beim Abschied meinte Ella zu Gemma, sie solle wiederkommen, wenn sie nach vierzehn Tagen immer noch Schlafprobleme hätte. In jener Nacht, in der das Haus in der Blagrove Road abgebrannt war, hatte sie Geburtstag gehabt, ihren vierzigsten. Damals hatte es ihr nichts ausgemacht, dass sie vierzig wurde. Erstens hatte sie Eugene gehabt, ihren zukünftigen Ehemann. Und dann war er so lieb zu ihr gewesen, als er wieder ins Bett gekommen war und ihr auf diese entzückend altmodische Weise alles Gute für einen Tag gewünscht hatte, der noch möglichst oft wiederkehren möge. Sie hatten miteinander geschlafen, und sie war so glücklich gewesen und … Ihr nächster Patient kam ins Zimmer. Mit einem stummen Seufzer erkundigte sich Ella, was ihm fehle.

Eine größere Menschenmenge strömte von der U-Bahn-Station Notting Hill und aus dem Bus der Linie sieben die Portobello Road hinauf, aber nicht zum Einkaufen. Es waren Trauergäste auf dem Weg zum Begräbnis ihres Hirten. »Herbei, o ihr Gläubigen« begrüßte sie das Schild an dem lilafarbenen Kirchlein. Nach dem Hinscheiden von Reuben Perkins oblag der Gottesdienst Gilbert Gibson als ältestem Gemeindemitglied. Mit seiner großen asketischen Gestalt machte er während des Nachrufs an der Kanzel eine bessere Figur, als es Reuben je vermocht hätte. Denn eines weiß jedes Model: Je schlanker man ist, umso besser wirkt man in wallenden Gewändern. Onkel Gib sprach über die Jahre, in denen er mit Reuben »zusammengearbeitet« hatte, und betonte dabei besonders die Güte, die ihm persönlich zuteilgeworden war, als ihn Reuben und seine Frau bei sich aufgenommen hatten, nachdem sein eigenes Haus abgebrannt war.

Der Gottesdienst war gut besucht. Reuben war beliebt gewesen, und außerdem war Maybelle, die hinterher dreißig Gäste auf einen Imbiss zu sich nach Hause eingeladen hatte, für regen Zuspruch dankbar. Onkel Gib mimte den Gastgeber, reichte die Kanapees herum, schenkte Wein nach und erzählte allen Gästen, die sie noch nicht kannten, die Geschichte von der Hochzeit zu Kana. Als alle weg waren und Maybelle das Geschirr spülte, setzte er sich an seinen Computer, um die letzte Serie von Leserbriefen an den *Zebulun* zu beantworten. Zum ersten Mal war auch eine E-Mail eingetroffen, die er zustimmend und aufmunternd beantworten konnte.

Meiner Ansicht nach spricht nichts dagegen, schrieb er, *dass Sie mit der Dame Ihrer Wahl den heiligen Bund der Ehe schließen. Jeder Witwer und jede Witwe dürfen ein zweites Mal heiraten. Auch das Alter muss kein Hinderungsgrund sein. Bedenken Sie, mit achtzig Jahren ist man heutzutage wie fünfzig, und damit befindet man sich mit vierundachtzig erst in den mittleren Lebensjahren. Warum machen Sie ihr nicht noch heute einen Heiratsantrag?*

Die nächste Antwort galt wie üblich einem unmoralischen Ansinnen. Onkel Gib machte mit der Dame kurzen Prozess und erklärte ihr, sie würde sich und das unschuldige Kind dem Höllenfeuer überantworten, wenn sie ihren Mann belügen und ihm weismachen würde, er sei der Vater ihres Babys. Aber innerlich war er nicht bei der Sache. Seine übliche Schimpfkanonade wollte ihm nicht gelingen, denn in Gedanken war er immer noch bei dem vorherigen Briefwechsel. Warum sollte der von ihm erteilte Rat nicht auch in gleicher Weise für ihn selbst gelten?

An den meisten Tagen kam Carli vorbei, und wenn sie nicht konnte, schickte sie ihre Schwester Vicki. Außer das Bett frisch zu beziehen und den Wasserkrug aufzufüllen gab es für sie wenig zu tun, denn Eugene hatte keinen Appetit. Trotz des Aspirins, das er schluckte, um seine Körpertemperatur bei 37,5 Grad zu halten, hatte er jeden Abend erhöhte Temperatur. Nach ungefähr einer Woche wankte er ins Badezimmer, um zu baden. Um sich unter die Dusche zu stellen, war er zu schwach. Dabei wog er sich und stellte fest, dass er fünf Pfund abgenommen hatte. Früher hätte er sich darüber riesig gefreut, aber jetzt konnte er sich für gar nichts mehr begeistern.

Trotzdem schaffte er es am Morgen, zwei kleine, mit Marmite bestrichene Toastscheiben zu essen, die ihm Vicki gebracht hatte, und am selben Abend merkte er, dass er ein Rührei hinunterbrachte. Am nächsten Tag führte er mit Dorinda ein dringend notwendiges Telefonat, und später kam Dr. Irving vorbei. Eugene sei offensichtlich auf dem Wege der Besserung, tönte er munter und wurde nachgerade heiter, als Carli mit einem Tablett und zwei Gläsern Sherry auftauchte. Als Eugene am Amontillado nippte, wurde ihm dabei nicht mehr schlecht. Und kaum war der Arzt weg, verspeiste er sogar eine Scheibe Hähnchenbrust und eine kleine Ofenkartoffel.

Anschließend begab er sich im Hausmantel nach unten. Beide Frauen waren weg und würden erst am nächsten Morgen wiederkommen. Während er vor dem künstlichen, wenn auch täuschend echt wirkenden Kaminfeuer hockte, ging ihm durch den Kopf, wie kläglich das Alleinsein war und wie sehr er Ella vermisste. Eigentlich sollte sie ihm gegenübersitzen und erzählen, wie ihr Tag gewesen sei, und über ihre bevorstehende Hochzeit und die gemeinsame Zukunft plaudern. Obwohl er nur langsame Schritte machen konnte, hatte er es die Treppe herunter geschafft, also konnte er auch ans Bücherregal gehen. Er nahm eines ihrer Bücher zur Hand und las die Widmung auf dem Vorsatzblatt: *»Für Ella. Zu Deinem sechzehnten Geburtstag. Alles Liebe, Dein Papi.«* Mit gebeugtem Kopf klappte er das Buch zu. Noch nie in seinem Leben hatte er sich so niedergeschlagen und traurig gefühlt.

Zwei Wochen nach Ausbruch der Grippe, der Viruserkrankung oder was es sonst gewesen sein mochte, ging er wieder zur Arbeit. Allerdings versuchte er erst gar nicht, zu Fuß zu gehen, sondern nahm ein Taxi. Die Galerie war ohne ihn perfekt gelaufen, Dorinda hatte zwei Aquarelle verkauft. Er setzte sich an seinen Schreibtisch, und Jackie brachte ihm Tee. Trotz größter Anstrengung nickte er einmal ein, hielt aber trotzdem bis siebzehn Uhr durch. Es war immerhin ein Anfang, und am nächsten Tag ging es schon viel besser. Am Freitagabend ging er mit Dorinda essen, aß aber nur ganz wenig und wünschte sich die ganze Zeit, Ella säße ihm gegenüber. Während der Heimfahrt im Taxi dachte er an jenen ominösen Tag zurück, an dem er seinen Heiratsantrag verschoben und sich tatsächlich gefragt hatte, ob er überhaupt heiraten wolle. War er denn völlig verrückt gewesen?

Wieder ein leeres, einsames Wochenende, das durch die Tatsache, dass er wieder gesund war und sich allmählich auch wieder wohl fühlte, noch leerer und einsamer wurde. Er schenkte sich ein Glas Wein ein und setzte sich dann hin, um sein Sandwich zu verzehren, das er sich als Mittagessen hergerichtet hatte, aber sogar während der Zeit seiner leichten Alkoholexzesse hatte er es immer gehasst, allein zu trinken. Wenigstens könnte er so die Zeit totschlagen, dachte er, und vielleicht würde er dadurch den halben Nachmittag verschlafen.

Unsere Tagträume sind oft lebendiger und hallen länger nach als die nächtlichen Träume. In diesem Traum war er gesünder und kräftiger als in Wirklichkeit. Auf der Suche nach einer Apotheke marschierte er die Westbourne Park Road entlang, Richtung Portobello. Auf der Suche nach Chocorange oder Oranchoco. Irgendwann fiel ihm ein, dass es in der Golborne Road eine Apotheke gab, und die steuerte er an. Doch dann geschah etwas Typisches für Träume, besonders für Tagträume: Das Gesuchte befand sich nicht mehr am üblichen Ort. Die Golborne Road war verschwunden, und an ihrer Stelle lag ein See, dessen Ufer mit dunkelbraunen ovalen Pastillen gepflastert war, mit Riesenpastillen, so groß wie Rugbybälle. Eine Meerjungfrau tauchte auf und lockte ihn mit ihrem typischen Sirenengesang. Er drehte ihr den Rücken zu und rannte fort, und dabei wachte er auf.

Während er sich aufsetzte und noch die Augen rieb, grübelte er über die Suche in seinem Traum nach und über ihren Sinn. Er hatte etwas getan, was er vor dieser Virusattacke regelmäßig in seinem Leben gemacht hatte: zuckerfreie Süßigkeiten einkaufen. Dieser Einkauf war nicht nur ein regelmäßiger Bestandteil seines Lebens gewesen, sondern sein einziger Sinn und Zweck, seine Obsession, die alles kontrollierte, der Dämon, dem er mit Haut und Haar verfallen war. Soweit er wusste, hatte er momentan kein Bonbon im Haus. Es war November. Letztes Wochenende hatte man die Zeit zurückgestellt, und um sechzehn Uhr war es dunkel geworden. Auch jetzt dunkelte es schon, aber das war egal, er musste hinaus und ein Geschäft finden, das sein Suchtmittel verkaufte. Vielleicht genau die Apotheke in der Golborne Road oder bei der Dame im Sari oder bei Elixir in der Kensington High Street oder…

Er hielt inne und dachte darüber nach, was er gerade machte. Dabei wurde ihm eines klar: Seit über zwei Wochen hatte er kein Chocorange, kein Oranchoco gelutscht, ja, er hatte nicht einmal daran gedacht. Wenn er sich jetzt eines dieser Bonbons vorstellte – früher löste dies in ihm hundertprozentig den Wunsch aus, ein neues Päckchen aufzureißen –, verspürte er leichte Übelkeit. Er ging in die Diele und durchsuchte die Taschen aller Mäntel und Jacken, die dort im Schrank hingen. In der rechten Tasche seiner Lederjacke fand er ein Bonbon, ein einziges. Bereits bei dem Geruch stülpte sich sein Magen um, und es würgte ihn. Die Vorstellung, er würde das Ding tatsächlich in den Mund stecken, löste in ihm dieselbe Reaktion aus, als würde er etwas kauen, was er vom Gehsteig gekratzt hatte.

Er riss eine der Balkontüren zum Garten auf. Eiskalte Luft traf sein Gesicht. Ein kalter Wind war aufgekommen und ließ jeden Ast, jeden Zweig und jedes Ästchen hin und her schwanken. Trotzdem blieb er stehen und holte tief Luft. Er war darüber weg. Seine Sucht, seine Angewohnheit, oder wie immer man diesen Zustand bezeichnen mochte, war verschwunden. Mit Ausnahme von wenigen »Ausstiegstagen« hatte sie ihn sieben Monate gepackt gehalten, und doch war sie weg. Ein Virus hatte sie besiegt, ohne dass er sich dieses Vorgangs bewusst gewesen war. Bathsheba starrte ihn von dem Brett an der Wand aus an. Die Lampen seiner Nachbarn hüllten die Katze in einen grünlichen Lichtschein, sodass ihr blaues Fell smaragdgrün strahlte. Ihr Blick wirkte sanft auf ihn, sogar wohlwollend.

»Es ist weg«, rief er ihr laut zu. »Es ist vorbei.«

Er ging wieder hinein, machte die Tür zu, schloss ab und verriegelte sie. Eigentlich hätte er vor Glück aufjauchzen und sich selbst gratulieren sollen, weil er geheilt war. Aber ihn beherrschte momentan nur ein Gedanke: Wegen dieser dämlichen Fixierung, die bereits eine Grippe ausradieren konnte, hatte er Ella verloren. Dieses völlig absurde und unwichtige Gebaren ließ sich ganz leicht verscheuchen, und zwar restlos und für immer. Und dafür hatte er sie verloren. Ein für alle Mal. Als hätte er sie mit einer anderen Frau betrogen oder ihr körperlich wehgetan. Vielleicht hätte sie ihm die letzteren Vergehen verzeihen können, aber das nicht, nicht die Tatsache, dass er um ihretwillen nicht auf das Lutschen von Bonbons hatte verzichten können. Er hatte sie für immer verloren.

30

Ellas vierzigster Geburtstag hatte sich nicht, wie befürchtet, als deprimierender Tag entpuppt, weil Eugene bei ihr gewesen war. Als sie damals in den frühen Morgenstunden beim Schein der Straßenlampen aufgewacht war und ihn wieder ins Bett kommen sah, hatte sie darauf vertraut, dass er ihr ganzes restliches Leben bei ihr sein werde. Sie wusste noch jedes Detail ihrer kurzen Unterhaltung. Er hatte ihr erzählt, was er beim Blick aus dem Fenster gesehen hatte, und ihr dann mit diesem komischen altmodischen Satz alles Gute zum Geburtstag gewünscht, den sie das letzte Mal von ihrem Großvater gehört hatte. »Möge dir dieser Tag noch recht oft beschieden sein, mein Schatz.«

Ja, er sollte ihr noch recht oft beschieden sein, allerdings ganz anders, als Eugene es gemeint hatte. Dieser Morgen und ihr Liebesakt verfolgten sie unaufhörlich. Auch seine Worte gingen ihr nicht aus dem Kopf, weder die Sätze, die er mitten in der Nacht gesagt hatte, noch die anderen, als er für sie Frühstück gemacht und ihr die Glückwunschkarten gebracht hatte, die der Postbote gebracht hatte. Auch an die Geschichte mit dem neuen Auto musste sie denken, das er für sie gekauft hatte und das im Laufe des Tages nach Hause geliefert werden sollte. Die Zahl Vierzig hatte ihren Schrecken verloren und war stattdessen zum Beginn des ersten Jahrzehnts geworden, das sie als Eugenes Frau erleben würde.

Warum dachte sie daran? Warum ging ihr das alles im Kopf herum? Sie war machtlos dagegen. Egal, woran sie zu denken versuchte, egal, worauf sie sich konzentrierte, ihre Gespräche und, was noch schlimmer war, ihre Umarmungen und die echte Leidenschaft, die sie beide wohl füreinander empfunden hatten, flammten immer wieder auf, und zwar so heftig, dass es wehtat. Wie konnte er solche Sätze sagen, wie konnte er ihr immer wieder seine Liebe versichern und sie dann wegen einer kindischen Fixierung herzlos zurückweisen? Wie konnte er nur? Sie wusste es nicht, sie wusste nur, dass er es getan hatte.

Gemma Wilson war wieder im Ärztehaus erschienen. Seit Ella ihr Schlaftabletten verschrieben hatte, waren vierzehn Tage vergangen, und jetzt wollte sie Nachschub. Sie hatte versucht, ohne Tabletten auszukommen, aber ihre Sorgen hielten sie wach. Diesmal hatte Gemma Abelard mitgebracht. Ella kannte ihn schon seit seiner Geburt, aber jetzt sah sie ihn offensichtlich mit neuen Augen. War er ihr schon jemals so hübsch vorgekommen? Er war das perfekte Kind, blond und blauäugig, mit einer zartrosa Haut und einem kräftigen Körper, der weder dick noch dünn war. Noch nie hatte Ella viele Gedanken an ihn verschwendet. Sie hatte nur seinen Gesundheitszustand geprüft, aber jetzt sehnte sie sich nach ihm.

Während sie ein zweites Rezept ausstellte, mit gesenktem Kopf, damit Gemma die Tränen nicht sah, die ihr in die Augen gestiegen waren, sagte sie: »Er ist ein reizender Junge, Gemma, er macht Ihnen alle Ehre.«

»Tja, ich weiß. Ich habe ihn auch zum Fressen gern.«

»Machen Sie sich seinetwegen Sorgen?«

»Nein, wegen meinem Kerl, diesem Lance. Schätzungsweise kommt er nächsten Monat vor Gericht. Dabei hat er dieses Feuer nicht gelegt. Ella, ich weiß, dass er es gar nicht gewesen sein kann.«

»Nein?«

Gemma wirkte plötzlich vorsichtig. Ihr Gesichtsausdruck signalisierte eine Abwehrhaltung und gleichzeitig das dringende Bedürfnis, moralisch bedenkliche Dinge zu beichten, egal um welchen Preis.

»Er ist nicht einmal in der Nähe des Hauses gewesen. Wenn Sie die Wahrheit wissen wollen: Er war ganz in Ihrer Nähe, in einem Haus in einer Nebenstraße, beim Klauen. Das war am vierzehnten September, nachts um ein Uhr – also dann schon am fünfzehnten September. Lance hat keinem etwas getan, er hat nur in dem Haus der Dame, die weg war, geklaut.«

Jetzt war auch Ella alles klar. Sie händigte Gemma das Rezept ohne ihre übliche Warnung vor Tablettenabhängigkeit aus. Sie wusste genau, was sie zu tun hatte, und zwar schnell.

Das aktuelle Kinoprogramm bot nur Filme mit unmoralischen Themen. Einer hieß tatsächlich *American Gangster*. Alle Filme priesen Gangstertum und freien Sex. Anstatt in den Werbeblättern oder in weggeworfenen Zeitungen die Immobilienpreise zu studieren, überflog Onkel Gib die Kinoseiten nach Bewertungen, nach der Anzahl der Sterne, die jeder Film von den Rezensenten bekam, und den kurzen Inhaltsangaben. Schließlich entschied er sich für einen historischen Film, der nächste Woche im Electric Cinema lief: *Elizabeth – Das goldene Königreich*. Vermutlich gab es wunderschöne Bilder zu sehen, und genau das mochten Frauen. Nur weil dieser Film vor Hunderten Jahren spielte, hieße das nicht, dass es darin nicht auch um Sex ginge, aber sämtliche Exzesse würden ihm Gelegenheit bieten, seinen Gefühlen Luft zu machen und Vergleiche zwischen der Verderbtheit der damaligen Epoche und der heutigen zu ziehen. Und das könnte seinen Bemühungen, sich als mustergültiges Vorbild zu präsentieren, nicht schaden.

Dieser Auftritt in der Öffentlichkeit sollte die erste Runde seines Liebeswerbens einläuten. Er wusste noch aus seiner ersten Erfahrung auf diesem Gebiet, dass man genau so etwas machte: Man ging mit seiner Herzensdame ins Kino. Und für das Electric hatte er sich nicht nur entschieden, weil es das nächste Kino war. Schließlich gäbe es ja noch Busse und »Schusters Rappen«, wie es sein Pa genannt hatte. Ins Electric hatte er immer Ivy ausgeführt, als er um sie geworben hatte. Mit Sentimentalität hatte diese Erinnerung nichts zu tun. Onkel Gib war ein durch und durch praktischer Mensch mit einem Blick fürs Wesentliche. Das Electric kannte er. Gut, man hatte es umgebaut und in drei oder vier Kinosäle aufgeteilt und vielleicht auch innen frisch renoviert. Trotzdem musste er dort nicht mit größeren Überraschungen rechnen. Es stand immer noch am alten Platz, die Fassade war dieselbe, auch wenn sie inzwischen türkis angestrichen war, und den Weg dorthin hätte er blind gefunden. Natürlich hatte man in den alten Zeiten dort rauchen dürfen. Das taten alle, einige qualmten sogar Marihuana, allerdings nicht Onkel Gib. Aber inzwischen galt auch dort – leider, leider – seit Jahren ein Rauchverbot wie vermutlich in sämtlichen Kinos im Vereinigten Königreich und in Europa. Aber, egal, er konnte ja *daheim* rauchen; Maybelles Haus war für ihn inzwischen ein Zuhause geworden. Sie hatte sogar selbst zu rauchen angefangen, womit sie in seinen Augen ihrem Gast als Mann von Welt Tribut zollte.

Sie nahm seine Einladung an, allerdings erst nach kurzem Zögern. »Gilbert, glaubst du nicht, dass es zu kurz nach Reubens Tod ist?«

»Ich würde dich doch nie zu einer Sünde ermutigen. Oder was denkst du?«

»Nein, das ist wahr.« Maybelle kämpfte mit ihrer Zigarette und versuchte gerade, die Kunst des Lungenzugs zu lernen.

»Mich beschäftigt nur eines: dass wir hier zusammen unter einem Dach wohnen. Ich meine, ein alleinstehender Mann und eine alleinstehende Frau. Wenn mir jemand in einem Leserbrief an den *Zebulun* so etwas schildern würde, müsste ich energisch protestieren. Vielleicht sollte ich doch ausziehen.«

»O nein, Gilbert, tu das nicht«, rief Maybelle hustend.

Er sagte nichts mehr. Die Saat war gepflanzt.

Dagegen konnte man nichts tun. Lance Platt musste es eben darauf ankommen lassen. Das waren Ellas erste Gedanken. Und noch etwas. Angenommen, sie würde Eugene anrufen. Was sollte ihn daran hindern, einfach aufzulegen, sobald er wusste, wer der Anrufer war? Sie konnte ihn nicht anrufen. Verhinderte etwa ihr Stolz, dass sie alle Hebel in Bewegung setzte, damit ein Mensch seine Freiheit wiederbekam? So einfach war es nun auch nicht. Vielleicht hatte Eugene den Vorfall längst vergessen oder ihn bewusst verdrängt. Vielleicht würde er sich auch weigern, sich zu engagieren. Sie hätte ihm schreiben können. Doch ein Brief schien mit unüberwindbaren Schwierigkeiten verbunden zu sein. Wie sollte ihr erster Satz lauten und wie der letzte? Wie sollte sie Bezug auf die Vergangenheit nehmen, ohne dass über Hintertüren von Liebe die Rede wäre oder dass sich ein bitterer Ton oder Vorwürfe einschlichen? Und was täte sie, wenn er nicht antwortete? Denn genau das würde er aller Wahrscheinlichkeit nach tun. Er würde den Brief zerreißen und die Fetzen wegwerfen.

Sie fuhr nach Hause, in ihre halb leere und gar nicht mehr gemütliche Wohnung, holte aus dem Tiefkühlfach ein Fertiggericht und schenkte sich ein Glas Wein ein. Dabei musste sie immer daran denken, wie sie mit Eugene im Arbeitszimmer Wein getrunken hatte. Und sofort war jedes Vergnügen dahin. Wie wäre es mit einem gebrochenen Herzen als Heilmittel gegen Alkoholismus? Nein, sie sei für beides nicht gefährdet, ermahnte sie sich streng.

Den ganzen Tag hatte sie Gemmas ängstliche Sorge im Hinterkopf gehabt. Man hätte sie nicht mehr daran erinnern müssen. Trotzdem wurde ihr bei einer Meldung in den Achtzehnuhrnachrichten der BBC diese Geschichte wieder ganz bewusst. Heute hatte man einen Mann dem Untersuchungsrichter vorgeführt. Angeblich hatte er den achtundzwanzigjährigen Feisal Smith aus Notting Hill im Westteil von London ermordet. Bei dem Tatverdächtigen handelte es sich um den siebenundzwanzigjährigen Ian Pollitt aus Harlesden, ebenfalls im Westteil von London. Der Anklage wurde stattgegeben und der Beschuldigte in Untersuchungshaft genommen. Obwohl Ella überzeugt war, dass dieser Fall mit dem inhaftierten Lance Platt nichts zu tun hatte, musste sie an Gemma denken.

Sie schaltete den Fernseher aus und kippte den Wein ins Spülbecken. Sie wusste, was sie zu tun hatte, und zwar ohne längeres Nachdenken. Hieß es nicht, nichts sei von Natur aus gut oder böse, erst unsere Gedanken würden es dazu machen? War dieser Spruch historisch belegt oder aus einem Theaterstück? Sie würde zu Fuß gehen. Sogar nach einem halben Glas Wein setzte sie sich nicht ins Auto. Es war ein milder feuchter Abend und dunkel wie um Mitternacht. Zum Glück ließen helle Lichter jede Oberfläche wie poliert aufscheinen. Obwohl der Guy-Fawkes-Tag bereits vorbei war, flammte abends immer noch irgendwo ein Feuerwerk auf. Daran würde sich auch in den nächsten Wochen nichts ändern. Mit einem hohen Pfeifton stiegen Raketen in den dunkelgrauen sternenlosen Himmel und zerstoben in rot und grün funkelnden Kaskaden.

Die meisten Leute hätten ihr von einem Spaziergang durch diesen Teil Londons nach Einbruch der Dunkelheit abgeraten, aber sie kannte sich hier gut aus. Außerdem waren noch viele Menschen auf den Straßen. Aus dem »Fat Badger« drängten Dutzende mit einem Glas in der Hand lachend auf den Gehsteig. *Ich würde auch gerne etwas trinken und lachen und nicht allein sein,* dachte sie.

Noch nie hatte eine Frau mit Gilbert Gibson Händchen gehalten. Das hatte sich einfach nie ergeben. Zu seiner Zeit gingen ein Mann und eine Frau Arm in Arm spazieren oder jeder für sich. Händeschütteln war bei ihm und seinen Freunden nicht üblich. Aber kaum waren sie eine halbe Stunde im Electric Cinema gesessen, spürte er, wie Maybelle ihre Hand in seine schob. Sie fühlte sich warm und weich an. Seine eigene Hand hatte zwischen ihnen auf der Sitzlehne gelegen. Als sie ihn an der Hand fasste – anfangs sogar ziemlich fest –, legte er die verschlungenen Hände, nein, nicht auf seinen Schenkel oder sein Knie, sondern auf die gepolsterte Sitzkante.

Maybelles Geste hatte ihn zugegebenermaßen weder berührt noch bewegt. Sie war lediglich ein Zeichen. Der Film schien sie restlos zu fesseln. Mit leicht geöffnetem Mund versank sie fasziniert in den farbigen Ereignissen am Hofe von Königin Elizabeth. Wahrscheinlich war es viele

Jahre her, seit Reuben Perkins mit ihr ins Kino gegangen war, dachte Onkel Gib. Höchstwahrscheinlich würde auch er, Gilbert Gibson, sie nach der Hochzeit nie wieder ins Kino ausführen.

Für ihn war der Film ganz und gar nicht attraktiv. Das war schon damals, als er um Ivy geworben hatte, nicht anders gewesen. Für ihn war nur eines interessant: die Realität. Der Rest der Welt konnte getrost seine Geschichten und Fantasien und Träume behalten. Sein einziger Wunsch wäre eine Zigarette gewesen, aber wenn er sich eine angezündet hätte, hätte es nur Diskussionen und Streit gegeben, und schließlich hätte man ihn zum Verlassen des Kinos gezwungen. Bewusst konzentrierte er sich auf eine realistische Zukunft, ohne zu spekulieren und sich grundlos Hoffnung zu machen. Sobald sein Haus in der Blagrove Road fertig wäre, würde er es etagenweise vermieten. Das ergäbe drei hübsche Wohnungen. Bei dem Gedanken an den eventuellen Mietzins wurde Onkel Gib ganz benommen, und er stieß einen leisen Seufzer aus. Maybelle dachte, er würde sich über Cate Blanchetts Schauspielkünste freuen, und drückte seine Hand.

Das Feuerwerk erinnerte Eugene an seine eigene Kindheit. Damals durfte man Raketen und Katharinenräder und Prince-of-Wales-Federn noch ohne Altersbeschränkungen kaufen, und niemand versuchte, siebenjährige Buben daran zu hindern, sie allein anzuzünden. Er hatte seine Raketen an einem Stand in der Portobello Road gekauft, zwischen Cambridge Gardens und Chesterton Road, weit weg vom väterlichen Geschäft. Von irgendwo dort oben kamen offensichtlich auch diese Raketen, die sich in roten und funkelnd weißen Wasserfällen über all jene Straßen ergossen, vor denen ihn seine Mutter als kleinen Buben immer gewarnt hatte: die Talbot Road, die Golborne Road und der Powis Square. Wie hatte sie immer gesagt? Diese Straßen seien mit Blumenkindern und Einwanderern aus aller Herren Länder förmlich verseucht. Inzwischen waren die Hippies alt geworden oder gestorben, und aus den Einwandererkindern waren angesehene Führungskräfte geworden, die in ebendiesen Straßen schicke Häuser mit Türen in Cyclam oder Taupe und mit Blumenkästen voller Petunien besaßen.

Während er von seinem Schlafzimmer aus das Feuerwerk betrachtete, fragte er sich, warum er so etwas Seltsames machte. Aber inzwischen passte kaum mehr etwas zu seinem Weltbild, angefangen von diesem Rückblick in die Vergangenheit bis zu der Tatsache, dass er abends immer Trübsal blasend zu Hause blieb und sich nach dem sehnte, was hätte sein können. Er drehte sich um. Das Feuerwerk war vorbei, dem unbekannten Spender waren die Raketen ausgegangen. Nachdenklich ging Eugene nach unten. Welches miese Fertiggericht sollte er aus dem Tiefkühlfach holen? Oder sollte er gar nichts essen? Vielleicht wäre das die bessere Option. Wirklich, schon seltsam, das alles und unerklärlich! Als Ella noch hier bei ihm gewesen war, hatte meistens er gekocht. In seinen alkoholschweren Zeiten hätte er stattdessen eine Flasche Wein gekippt und in der Chocorange-Ära ein ganzes Päckchen vernichtet. Jetzt stand er in der Küche und dachte, dass Essen sinnlos sei, wenn man gar nicht hungrig war. In dem Moment klingelte es an der Haustür.

An Halloween hatte er drei Teenagern geöffnet. Als er sich geweigert hatte, ihnen Geld zu geben, und erklärt hatte, sie sollten sich trollen, hatten sie gedroht, ihm die

Fenster einzuschlagen. Aber er hatte sich nicht einschüchtern lassen, sondern gesagt, er würde die Polizei verständigen, und hatte zu seinem Handy gegriffen. Sie waren getürmt. Er hatte sie noch bis zum Gartentor verfolgt. Seither hatte er sich strikt daran gehalten, die Tür nach Einbruch der Dunkelheit nur dann zu öffnen, wenn er Besuch erwartete. Inzwischen wurde es sehr früh dunkel, und niemand hatte ihn besucht. Er trat an das Fenster im Salon. Von hier aus konnte er den Weg vom Gartentor zum Haus überblicken, aber leider nicht den Eingangsbereich. Wieder klingelte es.

Er wartete. Der unbekannte Besuch hatte aufgegeben. Eine Frau ging den schmalen Weg hinaus und drehte dabei den Kopf nach hinten. Es war Ella. Er rannte zur Tür und riss sie auf.

»Ella!«, schrie er ganz laut, wie es sonst gar nicht seine Art war.

»Gene«, sagte sie und machte ein paar Schritte auf ihn zu.

Er schnappte nach Luft. »Komm doch herein, bitte, komm doch rein. Geh nicht weg.«

»Gut, ich komme.«

In der Diele sahen sie einander in die Augen. Eugene machte die Tür zu. Ella warf einen Blick zur Tür zurück, so als entwickelten sich die Dinge schneller, als ihr lieb war.

»Bitte, zieh doch deinen Mantel aus. Darf ich ihn dir abnehmen? Bitte.«

»Eigentlich wollte ich nicht bleiben.«

»Ach Ella, Ella«, sagte er. In seiner Stimme schwang tiefe Sehnsucht mit.

»Eigentlich wollte ich dich bitten, zur Polizei zu gehen.«

»*Was* soll ich tun? Bleib doch nicht da stehen. Nicht hier, komm herein. *Bitte*, komm herein.«

Zögernd ging sie vor ihm in den Salon, als wäre es das erste Mal. Vor Verlegenheit wusste er nicht, was er sagen sollte, und schaute sie stattdessen nur an. Auch sie hatte abgenommen, genau wie er. Auch sie wirkte, genau wie er, verstört, verwirrt und angeschlagen. Er machte die Tür zu und wieder auf, lief zurück in die Diele, wo er die Haustür verriegelte, kam wieder und breitete die Hände aus. Es wirkte verzweifelt.

»Was machst du da?«

»Keine Ahnung. Dich einsperren, denke ich. Dich zu meiner Gefangenen machen.«

Sie tat das Einzige, was ihn momentan glücklich machen konnte. Sie fing an zu lachen. Einen Augenblick verharrten sie reglos, dann hielt er sie in seinen Armen, und sie schmiegte sich dicht an ihn.

»Ich war ein Obertrottel«, gestand er. »Aber ich habe doch nichts Ungesetzliches getan, oder?«

»Etwas Ungesetzliches? Ach, jetzt verstehe ich. Du meinst, weil ich dich gebeten habe, zur Polizei zu gehen.« Sie zog ihn aufs Sofa und erzählte ihm, ohne ihn loszulassen, die Geschichte von Lance Platt, dem Feuer und Gemma.

»O ja, ich habe ihn gesehen«, bestätigte Eugene. »Das war an deinem Geburtstag, nachts um ein Uhr. Und noch etwas: Gleichzeitig habe ich die ersten Flammen aus diesem brennenden Haus schlagen sehen. Morgen gehe ich zur Polizei.«

»Lass uns *jetzt* gehen, Gene.«

»Ach, mein Schatz, alles, was du willst, alles. Wir gehen überallhin, wenn du versprichst, dass du wieder mit mir hierher zurückkommst und nie mehr weggehst.«

Keiner von beiden verlor auch nur ein Wort über zuckerfreie Bonbons, weder jetzt noch später. Trotzdem durchsuchte Ella am nächsten Tag, nachdem er in die Galerie gegangen war, das ganze Haus und stellte befriedigt fest, dass er keinen Ersatz für die Päckchen gekauft hatte, die sie im Garten verbrannt hatte. Sie tastete alle seine Mantel- und Jackentaschen ab, fand aber nichts. Als sie sich vorstellte, wie sie Jagd auf Chocorange machte, wo eine andere Frau vielleicht nach Liebesbriefen gesucht hätte, musste sie lachen.

Aber am selben Abend entriegelte Eugene die Tür. Sie zogen Mäntel an, die sie eigentlich nicht gebraucht hätten, so mild war es, und gingen Hand in Hand über die Portobello Road, vorbei am »Earl of Lonsdale«, die Kensington Park Gardens entlang und weiter zum Ladbroke Grove, wo sich das imposante, prächtige Polizeirevier erhob.

31

Man brachte die Anwesenheit von Lance Platt in der Chepstow Villas in der Nacht vom vierzehnten September nie mit Elizabeth Cherrys gestohlenem Schmuck in Verbindung. Niemand erklärte ihm weshalb, und jede Nachfrage hätte böse enden können. Damit hätte er nicht nur Kopf und Kragen riskiert. Elizabeths Versicherung hatte gezahlt, und Ella, die als Einzige davon erfahren hatte, hatte diesen Aspekt von Gemmas Geschichte restlos vergessen.

Kaum hatte man Lance' Alibi akzeptiert und ihn aus dem Gefängnis entlassen, zog er bei Gemma ein, die unentwegt an seinem Arbeitslosendasein herumnörgelte. Doch diesmal suchte er sich einen Job, anstatt sie zu schlagen. Beim nächsten Vorstellungstermin, den ihm das Arbeitsamt zuteilte, benahm er sich ordentlich, gab höflich Antwort und bedankte sich, als man ihm in einem Billigladen für Haushaltswaren an der Portobello Road eine Stelle als Verkäufer anbot. Der Besitzer zahlte unterhalb des gesetzlich vorgeschriebenen Mindestlohns, aber er erklärte Lance klipp und klar, wenn es ihm nicht passe, gäbe es genug Leute aus Rumänien und Bulgarien, die den Job nähmen.

Am Ende der Blagrove Road wurde ein neues Haus erbaut. Trotzdem zog Onkel Gib, wie von ihm vorhergesehen, dort nie ein. Nach einer halbjährigen Anstandsfrist heiratete er Maybelle in der Kirche der Kinder von Zebulun. Der Hochzeitsempfang fand im »Fat Badger« statt. Inzwischen ist Onkel Gib der neue Hirte der Kinder von Zebulun und wird von seiner Gemeinde hoch geachtet.

Er hat ungemein viel zu tun und musste deswegen seine Tätigkeit als Briefkastenonkel einstellen, aber vieles von dem, was er dort immer verkündet hatte, predigt er jetzt von der Kanzel herab. In jedem Stockwerk des neuen Hauses gibt es ein Bad, und jeder Stock wird separat vermietet. Die Gegend ist heiß begehrt, und dementsprechend hohe Mieten verlangt Onkel Gib. Und wenn Wohnungssuchende über deren exorbitante Höhe murren, erklärt er ihnen, wem es zu viel sei, der müsse eben die Finger davon lassen.

Statt der ursprünglich von Eugene gewünschten prunkvollen Hochzeitsfeier fand ihre Trauung ganz ruhig im kleinsten Kreise statt. Ellas Schwester und sein Bruder waren die Trauzeugen, und die Braut trug »ein schlichtes Cocktailkleid«, wie die Lokalzeitung schrieb. Im August erwartet Ella ihr Baby, genauer gesagt, am fünfzehnten, an ihrem einundvierzigsten Geburtstag, einem historischen Datum, denn an diesem Tag erhält auch Lance seine Freiheit wieder.

Joel Roseman hat sich in Mithras verwandelt und wirkt in seiner neuen Identität glücklicher als je zuvor. Er lebt mit seinen Eltern im Vorort Hampstead Gardens. Morris Stemmer behandelt ihn liebenswürdig und rücksichtsvoll, während Wendy ihm mit einer Mischung aus Ängstlichkeit und Liebe gegenübertritt. Mit dem Sohn, der seine Tochter hatte ertrinken lassen, hätte sich Joels Vater vielleicht nie versöhnen können, aber Mithras ist ein ganz anderes Wesen mit einem sonnigen, beinahe ausgelassenen Gemüt. Er liebt das Licht und lässt die ganze Nacht sogar seine Nachttischlampe brennen. Inzwischen ist es seinen Eltern nicht mehr peinlich, wenn er sehnsüchtig von jener Stadt erzählt, zu der er keinen Zugang mehr hat, von den Türmen, die in der Sonne glitzern, von den breiten Flanierstraßen und den weißen Mauern, auf denen Engel sitzen, in Betrachtung des glänzenden Stromes versunken.

Undine im Fischteich hat für Morris Stemmer jede Faszination verloren, seit sein Sohn in seiner neuen Inkarnation zurückgekehrt ist. Er versuchte, das Gemälde wieder an Eugene zu verkaufen, aber Ellas Mann sah sich außerstande, den geforderten exorbitanten Preis zu bezahlen, den Stemmer schließlich andernorts erzielte. Eugene, der beklommen die bevorstehende Geburt seines Kindes erwartete, wurde schwach und kaufte sich in der Apotheke in der Golborne Road ein einziges Päckchen Oranchoco. Es hielt vierzehn Tage, und die beiden letzten Bonbons warf er weg. Seither hat er nie mehr den Drang verspürt, noch einmal welche zu kaufen.

Die Portobello Road ändert sich nur sehr wenig. Angeblich soll Woolworth verschwinden und stattdessen ein Wohnturm samt Tiefgarage hochgezogen werden. Außerdem plane man, Durchgänge in kleine Hinterhauszeilen umzuwandeln, um die steigende Nachfrage nach Häusern zu befriedigen. Einige behaupten, man wolle die Pubs umbenennen, weil niemand mehr wisse, wer der Earl of Lonsdale gewesen sei, geschweige denn Prinz Bonaparte. Alle, die wild nach Veränderungen sind, favorisieren so abgedroschene Namen wie »Schnecke und Salat«. Aber Gerüchte sind immer im Umlauf, und meistens kommt nichts dabei heraus.

Jeden Samstagvormittag strömen die jungen Leute aus der U-Bahn-Station Notting Hill und aus den Bussen Linie sieben und dreiundzwanzig, um ihren Wochenlohn an den Buden und in den Läden auszugeben. Für Seifen und Perlen und Paschminas und Kräuter und sämtliche Wohlgerüche Arabiens. Man sitzt an Tischen im Freien und trinkt Cappuccino und Latte macchiato und Chardonnay. Die Alten kommen mit ihren Einkaufswägelchen, weil sie immer gekommen sind, denn wer hier in der Gegend wohnt, geht auf der Portobello Road einkaufen. Die Graffitisprayer kommen und die Taschendiebe und die schweren Jungs. Kluge Ladenbesitzer ziehen die Metallgitter vor ihren Schaufenstern herunter, bevor sie nachts nach Hause gehen.

Und dann, in der Tiefe der Nacht, herrscht Stille, während die Tausendfüßlerstraße Atem schöpft und sich auf einen neuen Tag vorbereitet.